Lena Johannson

COCO

UND DIE REVOLUTION DER MODE

aufbau taschenbuch

Lena Johannson

COCO

UND DIE REVOLUTION DER MODE

ROMAN

atb aufbau taschenbuch

MIX
Papier | Fördert
gute Waldnutzung
FSC® C083411
FSC
www.fsc.org

ISBN 978-3-7466-4140-9

Aufbau Taschenbuch ist eine Marke der
Aufbau Verlage GmbH & Co. KG

2. Auflage 2025

www.aufbau-verlage.de
10969 Berlin, Prinzenstraße 85

Bei Fragen zur Sicherheit unserer Produkte wenden Sie sich bitte an
produktsicherheit@aufbau-verlage.de.
Satz Greiner & Reichel, Köln
Druck und Binden CPI books GmbH, Leck, Germany

Printed in Germany

Februar 1895, Brive-la-Gaillarde

Gabrielle zog die Strickjacke fest um den schmalen Körper. Viel zu große Maschen, mehr Löcher als wärmende Wolle. Sie sollte für die Mutter Kernseife besorgen. Eine Aufgabe, die Gabrielle aus zwei Gründen gern übernommen hatte. Zum einen war ihr alles recht, um an die frische Luft zu kommen und durch die Straßen von Brive-la-Gaillarde zu streifen. Noch wichtiger war ihr alles, womit sie ihrer Mutter das Leben ein bisschen leichter machen konnte. Maman sah schlimm aus, wie ein Gespenst. Von Tag zu Tag keuchte sie schrecklicher, in letzter Zeit fiel sie sogar immer öfter einfach um.

»Weil sie keine Luft kriegt, wird sie ohnmächtig«, hatte eine Nachbarin gesagt, eine Blumenverkäuferin, die Gabrielle um ihre Mütze und das dicke Schultertuch beneidete. »Sie ist aber auch ein mageres Rippgestell. Wird Zeit, dass sie mal was auf die Hüften kriegt, nicht immer nur einen dicken Bauch.«

Gabrielle passierte das riesige Gebäude aus großen hellen Steinen, die von Weitem rau wie Bimsstein aussahen. Keiner hatte die gleiche Größe wie ein anderer, trotzdem wirkten die Mauern akkurat. Um die Fenster herum waren dunklere Quader verbaut. Gabrielle gefiel dieses Haus sehr gut, es wirkte schlicht und doch gleichermaßen elegant. Sie kam nicht oft hier vorbei, aber jedes Mal fragte sie sich, wer hier wohl wohnen mochte. Das musste ein sehr reicher Mann sein. Das Gebäude war riesig und hatte in der Mitte sogar einen dreistöckigen Turm.

»Wie ein Schloss«, flüsterte sie und riss sich schweren Herzens von dem Anblick los. Sie musste weiter, den in Papier gewickelten Block Seife abliefern, doch sie wollte noch nicht zurück in das stinkende düstere Armenviertel. Sobald sie zur Tür hereinkäme, würde ihre Mutter ihr das Päckchen abnehmen und sich daran machen, den Holzboden im Gastraum zu scheuern und die Wäsche zu waschen. Gabrielle beschloss, ihren Freunden einen Besuch abzustatten, ehe sie nach Hause ging. So lange konnte sich ihre Mutter noch ein wenig beim Sockenstopfen oder ähnlich leichten Tätigkeiten ausruhen. Der Weg zum Friedhof war nicht weit. Am liebsten war Gabrielle im Frühjahr dort, weil es dann überall blühte und nach Rosen und Jasmin duftete. Allerdings waren im Winter weniger Menschen da, und Gabrielle hatte ihre Freunde für sich. So war es auch an diesem frostig-windigen Februartag.

»Bonjour!« Sie hatte das namenlose Grab erreicht, das ihr das liebste unter allen Gräbern war. Kaum zu sehen war es zwischen den knorrigen Zweigen zweier Rotdornsträucher. »Es ist niemand gekommen, sie zu schneiden.« Sie lächelte fröhlich. »Natürlich nicht, würde ich auch nicht machen, da reißt man sich nur die Haut auf.« Sie schob mit dem Schuh gelbes Laub von der verwitterten Steinplatte, das leise knisterte. »Denk nur nicht, ich hätte Angst vor ein paar Kratzern.« Gabrielle richtete sich auf und streckte den Rücken durch. »Aber eine feine Dame hat eben auch eine feine Haut. Und ich werde einmal eine feine

Dame sein.« Sie stemmte die Fäuste in die Hüften. Beinahe wäre ihr die Seife aus der Zeitung gerutscht. »Du lachst doch nicht etwa?« Sie setzte eine strenge Miene auf, kicherte und schlenderte über den hart gefrorenen Sandweg zwischen steinernen Kreuzen, niedrigen Büschen und Grabmälern hindurch. »Ich drehe meine Runde«, erklärte sie, als erwartete einer der Toten eine Erklärung für ihr seltsames Tun. Ein Mädchen von elf Jahren, das über einen Friedhof spazierte, würde man wohl als seltsam bezeichnen, das war ihr bewusst. Obendrein, weil sie hier niemanden kannte. Gabrielle genoss es. Sie fühlte sich nicht allein und war es doch auf angenehme Weise. Welchen Namen sie auch immer mühsam entzifferte, nie wurde ihr das Herz schwer, niemanden musste sie beweinen. Sie konnte sich in aller Ruhe ihren Träumen hingeben, die sie sonst niemandem anvertrauen konnte, wenn sie nicht ausgelacht werden wollte. In jeder freien Minute malte sie sich aus, wie ihr Leben als Erwachsene aussehen würde. Eigene Entscheidungen treffen, dahin gehen, wo es ihr gefiel, ein Ehemann, der nicht ständig fort war. Feine Damen fanden auch feine Herren. Sie würde später einmal reich sein. Reich und berühmt. Davon war sie zutiefst überzeugt, obgleich ihr natürlich bewusst war, dass sie die Einzige war, die daran glaubte. Gabrielle blieb an einem steinernen Häuschen mit einer eisernen Pforte stehen, dem Eingang zu einer Familiengruft.

»Wozu soll die Tür gut sein? Ihr bekommt doch niemals Besuch.« Sie zuckte mit den Achseln und schüttelte den Kopf. Wer sich eine solche Grabstätte mit einem verschnörkelten Tor leisten konnte, das niemand brauchte, wie viel Geld musste er besessen haben! Ihr Magen knurrte. Wenn sie endlich erwachsen und stinkreich war, dann hätten alle immer reichlich zu essen, sogar Schokolade im Überfluss. Sie würde ihrer Mutter die schönsten

Kleider kaufen, die in der Stadt zu finden waren. Mutter bräuchte nie wieder einen Finger zu krümmen.

»Ein eigenes Pferd werde ich auch haben. Reiten kann ich lernen«, murmelte sie leise vor sich hin. »Das habe ich gesehen, als ich noch klein war. Sah nicht schwer aus. Und überhaupt, es gibt nichts, was man nicht lernen kann.«

Ihre Runde näherte sich dem Ende, Gabrielle war zurück in dem Teil des Friedhofs, auf dem die Parzellen klein waren und dicht nebeneinanderlagen. Im Tod wie im Leben, ging ihr durch den Kopf. Der Mann, dem das große Haus mit dem dreistöckigen Turm gehörte, würde auch ein prunkvolles Grab haben. Der, dessen Überreste unter der von Flechten überzogenen Steinplatte zu ihren Füßen vermoderten, dürfte auch zu Lebzeiten nur das Nötigste gehabt haben. Wenn sie einmal tot war, würde eine sehr große Granitplatte an Gabrielle erinnern. Und eine Bank wünschte sie sich, damit Menschen, die gern ein wenig mit den Toten plauderten, sich bei ihr ausruhen konnten. Aber davor lag ja noch ihr Leben! Und das sollte prachtvoll sein, nicht so erbärmlich wie das ihrer Mutter. Ständig musste sie hinter den Körben voller Leibchen, Küchenschürzen, Arbeitszeug und Kurzwaren auf dem Boden hocken, weil es nicht einmal für einen hübschen Marktstand reichte. Gabrielle kannte ihre Mutter eigentlich nur schwer arbeitend. Wenn sie mal nicht auf allen vieren schuftete oder die Waren ihres Mannes feilbot, lag sie im Kindbett. Zuletzt war Augustin auf die Welt gekommen. Es schien ihm nicht sonderlich gefallen zu haben, denn er war gleich wieder gestorben.

»Ich muss gehen.« Sie umklammerte die Seife. »Bis zum nächsten Mal!« Sie winkte dem eingewachsenen Grab flüchtig zu, ehe sie den Friedhof hinter sich ließ.

Auf dem Heimweg begleiteten sie das Klacken der Sohlen vorübergehender Soldaten, das Klingeln der Sporen der Herren Offiziere und das hohle Klopfen der Hufe auf Kopfsteinpflaster. Dunkle Wolken jagten über den grauen Himmel. Eine Gänsehaut ließ Gabrielle schaudern. Sie beschleunigte ihre Schritte immer mehr und sehnte sich mit einem Schlag nach der Geborgenheit bei Onkel Augustin in Courpière. Dort, inmitten der weitläufigen Natur, war alles hell und warm und leicht gewesen. Und die Vögel hatten immer gezwitschert. Obwohl sie wusste, dass im Gasthaus in der Avenue d'Alsace-Lorraine, wo sie mit ihrer Mutter und ihren beiden Schwestern in einer muffigen Kammer lebte, weder Leichtigkeit noch Wärme auf sie warteten, war sie froh, als sie den Hintereingang erreichte. Sie betrat die Kaschemme und lief die ausgetretene Stiege nach oben.

»Ich bin wieder da!«, rief sie schon, ehe sie die Tür zur Kammer öffnete. Keine Antwort. »Maman? Julia? Antoinette?« Wieder nichts. Allmählich gewöhnten sich ihre Augen an das wenige Licht. Über den zwei schmalen Betten, die sie sich zu viert teilten, lagen glatt gestrichen die vergilbten Überdecken, Schuhe standen in Reih und Glied darunter. In allen Ecken des Zimmers tummelten sich Gegenstände, Koffer, Töpfe, eine Vase, der ein Henkel fehlte, Geschirr, Bettwäsche zum Wechseln und weitere Habseligkeiten, trotzdem wirkte der Raum aufgeräumt.

»Wer wenig Platz hat, muss ordentlich sein«, predigte Mutter ihnen stets.

Es war so kalt, dass Gabrielle rasch prüfte, ob das Fenster hinter den dicken Vorhängen geschlossen war. Sie seufzte. Wenn der Kerl, dem die Wirtschaft gehörte, doch endlich etwas gegen den schrecklichen Durchzug unternehmen würde. Sie packte sich kurzerhand einen Ersatzbettbezug und stopfte ihn in die

Ritzen, ehe sie sich sonst noch den Tod holten. Wo mochten nur alle sein? Für eine Sekunde leuchtete in ihrer Phantasie ein Bild auf: Ihr Vater war zurück, hatte endlich gute Geschäfte machen können, so dass sein Geldbeutel prall gefüllt war. Gabrielle sah ihn vor sich, mit Mutter und ihren Schwestern an einem Tisch unten im Gastraum, vor ihnen große Teller mit Bergen aus dampfendem Fleisch und Gemüse. Ihr lief das Wasser im Mund zusammen. Eilig ließ sie die Kammer hinter sich und lief wieder hinunter, immer zwei Stufen auf einmal nehmend. Doch auch in dem kleinen Lokal war niemand, die Stühle standen verkehrt herum auf den Tischen.

»Als ob ich mich gefreut hätte, Papa zu sehen«, flüsterte sie. »Als ob er jemals Geld nach Hause bringen würde.« Wenn sie schon mal hier unten war, konnte sie nachschauen, ob der Wirt auf dem Tresen oder in der Küche etwas vergessen hatte, das sie rasch zwischen ihren Lippen verschwinden lassen konnte. Nichts, nicht einmal ein vertrockneter Kanten Brot lag im Schankraum herum. Gabrielle prüfte die Tür zur Küche. Sie hatte Glück, es war nicht abgeschlossen. Sie öffnete. Der schwache Lichtschein, der in den fensterlosen Raum fiel, traf auf zwei Schuhe, die Sohlen zu Gabrielle gerichtet, aus denen bleiche Knöchel ragten, darüber ein Rocksaum. Gabrielle schrie auf.

»Maman!« In drei Schritten war sie neben dem leblosen Körper ihrer Mutter und ließ sich auf die Knie fallen. Scharfe Kanten der rauen Ziegelsteine bohrten sich durch den Stoff ihres Kleides. »Ich habe die Seife besorgt, um die du mich gebeten hast. Hörst du?« Es war nicht richtig, dass ihre Mutter auf dem kalten harten Boden lag. Bestimmt war sie wieder ohnmächtig geworden, weil ihr die Luft ausgegangen war. Vielleicht schlief sie auch einfach nur vor lauter Erschöpfung, weil sie immer viel zu viel arbeitete. »Bitte, kannst du nicht wenigstens kurz zwinkern?« Gabrielles Stimme wurde dünn. Sie hatte einmal gesehen, wie jemand prüfend eine Hand an den Hals eines alten Mannes gelegt hatte, der mitten auf dem Markt zusammengebrochen war. Dummerweise hatte sie keinen Schimmer, wofür das gut gewesen war. Trotzdem berührte sie behutsam die Haut ihrer Mutter und erschrak. Wie kalt sie sich anfühlte. Viel zu kalt.

»Du musst unbedingt aufstehen, sonst hustest du am Ende nur noch mehr. Bitte, Maman, sag doch, was ich tun soll!« Ihre Mutter regte sich noch immer nicht. Plötzlich fiel Gabrielle auf, dass das von unzähligen Stunden auf dem Markt sonnengebräunte Gesicht ihrer Mutter blass war. Es sah ihr zwar noch ähnlich, hatte sich aber verändert. Wo war das sanfte Lächeln hin, wo die Lebendigkeit? »Du musst aufstehen«, erklärte sie bestimmt, wischte sich mit dem Ärmel über ihre nassen Wangen und kam selbst wieder auf die Füße. »Los, du stehst jetzt auf! Ich helfe dir.« Sie packte einen Arm, unterdrückte das Grauen, das in ihr aufstieg und zog mit aller Kraft. Der Oberkörper ihrer Mutter hob sich ein wenig vom Steinboden. Mehr brachte Gabrielle nicht zustande. Ihre Mutter gab sich aber auch gar keine Mühe, ihr zu helfen. Sie rührte sich kein bisschen.

»Allein schaffe ich das nicht«, schluchzte Gabrielle und ließ den Körper behutsam zurücksinken. Eine Weile stand sie nur so da, den Arm noch immer in ihren Händen. Mit einem Mal stieß sie auch ihn zurück zu Boden. »Wenn du mir nicht hilfst, kann ich dir auch nicht helfen«, schrie sie.

»Gabrielle?« Julias Stimme ließ sie herumfahren. Ihre Schwestern standen an der Küchentür und starrten auf die Füße ihrer Mutter.

»Sie ist tot«, flüsterte Gabrielle.

»So hat es irgendwann kommen müssen«, sagte der Gastwirt mit belegter Stimme, den das Weinen und Klagen der Mädchen in die Küche gerufen hatte. »Es ist ein Jammer.« Er tätschelte ihnen ein wenig unbeholfen die Schultern. »Ich werde eurem Vater Bescheid geben, damit er euch holt.«

»Wohin dieses Mal?«, wollte Julia leise wissen und wischte sich einen Tropfen von der Nase. Antoinette, die Jüngste von ihnen, sagte kein Wort.

»Zurück nach Courpière?« Gabrielle spürte einen Funken Hoffnung. Ihr Lieblingsbruder Alphonse und Lucien, der Kleinste, waren dort bei Onkel Augustin. Es wäre schön, wenn sie wieder alle zusammen sein könnten.

»Vielleicht, ich weiß es nicht. Das ist Sache eures Vaters.« Er räusperte sich. »Hier könnt ihr jedenfalls nicht bleiben.« Gabrielle bekam es mit der Angst zu tun, und auch Julia riss entsetzt die Augen auf. »Für heute Nacht schon noch«, beschwichtigte er sie, »aber ihr müsst so schnell wie möglich verschwinden. Tut mir leid. Ich habe eurem Vater das Zimmer gegeben, weil er als Kellner für mich arbeiten wollte. Und wo ist er? Ständig unterwegs. Wäre eure Mutter nicht für ihn eingesprungen und hätte klaglos alle Aufgaben übernommen, die ich ihr gegeben habe, wärt ihr schon lange nicht mehr hier.« Er legte einen großen Putzlappen über ihr bleiches Gesicht. »So eine fleißige Frau, es ist wirklich ein Jammer!«

Nachdem er ihnen versichert hatte, sich um die Formalitäten und den Leichnam zu kümmern, waren die drei Schwestern die Treppen hinaufgeschlichen und hatten sich zusammen in ein Bett gelegt. Sie schmiegten sich dicht aneinander, um sich zu wärmen und zu trösten.

»Was nun wohl aus uns wird?«, fragte Julia in die Dunkelheit. »Glaubst du, Papa bleibt jetzt bei uns?«

»Nein!« Gabrielle schluckte. Weder konnte sie sich das vorstellen, noch wollte sie es. »Wir werden alle bei Onkel Augustin leben, denke ich. Das hoffe ich«, setzte sie leise hinzu.

»Ist mir egal, wo wir wohnen«, brummte Antoinette, »Hauptsache, es ist besser als hier.«

Gabrielle lag lange wach. Immer, wenn der Schlaf sich ihrer endlich annehmen wollte, schüttelte ein heftiges Schluchzen Julia, und Gabrielle streichelte ihr tröstend über das Haar. Oder Antoinette wälzte sich im Traum herum und verpasste Gabrielle einen Tritt. Während sie so dalag, kam ihr plötzlich in den Sinn, was der Wirt zu ihnen gesagt hatte. Er wollte Vater Bescheid geben. Dann wusste er also, was ihrer Mutter stets verborgen geblieben war, er wusste, wo sich ihr Vater herumtrieb.

Albert Chanel ließ nicht lange auf sich warten. Von Traurigkeit oder Bestürzung keine Spur. Im Gegenteil, er schien Gabrielle seltsam erleichtert zu sein, als er sie aufforderte, die Kammer auszuräumen und sauber zu hinterlassen.

»Ich habe auf dem Markt zu tun. Kann es mir nicht leisten, auf die Einnahmen zu verzichten. Heute Abend bin ich zurück, dann geht's los.«

»Bringst du uns nach Courpière?« Gabrielle sah ihn an.

»Nein, ihr kommt nach Aubazine.« Das war alles. Kein Wort der Erklärung. Als wüsste sie, was das zu bedeuten hatte.

»Vielleicht lebt dort ein anderer Onkel«, meinte Julia, als Gabrielle ihr davon erzählte, und machte sich daran, ihr Hab und Gut in die paar Säcke und zwei Kisten zu packen, die ihr Vater ihnen hingestellt hatte. »Oder eine freundliche Tante.«

»Wer's glaubt …«, meinte Antoinette missmutig.

In Aubazine wartete kein weiterer Verwandter der unüberschaubar großen Familie Chanel auf sie, den sie bisher noch nicht kennengelernt hatten. Gabrielle begriff, was ihr Vater vorhatte, als sie sich Besen, Feudel und Eimer vom Wirt holte und beiläufig erwähnte, wohin sie aufbrechen würden.

»Da gibt es ein altes Kloster«, verriet er ihr. »Darin ist das größte Waisenhaus der Umgebung untergebracht.« Auf seinen Lippen erschien ein Lächeln. »Ein guter Ort, da gibt es viele Rotznasen in eurem Alter. Da seid ihr nicht allein.«

Waisenkinder. Das Wort heftete sich an ihre Fersen. Es folgte ihr die Stiege hinauf, wich ihr nicht von der Seite, während sie die Kammer ausfegte und putzte und stieg mit ihr in den einfachen Karren, der sich in den Abendstunden quietschend in Bewegung setzte. Raus aus der Avenue d'Alsace-Lorraine, fort von Brive-la-Gaillarde. Sie rumpelten über Kopfsteinpflaster immer tiefer in den Wald hinein. Anfangs kamen sie noch einigermaßen schnell voran, doch die beiden Gäule waren rasch erschöpft. Da konnte Vater noch so sehr fluchen und auf sie eindreschen, es half alles nichts. Er musste hinnehmen, dass sie sich behäbig die Hügel hinaufquälten. Julia und Antoinette sagten kein Wort, und auch Gabrielle schwieg. Drei Waisenkinder, die ihrem Schicksal entgegenholperten.

»Nein«, schrie es in Gabrielle, »wir sind keine Waisen. Wir haben Papa!« Was hatte es zu bedeuten, wenn der eigene Vater einen ins Waisenhaus brachte? Sobald sich die Antwort anschlich, schossen Gabrielle Tränen in die Augen, ein Kloß machte ihr die Kehle eng.

Da hörte sie mit einem Mal die Stimme ihrer Mutter, so deutlich, dass sie sich erschrocken umblickte: »Ich wollte unbedingt, dass du Gabrielle heißt. Weißt du, was dein Name bedeutet?«

»Bedeutet? Es ist nur ein Name.« Sie zuckte hilflos mit den Schultern.

»Was hast du gesagt?« Julia runzelte die Stirn.

»Nichts. Ich habe nur an etwas gedacht.«

»Sie führt mal wieder Selbstgespräche.« Antoinettes Ton ließ keinen Zweifel daran zu, wie seltsam sie Gabrielles Angewohnheit fand.

Gabrielle ging nicht darauf ein. Die Erinnerung stand ihr allzu lebhaft vor Augen. Es war lange her, dass Maman sanft den Kopf geschüttelt und erklärt hatte: »Es ist viel mehr, mein Kind. Dein Name steht für Stärke und Kraft.«

Gabrielle musste also stark sein, sie musste beweisen, dass ihre Mutter sich nicht getäuscht, sondern ihr den passenden Namen ausgesucht hatte.

Nach etwa drei Stunden schälte sich auf der Bergspitze vor ihnen die Silhouette des Klosters aus dem fahlen Mondlicht. Der Anblick hatte nichts mit dem hellen strahlenden Märchenschloss aus Brive-la-Gaillarde gemeinsam. Der Bau wirkte bedrohlich und ließ Gabrielle an einen Kerker denken. Sie stellte sich vor, er wäre ein Ungeheuer, das sie mit Haut und Haar verschlucken würde. Sie würde sich darin auflösen und aus nichts mehr bestehen als aus lauter Schwarz. Vielleicht landete sie aber auch in einer Gruft oder unter einer moosbewachsenen verwitterten Steinplatte, oder sie sah dort sogar ihre Mutter wieder. Nur noch eine Kurve, dann brachte Vater die Pferde mit ruppigem Ziehen an den Zügeln zum Stehen. Er sprang vom Wagen, schnappte sich den alten Lederkoffer, der notdürftig von einem Gürtel zusammengehalten wurde, und ging ohne ein Wort vorweg auf das Portal zu. Die Mädchen folgten ihm Schulter an Schulter. Er zog an einem Seil, irgendwo über ihren Köpfen läutete eine Glocke. Gabrielle wusste nicht, was sie sich wünschen sollte. Dass niemand da war? Aber wohin dann? Dass jemand sie hereinließ? Die Geduld ihres Vaters war sehr begrenzt. Er griff bereits erneut nach der Klingelschnur, als sich mit einem kratzenden Geräusch die Abdeckung eines quadratischen Fensterchens im Holz zur Seite schob und gleich wieder schloss. Kurz darauf öffnete sich die schwere Holztür und fiel, nachdem alle vier eingetreten waren, krachend hinter ihnen ins Schloss. Im Schein der Laterne, die die Nonne vor sich hielt, erkannte Gabrielle deren schwarzes Gewand, einen schwarzen Schleier und den Streifen einer weißen Haube, die ihre Haare verbarg. Um sie herum nur nackte Steinwände. Die Ordensschwester blickte missmutig auf die späten Gäste.

»Mein Name ist Albert Chanel. Ich habe Ihnen eine Nachricht geschickt«, erklärte Vater.

»Sie bringen Ihre Kinder mitten in der Nacht her?« Der Ton sagte mehr als jedes ihrer Worte. »Haben sie wenigstens schon zu Abend gegessen?«

Sie hatte ihren Satz kaum beendet, als Gabrielles Magen laut knurrte. Julia kicherte kurz, wurde aber sofort wieder stumm. Sie war völlig durcheinander und übermüdet. Die Nonne schüttelte den Kopf und seufzte.

Vater stellte den Koffer ab.

»Tja, ich muss dann auch … Macht keinen Ärger!«, sagte er, drehte sich um und ging. Die schwere Eingangstür schlug ein zweites Mal mit dröhnendem Hall ins Schloss. Für ein paar Atemzüge blieb es vollkommen still.

»Na, dann kommt mal mit! Ich koche euch ein paar Eier«, verkündete die Ordensfrau, eine der Schwestern vom Heiligen Herzen Mariens. Gabrielles Herz hüpfte, sie aß für ihr Leben gern gekochte Eier.

»Nein, danke, ich habe keinen Hunger«, log sie trotzdem. Die Nonne empfand die Mädchen als Last, das war nicht zu übersehen. Gabrielle wollte kein Abendessen von jemandem haben, der sie als lästig empfand. Sie wollte von dieser Frau und diesem Kloster überhaupt nichts haben.

Ein Tag im Waisenhaus war wie der andere. Die Chanel-Schwestern lernten etwas über verschiedene Heilige, vor allem über den Mönch, der einst das Kloster gegründet hatte. Selbst während der Mahlzeiten und der regelmäßigen Ausflüge ins Grüne wurde ihnen über ihn vorgelesen. Drinnen war alles düster, freudlos und kalt. Und doch … Die Nonnen waren freundlich. Sie kümmerten sich mit einiger Hingabe um die ihnen anvertrauten Kinder. Nach einer Weile empfand Gabrielle die Struktur, die ihr Leben plötzlich hatte, als angenehm. Sie gab ihr eine Sicherheit, die sie vorher nicht gekannt hatte. Wenn Julia, Antoinette und sie abends zu Bett gingen, wussten sie, was sie am nächsten Morgen erwartete. Und noch etwas mochte sie sehr: die einfachen Formen, symmetrischen Reihen aus Tischen oder Betten, gleichmäßig ausgerichteten Rechtecke aus Holz oder Leinen in den schmucklosen Schlaf- und Essräumen, den sauberen Geruch der stets gewaschenen weißen Blusen und schwarzen Röcke der Mädchen, die Wäscheschränke, in denen alles ordentlich seinen Platz hatte. Außerdem brachten die Nonnen Gabrielle den Umgang mit Nadel und Faden bei. Es ging zwar nicht darum, etwas Hübsches zustande zu bringen, sondern etwas Praktisches zu schaffen, das lange halten würde, trotzdem schätzte Gabrielle diese Beschäftigung sehr. Wann immer ein Kleid, ein Bettlaken oder sonst etwas kaputtgegangen und nicht mehr zu reparieren war, fragte Gabrielle, ob sie den Stoff haben könnte.

»Ich möchte besser nähen lernen und könnte damit üben«, sagte sie den Nonnen. »Sonst wird er doch nur weggeworfen.«

»Warum nicht? Behalte ihn nur, mein Kind.«

Im Sommer machte sie sich über ihre Schätze her, dann waren Ferien, und die Mädchen hatten Zeit für sich. Gabrielle nutzte sie, um zu nähen! Sie schneiderte Röcke und Blusen, die nahezu die gleiche Form hatten wie jene, die die Waisenmädchen trugen. Auch waren sie meistens schwarz und weiß, denn farbige Stoffe gab es in dem alten Kloster kaum. Und doch fühlte sich Gabrielle wie im Himmel! Hier sorgte sie mit einem Abnäher für eine raffinierte Passform, dort zauberte sie mit einer dezenten Rüsche aus einem einfachen Stück etwas Besonderes. Sie dachte nicht lange nach, in ihrer Phantasie tauchten von allein Varianten einfacher Kleidung auf, die ihrer Trägerin mehr schmeichelten. Und sie hatte ein Gefühl für das Material, konnte sich leicht vorstellen, wie sie es anstellen musste, die Taille zu betonen oder eine Schleife zu raffen, um das gewünschte Ergebnis zu erhalten. Alle Kinder freuten sich auf die Sommerferien, weil sie nach Hause geholt wurden. Gabrielle, Julia und Antoinette blieben in Aubazine. Sie suchten sich ein windgeschütztes Plätzchen zwischen Querhaus und Dormitorium, Gabrielle fädelte Garn in eine Nadel, während Julia mit einem Buch neben ihr saß und Antoinette einfach nur die Wolken betrachtete. Sie waren frei von dem engen Korsett eines festen Stundenplans und doch umgeben von einer Sicherheit, die aus drei Mahlzeiten am Tag und zuverlässigen freundlichen Menschen bestand.

Als die nächsten Sommerferien vor der Tür standen, rief die Mutter Oberin die drei Schwestern zu sich.

»Gute Nachrichten«, verkündete sie und lächelte fröhlich. »Ihr werdet die Ferien bei Louise Costier in Varennes-sur-Allier verbringen.« Weil keine der drei etwas mit dem Namen anfangen konnte, ergänzte sie: »Es ist die Schwester eures Vaters, eure Tante Louise. Die gute Seele ist mit einem Eisenbahner verheiratet. Sie holen euch morgen nach dem Frühstück ab.«

»Ich bleibe hier!«, sagte Gabrielle und dachte, damit wäre der Fall erledigt. Wäre ja noch schöner! Sie hatte sich seit dem Winter auf die Stunden gefreut, in denen sie die Schnittform mit Schneiderkreide aufmalen, die einzelnen Stücke zunächst mit Stecknadeln fixieren und schließlich mit akkuraten Nähten aus Stoffstücken eine Bluse oder ein Kleid entstehen lassen würde. In den letzten Wochen waren exakte Modelle in ihrem Kopf entstanden, die sie in Gedanken immer mehr verfeinert hatte. Sie würde sich dieses Vergnügen auf keinen Fall nehmen lassen. Doch sie hatte sich getäuscht.

»Wir können Madame Costier nicht mehr erreichen«, erklärte die Mutter Oberin sanft. Ihr gütiges Gesicht bekam einen mitleidigen Ausdruck. »Stell dir nur vor, wie sie sich fühlen wird, wenn sie voller schöner Pläne für die nächsten Wochen hier eintrifft, und enttäuscht ohne euch wieder fahren muss. Das möchtest du ihr gewiss nicht antun, mein Kind.« Es war keine Frage.

»Aber was ist mit meiner Enttäuschung?«, wollte Gabrielle wissen.

»Also wirklich, Gabsi«, raunte Julia, »was willst du denn? Wir kommen hier endlich mal heraus. Eine Abwechslung ist bestimmt nett.« Antoinette zuckte nur mit den Schultern, ihr war es gleich, wo sie sich langweilte.

»Es ist ausgemacht«, ließ die Mutter Oberin sie wissen. »Ihr könnt gehen.«

Gabrielle hatte kaum geschlafen, als am nächsten Morgen ein Wagen vor dem Kloster hielt und die Frau ausstieg, die ihr die Ferien verdorben hatte, ehe sie überhaupt anfingen. Julia dagegen war ausgeruht und bereit, sich den Regeln des Hauses zu unterwerfen, in das man sie bringen würde. Sie hatten bereits viele Tanten kennengelernt, manche waren im Rahmen ihrer Möglichkeiten großzügig und lustig, andere waren böse alte Schachteln. Julias Hoffnung war, Louise in die erste Kategorie einordnen zu können, sie freute sich sogar ein wenig auf den Tapetenwechsel. Antoinette wirkte völlig unbeteiligt. Gabrielle hatte sich daran gewöhnt, die Stimmung ihrer kleinen Schwester nicht einschätzen zu können. Die Wahrscheinlichkeit, dass sie schlechte Laune hatte, war meistens hoch.

»Sieh sie dir nur an! Sind sie nicht hübsch?« Tante Louise erwartete von ihrem Mann anscheinend keine Antwort. Sie sah ihn nicht einmal an, sondern blickte entzückt von einer zur anderen. »Bestimmt erinnert ihr euch nicht mehr an mich, was? Ihr wart noch so klein, als wir uns das letzte Mal gesehen haben.« Ihre Hand deutete etwa auf die Höhe einer Tischplatte. »Du konntest noch nicht einmal laufen«, ergänzte sie, an Antoinette gewandt. »Seitdem ist viel geschehen.« Sie seufzte. »Es tut mir so leid, dass ihr eure Mutter verloren habt.«

Gabrielle presste die Lippen aufeinander. Konnte sie nicht mit diesem leeren Geplapper aufhören? Gabrielle hasste diese Frau jetzt schon.

»Das ist mein Mann Paul Costier. Ihr dürft ihn Onkel Paul nennen.«

»Salut.« Er lächelte breit.

»Guten Tag, Onkel Paul«, antworteten Julia und Antoinette.

»Guten Tag, Monsieur«, sagte Gabrielle, hob das Kinn und sah ihm direkt in die Augen, ohne eine Miene zu verziehen.

»Na, dann wollen wir mal«, murmelte er und hielt seiner Frau und den Mädchen den Wagen auf.

Gabrielle hatte einen winzigen Funken Hoffnung in sich gehabt, die Costiers würden es sich anders überlegen, wenn ihnen die Chanel-Schwestern nicht vor lauter Dankbarkeit um den Hals fielen. Dummerweise schien Louise fest entschlossen zu sein, ihren Nichten etwas Gutes zu tun, daran änderte auch die geringe Begeisterung nichts, die die drei ihr entgegenbrachten. Die Fahrt über Sand und Kopfsteinpflaster erschien Gabrielle wie eine Ewigkeit. Mal sahen sie nichts als Wiesen, ein wogendes grünes Meer, in das jemand rote Mohnblüten getupft hatte, dann gab es links und rechts des Weges große Herden Schafe, die in der Sonne vor sich hin grasten. Sandfarbene Häuschen schmiegten sich an Hügel, von denen es mehr gab, je näher der Wagen seinem Ziel kam. Einmal legten sie eine Rast ein. Tante Louise breitete eine rot-weiß karierte Decke auf einem Baumstumpf aus. Paul reichte ihr einen Korb, aus dem sie ein Holzbrett und ein Messer, Brot, Käse und Schinken hervorholte. Auch ein Krug war darin gewesen, mit dem sie sich auf den Weg zu einem Bach machte.

»Das sind alles Vulkane«, erklärte Paul unvermittelt und deutete auf die Gipfel, die sich aneinanderreihten, als seien sie mit einem Lineal ausgerichtet worden. »Vielleicht unternehmen wir am Sonntag mal eine Wanderung. Dann könnt ihr einen Krater von oben ansehen.«

»Das ist mir zu anstrengend«, maulte Antoinette.

»Ist das nicht gefährlich?« Julia sah ihn erschrocken an.

Ehe er mehr dazu sagen konnte, war Tante Louise zurück.

»Ich hoffe, du erzählst den Kindern keine Schauermärchen«, mahnte sie ihn. »Das Wasser hier ist gut, das könnt ihr trinken«, erklärte sie dann und reichte zuerst Gabrielle den Krug.

Nach der Stärkung packte Tante Louise alles wieder ein und schüttelte die Decke so lange aus, bis auch wirklich keine Faser Moos und kein noch so kleiner Holzsplitter mehr daran haftete.

Gabrielle verbrachte auch den zweiten Teil der Reise schweigend. Der Himmel färbte sich bereits rot, als sie den Fluss Allier überquerten und endlich am Ziel waren. Antoinette verschlief die Fahrt, auch Julia war irgendwann eingenickt, Gabrielle dagegen reckte den Hals, um die Ankunft nur nicht zu verpassen. Vielleicht gab es in Varennes ja doch irgendetwas Erfreuliches zu entdecken. Aber nein. Eine Haltestelle der Eisenbahn, ein stattliches Rathaus mit Turmuhr. Gabrielle fragte sich, ob jemand das Gebäude aus Versehen an dieser Stelle errichtet hatte, obwohl es in Wahrheit für eine große Stadt gedacht war. Es passte weder zu dem Güterbahnhof noch zu dem Holzhaus, in dem die örtliche Wirtschaft untergebracht war, und schon gar nicht zu den Wiesen ringsherum, die an Eintönigkeit nicht zu überbieten waren.

»Hübsch«, stellte Julia verschlafen fest.

»Ja.« Gabrielle nickte. »Sofern man keine Abwechslung mag.«

Wenn das Heim der Costiers wenigstens ein herrschaftliches Anwesen wäre, aber nein, ein bescheidenes Haus aus Stein mit roten Ziegeln darauf erwartete sie. Links und rechts davor Blumenbeete in den exakt gleichen Maßen, beide abwechselnd mit Rosen und Lavendel bepflanzt, als wäre die eine Seite das Spiegelbild der anderen. Und Tante Louise war auch noch stolz darauf! Ihre Brust schwoll geradezu an, als sie die Arme ausbreitete, als wolle sie alldas an ihr Herz drücken.

»Herzlich willkommen, Mädchen, das ist nun euer Zuhause. Für die Ferien jedenfalls«, ergänzte sie rasch. Paul schloss die Tür auf.

»Schuhe aus!«, kommandierte die Tante. »Ihr könnt sie hier hinstellen.« Sie deutete auf eine Stelle im Flur, wo ihr Mann gerade seine Straßenschuhe gegen Pantoffeln tauschte. »Ich mache uns rasch etwas zu essen«, kündigte sie dann an. In Wirklichkeit stellte sie nur die Reste des mittäglichen Picknicks auf den Holztisch, die sie um ein paar Trauben und Feigen ergänzte. »Guten Appetit!«

Während des Essens wurde nicht gesprochen. So kannte Gabrielle es vom Kloster, nur dass es sich dort natürlich und richtig anfühlte. Hier lag die Stille wie eine hässliche Blase zwischen ihnen und wuchs unaufhörlich. Wäre sie nur so groß geworden, dass sie der Tante die Luft genommen hätte, ging Gabrielle durch den Kopf, als Tante Louise das Schweigen brach.

»Ihr habt in den letzten Monaten viel durchgemacht. Trotzdem dürft ihr nicht wütend auf euren Vater sein.« Sie lächelte schmal und seufzte. »Mein Bruder kann nicht heraus aus seiner Haut.«

»Was soll das heißen?«, fuhr Gabrielle sie an. »Warum sollten wir böse auf ihn sein? Denkst du, er hat uns zum Vergnügen ins Waisenhaus gebracht?« Julia stupste sie unter dem Tisch an, doch Gabrielle war nicht zu bremsen. »Wenn er könnte, würde er sich selbst um uns kümmern, aber er muss seinen Geschäften nachgehen.« Der mitleidige Blick ihrer Tante stachelte sie weiter an. »Er besitzt schließlich einen Weinberg. Meinst du, die Reben schneiden sich von allein?« Hatte Louise die drei etwa zu sich geholt, um ihnen zu zeigen, dass sie es weiter gebracht hatte als ihr Bruder?

»Was redest du denn da?«, wisperte Julia.

»Das ist nicht wahr, und das weißt du«, entgegnete Tante Louise ruhig. Natürlich wusste Gabrielle das. Doch warum sollte sie sich mit der Realität abgeben, wenn ihre Phantasie ein viel hübscheres Bild zeichnen konnte?

»Außerdem ist er ein Händler«, fauchte sie. »Er zieht von Markt zu Markt. Das ist sicher anstrengender, als gemütlich in der Eisenbahn zu sitzen.« Jetzt stieß Julia sie heftig mit dem Fuß an. Paul ließ sich nichts anmerken, und auch die Tante regte sich nicht auf.

»Ich kann deinen Zorn verstehen, Gabrielle«, sagte sie sanft.

»Ich bin nicht zornig, sondern müde. Wo ist mein Bett?«

Gabrielle empfand jeden Tag wie eine Qual. Je mehr sich die Tante bemühte, desto schlimmer wurde es. Warum hatte sie ihre Nichten hierhergeholt? Die Antwort hinderte Gabrielle daran, den Aufenthalt in dem Häuschen mit seinen hellen Zimmern und seinem hübschen Garten zu genießen: Tante Louise fühlte sich verpflichtet. Sie sah es als ein Opfer an, das sie bringen musste. Und es war ein großes Opfer, denn drei Kinder im Haus bedeuteten Gefahr. Wie schnell konnte Geschirr zu Bruch gehen oder sogar ein Fenster! Die Angst der Tante davor, dass ein Stück ihres bescheidenen Wohlstands leiden könnte, war mit Händen zu greifen. Als ob ein Kratzer auf den hölzernen Stufen dafür sorgen würde, dass die Costiers in die Armut zurückfallen würden, in der Tante Louise bis zu ihrer Heirat aufgewachsen war. Nachdem Gabrielle das begriffen hatte, witterte sie ihre Chance, frühzeitig nach Aubazine zurückkehren zu können. Sie zog die Schuhe absichtlich nicht aus, sondern lief damit die Treppe einmal hoch und wieder runter. Sie stibitzte einen Pfirsich, obwohl Tante Louise peinlich darauf achtete, dass zwischen den Mahlzeiten nicht genascht wurde und dass vor allem jeder das Gleiche bekam. Eines Abends schlich sich Gabrielle aus dem Zimmer, hockte sich auf die oberste Stufe und belauschte ein Gespräch. Paul war spät von der Arbeit zurückgekehrt.

»Ich weiß nicht weiter«, begann Tante Louise, ihre Stimme war brüchig. »Julia ist ein braves Mädchen, mit ihr ist es einfach. Antoinette erscheint mir ein wenig mürrisch. Aber Gabrielle … Sie benimmt sich unmöglich!«

»Morgen habe ich frei. Ich werde mit den dreien eine lange Wanderung unternehmen, dann kannst du dich ein wenig ausruhen. Und ich werde mir die junge Dame vorknöpfen. Wahrscheinlich bist du zu nachsichtig mit ihr.«

»Was muss sie nur erlebt haben, dass sie so voller Hass steckt?«

Die nächsten Worte konnte Gabrielle nicht verstehen, aber sie wagte nicht, ein paar Stufen nach unten zu schleichen, denn das Holz knackte bei jedem Schritt und hätte sie verraten.

»Ich wünschte, ich könnte das Vertrauen der Kleinen gewinnen«, war Tante Louise wieder deutlich zu hören. »Nur fürchte ich, lange halte ich das nicht mehr aus.«

Der letzte Satz klang wie ein Versprechen in Gabrielles Ohren.

Am nächsten Morgen stahl sie sich früh aus dem Haus, eine Schere in der Hand. Zum Frühstück legte sie ihrer Tante einen Strauß Rosen neben den Teller.

»Ich wollte mich entschuldigen«, sagte sie, ohne aufzusehen. »Sicher meinst du es gut mit uns. Das bin ich nicht gewöhnt.« Gabrielle musste schlucken, denn in dem Moment wurde ihr bewusst, dass sie meinte, was sie gerade gesagt hatte. Die Nonnen von Aubazine ausgenommen, hatte es nicht viele Menschen in ihrem Leben gegeben, die sie ohne Hintergedanken gut behandelt hatten. Sofort tat Gabrielle schrecklich leid, was sie getan hatte.

»Schon gut, mein Kind.« In Tante Louises Augen schimmerten Tränen. »Es ist nicht deine Schuld.«

»Sehr nett, dass du dich entschuldigst.« Paul nickte zufrieden und griff nach einem Hörnchen. »Woher hast du diese schönen Rosen?«, wollte er wissen, während er das Gebäck in seine Schale mit Milchkaffee tunkte. Gabrielle schwieg.

»Das sind doch wohl nicht …« Tante Louise wartete noch eine Sekunde, ehe sie aufsprang und zur Tür stürzte. Einen Wimpernschlag später war ein Aufschrei zu hören. »Um Himmels willen, was hast du nur getan? Meine Beete! Nur noch nackte Stängel! Wie konntest du nur? Du hast mir meinen gesamten Garten ruiniert!«

VIER JAHRE SPÄTER

Aubazine und Moulins, Sommer 1900

»Julia, Gabrielle, Antoinette, hopp, hopp, die Mutter Oberin will euch sehen.« Die Schwester vom Heiligen Herzen Mariens drehte auf dem Absatz um und ging voraus. Sie wusste, die drei würden ihr selbstverständlich folgen. Gabrielle tat es an diesem Tag besonders gern. Sie hatte Vorhänge für den Bedürfnisraum genäht, damit es den Bengels aus dem Dorf nicht mehr möglich war, durchs Fenster hereinzuspähen. Gabrielle hatte die Arbeit am Tag zuvor beendet. Sicher wollte die Oberin ihr ein Lob dafür aussprechen. Julia klopfte, die Mädchen betraten die schmale Stube, in der es kein Tageslicht gab, und begrüßten die Oberin, wie sie es gelernt hatten. Sie stand trotz ihrer Jahre wie immer kerzengerade an dem schlichten hölzernen Schreibpult, an der Wand darüber flackerte Kerzenlicht.

»Die Zeit ist gekommen, ihr müsst uns verlassen«, begann sie ohne Umschweife. Damit hatte Gabrielle nicht gerechnet. Ihre beiden Schwestern offenbar auch nicht.

»Wohin sollen wir denn gehen?«, fragte Julia, ihre Augen füllten sich sofort mit Tränen. »Wir haben keinen anderen Ort.«

»Erinnert ihr euch? Vor einigen Wochen haben wir über das

Leben einer Novizin gesprochen.« Die Oberin sah von einer zur anderen. »Keine von euch ist bereit, das Gelübde abzulegen, Antoinette ist ohnehin noch zu jung dafür. Ihr wisst, dass kein Mädchen bleiben kann, dass das achtzehnte Lebensjahr erreicht hat, und nicht in den Orden eintreten will.«

Als angehende Ordensschwester hätte Gabrielle einen weißen Schleier tragen dürfen. Das war aber auch schon alles, was ihr an dieser Vorstellung gefiel. Sie hatte andere Pläne und sich immer ausgemalt, einmal eine reiche begehrte Frau zu sein. Nur hatte sie nie darüber nachgedacht, was genau sie nach Verlassen des Waisenhauses tun würde, um ihr Ziel zu erreichen. Sie war nicht einmal auf die Idee gekommen, jemand anders könne bestimmen, wann die Zeit im Kloster vorüber ist.

»Eure Tante Louise aus Varennes …«, hörte sie die Oberin sagen und fiel ihr ins Wort:

»Ich gehe auf keinen Fall zu ihr! Da lebe ich lieber auf der Straße.« Julia gab einen erschrockenen Laut von sich. Gabrielles Herz dagegen klopfte wild. Noch immer beschämte sie die Erinnerung an die Sommerferien vor vier Jahren. Gewiss, Tante Louise war pingelig und bieder, doch sie hatte sich alle Mühe gegeben, es ihren Nichten so schön wie möglich zu machen. Gabrielle hatte es ihr mit ungehörigem Verhalten und peinlicher Überheblichkeit gedankt. Sie wollte ihr nie wieder unter die Augen treten müssen.

»Es steht auch nicht zur Debatte, dass ihr zu ihr zieht.« Der strenge Blick der Oberin durchbohrte Gabrielle geradezu. »Aber sie hat etwas für euch arrangiert. Ihr kommt zu ihrer …« Sie zögerte, ehe sie den Satz beendete: »… Schwester. Gewissermaßen. Wenn ich das alles richtig verstanden habe«, murmelte sie mit kraus gezogener Stirn. »Wir haben morgen noch Gelegenheit, uns zu verabschieden.« Damit tunkte sie ihre Feder in ein Tintenfässchen, das deutliche Zeichen, dass die Audienz zu Ende war.

Der Abschied vom Waisenhaus war seltsam. Julia weinte bitterlich, Antoinette ließ die Prozedur über sich ergehen, Gabrielle war hin und her gerissen. Es waren gute Jahre bei den Nonnen gewesen. Eine freudig-aufgeregte Stimme in ihr malte die Zukunft in bunten Farben aus. Ein neuer Lebensabschnitt. Gabrielle war siebzehn, also bald erwachsen. Sie würde endlich selbst bestimmen können. Mindestens ebenso laut dämpfte eine zweite Stimme Gabrielles Hoffnungen. Was konnte sie schon erwarten, wenn Tante Louise es für sie arrangiert hatte? Wieder einmal stiegen die drei in einen Wagen, ohne zu wissen, wohin die Reise ging. Wieder einmal hatte jemand anderes für sie die Entscheidung getroffen. Das musste aufhören. Die Kutsche setzte sich in Bewegung, Gabrielle warf einen letzten Blick auf das Klostergemäuer. Wo auch immer sie heute Nacht schlafen würde, was auch immer man für sie vorgesehen hatte, Gabrielle würde ihr Leben in die eigenen Hände nehmen. Jetzt.

»Ist das der Weg nach Courpière?«, wollte Julia nach einer Weile wissen.

»Ich bin nicht sicher, könnte schon sein.« Gabrielle fiel etwas ein. »Aber ich glaube nicht, dass wir zu Onkel Augustin und unseren Brüdern kommen. Die Mutter Oberin hat von einer Schwester von Tante Louise gesprochen.«

»Ach ja.« Julia drohte schon wieder, in Tränen auszubrechen. Auch Gabrielle wurde das Herz mit jeder Stunde schwerer. Sie hatte den Eindruck, der Wagen fuhr in Richtung Varennes, sie sah die gleichen Wiesen, die gleichen Schafe wie damals auf dem Weg in die Sommerferien. Gabrielle meinte sogar, die eine oder andere Hütte zu erkennen. Ihr wurde immer beklommener zumute. Was, wenn sie am Ende doch bei Tante Louise wohnen sollten? Oder in ihrer direkten Nähe. Die Fahrt dauerte den ganzen Tag. Julia machte sich Sorgen, Antoinette quengelte. Am Abend passierten sie eine Ansammlung stattlicher Gebäude, vor denen Soldaten Wache hielten. Eine Kaserne, vermutete Gabrielle. Sie überquerten einen Fluss und fuhren schließlich durch ein steinernes Tor in ein Städtchen, in dem sie noch nie gewesen waren. Der Wagen hielt vor einem einfachen Häuschen.

»Da wären wir«, sagte der Kutscher, stellte das wenige Gepäck auf die Straße und schickte sich an, wieder auf seinen Bock zu steigen.

»Moment, Sie können uns doch nicht einfach …«, begann Gabrielle. Da öffnete sich die Tür des kleinen Hauses.

»Großvater Henri! Großmutter Angelina!«

»Wir ziehen zu euch?« Antoinette rieb sich müde die Augen. Sie blickte zwischen der Haustür, in der sich die Großeltern aneinanderdrängten, und dem Rest des Bauwerks hin und her, ihre Miene wechselte zwischen Freude und Skepsis. Kein Wunder, der weiße Putz der Behausung, der vor möglicherweise hundert Jahren über einfache Steine gestrichen worden war, bröckelte an vielen Stellen ab, und das Gebäude war so schmal, dass Gabrielle sich nicht vorstellen konnte, wie die Möbel darin Platz finden sollten. Sie drehte sich einmal um die eigene Achse. Gleich gegenüber ragte das Hôtel de Paris stolz in den Abendhimmel. Ein majestätischer Anblick, der sie an das Schloss mit dem Turm in Brive-la-Gaillarde erinnerte. Gabrielle sah ihre Mutter vor sich, ihr Herz krampfte sich zusammen.

»Was steht ihr denn herum?« Großmutter Angelina schob sich an ihrem Mann vorbei und zog eine nach der anderen an sich. »Willkommen in Moulins, Kinder! Es gibt etwas zu essen, dann könnt ihr euch ausruhen. Ihr fallt ja gleich um, so erledigt seht ihr aus. Wie sollte es anders sein nach so einer langen Reise? Schrecklich, ein ganzer Tag in einer engen Kutsche. Und dann diese Schlaglöcher und holperigen Wege. Ihr müsst völlig durchgeschüttelt sein.« Sie lachte. »Bestimmt ist euch ganz schwindelig.«

»Ja, von deinem Geplapper.« Großvater verdrehte die Augen. »Aber sie hat recht, rein mit euch, sonst stehen wir morgen noch hier draußen.«

Gabrielle wusste nicht, ob sie glücklich sein oder verzweifeln sollte. Nachdem der Moment der Überraschung vorüber war, kam die Erkenntnis, dass sie in Zukunft nicht mehr lernen durfte, sondern wieder schuften musste. Ihre Großeltern zogen von Markt zu Markt, wie es auch Vater und Mutter zeitweise getan hatten. Sie waren nicht mehr jung, sahen aber auch nicht gebrechlich aus. Gabrielle zweifelte nicht daran, dass sie ihrer Tätigkeit bis zum heutigen Tag nachgingen. Sie seufzte und betrat das Haus. Drinnen war es wirklich sehr beengt, wie sie feststellte, nachdem sich ihre Augen an das spärliche Licht einer Petroleumlampe gewöhnt hatten. Ein wenig muffig war es, aber sonst einigermaßen gemütlich. Großmutter tischte kaltes Hühnchen auf und Fisch, den sie stark mit Rosmarin und Knoblauch gewürzt hatte. Doch Gabrielles feiner Nase konnte sie nichts vormachen. Kein Gewürz der Welt hätte den strengen Geruch der nicht mehr ganz frischen Forelle vor ihr verbergen können.

»Adrienne ist schon im Bett, morgen ist Schule«, erklärte

Oma Angelina. »Da muss sie ausgeschlafen sein.« Ihre Wangen glänzten und waren von dunkelroten Adern durchzogen. Sie füllte die Teller und stellte sie ihren Enkelinnen hin. »Gleich morgen früh bringen wir euch ins Pensionat, dann lernt ihr sie kennen.«

»Die armen Dinger haben keine Ahnung, wovon du sprichst.« Opa Henri schüttelte den Kopf. »Wie ist das nur möglich? Du redest wie ein Wasserfall, aber sagst nichts, woraus die Mädchen schlau werden könnten.«

Oma Angelina bedachte ihn mit einem strafenden Blick, sparte sich jedoch einen Kommentar.

Sie wünschte einen guten Appetit, dann erklärte sie: »Louise, unsere Älteste hat den Vorschlag gemacht, euch in die Schule zu schicken, in die unsere Jüngste geht, seit sie zehn ist. Adrienne ist unser Küken.« Ihre Augen strahlten.

»Wie ich«, sagte Antoinette leise.

»Ja, mein Kind, wie du.« Oma Angelina tätschelte ihre Wange. »Jedenfalls finden wir, es ist eine gute Idee. Im Institut Notre-Dame bekommt ihr eine gute Ausbildung, ihr werdet sehen. Euer Vater ist der gleichen Meinung«, schloss sie.

»Vor allem, weil er kein Schulgeld für euch zahlen muss«, setzte Opa Henri hinzu.

»Das ist wahr. Natürlich geht ihr deshalb auch nicht in die freie Schule wie unsere Adrienne. Und ihr wohnt nicht zu Hause, sondern im Pensionat. Ein wirklich sehr guter Vorschlag von Louise, schließlich habt ihr kein Zuhause. Wo also solltet ihr sonst schlafen? Heute Nacht bleibt ihr natürlich hier. Es wird ein bisschen eng, aber es wird schon gehen.« Wieder lachte sie und sah fröhlich in die Runde. Gabrielle aß das Hühnchen. Sie würde doch weiter zur Schule gehen können, eine gute Nachricht. Die vielen Fragen, die in ihr auftauchten, schob sie beiseite, wie den Fisch.

Das Schulgebäude mit einem kleinen Park davor machte keinen üblen Eindruck. Alles wirkte hell und viel freundlicher als das Kloster in Aubazine. Allerdings hatte das Waisenhaus Gabrielle gezeigt, dass der äußere Schein nicht unbedingt auf das Innere schließen ließ. Neugierig betrachtete sie jedes Detail, das ihr etwas über ihre Zukunft verraten konnte. Ihre Großeltern hatten sie so lange wie möglich schlafen lassen, ehe sie die drei Mädchen bei dem Direktor ablieferten.

»Adrienne ist längst im Unterricht«, erklärte Oma Angelina ihnen, als sie vor der schweren, mit Ornamenten verzierten Holztür standen. »Sie kommt in der großen Pause hierher und zeigt euch alles. Wartet nach dem Gespräch mit dem Herrn Direktor hier auf sie.«

Der Termin mit dem Leiter des Instituts Notre-Dame dauerte nicht lange. In erster Linie machte er ihnen unmissverständlich klar, wie sie sich zu benehmen hatten.

»Unsere Schülerinnen bilden zwei Gruppen«, ließ er sie mit unbewegter Miene wissen. »Da sind die Töchter von guter Herkunft, deren Eltern Schulgeld bezahlen, und die nach dem Unterricht nach Hause gehen. Die meisten von ihnen leben in ansehnlichen Bürgerhäusern.«

Gabrielle fand, dass in seinem Blick eine Arroganz lag, die sich für einen Mann in seiner Position nicht gehörte. Als ob er nicht genau wusste, wo die drei Chanel-Schwestern die letzte Nacht verbracht hatten und wo Adrienne lebte, die immerhin zu den Töchtern mit guter Herkunft zählte.

»Dann wären da noch die armen Mädchen, die in den Kammern des Internats untergebracht sind.« Er sah von einer zur anderen. »So wie ihr. Für euch wird das Schulgeld von den reichen Familien der Stadt übernommen. Ihr seid es ihnen schuldig, euch vollständig auf eure Ausbildung zu konzentrieren. Moulins mag für ein junges Ding vom Lande einige Verlockungen zu bieten haben. Wir erwarten von euch, dass ihr ihnen widersteht.« Sein Ton bekam etwas Dunkles, Drohendes. »Ihr seid in diesem Institut etwas Besonderes. Wir erwarten, dass euer Benehmen diesem Umstand gerecht wird.«

Während er zusammenfasste, wie ein Tagesablauf und ein üblicher Wochenplan aussahen, hingen Gabrielles Gedanken an einem Wort fest. Besonders. Manchen mochte die Vorstellung gefallen, etwas Besonderes zu sein. Gabrielle haderte mit ihr. Wer sich bemühte, dieses Attribut zu tragen, kam anscheinend nicht auf die Idee, dass besonders nicht automatisch den Zusatz *gut* trug. Irgendwann würde sie auch zur privilegierten Gruppe gehören. Dann würde sie das Geld für die armen Mädchen spenden und von der Schulleitung fordern, dass sie das gleiche Leben führen durften wie alle anderen auch.

»Gabsi!« Julia schlug ihr sanft auf den Oberarm.

»Oder ist noch etwas?«, wollte der Direktor von Gabrielle wissen. Sein Blick durchbohrte sie, er wartete offenbar schon länger auf eine Antwort von ihr.

»Nein, vielen Dank, ich habe alles verstanden.«

Nachdem sich die verzierte Holztür wieder hinter ihnen geschlossen hatte, blieben die drei im Flur stehen, wie Oma Angelina ihnen aufgetragen hatte. Julia gingen tausend Fragen im Kopf herum, die sie alle loswerden musste, Antoinette stand am Fenster und beobachtete wieder einmal Wolken, die über den

Himmel schwebten. Und dann war Adrienne da. Mit federndem Schritt kam sie den Gang entlang, sah Gabrielle an und strahlte. Sie trug das gleiche schwarze Kleid, das alle Schülerinnen trugen, mit dem breiten Kragen, der wie eine Stola über den Schultern lag. Kein auffälliger Schmuck, kein Farbtupfer, und doch schien sie zu leuchten wie ein Regenbogen.

»Da seid ihr ja, genau wie Maman es angekündigt hat. Herzlich willkommen im Institut Notre-Dame. Ich bin Adrienne.«

»Du bist die Schwester unseres Vaters?« Antoinette zog die Augenbrauen hoch.

»Stimmt. Und die eurer Tante Louise«, erklärte Adrienne fröhlich.

»Dann bist du meine Tante!« Gabrielle ärgerte sich. Das war nicht gerade ein kluger erster Satz. Dabei hätte sie gern den bestmöglichen Eindruck bei diesem Wesen hinterlassen, das mit seiner bloßen Anwesenheit den Moment zu einer Sternstunde machte.

Adrienne lachte. »Stimmt. Eine absolut richtige Schlussfolgerung.«

»Wie alt bist du?«, sprudelte es aus Gabrielle heraus.

»Sechzehn. Ich bin das Nesthäkchen.«

Gabrielle konnte es nicht fassen: »Eine Tante, die jünger ist als ich?«

»Als wir«, korrigierte Julia. Gabrielle hatte sie und Antoinette beinahe vergessen.

»Ich gehe zur Schule. Was habt ihr gedacht, wie alt ich bin?« Wieder lachte Adrienne laut auf und ließ dabei ihre weißen Zähne sehen. »Ist doch lustig, findet ihr nicht?« Julia hatte die Überraschung verdaut und bestürmte Adrienne mit all ihren Fragen. Gabrielle dagegen fühlte sich wie in Trance. Ihr war, als habe Vaters jüngste Schwester eine Aura um sich, die Gabrielle seit der Sekunde faszinierte und anzog, in der sie sich zum ersten Mal in die Augen gesehen hatten. Adrienne war nicht einfach hübsch, sie war bildschön. Das war nicht diese künstliche Schönheit von Frauen, die ihre ausdruckslosen Gesichter mit Rouge erst in Szene setzen mussten, es war ein Glanz, der aus ihrem Inneren kam. Und es war wie ein Blick in den Spiegel, denn Adrienne sah Gabrielle auf eine irritierende Weise ähnlich.

»Wenn ihr Lust habt, zeige ich euch nach dem Unterricht die Stadt.«

»Das geht nicht«, antwortete Julia sofort. »Wir sollen uns vollkommen auf die Schule konzentrieren, statt durch den Ort zu schlendern, als hätten wir nichts Besseres zu tun.«

»Ich habe Lust!« Gabrielle sah Adrienne an.

»Aber der Direktor hat doch eben gerade …«, setzte Julia an.

Gabrielle fiel ihr ins Wort: »Er hat nichts davon gesagt, dass wir hier eingesperrt sind. Vielleicht bleiben wir für immer, dann müssen wir Moulins doch kennen.«

»Schön, wir treffen uns um fünf Uhr unten im Park.« Adrienne nickte Gabrielle zu. »Und jetzt bringe ich euch zur Kleiderkammer, damit ihr eure Uniformen bekommt. Ohne die hier …« Sie strich über den weiten schwarzen Rock, der ihr bis zu den Knöcheln reichte. »… seid ihr keine echten Notre-Dame-Schülerinnen.«

Gabrielle hatte kaum abwarten können, dass es fünf Uhr wurde. Zu ihrem Ärger schlossen sich Julia und Antoinette doch an. Es waren ihre Schwestern, also war es nicht richtig, sie nicht dabei haben zu wollen. Nur fühlte es sich an, als habe Gabrielle in Adrienne die erste wahre Schwester gefunden, eine Seelenschwester. Seite an Seite zogen sie los, als würden sie sich seit Ewigkeiten kennen. Julia und Antoinette trotteten hinter ihnen her. Sie kamen nach wenigen Schritten am Hôtel de Paris vorbei. Der Brunnen davor war Gabrielle am Abend ihrer Ankunft gar nicht aufgefallen. Und noch etwas war ihr entgangen. Adrienne machte sie darauf aufmerksam.

»Das Geschäft dort drüben hat erst vor einem Jahr oder zwei eröffnet.« Sie seufzte. »Ich könnte nicht mehr ohne es leben.« Jetzt lachte sie keck. »Allerdings ist es ein seltenes Vergnügen, dort etwas kaufen zu können. Ist auch besser, sonst würde ich bald nicht mehr in die Schuluniform passen.«

»Was gibt es da?« Gabrielle reckte den Hals. *Palets d'Or* stand über dem verschnörkelten Eingang, der aussah, als habe jemand einfach die Ecke aus dem unteren Stockwerk des Gebäudes geschnitten und durch eine Säule ersetzt. Der gleiche Schriftzug prangte auch auf den Mäuerchen unterhalb zweier Schaufenster.

»Schokolade!« Adriennes Antwort war ein einziges wohliges Stöhnen. Gabrielle versuchte, im Inneren des Ladens etwas zu erkennen. War die Decke über dem Verkaufstresen wirklich bunt bemalt? Nein, das musste eine Täuschung gewesen sein, eine Reflexion wahrscheinlich. Sie bekam keine Chance auf einen zweiten Blick, denn Adrienne lief bereits weiter. Sie führte die drei durch ein Gewirr aus Gassen und Wegen und sprang leichtfüßig über das Kopfsteinpflaster hinweg. Nachdem sie die Kathedrale Notre-Dame hinter sich gelassen hatten, fanden sie sich an einer riesigen Halle wieder. Das mächtige Dach erinnerte Gabrielle an einen Bahnhof. Es überspannte einen Körper, der vollständig von einem Metallgerüst umschlossen war.

»Die Markthalle«, erklärte Adrienne, die ihren Blick bemerkt haben musste.

»Die hätte Maman gefallen«, flüsterte Gabrielle. Ein Ort an dem die Händler vor Wind und Regen geschützt waren! Warum versuchte ihr Vater hier nicht sein Glück? Wie im Traum taumelte Gabrielle weiter neben Adrienne her bis auf einen großen Platz, auf dem die Damen und Herren geschäftig unterwegs waren oder unter Kastanien ausruhten.

»Die Place d'Allier, das Herz der Stadt«, sagte Adrienne. »Le Grand Café«, fügte sie beinahe ehrfürchtig hinzu und deutete auf ein Lokal. Vor der gläsernen Tür stand ein Herr, der sehr elegant aussah. Näherte sich Kundschaft, öffnete er und begrüßte die Gäste mit einer geschmeidigen Verbeugung. Gerade steuerte eine kleine Gruppe junger Männer auf den Eingang zu. Alle trugen scharlachrote Pluderhosen, einige nur helle Hemden dazu, andere Jacken mit goldenen Knöpfen. Die meisten hatten Käppis mit Schirm auf dem Kopf. Sofort fiel Gabrielle die Kaserne auf der anderen Seite des Flusses ein, die sie am Abend ihrer Ankunft in Moulins gesehen hatte. Gabrielle war fasziniert von den jungen Offizieren. Nicht, dass einer ihr sonderlich aufgefallen wäre, aber in der Art, wie sie sich bewegten und rasch zu ihr und Adrienne herübersahen, lag ein Versprechen auf ein besseres Leben.

»Das Grand Café ist leider den feinen Leuten vorbehalten, unsereins wird es nie von innen zu sehen bekommen.« Adrienne seufzte zwar, doch ihre fröhliche Miene ließ Gabrielle vermuten, dass ihr Bedauern sich sehr in Grenzen hielt. Vielleicht ahnte sie auch, dass sie sehr wohl eine Chance hatte, wenn ihre Eltern gute Geschäfte auf dem Markt machten. Nur für Mädchen, deren Familien nicht einmal selbst ihr Schulgeld aufbringen konnten, würde das Café wohl wirklich verschlossen bleiben. Stellte sich allerdings die Frage, ob sich Gabrielle damit abfinden oder sich lieber nach einer Eintrittskarte umschauen wollte.

»Zeit, umzukehren«, verkündete Adrienne und wandte sich Julia zu. »Du hast schon recht, ihr solltet euch nicht in der Stadt herumtreiben.« Sie zuckte mit den Achseln. »Aber jetzt habt ihr wenigstens eine Idee davon, wo ihr lebt.«

Für Gabrielle hätte der Ausflug noch ewig weitergehen können, doch sie musste sich fügen. Gemeinsam gingen die vier zurück zur Rue de Paris.

»Louise holt mich oft zum Wochenende ab«, sagte Adrienne beim Abschied. »Nicht diese Woche, aber bestimmt danach. Ich habe schon mit ihr gesprochen. Ihr seid ihr in Varennes natürlich willkommen. Ihr kennt sie ja.«

»Ja, sie ist wirklich nett.« Julia lächelte.

»Hör bloß mit der auf!«, entgegnete Gabrielle finster.

»Gabsi!«, fauchte Julia.

»Was hast du gegen meine Schwester?« Adrienne neigte den Kopf leicht zur Seite. »Louise ist wunderbar. Ich möchte auch einmal sein wie sie.«

»Du meine Güte!«, entfuhr es Gabrielle. Sie wollte Adrienne um keinen Preis verärgern, aber das war nun wirklich ein seltsamer Wunsch.

»Warum denn nicht? Sie hat ein eigenes Haus mit Garten, einen Mann, der nicht nur ein sicheres regelmäßiges Einkommen hat, sondern auch noch anständig und zuverlässig ist. Von meinem lieben Bruder kann man das sicher nicht sagen.« Damit verschwand sie in das schmale Haus ihrer Eltern.

Der Tagesablauf im christlichen Pensionat Notre-Dame folgte klaren einfachen Regeln, die nicht wenig mit denen des Klosters von Aubazine gemeinsam hatten. Ein Morgengebet, Frühstück, Unterricht, Vorträge über Heilige, eine warme Mittagsmahlzeit, eine bescheidene am Abend, und auch die Stunde, wann alle im Bett zu liegen hatten, war selbstverständlich vorgegeben. Sonntags verließen die Mädchen gemeinsam das Institut, gingen paarweise im Gänsemarsch einmal um die Ecke in die Kapelle Notre-Dame zum Chorgesang. Es gehörte mit zu dem Wundervollsten, was Gabrielle je erlebt hatte. Sie betrat neben Adrienne das alte Gemäuer, das mit seinen Winkeln und Nischen ihre Phantasie anregte. Im Schein der Kerzen huschten Schatten wie Geister über schlanke Säulen und unverputzten Stein. Das Tonnengewölbe in einem Teil der Kathedrale hatte es Antoinette auf den ersten Blick angetan. Heerscharen von Engeln waren dort aufgemalt, die aus weißen Wolken an einem leuchtend blauen Himmel herabschauten. Gabrielle gefiel dagegen der kleine Altarraum mit seinen bunten Fenstern am besten. Sie zeigten Heilige, die immer wieder anders aussahen, je nachdem, wie das Licht hereinfiel. Und sie liebte den Gesang. Es war, als würden die Töne den faden Alltag hinaustragen und auflösen. Im Chor stand Gabrielle nicht am Rand der Gesellschaft, sie gehörte dazu. Wie musste es sein, ein Solo singen zu dürfen, eine Hauptrolle in dieser Kathedrale zu spielen und endlich einmal auf wundervolle Weise im Mittelpunkt zu stehen! Es gab nur einen Weg, dieses Gefühl zu kosten, das sie sich so umwerfend schön vorstellte, sie musste alle anderen überbieten. Also strengte sie sich an und ließ sich nicht vom Üben in ihrer Kammer abhalten, auch wenn Julia das Gesicht verzog und Antoinette mit einem Kissen nach ihr warf. Wenn es doch nur jeden Tag in die Kathedrale ginge! Doch so war es nun einmal nicht. Mit jeder weiteren Woche in Moulins erschien Gabrielle ihr Leben dort trister. Vielleicht hätte Adrienne ihr doch nicht die Welt außerhalb der Institutsmauern zeigen sollen. Gabrielles Sehnsucht nach verwinkelten Gassen, nach Cafés, kleinen Geschäften, nach dem Fluss wuchs immer mehr. Einmal hatte sie Kartons mit alten Heften auf den Dachboden tragen sollen. Da hatte sie ein Fenster entdeckt, durch das sie, wenn sie auf drei übereinander gestapelte Kisten stieg, den Park und die Jungenschule auf der anderen Straßenseite sehen konnte. Seitdem kam sie oft her, wenn Adrienne das Institut verlassen hatte und zu Hause war. Hier konnte Gabrielle ihren Gedanken nachhängen. Adrienne hatte schon recht, zuverlässig war Papa wirklich nicht. Und er war auch nicht gut mit Maman umgegangen. Wäre er anständig, würde er doch wohl in der Markthalle von Moulins seine Waren anbieten, seinen Kindern ein bescheidenes Zuhause bieten und das Schulgeld für sie bezahlen. Dann könnte auch Gabrielle sich frei in der Stadt bewegen.

Es war ein Freitag, als sie wieder einmal auf den Dachboden gestiegen und auf ihren Ausguck geklettert war. Sie wedelte notdürftig Staub beiseite, schob zur Sicherheit dennoch die Ärmel ihres Kleides nach oben, damit sie nur nicht schmutzig wurden, und lehnte sich auf das Fensterbrett.

Eine Gruppe Schüler lief eben den schmalen Pfad entlang, der von der Straße zum Portal der Jungenschule führte. Gabrielle konnte kein Wort hören, sie sah die Burschen nur lachen und reden. Einige waren wohl beim Bäcker gewesen, sie hielten kleine Kuchenstücke in den Händen, deren Anblick Gabrielle selbst auf die Entfernung das Wasser im Mund zusammenlaufen ließ. Es kümmerte sie nicht. Was sie wirklich faszinierte, waren die schwarzen Uniformen. Hosen, Hemden, Jacken, alles schwarz. Ein flüchtiger Betrachter könnte meinen, es handele sich um eine Versammlung zu klein geratener Schornsteinfeger. Nur wer genauer hinsah, entdeckte an ihnen den weißen Kragen, der in einer bauschig gebundenen Krawatte endete. Schwarz und weiß. Klare Linien. Schlichte Eleganz. Erst bei den Schwestern in Aubazine, jetzt hier in Moulins. Für eine Sekunde blitzte vor ihrem inneren Auge ein Mädchen auf, das eine schwarze Hose trug und eine weiße Bluse mit einer zur Schleife gebundenen Krawatte. Ein Mädchen in einer Hose? Unmöglich. Und doch ... Ein wohliger Schauer lief Gabrielle über den Körper, den sie sich nicht erklären konnte. Sie wusste nur, dass sich der Anblick der Jungen und das Bild in ihrem Kopf für immer in ihr Hirn brannten, weil sie eine Bedeutung für ihr Leben hatten.

Am Tag darauf sollte es zu Tante Louise nach Varennes-sur-Allier gehen. Adrienne überquerte gerade die Straße, als Gabrielle mit Julia und Antoinette die Rue du Lycée herunterkam. Sie begrüßten sich mit drei Küssen auf die linke, die rechte und wieder die linke Wange. Für mehr hatten sie keine Zeit, denn Louise kam auf die Minute pünktlich um halb neun die Rue de Paris herauf, um die Mädchen abzuholen. Sie hatte sich nicht verändert, fand Gabrielle. In ihrem hoch geschlossenen braun-schwarz gestreiften Kleid hätte sie gut eine Lehrerin im Institut abgeben können. Die Haare trug sie streng zu einem Knoten gedreht, die schwarzen Schuhe, deren Spitzen gerade unter dem Saum hervorlugten, waren auf Hochglanz poliert. Auch Adrienne und Louise begrüßten sich mit drei Küssen. Gabrielle musste lächeln. Man hätte meinen können, die beiden wären Mutter und Tochter. Niemand würde wohl auf die Idee kommen, dass es sich um Schwestern handelte.

»Ich freue mich, euch wiederzusehen«, sagte Louise freundlich. Sie blickte jede an, ehe sie sie zur Begrüßung an sich zog. Als Gabrielle an der Reihe war, verzog sie keine Miene. Es schien

Gabrielle sogar, als wäre ihr Lächeln noch einen Hauch sanfter geworden. Sofort war ihre Scham von damals zurück. Schweigend folgte sie Tante Louise, Adrienne und ihren Schwestern. Auf dem Weg zum Bahnhof versuchte sie, möglichst viel zu sehen, und sich alles gründlich einzuprägen. Häuser, an denen Blumenkästen hingen, verschnörkelte Balkone, weiß und blau gestrichene Fensterläden. Es gab einen hohen Turm mit einer Glocke weit oben unter einem kleinen kugeligen Dach, einer umlaufenden Balustrade und einer runden Uhr darunter. Sobald Gabrielle langsamer wurde, oder gar stehen blieb, trieb Louise sie zur Eile an.

»Der Zug wartet nicht auf uns!«

Das Bahnhofsgebäude war groß, es herrschte viel Betrieb. Wagen hielten davor, Männer schleppten große Koffer oder schoben Gepäckwagen vor sich her.

»Gebt acht, dass wir alle zusammenbleiben«, kommandierte Tante Louise. »Wer in die falsche Bahn steigt, findet sich womöglich in Paris wieder.«

Paris. Ein Zittern huschte durch Gabrielles Körper. Die Vorstellung, dass sie sich in Moulins in den Zug setzen und bis in die Hauptstadt fahren konnte, war ungeheuer aufregend und gefiel ihr sehr. Dass sie sich keinen Fahrschein leisten konnte, spielte keine Rolle. Allein die Möglichkeit war kostbar. Paris lag im Norden, ihr Zug ratterte nach Süden, Varennes entgegen. Die Reise dauerte über eine Stunde. Gabrielle antwortete höflich, wenn sie angesprochen wurde. Sonst schwieg sie und sah aus dem Fenster auf Felder und Wiesen, die in ungeheurem Tempo an ihr vorüberflogen. Sie versuchte die Schilder zu lesen, auf denen Ortsnamen geschrieben waren. Es gelang ihr nur selten.

Auch das Haus der Costiers hatte sich kein bisschen verändert.

Gabrielle fand, dass die Rosen und der Lavendel geradezu trotzig ihre Blüten präsentierten, hübsch sortiert und in jedem der beiden Beete exakt gleich. Die Tante ließ sich nicht anmerken, ob sie an die Verwüstung dachte, die dort nach Gabrielles letztem Besuch geblieben war. Sie verlangte von allen gleichermaßen, sich an die Regeln zu halten, die sie aufgestellt hatte. Schuhe ausziehen, vor dem Essen die Hände waschen, Vorsicht walten lassen im Umgang mit Gläsern und Geschirr. Doch darüber hinaus mühte sie sich nach Kräften, die Mädchen zu verwöhnen. Es gab eine köstliche Tarte au citron, Milchkaffee und Limonade. Am Abend ging es auf demselben Weg zurück, den sie in der Frühe gekommen waren. Gabrielle war sehr erleichtert. Sie hatte befürchtet, dass Tante Louise und Paul sie spüren lassen würden, wie scheußlich sie sich vor Jahren benommen hatte. Dann wäre Gabrielle nie wieder am Sonnabend mit zu ihnen nach Varennes gefahren. Es wären traurige Samstage ohne Adrienne geworden. Doch es war glücklicherweise anders gekommen. Wenn Gabrielle auch lieber allein mit Adrienne durch Moulins gestreift oder eine andere Stadt in der Nähe erkundet hätte, so würden die Besuche bei Tante Louise doch eine willkommene Abwechslung sein.

Wahrhaftig waren Zerstreuungen rar und daher kostbar im gleichförmigen Schulalltag. Die wenigen Gelegenheiten, den Pensionatsmauern zu entkommen, hatten meist mit der Kirche zu tun. Gabrielle wurde den Verdacht nicht los, die reichen Leute, die das Schulgeld für arme Kinder übernahmen, wollten besonders an Feiertagen eine Vorführung genießen, die ihre Wohltätigkeit bewies und ihr Gewissen beruhigte. Mehr noch, sie konnten sich rühmen, großzügiger und reicher zu sein als der Nachbar. Die Beweggründe für ihre Spendenbereitschaft waren gewiss nicht nur christlicher Natur, aber das kümmerte Gabrielle nicht. Wie alle anderen schlüpfte sie an Fronleichnam gern in ihr Sonntagskleid. Die Nonnen liefen aufgeregt umher und klatschten in die Hände.

»Aufstellung, die Damen! Was ist dahinten los? Es wird nicht getuschelt!«

Der Zug setzte sich in Bewegung. Gabrielle konnte sich nicht sattsehen. Die Stadt war geschmückt, an den Balkonen hingen aufwendige Blumengebinde mit goldenen Schleifen. Die Kirchen und auch das Rathaus waren mit Kränzen dekoriert, die aus unzähligen weißen, rosafarbenen und roten Blüten bestanden. Über den Gassen lag ein schwerer, süßer Duft, der Gabrielle beinahe den Atem nahm. Natürlich ließ sie sich nichts anmerken. Sie ging nicht, wie all die anderen Schülerinnen, sie schritt zwischen den Schaulustigen hindurch. Ihre Haltung so gerade, als trüge sie ein randvolles Glas Wasser auf ihrem Kopf. Niemals wäre sie auf die Idee gekommen, sich zu Adrienne hinüberzubeugen, um ihr etwas ins Ohr zu flüstern, so gern sie sie auch auf die eine oder andere Familie hingewiesen hätte, die sich allzu auffällig ausstaffiert hatte. Oder auf eine Gruppe junger Männer, die lässig rauchend ein wenig abseits standen und sich offenkundig ausschließlich für die älteren Mädchen interessierten. Dafür war später noch Gelegenheit. Die kostbaren Stunden der Prozession nutzte Gabrielle aus, um dem Gefühl von Freiheit und Unabhängigkeit nachzuspüren. Endlich durfte sie wieder schauen! Die goldenen Gewänder der Geistlichen funkelten in der Sonne. Die Heiligenfiguren, die von schwitzenden Jünglingen getragen wurden, schienen zu schweben. Niemand hinderte Gabrielle daran, alles ausgiebig zu betrachten. Und niemand konnte verhindern, dass sie und Adrienne angesehen wurden. Moulins' Straßen waren voll, Männer mit buschigen Schnurrbärten drängten sich neben Familien im Sonntagsstaat und den Offizieren. Vor allem vom Jägerregiment waren viele gekommen, die Gabrielle an ihren Uniformen erkannte. Sie bemerkte ihre Blicke, hielt ihnen stand. Einmal sah ihr einer sogar so lange in die Augen, bis sie aus seinem Sichtfeld verschwand. Sie erwiderte sein breites Lächeln nicht, sondern speiste ihn mit einem hoheitsvollen winzigen Nicken ab. Während des gesamten Marsches sang sie aus voller Kehle. Sie zweifelte nicht daran, hübsch zu sein, doch sie wollte zu gern glauben, dass es ihr Ausdruck und ihre Stimme waren, die die Herzen der Menschen eroberten.

Moulins 1901

Gabrielle hatte sich in den zurückliegenden Jahren daran gewöhnt, ihren Lieblingsbruder Alphonse und Lucien, den Jüngsten, nicht zu sehen. Nur hin und wieder hörte sie von ihren Großeltern etwas. Die Jungen würden bei Bauern auf dem Feld helfen oder Schafherden hüten. Zuletzt hieß es, sie seien in die Fußstapfen des Vaters getreten. Gabrielle wusste, was das bedeutete. Sie zogen von einer Stadt zur anderen. Allerdings hatten sie kein Geld, um eigene Waren anzubieten, also gingen sie wahrscheinlich Marktbeschickern zur Hand, schleppten deren Körbe und Säcke und bekamen dafür einen Hungerlohn. Diese Gedanken gingen ihr durch den Kopf, als sie in der fensterlosen Waschküche stand und die Kleider der Nonnen bügelte. Der Schweiß rann ihr die Schläfen hinab, und der rechte Arm fühlte sich schwer an wie Blei. Kein Wunder, das Eisen wog nicht wenig. Sie blickte zum wiederholten Mal auf den Tisch, auf dem sich sorgfältig gefaltete schwarze Trachten zu fünf Türmen stapelten. Es war eine anstrengende Arbeit gewiss, doch kaum dachte sie an ihre Brüder, erschien sie Gabrielle leicht und ihr Leben als großes Geschenk. Wie glücklich sie dran war, etwas lernen zu dürfen! Für das Bügeln meldete sie sich stets freiwillig, denn im Gegenzug durfte sie die Nähmaschine benutzen. Keine dieser einfachen französischen Dinger, sondern eine echte Singer! Im Institut Notre-Dame war das ein seltenes Vergnügen, was das anging, hatte sie es bei den Nonnen in Aubazine besser gehabt. Sie stellte das Bügeleisen zurück auf seinen Stein, zupfte den Stoff des letzten Kleides glatt und legte die Ärmel über Kreuz. Wenn die Zeit reif war, würde sie Geld verdienen und Alphonse und Lucien unterstützen. Sie packte das akkurat gefaltete Stück auf einen der Stapel. Das hier war vielleicht eine schwere Arbeit, aber eben auch eine lohnende. Und Gabrielle scheute keine Anstrengung. Im Leben bekam man nichts geschenkt, nicht, wenn man als eine Chanel geboren worden war. Immerhin hatte sie in Aubazine das Rüstzeug bekommen, um einmal ein besseres Leben zu führen. Hier in Moulins konnte sie es noch verfeinern. Vor allem aber kam hier die Ausbildung im Gesang dazu. Damit wollte sie es weit bringen. Als gefeierte Sängerin konnte sie gewiss mehr verdienen als als Schneiderin und Alphonse und Lucien mehr abgeben. Das war sie ihren Brüdern schuldig. Dieser Gedanke ließ es sie ertragen, von ihnen getrennt zu sein, sosehr sie ihr auch fehlten. Sie konnte froh sein, ihre Schwestern um sich zu haben, sagte sie sich, während sie noch die Waschzuber ausscheuerte und umgedreht zum Trocknen an die Wand lehnte. Mit Adrienne hatte sie sogar eine Seelenschwester hinzugewonnen. Mit ihr, Julia und Antoinette würde sie morgen wieder nach Varennes fahren. Gabrielles Blick wanderte noch einmal aufmerksam durch den Raum, ehe sie die Tür hinter sich schloss und den Flur entlangging, der zu ihrer Kammer führte. Was die Leiterin des Instituts wohl von Julia gewollt hatte?

»Wenn der Unterricht beendet ist, erwartet dich die Mutter

Oberin in ihrer Schreibstube«, hatte eine Nonne am Vormittag erklärt. Mehr nicht, kein weiteres Wort. Noch ehe Gabrielle ihre Kammer erreicht hatte, kam ihre älteste Schwester ihr entgegen. In ihrer Miene lag ein fremder Ausdruck, der Gabrielle nicht behagte. Ängstlich sah Julia aus, aber auch irgendwie erleichtert.

»Was wollte die Oberin von dir?«, fragte sie sofort.

»Meine Schulzeit ist zu Ende«, entgegnete Julia atemlos. Ihre Stimme war wie beschlagen. »Ich bin jetzt erwachsen und werde arbeiten«, verkündete sie. Der Satz brachte in Gabrielle etwas zum Schwingen, und Neid keimte in ihr auf. Julias Worte verhießen Unabhängigkeit. Das war es, was auch sie sich sehnlichst wünschte.

»Arbeiten? Was willst du denn tun?« Sie standen einander in dem dunklen Flur gegenüber, aus den anderen Zimmern drang Flüstern und hin und wieder ein gedämpftes Lachen zu ihnen herüber.

»Ich werde Großvater und Großmutter auf dem Markt helfen«, antwortete Julia, ohne zu zögern. Mit Gabrielles Neid war es vorbei. Schon als Kinder hatten sie genau das tun müssen. Für Gabrielle kam es nicht infrage, auch den Rest ihres Lebens damit zu verbringen. Doch das sagte sie ihrer Schwester lieber nicht. Stattdessen lächelte sie.

»Das ist gut. Die beiden werden nicht jünger, sie können sicher Hilfe brauchen.«

»Ja.« Die Panik stand Julia ins Gesicht geschrieben. Sie würde zwar die Großeltern um sich haben, aber sonst allein zurechtkommen müssen. Ohne ihre Geschwister.

»Und du kennst dich mit ihrer Arbeit aus. Es wird prächtig funktionieren«, ermutigte Gabrielle sie.

Am nächsten Morgen gingen Gabrielle und Julia zum Haus ihrer Großeltern, eine müde und ein wenig lustlose Antoinette im Schlepptau. Gabrielle klopfte an. Sie mussten nicht lange warten, da öffnete Opa Henri ihnen die Tür.

»Aha, da sind die jungen hübschen Damen«, begrüßte er sie gut gelaunt. Er ließ seiner Frau den Vortritt, ehe er einer nach der anderen schmatzend Küsse auf die Wangen drückte. Mit der Anzahl nahm er es nicht genau, diesbezüglich war er großzügig. Adrienne war bereits fertig zum Aufbruch, sie trug eine dünne Jacke über der langen Bluse, eine Tasche über dem Arm und einen langen, sehr eng geschnürten Rock, der ihre schlanke Figur perfekt zur Geltung brachte. Während sie die Mädchen begrüßte, fing Julia auch schon an, sich von Antoinette und Gabrielle zu verabschieden.

»Ich will auch hierbleiben«, drängelte Antoinette.

»Aber bei Tante Louise ist es doch lustig, oder etwa nicht?« Oma Angelinas Stirn legte sich in Falten.

»Ich fahre nicht mit, weil ich mit unseren Großeltern einiges zu besprechen habe«, erklärte Julia wichtig. »Du bist noch ein Kind, für dich ist das nichts.«

»So viel älter bist du auch nicht«, maulte Antoinette. »In Varennes langweile ich mich nur. Für die bin ich doch Luft«, beschwerte sie sich und warf Gabrielle und Adrienne finstere Blicke zu.

»Du musst dich eben etwas mehr für Handarbeiten oder für das Kochen interessieren, dann würde dir die Zeit nicht lang werden, und du könntest bei Tante Louise viel lernen«, hielt Gabrielle ihr vor.

»Vielleicht möchtest du lieber mir helfen«, schlug Oma Angelina vor und lächelte Antoinette verschmitzt an. »Die ersten

Blaubeeren sollten reif sein. Ich kenne da eine Stelle hinter dem Hippodrom, wo das Wäldchen bis an den Fluss reicht. Vielleicht haben wir Glück und finden dort welche.«

»Aber die Pferderennbahn ist weit weg!« Antoinettes Augen wurden immer größer. »Wir sollen das ganze Stück laufen?«

»Und zurück am besten auch noch, wenn du nicht im Wald übernachten willst.« Oma Angelina schüttelte lachend den Kopf.

»Entscheide dich«, verlangte Gabrielle. »Wir müssen los, sonst verpassen wir noch den Zug.«

»Na schön, also Blaubeeren«, knurrte Antoinette. Gabrielle seufzte. Eine Minute später eilte sie mit Adrienne über die Place de Paris und weiter an der Kathedrale vorbei. Kurz hinter dem Uhrenturm kamen ihnen zwei Offiziere entgegen. Einer rauchte eine kurze Zigarre und musterte die beiden geradezu unverschämt von oben bis unten. Gabrielle spannte sofort den Körper an und hob den Kopf ein wenig höher.

»Mesdemoiselles.« Er lüpfte sein Käppi. Der andere kicherte albern, tat es ihm aber nach. Adrienne reagierte nicht darauf. Mit gesenktem Kopf lief sie weiter. Gabrielle dagegen verlangsamte ihre Schritte, nickte den Herren huldvoll zu und lächelte.

»Ein wunderschöner Tag. Doch er verblasst gegen die zauberhaftesten Zwillinge, die mir je unter die Augen gekommen sind«, sagte der mit der Zigarre. Gabrielle lachte auf. Er sah sie fragend an.

»Schwestern«, sagte sie nur. Ständig hielt jemand sie für Schwestern. Dass sie Zwillinge sein sollten, hörte Gabrielle zum ersten Mal.

»Komm schon«, trieb Adrienne sie an.

»Ich hätte gewettet … Eine ist so hübsch wie die andere, da dachte ich wahrhaftig, …« Wieder beendete er den Satz nicht.

Unter dem Bogen der Arkaden waren er und Gabrielle stehen geblieben. Es sollte doch wohl Zeit für eine kurze Plauderei sein. Dagegen war nun wirklich nichts einzuwenden.

»Worauf wartest du?« Adrienne drehte sich zu ihr um und funkelte sie an. »Wir verpassen noch unseren Zug. Das hast du eben selbst gesagt.« So ärgerlich hatte Gabrielle sie noch nicht erlebt.

»Die Damen verreisen«, stellte der Mann mit der Zigarre fest. Der andere verfolgte die Szene mit geröteten Wangen und einem dümmlichen Grinsen. Linkisch hatte er ein Bein vor dem anderen gekreuzt und drehte sein Käppi unentwegt in den Händen, als bete er damit einen Rosenkranz. »Wohin soll die Fahrt denn gehen?«

»Paris«, entgegnete Gabrielle wie aus der Pistole geschossen.

»Jetzt komm endlich«, fauchte Adrienne, die schon ein gutes Stück entfernt war.

»Wie bedauerlich«, sagte der Offizier. »Wir hätten Sie zu gern ins Grand Café eingeladen. Nicht wahr?« Er stieß seinem Freund in die Seite. Der geriet gefährlich ins Straucheln.

»Aber ja, mit Vergnügen«, brachte er hervor.

»Vielleicht ein anderes Mal«, gab Gabrielle zurück und freute sich, wie gelassen sie geklungen hatte. Dabei war sie alles andere als das. So einfach konnte es sein, im Grand Café zu Gast zu sein? Herrlich! »Einen schönen Tag noch«, sagte sie und schenkte jedem noch ein süßes Lächeln, bevor sie eilig zu Adrienne aufschloss.

»Du bist fast so unentspannt wie deine Schwester Louise«, beschwerte sie sich. »Wir kommen schon nicht zu spät.« Adrienne antwortete nicht, sie schmollte. Gabrielle hoffte, das würde nicht lange anhalten. »Warum holt sie uns heute eigentlich nicht ab wie sonst?«

»Sie ist in Vichy«, antwortete Adrienne knapp.

»Was tut sie da?«

»Dort gibt es ein Geschäft mit den wunderbarsten Dingen, die du sonst nirgends findest.« Ein geheimnisvoller Zug kräuselte ihre Lippen. »Außer in Paris natürlich«, fügte sie mit einem raschen Seitenblick hinzu. »Aber sicher nicht in Moulins oder Varennes.«

»Was sind das für Dinge?« Gabrielle sah vor ihrem geistigen Auge bereits sahnig gefüllte Eclairs oder knusprige Macarons. Aber würde Tante Louise die nicht selbst backen?

»Das wirst du sehen, wenn du jetzt nicht mehr trödelst.«

Hoch über den drei Bögen des Haupteingangs hing mahnend die Bahnhofsuhr. Zum Glück gab es vor dem Schalter, der seinen Platz unter einem Vordach in der linken Gebäudehälfte hatte, keine Schlange. Adrienne holte die Billets aus ihrer Tasche und reichte sie dem Mann, der hinter einer Glasscheibe auf Fahrgäste wartete.

»Sie sind ohne Ihre Eltern unterwegs?« Unter seiner Dienstmütze kullerten Schweißperlen hervor und rannen ihm über das rote runde Gesicht und in den weißen Backenbart hinein. Er hatte es wohl aufgegeben, sie wegzuwischen. »Wenn Sie meine Töchter wären, würde ich Sie nicht allein reisen lassen«, sagte er und sah zuerst Adrienne an, dann wanderte sein Blick zu Gabrielle, die einen Schritt hinter ihr stand.

»Es geht heute nicht anders.« Adrienne zuckte entschuldigend mit den Achseln.

»Tja dann …, der Zug fährt von Gleis zwei. Beeilen Sie sich, es geht gleich los.« Er klopfte mit dem prallen Zeigefinger auf die Taschenuhr, die vor ihm auf dem Fahrplan lag.

»Danke, Monsieur«, sagte Adrienne höflich, nahm die Billets wieder an sich und war auch schon auf dem Weg.

»Schon wieder einer, der uns für Schwestern hält«, stellte Gabrielle fest, während sie hinter ihr her eilte.

Die Lok stieß bereits ihren grauen Dampf aus, der Bahnsteig war fast leer. Nur ein Kofferträger lehnte entspannt an seinem Wagen. Die Fracht war offenbar bereits verladen, der Gepäckträger konnte sich eine Pause genehmigen, ehe der nächste Zug einfuhr. Adrienne und Gabrielle stiegen die schwarzen Metallgitterstufen hinauf. Kaum dass sich die Tür krachend hinter ihnen schloss, ertönte ein schriller Pfiff. Ein Ruck, und sie waren unterwegs. Die beiden ließen sich auf eine Bank sinken.

»Gerade noch rechtzeitig, Schwesterchen«, sagte Adrienne und betonte das letzte Wort. Sie kicherte.

»Gott sei Dank, du bist nicht mehr böse.«

»Ich war nicht böse. Ich mag nur nicht zu spät kommen. Schon gar nicht eine ganze Stunde zu spät und obendrein bei Louise.«

»Hast ja recht.«

»Außerdem ist es für meine Eltern keine Selbstverständlichkeit, das Schulgeld für mich aufzubringen.«

Gabrielle stutzte. »Was hat das damit zu tun?«

»Das will ich dir erklären.« Adrienne blickte sie streng an. »In mancherlei Hinsicht ist Moulins ein Dorf. Wenn wir uns auf der Straße unsittlich benehmen, dauert es keine Minute, ehe der Direktor es erfährt. Das Geringste, was ich dann zu befürchten habe, ist, dass er Maman und Papa die Leviten liest. Im schlimmsten Fall wirft er mich raus.«

Gabrielle drückte kurz Adriennes Hand.

»Es kommt nicht mehr vor. Versprochen.« Sie würde ein anderes Mal mit ihr über die Definition von Sittlichkeit und Moral sprechen. Es musste ihr einfach gelingen, Adrienne davon zu überzeugen, dass eine Einladung zum Kaffee von anständigen Herren des Regiments ihrem Ruf nichts würde anhaben können.

Während sie Varennes entgegenratterten, dachte Gabrielle darüber nach, wie sehr sie die Wochenenden bei Tante Louise inzwischen liebte. Sie waren ihr zum Lichtblick geworden. Zwar hatte sich nichts an der Besorgnis der Tante um ihre Einrichtung, ihr Geschirr und die Sauberkeit im Haus geändert, doch sie ließ die Mädchen ihre Nähmaschine benutzen. Sie zeigte ihnen sogar spezielle Kniffe und ließ ihnen keine schiefe Naht und keinen nicht hundertprozentig akkuraten Saum durchgehen. So anstrengend ihr kritischer Blick sein konnte, so kostbar war er für Gabrielles Entwicklung. Außerdem kochte Tante Louise wundervoll. Aus wenigen einfachen Zutaten zauberte sie ein Festessen. Auch in dieser Hinsicht wollte Gabrielle gern von ihr lernen. Obendrein trällerte die Tante in der Küche oft ein kleines Lied, und niemand störte sich daran, wenn auch Gabrielle aus voller Brust sang.

Nicht nur die Anreise war an diesem Tag anders. Alles war anders. Zum einen waren Gabrielle und Adrienne zum ersten Mal ohne Julia und Antoinette gekommen. Zum anderen war Tante Louise bei ihrer Ankunft noch immer nicht zu Hause.

»Ich weiß auch nicht, was los ist«, meinte Paul ratlos und rieb sich die feucht glänzende Stirn. »Sie wollte zurück sein, wenn ihr eintrefft.«

»Hoffentlich ist ihr nichts passiert«, rutschte Gabrielle heraus. Im nächsten Moment bedauerte sie es, der arme Paul sorgte sich ohnehin schon. Jetzt funkelten seine Augen voller Angst.

»Hoffentlich nicht.« Er zupfte sich an seinem Oberlippenbart.

»Was soll schon passiert sein?« Adrienne schlüpfte aus den Schuhen und legte Tasche und Jacke ab. Sie klang nicht so zuversichtlich, wie sie es vermutlich beabsichtigt hatte.

»Ja, was schon?«, murmelte Paul. »Ihr habt sicher Durst. Möchtet ihr ein Glas Limonade?« Er warf einen schnellen Blick auf seine Taschenuhr, ehe er sie in seiner Weste verschwinden ließ, und seufzte leise.

»Gern!« Gabrielle merkte selbst, dass ihre Stimme übertrieben fröhlich war. »Das ist vielleicht eine Hitze heute!«

Sie betraten die kleine Küche. Der Wasserkessel und die Töpfe an ihren Haken glänzten um die Wette. Nichts stand herum. Paul nestelte schon wieder an seiner Uhrkette herum.

»Ich hole Gläser«, schlug Adrienne vor.

»Ja, ist gut.« Er sah Gabrielle an. »Ich muss gleich zum Bahnhof, mein Dienst beginnt in zwanzig Minuten. Was soll ich nur tun, wenn sie bis dahin nicht zurück ist? Ich kann euch doch nicht …«

Gabrielle wollte ihn gerade beruhigen. Um sie musste er sich nun wirklich keine Gedanken machen. Da hörte sie das Türschloss.

Gleich darauf ertönte Tante Louises Stimme: »Ich bin wieder da!« Zu Gabrielles Überraschung klang sie keineswegs zerknirscht oder gehetzt. Im Gegenteil. Selten hatte sie sich so aufgekratzt angehört. Paul sah aus, als sei ihm eine Last von den Schultern genommen. Er ging seiner Frau entgegen, Gabrielle folgte ihm. Da stand Tante Louise, strahlend und umgeben von unzähligen Taschen und Beuteln. Wie hatte sie die nur alle getragen? Adrienne trat zu ihnen, in den Händen die Gläser.

»Ach je, ihr seid schon da.« Nun huschte doch ein Anflug von schlechtem Gewissen über Tante Louises Miene.

»Wir haben uns schon Sorgen gemacht.« Paul schüttelte den Kopf, doch Gabrielle entdeckte ein sanftes Lächeln. »Ich muss los, meine Liebe, die Pflicht ruft.« Damit küsste er sie zum Abschied, setzte seine Dienstmütze auf, winkte den Mädchen zu und ging.

»Ich habe doch wahrhaftig die Zeit aus den Augen verloren.« Tante Louise kicherte wie ein kleines Mädchen. Gabrielle sah zu Adrienne hinüber, die nicht wirkte, als würde die Laune ihrer Schwester sie sonderlich überraschen. »Jetzt trinken wir erst einmal etwas, und dann kann es losgehen.« Sie schenkte die Limonade ein, leerte ihr Glas in großen Schlucken und wusch und trocknete es auf der Stelle ab. Kaum war es wieder im Schrank verschwunden, wirbelte sie herum und wandte sich den Schätzen zu, die sie aus Vichy mitgebracht hatte. Der große Esstisch füllte sich in Windeseile. Gabrielle staunte. Es kamen mehrere unförmige Filzkappen zum Vorschein, dazu verschiedene Stoffe mit Streifen, Blumenmuster, changierender Farbe und geprägtem Dekor.

»Hüte sind meine Leidenschaft!« Tante Louise strahlte Gabrielle an, Adrienne nickte wissend. »Seht nur, was ich alles mitgebracht habe. Wir werden wahre Kunstwerke daraus machen.«

»Aus diesen unansehnlichen Kappen?« Gabrielle zog missbilligend die Nase kraus, schnappte sich eins der plumpen Dinger mit spitzen Fingern und ließ es gleich wieder fallen. Nicht einmal daran störte sich Tante Louise. Anstatt sie zu tadeln, zauberte sie aus geheimnisvoll knisternden Papiertüten allerlei Accessoires hervor: Spitze, Schleier, Schleifen, Bänder und auch Perlen und Federn waren dabei.

»Die Filzkappen sind Hutstumpen, die Grundlage jeder eleganten Kopfbedeckung«, erklärte sie. »Zuerst die Form.« Als wäre das ein verabredetes Stichwort, setzte Adrienne einen Kessel auf den Ofen. Bis das Wasser kochte, räumte Tante Louise die Stoffe weg, die offenbar nicht gebraucht wurden. So schuf sie an einem Ende des Tisches Platz und breitete dort eine karierte Decke aus, die ihre besten Jahre schon lange hinter sich hatte. Adrienne verließ kurz die Küche und kehrte mit einem runden Ding aus Eisen zurück. Schnaufend setzte sie es auf der alten Tischdecke ab. In dem Moment, in dem Dampf aufstieg, schnappte sich Tante Louise einen hellbraunen Rohling, der wie ein abgerundetes Dreieck aussah, und hielt ihn über den Kessel.

»Sucht euch auch einen aus«, ermunterte sie die Mädchen. Gabrielle wusste nicht recht, wohin das führen sollte, aber sie gehorchte gern und wählte einen schwarzen Filzstumpen. Nacheinander dämpften die drei ihre Rohlinge. Tante Louise war zuerst fertig und legte ihren in die Eisenform, die sie zuvor mit routinierten Handgriffen auseinandergenommen hatte. Die untere Hälfte glich einer Schale, die obere einer Halbkugel, die Tante Louise in das Filz gleiten ließ. Geschickt formte sie aus dem überstehenden Material eine Krempe.

»Autsch!« Gabrielle war von dem Tun ihrer Tante so abgelenkt gewesen, dass sie anstelle der schwarzen Kappe ihre Hand über den Wasserdampf gehalten hatte.

»Ist es schlimm?« Adrienne packte sofort ihren Arm und ließ kaltes Wasser über die Haut laufen, die sich bereits leicht rötete.

»Ach was, geht schon.« Es brannte ein wenig, aber Gabrielle wollte um keinen Preis aufhören. Noch nie zuvor hatte sie sich mit etwas beschäftigen dürfen, das Können, aber auch ihren Einfallsreichtum erforderte. Was noch viel wichtiger war: Es war das erste Mal, dass es nicht um die Pflege oder Reparatur von

Kleidung ging, dass sie nicht einmal etwas herstellen sollte, das dringend gebraucht wurde. Es schien, als machten sie die Hüte zum reinen Vergnügen!

»Du musst mit deinen Gedanken immer bei demselben Arbeitsschritt sein wie deine Finger«, riet Tante Louise ihr. »Deine Konzentration gehört stets vollkommen deiner Tätigkeit, sonst wird es nichts.«

Es dauerte eine gute Weile, bis alle Exemplare die gewünschte Form hatten und getrocknet waren. Während der gesamten Zeit plauderten die drei miteinander über Stoffe und Wolle und darüber, wann ein Geradstich nicht geeignet war, um einen Saum zu nähen, und die Mädchen einen Blindstich bevorzugen sollten. Nicht zum ersten Mal verwunderte es Gabrielle, wie sehr sich Tante Louise veränderte, wenn sie Handarbeiten erledigte und kreativ sein durfte. Sie war dann ein anderer Mensch, summte heitere Melodien und lachte viel. In diesen seltenen Momenten in ihrem Leben vergaß Gabrielle sogar ihre Abwehr gegenüber der Familie, die ihr ein Schicksal am Rand der Gesellschaft eingebrockt hatte. Sie vergaß ihre Wut auf die Familie Chanel.

»Jedes Band, jede Feder muss fest sitzen.« Tante Louises Stimme riss sie aus ihren Gedanken. »Am besten stellt ihr es so an, dass der Faden nicht zu sehen ist, der die Accessoires am Hutstumpen hält.« Sie hatte einen seidig schimmernden breiten Streifen oberhalb der Krempe um das Filz gelegt. »Oder ihr wählt gerade ein auffälliges Garn und einen besonders kunstvollen Stich. So!« Ihre Finger huschten so schnell hin und her, dass Gabrielle gut aufpassen musste. In kürzester Zeit lag das glänzende Band sicher um den Hut, ein feiner weißer Streifen zierte ihn in vollkommen gleichmäßigem Zickzack. Dann schnappte sie sich einige lange Federn. Adrienne schmückte gerade ihr cremefarbenes Modell mit unzähligen Spitzen und Schleifen. Gabrielle nahm eine große Perle zur Hand, legte sie allerdings gleich wieder zur Seite. Auch mit den Schleifen und kleinen Schleiern konnte sie nicht recht etwas anfangen.

»Nimm, was du magst«, ermunterte Tante Louise sie, ohne von ihrer Arbeit aufzublicken.

»Du hast die Stoffe weggeräumt. Darunter war ein weißer mit eingeprägtem Blumenmuster, wenn ich das richtig gesehen habe.« Jetzt unterbrach Tante Louise ihr Tun und sah Gabrielle fragend an. »Ich würde daraus gern eine Blüte nähen. Aber wahrscheinlich ist der Stoff für etwas Bestimmtes gedacht«, fügte sie leise hinzu und schämte sich. Es war so viel da, sie brauchte sich nur bedienen. Wann hatte sie je so aus dem Vollen schöpfen dürfen? Doch sie wollte ausgerechnet etwas anderes haben.

»Er hat mir einfach nur gefallen.« Tante Louise zuckte mit den Achseln, stand auf und holte ihn. Sie zögerte, gab sich dann einen Ruck. »Ist sowieso nicht sehr groß. Nicht einmal ein Blüschen lässt sich daraus nähen.« Sie holte tief Luft, dann reichte sie Gabrielle den Stoff. »Also schön, ich bin gespannt, was du daraus machst.«

»Danke, Tante Louise.« Atemlos machte sie sich daran, einen langen Streifen abzuschneiden, den sie zweimal der Länge nach faltete und dann noch einmal in der Mitte. Sie setzte kurz oberhalb des geschlossenen Endes eine Naht, so dass ein kleiner Tunnel entstand. Dann zog sie das Garn und raffte damit den Stoff. Die offene Seite zog sie auseinander, rundete hier ein Stück ab, zupfte dort, bis sie eine wunderschöne große weiße Stoffblüte in den Händen hielt. Erst als sie diese auf ihren schwarzen Hut setzte, bemerkte sie, dass Adrienne und Tante Louise ihr gebannt auf die Finger schauten. Sicher warteten sie darauf, dass Gabrielle von all den schmückenden Kleinigkeiten, die auf dem Tisch bereit lagen, doch noch etwas verwendete. Aber sie wollte weder ein ganzes Büschel aus auffälligen Federn noch so viel Spitze, dass sie kaum auf den Hut passte.

»Ich fixiere sie mit einem schmalen Streifen vom gleichen Material, dann bin ich fertig«, erklärte sie trotzig. »Mehr braucht es nicht. Mein Hut wird schlicht und dadurch schön.«

»Wir werden sehen«, meinte Tante Louise lächelnd und prüfte ihr Werk auf perfekte Form und den sicheren Sitz von Band und Federn.

Schließlich waren alle drei fertig und betrachteten ausgiebig die entstandenen Modelle. Jedes war auf seine Weise gelungen, keines ähnelte dem anderen. Tante Louises kritischem Blick entging nicht, dass Adrienne einen Faden nicht gründlich vernäht hatte. Und sie monierte eine Delle an Gabrielles Exemplar.

»Du hast Talent«, sagte sie dann und sah Gabrielle in die Augen. »Wirklich, du hast nicht nur ein geschicktes Händchen, sondern obendrein ein gutes Gespür für Farben und Formen, die miteinander harmonieren.«

»Er ist nur schwarz und weiß«, entgegnete Gabrielle unsicher. Das Lob wirkte so echt, oder wollte sich Tante Louise doch über sie lustig machen?

»Und genau so ist er perfekt. Du hast völlig recht, gerade die Schlichtheit macht ihn schön und elegant. Ich empfehle dir, mehr davon zu machen. Hier bei mir, aber auch in Moulins, wenn du dort die Möglichkeit hast.«

Gabrielle lachte auf vor Glück, in der nächsten Sekunde wurde ihr das Herz schwer. Es wäre ein Traum, häufiger Hüte zu kreieren.

»Wie soll das gehen? Du bist extra nach Vichy gefahren. Selbst wenn ich in Moulins geeignetes Material fände, wie sollte ich das bezahlen? Du musst ein Vermögen ausgegeben haben.«

Sie saßen um den Tisch herum, in der Mitte thronten drei Hüte, drum herum lagen die restlichen Utensilien. Tante Louise störte sich nicht an der Unordnung.

»Stimmt, das alles kostet Geld.« Sie ließ ihren Blick über Schleifen und Perlen streifen. »Darum müssen die Damen von Varennes auch tief in die Tasche greifen, wenn sie ein solches Einzelstück haben wollen.« Jetzt blitzten ihre Augen.

»Du verkaufst die Hüte in der Nachbarschaft?« Gabrielle konnte es nicht glauben.

»Aber ja, warum auch nicht?«

»Sie verkauft sie in der ganzen Stadt«, erklärte Adrienne nicht ohne Stolz. »Die Damen sind geradezu verrückt danach. Louise stellt Modelle her, die denen der renommierten Hutmacher ähneln. Nur sind sie von ihr deutlich günstiger.«

Das Pfeifen des Zuges zerriss die Stille, die kurz eingetreten war. Tante Louise fuhr erschrocken hoch.

»Schon so spät? Du liebe Güte, es ist das zweite Mal an einem Tag, dass ich völlig die Zeit vergessen habe. Gleich kommt Paul nach Hause, und das Essen ist noch nicht fertig.«

In Windeseile räumten die drei alles weg und zauberten aus Paprika, Tomaten, Zwiebeln, Auberginen und Zucchini in kürzester Zeit ein duftendes Ratatouille.

Auf dem Heimweg nickte Adrienne ein, gleich nachdem sich die Bahn rumpelnd in Bewegung gesetzt hatte. Gabrielle dagegen war hellwach. Ihr ging nicht aus dem Kopf, was Tante Louise gesagt hatte. Sie musste ihren Ehemann Paul nicht um

Geld bitten, wenn sie nach Vichy zum Einkaufen fahren wollte. Sie finanzierte ihre Leidenschaft durch ihr Schaffen selbst. Ein faszinierender Gedanke! Gabrielle hatte Talent, das hatte Tante Louise bestätigt. Warum sollte sie nicht auch Hüte verkaufen? Es wäre doch gelacht, wenn die Damen in Moulins weniger dafür zu begeistern wären.

Die Tage bei Tante Louise in Varennes wurden für Gabrielle zu Sternstunden. Sie leuchteten manches Mal so hell, dass sich ein scheues Glimmen sogar bis weit in den grauen Alltag retten konnte. Gabrielle wusste, dass ihre Wochen in der Klosterschule gezählt waren. Anders als Julia würde sie nicht in die Fußstapfen ihrer Eltern und Großeltern treten. Sie würde Kopfbedeckungen aller Art gestalten und verkaufen! Und vielleicht sogar Kleider. Die Zeit, die ihr im Pensionat Notre-Dame noch blieb, war kostbar. Sie nutzte sie, um den Ordensschwestern ihren Fleiß und ihr Talent im Umgang mit Nadel und Faden zu beweisen, wann immer sie die Gelegenheit hatte. Kein Fehltritt, kein übermütiges Wort gegenüber dem bornierten Herrn Direktor. Gabrielle tat nichts, was sie von ihrem Ziel entfernen konnte. Was nicht bedeutete, dass sie nicht mit jedem Monat, den sie älter wurde, auch immer mehr Selbstbewusstsein gewann. Sie probierte aus, was die Nonnen ihr durchgehen ließen und was sie womöglich überhaupt nicht bemerkten. Adrienne war ihr Maßstab. Konnte Gabrielle sie überzeugen, gemeinsam etwas zu wagen, sah sie darin so etwas wie die Erlaubnis von höchster Stelle. Wie etwa an einem Sommertag, als das Quecksilber in schwindelerregende Höhen kletterte. Gabrielle und Adrienne liefen über den Marktplatz und vorbei am Viertel der Fischer hinab zum Fluss. Sie gingen ein Stück am Ufer entlang bis zum Waschplatz. Dort packten sie die Kleider aus, die sie für Oma Angelina schrubben sollten. Kleine Boote wippten auf winzigen Wellen, das Velodrom hinter ihnen lag verlassen in der flirrenden Sommerluft. Innerhalb von Sekunden lief Gabrielle der Schweiß in Strömen. Wenigstens kühlte das Wasser des Allier ein wenig ihre Hände. Wie herrlich musste es sein, vollständig in das erfrischende Nass zu tauchen. Der Gedanke fraß sich regelrecht in ihren Kopf. Sie musste es tun, sonst würde sie ihn nie wieder loswerden.

»Es ist schrecklich heiß«, begann sie und stöhnte.

»Ja, furchtbar.« Adrienne fuhr sich mit dem Handrücken über die Stirn.

»Kühlen wir uns ein wenig ab«, meinte Gabrielle beiläufig und schickte sich an, aus ihrem Kleid zu schlüpfen.

»Was tust du?« Adrienne riss entsetzt die Augen auf. »Die Hitze hat dir wohl den Verstand geschmolzen.« Sie schüttelte den Kopf.

»Du hast recht«, lenkte Gabrielle sofort ein. »Hier ist nicht der richtige Platz. Machen wir die Wäsche fertig und gehen ein Stück weiter.« Sie deutete in die Richtung. »Hinter der Brücke gibt es eine kleine Bucht mit niedrigen Büschen und einer Menge Grünzeug. Ich wette, dort ist kein Mensch. Wir brauchen uns nur durch die Wasserpflanzen zu kämpfen …«

»Ein Fluss ist doch nicht zum Baden da«, fiel Adrienne ihr ins Wort.

»Warum nicht?«

»Er dient als Transportweg und zum Reinigen der Wäsche, nicht des Körpers.« Gabrielles Miene verriet ihr offenbar, dass sie anderer Meinung war, also fuhr Adrienne fort: »Unweit der Brücke sitzen meistens einige Angler und hoffen auf einen dicken Karpfen oder Hecht. Würde es dir etwa gefallen, wenn dir ein großer Fisch in den Zeh beißt?« Blitzschnell schoss sie vor und zwickte Gabrielle in die Wade. Sie schrie auf, Adrienne lachte.

»Nein, das würde mir überhaupt nicht gefallen«, gab sie zu.

»Ich nehme an, du würdest auch nicht wollen, dass jeder dich in deiner Unterwäsche sehen kann«, gab Adrienne zu bedenken, obwohl sie doch schon gewonnen hatte.

»Ist ja gut, gehen wir also nach Hause.« Gabrielle schüttelte das letzte Laken aus, das in der Sonne getrocknet war, und faltete es zusammen.

»Es ist vollkommen unsinnig«, schimpfte sie, als sie die Rue Louis Blanc entlanggingen. »Wir bräuchten nur nette Badebekleidung, dann hätten wir uns wunderbar abkühlen können. Aber nein, wir schwitzen, weil ein Fluss angeblich nicht zum Erfrischen da ist.«

»Vergiss die Fische nicht«, erinnerte Adrienne sie.

»Mit denen wäre ich schon fertig geworden.« Doch an Adriennes Anstand war sie dieses Mal gescheitert.

Moulins 1903

Mit zwanzig begann für Gabrielle ein neuer Lebensabschnitt.

»Ihr seid erwachsen«, teilte die Mutter Oberin Adrienne und ihr mit. »Wie ich weiß, habt ihr eine gewisse Begabung im Umgang mit Textilien. Die Schwestern haben für euch eine Anstellung in einem florierenden Kurzwarengeschäft arrangiert.« Sie blickte wohlwollend von einer zur anderen. »Natürlich wäre es gut, nicht mehr zu lange mit der Ehe zu warten. Aber es kann gewiss auch nicht schaden, wenn ihr bis dahin selbst für euer Auskommen sorgen könnt. Der Laden ist in der …« Sie fischte ein Zettelchen aus einem Stapel von Papieren hervor und las: »… in der Rue de l'Horloge. Der Besitzer erwartet, dass ihr euch bei ihm vorstellt. Viel Glück, Mädchen!«

Nach der ersten Euphorie hatte Gabrielle einsehen müssen, dass es nicht so leicht war, in Tante Louises Fußstapfen zu treten und mit Hüten Geld zu verdienen. Obschon sie diese Idee noch nicht komplett verwerfen mochte, blieb sie doch Realistin. Was die Oberin da in Aussicht stellte, klang nicht übel. Mehr noch, es verschaffte Gabrielle vielleicht sogar den Zugriff auf Utensilien mit kleinen Fehlern zu stark reduzierten Preisen. Möglicherweise war das Kurzwarengeschäft eine Station auf ihrer Reise zur Hutmacherin. Also machten sie und Adrienne sich an einem milden Frühsommertag Hand in Hand aufgeregt kichernd auf den Weg, gingen durch die Rue Grenier und bogen schließlich in die Rue de l'Horloge ein. Eine richtige Geschäftsstraße mit feinen Läden und feinen Leuten war das! Besonders häufig war Gabrielle noch nicht hier gewesen. Sie hatte nichts zu suchen gehabt zwischen den Herren mit Stock und Melone und Damen, deren Kleider in der Taille sehr eng geschnürt und so lang waren, dass sie die staubigen Bürgersteige sauber wischten. Kein Geschrei von Markthändlern, kein Fischgeruch. Das *Spezialgeschäft für Aussteuer- und Kinderartikel Zur heiligen Maria,* wie über der Eingangstür zu lesen war, lag an der Ecke zur Rue d'Allier. Vor den Fenstern der oberen Stockwerke gab es winzige Balkone mit schmiedeeisernen Geländern. Einfache Bögen nur, nicht wie beim Eckhaus gegenüber Verzierungen aus metallenen Zweigen und Blättern, aber immerhin. Gabrielle gefiel es, vor allem weil es im Herzen von Moulins lag, in einem guten Viertel, in dem ein buntes Treiben der besseren Gesellschaft herrschte. Vor dem Eingang sahen sie sich kurz an, atmeten noch einmal tief durch und traten ein. Ein Glöckchen über der Tür klingelte hell.

»Guten Tag, die Damen, womit kann ich dienen?« Eine Dame mit dunkelbraunem Haar, das sich hoch auf ihrem Kopf auftürmte, lächelte verbindlich, während sie die beiden musterte. Ehe Gabrielle oder Adrienne antworten konnten, sprach sie weiter: »Gewiss sind das die jungen Damen aus dem Pensionat Notre-Dame, die uns angekündigt wurden. Ist es so?«

»So ist es, Madame«, gab Adrienne zurück.

»Schön, schön. Wir haben recht Gutes gehört, trotzdem müssen wir sicherstellen, dass die beiden Mädchen wirklich beherrschen, worauf es in unserem Geschäft ankommt. Schließlich sind sie gänzlich unerfahren und kommen frisch aus der Schule.« Madame Kurzwaren sprach über Adrienne und Gabrielle, als seien sie nicht anwesend. Gabrielle spürte, wie ihr der Hals eng wurde. »Sind beide mit dem Umgang einer Nähmaschine vertraut?« Sie nickten. »Mit der Hand nähen können sie aber hoffentlich ebenso akkurat und schnell?«

»Selbstverständlich, Madame«, sagte Adrienne eifrig.

»Schön, schön. Welches Garn würden die Damen zum Nähen von Leinen verwenden und welches für Seide?«

Wieder antwortete Adrienne: »Bei Leinen würde meine Wahl auf einen robusten Faden fallen, Baumwolle zum Beispiel. Seide dagegen verlangt nach einem glatten feinen Garn.«

Madame Kurzwaren nickte zufrieden.

»Unsere beiden neuen Mädchen müssen häufig das Eisen benutzen, um die Wäsche perfekt zu glätten.«

»Das sind sie aus dem Pensionat gewöhnt«, gab Gabrielle zurück. Madame Kurzwaren sah ihr in die Augen, Gabrielle hielt dem Blick stand, bis die Herrscherin über Mieder und Bettwäsche schließlich Adrienne ansah.

»Schön, schön, dann darf ich die jungen Damen bei uns begrüßen. Die Zimmer für die Angestellten sind oben.«

»Wir können hier wohnen?« Adrienne strahlte. Sie würden sich also nicht eine winzige Kammer bei ihren Eltern teilen müssen. »Vielen Dank, Madame!«

»Wir sind keine Unmenschen, die Nonnen haben uns nahegelegt, einen Schlafplatz bereitzustellen.«

Dieser Ausdruck in ihrer Miene, so gönnerhaft und gleichzeitig unwillig. Gabrielle ließ hörbar Luft durch ihre Lippen strömen, sagte aber kein Wort.

»Holt eure Sachen, mein Mann bringt euch dann nach oben.« Es war das erste Mal, dass sie die beiden direkt angesprochen hatte.

Adrienne und Gabrielle folgten ihrer Aufforderung. Gabrielles Hab und Gut, das sie aus dem Pensionat mitgenommen hatte, war ohnehin noch eingepackt. Also waren sie schnell zurück. Monsieur Kurzwaren hatte einen buschigen schwarzen Schnauzbart und eine Glatze. Seine Figur erinnerte Gabrielle an eine Birne, der schmale Oberkörper saß auf einer ausladenden Hüfte. Im Gegensatz zu Madame schien er keinen Zweifel daran zu hegen, dass Adrienne und Gabrielle für die Stellen geeignet waren. Womöglich verließ er sich einfach auf das Urteil seiner Frau oder das der Nonnen. Er wirkte seltsam unbeteiligt, als er vor ihnen die Stufen in den dritten Stock hinaufstieg und ihnen dabei einen Vortrag darüber hielt, wie wichtig das äußere Erscheinungsbild der Angestellten für das Fortbestehen des Geschäfts sei.

»Unsere Kleidung ist unser Aushängeschild. Sie hat stets sauber, sorgfältig gebügelt und gestärkt zu sein. Ich dulde keine aufgescheuerten Stellen an den Ellenbogen, keinen losen Saum, keine hängenden Fäden, keinen vergilbten Kragen. Ihr beginnt euren Dienst stets pünktlich und seid fertig, wenn alle Arbeiten erledigt sind.« Er blieb an einer Tür stehen und blickte von einer zur anderen, als sähe er sie erst jetzt. »Nach zehn Uhr am Abend verhaltet ihr euch ruhig, am besten bewegt ihr euch dann nicht mehr. Unser Schlafzimmer liegt unter eurer Kammer.« Damit öffnete er und ließ die beiden eintreten.

Adrienne stellte ihren Koffer ab und sah sich um, soweit das in dem dunklen Verlies möglich war. Sie öffnete das kleine Fenster und den Laden davor, der beängstigend in den Angeln quietschte. Gabrielle stellte sich auf Zehenspitzen, um einen Blick nach draußen zu erhaschen. Das war nicht die belebte Rue de l'Horloge, sondern ein wenig ansprechender Hinterhof.

»Und wo wohne ich?«, fragte sie.

»Ich zähle zwei Betten.« Mehr sagte Monsieur nicht dazu.

»Das ist vollkommen in Ordnung, vielen Dank, Monsieur!« Adrienne strahlte ihn an. »Wir teilen uns die Kammer gern.«

»Das will ich meinen. Es hieß, das Pensionat schicke uns zwei Damen, die Großzügigkeit zu schätzen wissen.«

Großzügigkeit? Gabrielle hätte beinahe laut gelacht, ein warnender Blick von Adrienne ließ sie jedoch schweigen.

»Ich muss mich auf eure exzellente Erziehung und euer tadelloses Benehmen verlassen. Immerhin gehen bei uns die feinsten Herrschaften ein und aus.«

»Das ist für mich nichts Neues«, erklärte Gabrielle beinahe beiläufig. »Mein Vater besitzt ein riesiges Weingut. Die Abnehmer seiner Weine kommen aus aller Welt und dürfen sich zur Spitze der Gesellschaft zählen.«

»Wirklich?« Monsieurs Augenlider zuckten, im nächsten Moment strahlte er und Begeisterung schwang in seiner Stimme. »Der Duc de Castries gehört zu unseren Kunden. Jahrhundertealter Adel. Womöglich kennst du ihn sogar?«

»Ja, ich glaube, er hat auch schon bei meinem Vater gekauft.« Gabrielle lächelte.

»Dann weißt du gewiss, dass er Verbindungen in die höchsten Kreise der Politik hat und sogar mit dem Präsidenten verwandt ist. Gewissermaßen.« Er räusperte sich. »Nicht zu vergessen der Graf von Busset. Und ich könnte noch viele aufzählen.« Das tat er nicht, sondern ließ die beiden endlich allein.

»Sie hat von Zimmern für die Angestellten gesprochen«, platzte Gabrielle heraus, nachdem das Knarren auf den Stufen verklungen war. »Mehrzahl.«

»Ich finde es nett, mir mit dir die Kammer zu teilen.« Adrienne sah wahrhaftig zufrieden aus.

»Wir sollen arbeiten, bis alles fertig ist. Wann wir zu Bett gehen, wollen Madame und Monsieur Kurzwaren auch noch bestimmen«, beschwerte sich Gabrielle aufgebracht. »Das ist nichts für mich, Adrienne! Das Pensionat mit festen Zeiten liegt hinter uns. Wir sind erwachsen, das hat die Mutter Oberin selbst gesagt.«

»Dann solltest du dich auch wie eine Erwachsene benehmen. Mein Bruder und ein riesiges Weingut.« Sie schüttelte amüsiert den Kopf. »Woher du diese Märchen nur immer hast? Man könnte meinen, du glaubst selbst daran.«

»Schön, es ist vielleicht kein Weingut, aber dass Vater in den höchsten Kreisen verkehrt, ist nicht geflunkert.«

»Natürlich nicht«, gab Adrienne zurück. »Ich bin sicher, er ist ganz dicke mit dem König der Bettler und dem Grafen der Halunken.«

»Mach dich nur lustig.« Mehr fiel Gabrielle nicht ein, darum wechselte sie rasch das Thema. »Ich will jedenfalls frei sein.«

»Was soll das schon wieder heißen?« Adrienne ließ sich auf eines der Betten sinken. »Autsch!« Sie hob die dünne Matratze hoch, darunter kam ein Holzbrett zum Vorschein.

»Das bedeutet, dass ich nicht hierbleiben werde. Ich suche mir etwas eigenes.« Ehe Adrienne protestieren konnte, erklärte sie: »Wenn wir beide fleißig und sparsam sind, können wir uns zusammen eine kleine Wohnung leisten. Wäre das nicht herrlich? Niemand, der kontrolliert, wann wir nach Hause kommen.

Niemand, der uns großzügig duldet«, knurrte sie. Die Vorstellung, endlich tun zu können, was sie wollte, raubte Gabrielle den Atem, so schön war sie. Der wahre Grund dafür, dass sie hier so schnell wie möglich wieder wegwollte, war jedoch die Art von Madame und Monsieur. Sie gaben ihren beiden neuen Angestellten das Zimmer nicht mit Freude, sie taten es, weil die Nonnen sie darum gebeten hatten. Sie erwarteten Dankbarkeit für diese winzige düstere Kammer, durch die der Wind blies wie in ihrer Unterkunft über der Wirtschaft in Brive-la-Gaillarde. Dort hatte sie lange genug mit ihrer Mutter und den Schwestern hausen müssen. Schluss mit armseligen Kaschemmen, für Gabrielle sollte eine bessere Zeit anbrechen, in der sie im Grand Café verkehrte und in einem bequemen Bett schlief, über dem sie bei Regen keinen Schirm aufspannen musste. So stellte sie sich ihre Zukunft vor. Und sie würde alles daransetzen, diese Vorstellung wahr werden zu lassen.

Ein freies Leben mit einem Minimum an Komfort, diese Idee existierte vorerst nur im Warteraum ihrer Hoffnungen. Einstweilen musste Gabrielle sich Adrienne fügen, die nicht bereit war, ihr sauer verdientes Geld einem Vermieter in den Rachen zu werfen, wie sie sagte. Lieber gab sie ihren Eltern einen Franc, wenn es ihr möglich war, oder legte zur Seite, was am Ende eines Monats übrig blieb. So machte es auch Gabrielle. Es spielte sich rasch eine Routine ein. In der Frühe tranken sie einen starken Kaffee mit viel heißer Milch, den sie sich in ihrer Kammer zubereiteten. Dann ging es an die Arbeit. Mal mussten sie neu eingetroffene Knöpfe sortieren, Klammern, Zwirne und Schnallen in unzähligen kleinen Schubladen verstauen, ein anderes Mal galt es, Taufkleidchen nach den Vorgaben von Madame Kurzwaren zu nähen. Am häufigsten aber mussten sie Namen auf die Wäschestücke sticken, die in einer Aussteuertruhe darauf warten würden, bis eine junge Dame aus Moulins vor den Altar trat. Eine Pause pro Tag durften Adrienne und Gabrielle sich gönnen.

»Den Angestellten ist es gestattet, unsere Küche zu benutzen«, hatte Madame ihnen an ihrem ersten Arbeitstag hoheitsvoll mitgeteilt. Sie durften sich dort ein Stückchen Brot oder ein Omelett zurechtmachen, je nachdem, was sie günstig auf dem Markt erstanden hatten. Ehe es zurück an die Nähmaschine oder die Regal- und Schubladenwände ging, wurden Herd und Tisch gewienert, wurde das Geschirr abgespült und weggeräumt. Und wehe, die beiden übersahen einen Krümel auf dem Boden. Dann war es damit aus, die Küche benutzen zu dürfen, daran hatte Madame keinen Zweifel gelassen.

»Sie ist schlimmer als deine Schwester Louise«, neckte Gabrielle Adrienne manchmal, die alles mit der ihr eigenen fröhlichen Gelassenheit akzeptierte.

Im Großen und Ganzen gefiel es Gabrielle auch nicht übel. Das Zimmer, in dem Adrienne und sie meist saßen und ausbesserten oder stickten, grenzte direkt an den Verkaufsraum des Geschäfts. Wenn viel zu tun war, huschten Madame und Monsieur immer wieder nach hinten, um etwas zu holen oder einen neuen Auftrag auf Gabrielles oder Adriennes Stapel zu legen. An solchen Tagen blieb die Tür meist offen stehen. Gabrielle hütete sich, neugierige Blicke auf die Kundschaft zu werfen, dafür spitzte sie umso mehr die Ohren. So entging ihr nicht, dass das *Spezialgeschäft für Aussteuer- und Kinderartikel Zur heiligen Maria* nicht nur für die Ausstattung der Kleinsten und für Wäsche zuständig war, es kamen auch immer mal wieder Kleider, Röcke, Blusen, Mäntel und Jacken der Damen herein. Hier war etwas zu kürzen, dort ein Saum auszulassen. Um diese Aufträge kümmerte sich Madame meist selbst. Gabrielle träumte davon, irgendwann einzuspringen, und eine der Damen von ihrem Talent überzeugen zu dürfen. Der Tag würde kommen, sie hatte Geduld.

So ging der erste Sommer zu Ende, dem ein nasser Winter folgte, der sich glücklicherweise nicht lange in Moulins aufhielt. Eines Tages Ende April schickte Madame Kurzwaren die Mädchen wieder einmal in den Keller.

»Unser Leben wäre perfekt, wenn das Bügeln nicht wäre.« Adrienne verdrehte die Augen und stöhnte.

»Damit es perfekt wäre, bräuchten wir endlich ein eigenes Apartment«, widersprach Gabrielle sofort. Sie hatten sich inzwischen beide etwas auf die Seite gelegt. Gabrielle wusste, sie musste hartnäckig auf Adrienne einwirken, damit sich ihr Traum von Freiheit endlich erfüllen konnte. Fünf Kilo wog das Blockeisen, die Vorhänge, die sie damit zu glätten hatten, waren zwei Meter und fünfzig hoch und mehrere Meter lang. Eine führte das schwere Ding über den Stoff und musste dabei achtgeben, es nicht eine Sekunde zu lang an der gleichen Stelle zu belassen. Passte sie nicht auf, entstanden hässliche braune Flecken, die nur mit Mühe unter Einsatz von Essig zu entfernen waren, den die Mädchen selbstredend von ihrem eigenen Geld zu bezahlen hatten. Der anderen kam die Aufgabe zu, den schweren Stoffballen so zu halten, dass er weder den Boden berührte noch erneut Falten bekam. Sie wechselten sich alle paar Minuten ab. Nach einer Weile mussten sie das metallene Monstrum auf den Ofen stellen, um es zu erhitzen, ehe es weitergehen konnte. Gabrielle war an der Reihe. Sie packte das Ding mit einem zerschlissenen Handtuch, das sie zum Schutz um ihre Hand gewickelt hatte.

»Kann sich der alte Geizkragen nicht wenigstens ein Eisen mit abnehmbarem Griff leisten?«, schimpfte sie. »Die kosten wirklich kein Vermögen mehr und sind obendrein leichter. Aber nein, wir müssen uns noch immer mit diesem Trumm herumquälen und sehen, dass wir uns nicht die Finger verbrennen.«

Die Tür flog auf, und Monsieur Kurzwaren trat in den Kellerraum. Gabrielle fürchtete, er könnte den Geizkragen gehört haben. Doch dem war offenbar nicht so.

»Wie weit seid ihr denn?«, wollte er wissen, seine Stimme klang gehetzt. »Die Bussons wollen zur Rennsaison sicher nicht ohne ihre Vorhänge dasitzen.« Ohne eine Antwort abzuwarten, war er auch schon wieder fort. Adrienne und Gabrielle sahen sich an und schnitten Grimassen.

»Was haben bitte Vorhänge mit Pferderennen zu tun?« Gabrielle zog die Augenbrauen hoch. Sie wusste, dass es das große Hippodrom ein wenig außerhalb der Stadt am Ufer des Allier gab, das war aber auch schon alles, was ihr über den Rennsport in der Stadt bekannt war.

Adrienne zuckte mit den Achseln. »Für ihn hat alles damit zu tun, will ich meinen. Seit Tagen spricht er von nichts anderem mehr.«

»Das ist wahr.« Gabrielle stellte das Eisen in seine Form, gemeinsam wickelten sie die letzte Stoffbahn zu einer perfekten Rolle und trugen dann alle, eine nach der anderen, nach oben. Der große Tisch, auf dem Ware ihren Platz hatte, die ausgeliefert werden musste, stand gegenüber Monsieurs Arbeitszimmer.

»Édouard weiß nicht mehr, wo ihm der Kopf steht«, war Monsieur Kurzwarens Stimme zu vernehmen.

»Seine Kunden sind die Bussets und die La Palices, alles Familien, die Schlösser in der Umgebung besitzen. Er muss Tag und Nacht schuften, um ihre hohen Erwartungen nicht zu enttäuschen.«

Gabrielle erstarrte in der Bewegung, auch Adrienne rührte sich nicht mehr. Wie zwei Statuen standen sie im Flur, den schweren Vorhang in ihren Händen.

»Der Graf von Busset gehört auch zu unseren Kunden«, wiegelte seine Gattin ab.

»Er hat unsere Dienste schon mal für Kleinigkeiten in Anspruch genommen«, stellte er richtig.

»Das ist ja interessant«, wisperte Gabrielle. »Hat er uns nicht erzählt, …?«

»Psst«, machte Adrienne. Sie legten den Stoffballen auf dem langen Tisch ab.

»Warum stellt er niemanden ein?« Madame klang sehr gereizt.

»Hast du mir nicht zugehört? Die Kundschaft hat höchste Ansprüche. Er kann nicht einfach irgendjemanden einstellen. Es reicht nicht, eine gerade Naht hinzukriegen.«

»Das weiß ich selbst. Aber es ist nicht unser Problem.«

Monsieur ließ nicht locker: »Eine Hand wäscht die andere. Mit seiner Hilfe nehmen womöglich die Herren Offiziere auch mal Notiz von uns.«

»Ich weiß nicht, wie wir ihm eine Hand waschen sollen, wir haben auch nur jeder zwei.«

Das war ein Stichwort, auf das Gabrielle gewartet hatte. Ohne weiter darüber nachzudenken, klopfte sie und stand in der nächsten Sekunde auch schon im Arbeitszimmer.

»Was fällt ihr denn ein?« Madame sah sie entrüstet an. »Wurde sie hereingebeten?«

»Verzeihung, Madame!« Gabrielle senkte demütig den Blick und machte einen Knicks. Sie wusste, dass Monsieur das gefiel.

»Ich bin nur gekommen, um an vier weitere geschickte Hände zu erinnern.« Sie schenkte ihm ein Lächeln.

»Du hast doch nicht gelauscht?« Seine Miene verriet, dass er keineswegs ärgerlich war. Im Gegenteil, er schien sofort zu verstehen, dass die Lösung seines Problems vor ihm stand.

»Aber nein, Monsieur, niemals. Wir haben die Vorhänge an ihren Platz gelegt. Die Bussons können es sich zur Rennsaison hübsch machen.«

»Schön, schön«, sagte Madame und wirkte ein wenig verunsichert.

»Nun ja, im Flur ist uns zwangsläufig zu Ohren gekommen, mit welchen Problemen Sie sich herumschlagen.« Gabrielle kam jedes Wort leicht über die Lippen. Sie spürte, dass sie an der Pforte stand, hinter der neue, bedeutende Möglichkeiten auf sie warteten. Sie brauchte sie nur noch aufzustoßen.

»Genau genommen, sind es nicht unsere Probleme«, wandte Madame ein.

Gabrielle beachtete sie nicht. »Édouard Lazard ist ein angesehener Herrenschneider. Natürlich verstehe ich nicht viel von diesen Dingen, aber ich kann mir vorstellen, wie günstig es ist, gute Geschäftskontakte zu ihm zu pflegen.« Monsieur Kurzwaren nickte eifrig. »Um für ihn zu arbeiten, muss man sein Handwerk beherrschen.« Sie machte eine kurze Pause. »Adrienne und ich haben es von der Pike auf gelernt. Wir könnten ihm aushelfen«, erklärte sie dann rundweg.

»Und uns mit unserer Arbeit sitzen lassen?« Madame schnappte nach Luft.

»Es wäre bestimmt nicht zu unserem Nachteil, wenn wir ihm die Mädchen zur Verfügung stellen«, raunte Monsieur seiner Frau zu. »Allerdings während der Rennsaison …«

»Eben! Und was ist mit der Aussteuer für die Tochter der Thessiers? Unmöglich, das ohne wenigstens eine von ihnen zu schaffen.«

Ehe die beiden die falsche Entscheidung trafen, schaltete sich Gabrielle wieder ein.

»Wir könnten am Tag bei Monsieur Lazard arbeiten, und die Stücke für die Aussteuer nehmen wir mit hoch auf unser Zimmer und stellen sie abends fertig.« Sie spürte ein Zwicken in ihrem Rücken. Kein Wunder, Gabrielle hatte Adrienne nicht einmal gefragt. Zu spät, Madame und Monsieur warfen sich triumphierende Blicke zu. Die Gier loderte in ihren Augen. Sie würden sich fürstlich dafür bezahlen lassen, dass sie eine Weile auf ihre fleißigen Mitarbeiterinnen verzichteten, obwohl sie das in Wirklichkeit nicht einmal taten. Und Lazard würde in ihrer Schuld stehen. Gabrielle war all das gleichgültig. Wenn sie Monsieur Kurzwaren allein erwischte, würde sie ihn schon dazu bringen, ihnen dafür ein paar Centimes extra zu zahlen. Auch die Tatsache, dass Lazards Kundschaft in Schlössern wohnte, beeindruckte Gabrielle nicht. Ihr ging es einzig darum, einem angesehenen Schneider zu zeigen, was in ihr steckte. Dafür würde sie arbeiten, bis ihr die Finger bluteten.

»Also schön, solange sie nicht unsere Nachtruhe stören, ist es ihnen erlaubt«, erklärte Madame huldvoll.

Adrienne hatte sich nur halbherzig beschwert. Die Aussicht auf eine kleine Zulage, für die Gabrielle sorgen wollte, besänftigte sie.

»Julia geht deinen Eltern zur Hand. Wenn sie dich trotzdem brauchen, oder du einfach einen Abend mit ihnen verbringen willst, übernehme ich die gesamte Arbeit«, hatte Gabrielle versprochen und sie damit restlos überzeugt. Adrienne ersparte ihr, das Versprechen zu halten. Beide stürzten sich voller Schwung auf ihre neue Aufgabe. Nach dem Morgenkaffee ließen sie sich von Madame und Monsieur die Stücke geben, die an diesem Tag fertig werden mussten. Dann machten sie sich auf den Weg, überquerten die Place d'Allier und fanden sich beim Herrenschneider Édouard Lazard ein. Dort waren sie vor allem damit beschäftigt, Hosen zu flicken, fehlende Knöpfe zu ersetzen oder Knotenschnüre an den Husarenjacken der Kavalleristen zu befestigen. Am Nachmittag kehrten sie zurück, setzten sich an ihren Tisch im Nebenzimmer des Wäschegeschäfts und beeilten sich, zu räumen, zu sticken und zu nähen. Je mehr sie schafften, desto besser. Denn irgendwann verkündeten Madame und Monsieur Kurzwaren stets, sie würden den Laden nun schließen. Gabrielle und Adrienne packten dann den Rest zusammen, gingen hinauf in ihre Kemenate, hockten dort mit runden Rücken auf ihren Betten und erledigten die Handarbeiten bei unzureichender Beleuchtung. Als die beiden einen weiteren Tag bei Lazard zubrachten, hatte Gabrielle ein Loch an einem Hemdkragen auszubessern.

»Ich soll den feinen Stoff stopfen, ohne dass das Geringste davon zu sehen ist? Das ist nicht möglich«, schimpfte sie leise.

»Du kannst schlecht eine große Schleife darüber setzen wie bei einer Damenbluse«, sagte Adrienne und lachte.

»Wohl kaum«, knurrte Gabrielle. Plötzlich hatte sie ein Bild vor Augen. »Das heißt … Warum eigentlich nicht?« Sie konzentrierte sich auf den Anblick der Knaben, die in Moulins die Jungenschule besuchten und sie immer an kleine Schornsteinfeger erinnerten. Ihr Kragen endete in einer bauschig gebundenen Krawatte. »Keine große Schleife«, flüsterte sie, während sie weißes Garn durch das Nadelöhr fädelte, »aber doch etwas, womit sich die gestopfte Stelle verbergen lässt.«

Wie gewöhnlich tauchte Monsieur Lazard auf, um die geliehenen Aushilfen zu kontrollieren. Er sah Gabrielle auf die Finger, die in dieser Sekunde mit dem Hemd fertig war. Seine Augen verengten sich zu kleinen Schlitzen.

»Was fällt dir ein?« Er griff danach. »Zeig her!« Lange betrachtete er ihr Werk. »In der Tat«, sagte er sehr langsam, »das Loch ist kaschiert. Aber dieser seltsame Kragen …« Er warf ihr das Kleidungsstück in den Schoß. »Gefällt mir.« Gabrielle wurde innerlich warm. Damit hatte sie nicht gerechnet. »Extravagant, aber es gefällt mir«, wiederholte er. »Hoffen wir, dass der Herr Offizier sich dafür begeistern lässt, sonst muss ich ihm sein Hemd ersetzen und den Schaden von deinem Lohn abziehen.«

Gabrielle fürchtete jeden Tag, Monsieur Lazard würde ihr mitteilen, dass die Begeisterung des Offiziers ausgeblieben war. Oder Madame Kurzwaren hielte ihr eine Standpauke, an deren Ende sie verkündete, Gabrielle nicht nur die Zulage zu streichen, die ihr Mann ihr großzügig zugebilligt hatte, sondern gar noch einen Anteil ihres Hungerlohns für ein neues Oberhemd einzubehalten. Nichts davon geschah. Lazard schwieg, Madame kümmerte sich nicht mehr um ihre Angestellten, als eben nötig war. Und doch musste etwas passiert sein. Plötzlich vertraute Madame Gabrielle nämlich Änderungen für Damen an, um die sie sich bisher ausschließlich selbst gekümmert hatte.

»Ich kann wahrhaftig nicht alles allein schaffen«, erklärte sie und seufzte schwer. »Und wenn Monsieur Lazard meint, sogar ein Offizier sei angetan gewesen, dann soll sie sich ruhig beweisen.« Mit diesen Worten legte sie Gabrielle ein wallendes Sommerkleid auf den Tisch, das gekürzt werden musste.

An einem Freitag im Juli saßen Gabrielle und Adrienne wieder einmal bis spät in die Nacht bei spärlichem Licht auf ihren Betten und arbeiteten. Das Fenster stand weit offen, trotzdem wollte die Hitze nicht weichen. Der Schweiß lief ihnen die Schläfen hinab. Ein feines Summen drang an Gabrielles Ohr.

»Es ist zum Verzweifeln. Unsere Petroleumlaterne lockt die Mücken an. Schließen wir das Fenster, um die Störenfriede auszusperren, steht die Luft.« Sie schlug nach dem Insekt.

»Noch ein paar Minuten, dann bin ich fertig und gehe auf die Jagd«, drohte Adrienne dem kleinen Blutsauger lachend. »Wird höchste Zeit, dass wir das Licht löschen und uns ausruhen können.«

»Apropos!« Gabrielle ließ das Handtuch sinken, in das sie gerade den Namen Noëlle stickte. »Es ist Wochenende. Wir sollten morgen ausgehen. Das haben wir uns wirklich verdient.«

»Du willst nicht arbeiten?«

»Es ist ein Sonnabend, an dem wir nicht in Varennes sind. Nichts von dem, was sie uns aufgetragen haben, kann nicht bis Montag warten.« Gabrielle stickte weiter.

»Wohin willst du denn gehen?« Adrienne klang sehr skeptisch.

»Ich weiß nicht. Einfach nur schauen. Wer weiß, vielleicht teilen wir uns ein Glas Wein im Grand Café.« Sie lachte. Ehe Adrienne Einwände hervorbringen konnte, sagte sie: »Oder in diesem Lokal, das gerade erst eröffnet hat.«

»Das Café Américain?« Adrienne sah sie ungläubig an.

»Warum nicht?«

»Ich glaube nicht, dass das eine gute Idee ist. Ich will nach Maman und Papa sehen.«

»Und danach? Komm schon, Adrienne, hast du etwa vergessen, was die Mutter Oberin gesagt hat?« Gabrielle strahlte triumphierend. »Wir sollen uns nach Ehemännern umsehen.«

»Willst du das denn? Heiraten, meine ich.«

Gabrielle hatte sich diese Frage noch nie ernsthaft gestellt. Sie dachte darüber nach, ehe sie antwortete.

»Wenn ich wüsste, dass einer mich ernst nimmt, dass einer mir zutraut, was er auch einem Mann zutrauen würde, dann würde ich ihn sofort heiraten.« Adriennes Augenbrauen schnellten belustigt in die Höhe. Gabrielle mochte sich dieses kostbare Bild eines Mannes nicht ins Lächerliche ziehen lassen. Schnell setzte sie hinzu: »Jedenfalls will ich mir nicht die Chance nehmen, gefunden zu werden. Also, was ist, gehen wir morgen aus?«

Adrienne hatte darauf bestanden, im Haus ihrer Eltern nach dem Rechten zu sehen. Gabrielle nutzte die Zeit, um das gemeinsame Zimmerchen in Ordnung zu bringen. Am frühen Nachmittag trafen sie sich. Sie brauchten nur die Place de Paris zu überqueren, schon fanden sie sich in der Amüsiermeile von Moulins wieder. Zumindest erschien es Gabrielle so, als wären die Boulevards, die wie ein Bügel um den halben Stadtkern lagen, ausschließlich dem Vergnügen gewidmet. Um diese Zeit war die Luft noch erfüllt vom Rufen der Frauen an geöffneten Fenstern, vom Klacken der Boulekugeln und vom Geruch der Zigaretten, die in den Mundwinkeln der Spieler nicht fehlen durften. Paare und Familien flanierten wie auch Adrienne und Gabrielle im Schatten der Platanen, Kinder spielten Verstecken hinter den gefleckten Baumstämmen. Die wirklich feinen Leute bevölkerten die Place d'Allier oder weilten noch bei Kaffee und Gebäck zu Hause. In dieses Viertel verirrten sie sich wohl eher nicht. Ganz anders die Soldaten und Offiziere aus der Kaserne jenseits des Flusses. Einige von ihnen waren in kleinen Gruppen unterwegs.

»Wie unverfroren sie uns anstarren«, sagte Adrienne.

»Würdest du nicht hinsehen, wüsstest du es nicht«, gab Gabrielle zurück und zwinkerte ihr zu.

»Als ob du nicht geguckt hättest!«, beschwerte sich Adrienne lachend.

Am liebsten hätte Gabrielle alles um sie herum mit den Augen verschlungen. Doch sie beherrschte sich und gab sich mit kurzen Blicken zufrieden. Die jungen Herren sollten schließlich nicht schon von Weitem erkennen, dass alles neu und aufregend für sie war. Sie hakte sich bei Adrienne unter.

»Dahinten spielt Musik!« Gabrielle wurde schneller und zog Adrienne mit sich. Gegenüber dem Amtssitz des Präfekten stand ein Pavillon. Ein paar Stufen führten hinauf auf eine runde Plattform, über der ein Dach schwebte. Am Rand spielte ein dreiköpfiges Orchester, davor tummelten sich Groß und Klein. Kinder hielten sich an den Händen und drehten sich im Kreis, bis ihnen schwindelig wurde. Junge Paare versuchten schüchtern ein paar Schritte, ein Mann und eine Frau in schlichter Garderobe, die Haare schon silbern, wiegten sich elegant im Dreivierteltakt. Sie schienen die Welt um sich herum nicht wahrzunehmen.

»Ist es nicht herrlich?« Gabrielle strahlte Adrienne an. »Das hier ist nicht nur für die feinen Herrschaften bestimmt, hier dürfen sich alle an den Liedern erfreuen und schunkeln und tanzen. Jeder nach seiner Fasson.«

»Ja, es ist wirklich nett. Eine gute Entscheidung, heute einmal nicht zu arbeiten.« Adrienne nickte fröhlich und bewegte sich sacht zur Musik hin und her.

»Und ich habe noch eine gute Idee«, verkündete Gabrielle. »Ich spendiere uns etwas zu trinken. Bin gleich zurück.« Sie ging zu einem kleinen Tisch, hinter dem eine auffällig hochgewachsene Dame stand und Limonade verkaufte. Ihre Haut war schlaff und faltig, ihre Augen schienen einfach durch die Kundschaft hindurchzublicken. »Zwei Gläser Limonade, bitte.«

»Gern, Mademoiselle«, kam es zurück, und die Verkäuferin schnappte sich auch gleich zwei Tonbecher und den Krug. Obwohl sie nicht hinsah, saß jeder Handgriff. Beim Einschenken legte sie einen Finger innen an den Rand der Trinkgefäße. Gabrielle wurde klar, dass sie blind war.

»Ich habe deine Schwester gesehen«, berichtete Adrienne, als Gabrielle zurück war.

»Julia?« Gabrielle reichte Adrienne die Limonade und sah sich um.

»Danke.« Adrienne nahm einen Schluck. »Das tut gut! Ja, Julia, sie ist aber schon wieder weg.« Sie hatte plötzlich einen Gesichtsausdruck, den Gabrielle an ihr noch nicht kannte. »Julia war nicht allein.«

»Wer war bei ihr? Etwa Papa?«

»Nein, ein junger Mann, den ich noch nie gesehen habe. Einigermaßen manierlich gekleidet«, setzte sie hinzu.

»Aber?«

»Nichts, ich will nichts gesagt haben.«

Sie tranken schweigend und beobachteten das Treiben.

»Julia ist die Älteste von uns. Warum sollte sie keinen Kavalier haben?« Herausfordernd reckte Gabrielle das Kinn.

Der Nachmittag hatte dem Abend Platz gemacht. Die Kinder waren aus dem Bild des Boulevards verschwunden, dafür tauchten mehr junge Paare auf, deren Liebe offenkundig noch frisch war. Sie turtelten ungeniert.

»Gehen wir nach Hause. Vielleicht haben wir Glück und ein Fischhändler hat einen Aal oder eine Forelle übrig. Wir machen uns etwas Gutes zu essen und gehen früh schlafen«, schlug Adrienne vor und unterdrückte ein Gähnen.

»Auf keinen Fall!« Gabrielle konnte nicht glauben, was sie gehört hatte. Sie waren doch nicht mehr zehn Jahre alt und mussten ins Bett. Jetzt wurde es doch erst richtig interessant, wie konnte Adrienne nicht neugierig auf das Nachtleben sein? »Alle Welt amüsiert sich in der Rotonde«, begann sie.

»Gewiss nicht alle Welt«, gab Adrienne sofort zurück. »Weißt du nicht, was man über dieses …« Sie suchte nach dem richtigen Wort. »… dieses Tanzlokal sagt?«

»Gerüchte!« Gabrielle winkte ab. »Ob etwas dran ist, können wir erst wissen, wenn wir es mit eigenen Augen gesehen haben.« Sie seufzte sehnsüchtig, doch sie kannte ihre Freundin gut genug, um zu wissen, dass sie sie nicht würde überreden können. »Dann lass uns wenigstens ins Café Américain gehen«, bettelte sie. »Es sind nur ein paar Schritte, und es liegt sowieso auf unserem Weg. Weißt du nicht, was man über das Café sagt?« Sie lächelte verschmitzt. »Es soll dort herrliche Köstlichkeiten zu kleinen Preisen geben.«

Adrienne zögerte. »Na schön«, sagte sie schließlich. »Wir essen eine Kleinigkeit, wenn wir es uns wirklich leisten können, dann gehen wir.« Gabrielle fiel ihr um den Hals. »Falls du mich vorher nicht umgebracht hast.« Adrienne lachte.

Die beiden gingen die wenigen Meter zu ihrem Ziel nicht, sie schritten. Als sie den Eingang erreicht hatten, blieben sie staunend stehen. Der Anblick war atemberaubend. Die Front bestand fast nur aus Glas, die Scheiben waren bis etwa auf Höhe ihrer Nase matt, so dass man nicht hineinsehen konnte. Die Gäste drinnen waren nur als Schemen zu erkennen. Das warme rötliche Holz, das Fenster und Türen einfasste, war unten mit Kassetten versehen, weiter oben verlief es in weichen Bögen, geschnitzte Blumen zierten die Tür.

»Humbert Robiolio«, las Adrienne vor, den Kopf in den Nacken gelegt. »Ob er das Haus gebaut hat?«

»Oder ihm gehört das Lokal.« Gabrielle zuckte mit den Achseln. Ihr Blick hing noch ein Stück höher fest. *Café Américain* stand dort in verschnörkelten goldenen Buchstaben. Sie sah Adrienne an. »Wollen wir?« Adrienne nickte.

Im ersten Moment war Gabrielle ein wenig enttäuscht. Es war viel weniger los, als sie erwartet hatte. Wahrscheinlich gingen die meisten später aus. Es war noch nicht einmal acht Uhr. Andererseits war es gut, so konnten sie sich in Ruhe umsehen und fanden sofort einen Tisch am Fenster. Dunkle Dielen, an der Holzdecke hingen weiße Lampen, vier Glaskugeln, die auf geschwungenen Metallarmen saßen.

»Sieh nur die Theke«, flüsterte Adrienne. »Wie sauber und adrett alles ist.« Auch hier rötliches mit Schnitzereien verziertes Holz. Dahinter an der Wand standen Flaschen verschiedener Farben und Formen aufgereiht. Ein Kellner trat zu ihnen und fragte nach ihren Wünschen.

»Zweimal Limonade, bitte.« Adrienne war Gabrielle zuvorgekommen. Zu ärgerlich, sie hätte lieber zwei kleine Gläser Wein bestellt. Im nächsten Moment war sie erleichtert. Sie hatte schließlich keine Ahnung, was sie hier für Alkohol verlangten.

»Und haben Sie vielleicht eine Speisekarte?« Gabrielle sah den jungen Mann an.

»Selbstverständlich.« Er ging zum Tresen, beugte sich lässig darüber und war sofort mit einer Karte zurück, die er ihr reichte. Billig war das Lokal nicht gerade, aber es würde sie auch nicht ruinieren, hier hin und wieder ein paar nette Stunden zu verbringen.

»Falls Sie etwas essen möchten, empfehle ich Andouillette. Ist das günstigste Angebot, macht satt und schmeckt.« Der Kellner sah freundlich von einer zur anderen. Er machte sich nicht über sie lustig, sondern meinte es nett, da war Gabrielle sicher. Sie warf einen kurzen Blick auf den Preis.

»Zweimal, bitte!« Lächelnd gab sie ihm die Karte zurück. »Siehst du, es ist überhaupt nicht schlimm«, sagte sie leise zu Adrienne, nachdem der Ober gegangen war.

»Dies hier ist ja auch nicht die Rotonde.« Ihre Augenbrauen hüpften vielsagend.

Zur Wurst aus Schweinedarm und anderen Innereien gab es knuspriges Weißbrot. Gabrielle fühlte sich wie im Paradies. Niemand, der ihr Vorschriften machte, niemand, den sie fragen musste. Und es gab so viel zu sehen! Immer mehr Gäste betraten das Café Américain. Ihr Herz klopfte.

»Wir sollten den Tisch freigeben«, meinte Adrienne, nachdem sie aufgegessen hatten. Einmal konnte Gabrielle ihren Aufbruch noch verzögern, dann gab sie nach.

»Also schön, du Spaßverderberin, machen wir uns auf den Weg.« Es würde gewiss nicht das letzte Mal sein, dass sie hier gewesen waren. Als sie gerade gehen wollten, kam eine Gruppe Offiziere herein. Beinahe wären sie zusammengestoßen.

»Verzeihung, die Damen«, sagte einer und hielt ihnen die Tür auf.

»Wollen Sie nicht noch bleiben?«, fragte ein anderer.

Gabrielle ignorierte sie. Es war kein Geheimnis, dass einige Mitglieder des Regiments junge Mädchen als Spielzeug betrachteten. Für eine Einladung hier und da ließ sich manche darauf ein und wurde zur Mätresse. Für Gabrielle kam das ebenso wenig in Betracht wie für Adrienne. Was nicht bedeuten sollte, dass diese eingebildeten Söhne reicher Familien nicht durchaus interessant sein konnten. Während sie zwischen ihnen hindurchstolzierte, sah sie einen von ihnen kurz an. Ihre Blicke trafen sich. Gabrielle wollte wegsehen, doch sie blieb eine Sekunde länger an seinen traurigen Augen hängen, als es ihr lieb war. Ein seltsames Gefühl durchströmte sie, als sei sie soeben ihrem Schicksal begegnet. Als die Tür hinter ihnen zufiel und das Stimmengewirr beinahe verschluckte, war der besondere Moment vorüber. Kichernd und schwatzend liefen sie nach Hause in die Rue de l'Horloge. Es war nur ein paar Minuten nach zehn Uhr, trotzdem schlichen sie behutsam die knarzenden Stufen in den dritten Stock hinauf.

»Was ist denn hier los?«, ertönte mit einem Mal die Stimme von Monsieur von ganz unten. Dabei hatten sie schon fast ihr Zimmer erreicht. »Was fällt euch ein, unsere Ruhe zu stören?« Schnaufend stieg er eine Treppe nach oben, Adrienne und Gabrielle sahen einander an, verdrehten die Augen und gingen ihm entgegen. »Meine Frau schläft schon. Denke ich. Das heißt, jetzt ist sie vermutlich wach.« Kein Wunder, wenn er die beiden lautstark maßregelte. »Und wo habt ihr euch überhaupt herumgetrieben?« Das war zu viel. Sie standen auf dem winzigen Treppenabsatz im zweiten Stock, Gabrielle funkelte ihn an.

»Wir sind Ihre Angestellten, Monsieur, aber nicht Ihr Eigentum.« Sie hörte, wie Adrienne die Luft einsog. »Wir sind Ihnen keine Rechenschaft schuldig«, setzte sie trotzdem hinzu.

»Da täuschst du dich. Wir sind ein Spezialgeschäft mit gutem

Ruf und höchst anspruchsvollen Kunden. Selbst der Graf von Busset …«

»… hat Ihre Dienste schon mal für Kleinigkeiten in Anspruch genommen«, beendete sie den Satz für ihn und hielt seinem Blick stand.

»Das wird ein Nachspiel haben«, kündigte er mit gerunzelter Stirn an.

»Das wird es«, bestätigte Gabrielle.

Moulins 1904

Nach der Standpauke, die Monsieur den beiden gehalten hatte, völlig grundlos, wie Gabrielle fand, hatte sie beschlossen, endlich auszuziehen.

»Wenn du nicht mitkommst, gehe ich eben allein«, hatte sie Adrienne wissen lassen. Doch ohne Gabrielle hatte Adrienne ebenso wenig über den Köpfen von Madame und Monsieur Kurzwaren wohnen wollen wie bei ihren Eltern. Im Nachhinein hatte Gabrielle den Verdacht, Adrienne war davon ausgegangen, dass sich auf die Schnelle nichts Bezahlbares finden ließe. Darum hatte sie schließlich nachgegeben. Gabrielle hatte keine Zeit verloren, sich umgesehen und schnell etwas Passendes entdeckt. Die Miete war gering, die Lage gut. Aus dem Fenster konnten sie sogar den Fluss sehen. Zwar hatten sie auch nicht viel mehr Platz, als sie über dem Wäschegeschäft gehabt hatten, aber das Zimmer unterm Dach in der Rue du Pont-Ginguet war ihr eigenes kleines Reich. Die beiden Betten und ein Schrank standen im hinteren Teil. Gleich nachdem sie eingezogen waren, brachte Gabrielle davor einen Vorhang an, der den Raum in zwei Bereiche teilte.

»Der kleine Teil hier vorn ist unsere Nähstube«, verkündete sie. »Wir besorgen uns einen Tisch und zwei Stühle, dann ist es perfekt!« Das war natürlich übertrieben, doch eine deutliche Verbesserung war es allemal.

Adrienne und Gabrielle liefen von nun an früh am Morgen die Rue du Pont-Guinguet bis zum Ende, überquerten die Place d'Allier, gingen weiter durch die Rue d'Allier und erreichten endlich das Eckhaus, in dem das *Spezialgeschäft für Aussteuer- und Kinderartikel Zur heiligen Maria* seinen Sitz hatte. Die Rennsaison war noch nicht vorüber, also ging es weiter zu Édouard Lazard, am Nachmittag zurück in die Rue de l'Horloge und am Abend nach Hause, wo sie meist noch die eine oder andere Näharbeit zu erledigen hatten.

»Männer haben es besser als Frauen«, meinte Adrienne an einem dieser Abende plötzlich. »Sie genießen eine Ausbildung.«

»Die haben wir im Pensionat auch genossen«, warf Gabrielle ein.

»Du weißt, was ich sagen will. Sie können einen Beruf erlernen, Geld verdienen und sich nach einer Braut umsehen. Wir hatten keine Wahl, was wir lernen wollten, und werden wieder keine haben, wenn es ans Heiraten geht.«

»Denkst du das wirklich?« Gabrielle blickte von der Hose auf, die sie gerade am Bund um zwei Zentimeter auslassen musste. »Sieh es doch einmal so: Die Männer müssen zum Militär, sie müssen Geld verdienen. Wir machen ihnen schöne Augen und geben ihr sauer Verdientes aus. Keine Wahl, wenn's ans Heiraten geht«, wiederholte sie und schüttelte lachend den Kopf. »Ich glaube, wir sind diejenigen, die die Wahl treffen.«

»Für die Offiziere sind Mädchen wie wir nur flüchtige Liebschaften«, beharrte Adrienne. »Für die Ehe kommen nur Töchter aus reichen Familien infrage. Da mache ich mir nichts vor.«

Gabrielle wollte widersprechen, da waren Schritte auf der Treppe zu hören, die immer lauter wurden.

»Will da etwa jemand zu uns?« Adrienne blickte zur Tür, da wurde es kurz still, ehe es klopfte. Adrienne fuhr zusammen, Gabrielle amüsierte sich.

»Willst du nicht öffnen?«, fragte sie.

»Ich wüsste nicht, wer uns um diese späte Stunde besuchen sollte. Maman und Papa gewiss nicht«, flüsterte Adrienne.

»Vielleicht ist es Julia.« Gabrielle legte die Hose auf den Tisch und stand auf. »Wenn wir nicht nachsehen, erfahren wir es nie.« Sie öffnete. In dem winzigen dunklen Flur stand eine Dame.

»Guten Abend! Verzeihung, ich will nicht stören. Wenn ich ungelegen komme, kann ich auch später einmal …«

»Guten Abend. Worum geht es denn?«

Jetzt streckte die Dame die Hände vor. Sie trug ein Bündel, das Gabrielle vorher noch nicht aufgefallen war.

»Mein Bruder hat von Ihrem Talent geschwärmt. Sie haben ihm sein Hemd gestopft. Sie haben viel mehr getan als das. Er hat es mir gezeigt. Einen so hübschen Kragen habe ich noch nie gesehen. Niemand sonst trägt so etwas.«

Gabrielles Herz schlug schneller.

»Bitte, kommen Sie doch herein.« Sie trat zur Seite und ließ die fremde Dame eintreten. Adrienne begrüßte den Gast und räumte eilig den Tisch frei. Die Dame sah sich verstohlen um, ihr war eine solche Umgebung nicht vertraut und auch nicht geheuer, das stand ihr ins Gesicht geschrieben.

»Bitte, nehmen Sie doch Platz!« Gabrielle deutete auf ihren Stuhl.

»Danke schön.« Die fremde Frau wickelte das Paket aus, das sie mitgebracht hatte. Es kam eine Robe aus dunkelblau changierender Seide zum Vorschein. »Ich habe mir dieses Kleid anfertigen lassen. Bedauerlicherweise nicht in Paris, nicht einmal bei Monsieur Lazard.« Sie seufzte so tief, als sei sie der Verzweiflung nahe. »Es sitzt nicht. Ich kann unmöglich damit zum Pferderennen gehen.«

Gabrielle fuhr sanft mit der Handfläche über den kühlen glatten Stoff.

»Nun, nachdem Sie das Hemd meines Bruders nicht nur gerettet, sondern in etwas Besonderes verwandelt haben, da dachte ich, …«

»Das Material ist erstklassig, und die Farbe passt hervorragend zu Ihrem blonden Haar.« Gabrielle sah auf. »Es wäre doch gelacht, wenn sich daraus nicht ein Prachtexemplar zaubern ließe. Am besten Sie schlüpfen hinein.« Eine Falte erschien über der Nasenwurzel der Blonden.

»Sie können sich hier umziehen.« Adrienne war aufgesprungen und zog den Vorhang ein Stück zur Seite. Die Dame machte einen Schritt, zögerte, dann nahm sie das Kleid vom Tisch.

»Danke, das ist sehr freundlich von Ihnen.« Sie verschwand im Schlafbereich der beiden. Gabrielle und Adrienne sahen einander an und pressten die Finger auf den Mund, um nicht laut zu jubeln. Sie hatten eine eigene Kundin! Nicht Monsieur Kurzwaren oder Lazard oder sonst jemand würde dieser verzweifelten Frau eine hohe Summe abknöpfen und die Schneiderinnen mit ein paar Centimes abspeisen. Sie selbst würden das Geschäft machen.

»Mein Bruder sagte, Sie arbeiten bei Lazard. Dann hörte ich, Sie seien im Mieder- und Aussteuergeschäft in der Rue de l'Horloge tätig. Ich habe mein Dienstmädchen gefragt, die Sie hierher hat gehen sehen«, erklärte die Blonde hinter dem Vorhang. Nach wenigen Augenblicken war sie zurück. Sie sah noch eleganter aus als zuvor, aber sie hatte völlig recht, der Schnitt war nicht perfekt, die Robe war ihr nicht auf den Leib geschneidert.

»Ein Abnäher hier an der Seite ... Darf ich?« Gabrielle hatte die Hand in Richtung ihrer Taille ausgestreckt. Die Kundin nickte. Gabrielle fasste die Seide, raffte sie leicht. »Schon würde das Kleid weicher fallen und Sie mehr umschmeicheln.« Wie auf ein geheimes Stichwort reichte Adrienne ihr das Kissen mit den Stecknadeln. Gabrielle zog zwei Nadeln heraus. Während sie eine zwischen den Lippen hielt, stach sie die andere mit geübten Griffen in den Stoff. »Außerdem würde ich auf diese Rüsche verzichten«, schlug sie vor und deutete auf ein Tüllmonstrum am Halsausschnitt, das den schlanken Hals vollkommen verdeckte. »Sie wird sie womöglich ersticken.« Gabrielle lachte. »Ein einfacher Kragen, mit einem weißen Band abgesetzt, wäre viel schicker.«

»So ein Kragen wie mein Bruder ihn hat?«

»So etwas in der Art.« Gabrielle lächelte. »Nur eben einer Dame angemessen.«

»Ja, genau so will ich es haben.« Das Strahlen in den Augen der Kundin währte nicht lange. »Das Rennen ist allerdings schon übermorgen. Schaffen Sie das? Ich zahle Ihnen auch einen Aufschlag.«

Gabrielle konnte ihr Glück kaum fassen. Trotzdem setzte sie eine nachdenkliche Miene auf.

»Übermorgen schon. Das ist wirklich nicht viel Zeit.« Sie tat, als müsse sie überlegen.

»Sagen Sie mir, was es kostet. Es soll Ihr Schaden nicht sein. Ich verstehe, dass es sich für Sie lohnen muss, wenn Sie die halbe Nacht für mich arbeiten.«

Die Blonde trug keinen Ehering, es war also vermutlich das Geld Ihres Vaters, das sie so großzügig anbot.

»Sie können es morgen abholen«, verkündete Gabrielle. »Es kostet zwei Francs, einen Aufschlag verlangen wir nicht.« Sie fing Adriennes erstaunten Blick auf und sprach weiter: »Wir würden uns allerdings sehr freuen, wenn Sie uns weiterempfehlen würden. Es ist uns eine Freude, unsere Kundinnen hier zu empfangen, wir arbeiten schnell und zuverlässig. Sie werden sehen.«

Der ersten Kundin folgte eine zweite, dann eine dritte. Das Geschäft lief so gut, dass Adrienne und Gabrielle manches Mal stöhnten, wenn wieder einmal Schritte auf den Stufen zu hören waren. Doch sie nahmen jeden Auftrag an, legten das Geld in eine kleine Zigarrenkiste und ein paar Centimes auch immer in ihre Portemonnaies. Am Sonnabend oder Sonntag nach dem Chorgesang in der Kapelle des Pensionats gönnten sie sich davon etwas Gutes, mal ein Stück Heidelbeerkuchen oder Schokolade aus dem *Palets d'Or*, mal einen Tee im Café Chinois oder im Café Américain. Adrienne wurde nicht müde, Gabrielle dafür zu danken, dass sie auf den Umzug gedrängt, der blonden Dame mit dem blauen Kleid die Tür geöffnet und so geschickt gehandelt hatte. Sosehr sich Gabrielle auch darüber freute, zufrieden war sie nicht.

»Schön und gut«, entgegnete sie Adrienne oft. »Aber das kann doch nicht alles sein. Willst du etwa bis zu deinem Lebensende nur schuften?«

»Das ist das Schicksal der armen Leute. Meine Eltern haben nie etwas anderes kennengelernt. Ich bin das jüngste von neunzehn Kindern. Glaubst du, einer von uns wird je zu Wohlstand kommen?«

»Warum nicht? Mit Fleiß, harter Arbeit und einem festen Willen kannst du alles erreichen«, behauptete Gabrielle.

Bei aller Überzeugung, die sie in solchen Momenten in sich spürte, hatte sie auch ein schlechtes Gewissen, denn sie musste an ihre Brüder denken. Sie ackerten viel härter als sie, das war ihr bewusst. Trotzdem würden sie nie auf einen grünen Zweig kommen. Auch Julia hatte es nicht leicht. In aller Herrgottsfrühe war sie bereits mit Großvater Henri unterwegs, um Waren von den umliegenden Höfen zu holen. Danach durfte sie nicht etwa ausruhen, sondern stand mit Großmutter Angelina stundenlang auf dem Markt. Manchmal trug sie der Kundschaft sogar noch die Einkäufe nach Hause. Der Mann, mit dem Adrienne Julia gesehen hatte, war verschwunden. Gabrielle hatte ihre Schwester einmal auf ihn angesprochen und war mit einem knappen Satz abgespeist worden. Ein anständiger Bräutigam war nicht in Sicht, so viel stand fest. Wenn Gabrielle darüber nachdachte, wusste sie, dass sie dankbar sein sollte für das, was sie hatte. Nur sah sie dann sofort ihre Mutter vor sich. Bleich und kalt auf dem rauen Ziegelboden der Küche einer billigen Schenke. So würde sie nicht enden, das hatte Gabrielle sich geschworen. Und das war sie ihrer Mutter schuldig. Gabrielle wollte jemand sein, vielleicht eine Diva wie Giuditta Pasta oder Jenny Lind, die auf der Opernbühne gefeiert worden waren.

Die Rennsaison war vorüber. Welch eine Erleichterung. Gabrielle und Adrienne hatten nur noch ihre Arbeit bei Madame und

Monsieur Kurzwaren. Am Wochenende fuhren sie manchmal wieder zu Tante Louise und machten einmal sogar wieder Hüte. Am Sonntag gingen sie in die Kapelle, um dort weiterhin im Chor zu singen. Mit dem Nähen konnte Gabrielle Geld verdienen, mit ihrer Stimme wollte sie berühmt werden. Also übte sie inbrünstig, ihr Ziel klar vor Augen.

Eines Tages saßen die beiden sich im Hinterzimmer des Aussteuergeschäfts an ihrem Arbeitstisch gegenüber. Der Herbst kündigte sich an, und Gabrielle ärgerte sich ein wenig, dass die Tür zum Laden offen stand.

»Bei diesem Durchzug holen wir uns noch den Tod«, knurrte sie leise. »Noch ein Grad weniger, und ich kann meine Finger nicht mehr bewegen.« Sie blickte kurz zum Verkaufsraum und sofort wieder auf das Jäckchen, das sie gerade für eine Monique Dupont zum ersten Geburtstag mit Samt verzieren sollte. Im Geschäft standen die jungen Offiziere, die sie nach ihrem ersten Besuch im Café Américain beim Verlassen fast über den Haufen gerannt hätten.

Sie konzentrierte sich auf den Samt in ihrer Hand und flüsterte: »Nicht hinsehen! Im Geschäft sind die Offiziere von neulich Abend.« Adrienne sah zur Tür. »Nicht hinsehen, habe ich gesagt!« Gabrielle spürte die Blicke der Männer, tat aber so, als hätte sie ihre Anwesenheit nicht bemerkt. »Die Herren reden über uns.« Ein dezentes Lächeln huschte über ihre Lippen. »Da würde ich jede Wette eingehen.«

Es wurde spät an diesem Tag. Immer wenn Adrienne und Gabrielle endlich nach Hause gehen wollten, kam Monsieur Kurzwaren mit einer allerletzten klitzekleinen Aufgabe.

»Wenn ihr nur noch rasch diese Litze aufnähen könntet, dann ist Schluss für heute!« Dann war es eine Reihe Knöpfe, die nur eben um einen Zentimeter versetzt werden sollte, danach auch noch ein Kleid, das dringend aufgebügelt werden musste. Jedes Mal setzte er eine zerknirschte Miene auf, als täte es ihm leid. Dabei war es ihm egal, ob die beiden überhaupt Schlaf bekamen. Als sie endlich aufbrechen konnten, schmerzte Gabrielles Rücken, ihre Augen brannten. Sie unterdrückte ein Gähnen, als sie auf die Rue de l'Horloge traten.

»Sagen Sie nicht, Sie waren so lange fleißig, Mesdemoiselles«, ertönte da eine Stimme, die sie nicht kannte. Sie blickte überrascht auf. Sieh an, die Herren Offiziere hatten auf sie gewartet. Da standen sie wie Schuljungen, allesamt ihre Käppis in der Hand.

»Étienne Balsan«, stellte sich der mit den traurigen Augen vor. Wenn sie es recht bedachte, waren sie nicht traurig, sondern eher müde. Oder gelangweilt.

»Gabrielle Chanel«, gab sie zurück. Adrienne zögerte kurz, schien dann aber zu beschließen, dass ein Gespräch mit Offizieren nicht unanständig war, und stellte sich ebenfalls vor.

»Wie ist es möglich, dass zwei so reizende Geschöpfe einer Arbeit nachgehen müssen, dazu einer so anstrengenden?« Étienne sah von einer zur anderen, sein Blick blieb jedoch an Gabrielle hängen. Erstaunlich, schließlich war Adrienne eindeutig die Hübschere von ihnen. »Ich wette um eine Einladung zum Tee, dass Sie aus fürstlichem Hause stammen.«

»Mindestens«, warf einer der Männer ein, stieß einen anderen an und amüsierte sich prächtig.

»Eine seltsame Wette.« Gabrielle sah Étienne abschätzig an. »Sollten Sie mit Ihrer Vermutung falschliegen, führen Sie uns aus?« Er nickte. »Aber das ist eine Belohnung. Sollte der Wetteinsatz nicht eher eine Bestrafung sein?«

Étienne lächelte. Es gefiel ihm, wie Gabrielle ihn behandelte.

»Das war dumm von mir, Sie haben recht. Was schlagen Sie vor?«

»Tee wäre doch nett«, flüsterte Adrienne.

»Sie laden uns zunächst zum Tee ein. Dabei haben Sie Gelegenheit, herauszufinden, woher wir stammen. Wenn wir Sie danach wiedersehen möchten, führen Sie uns abends aus. In die Rotonde.« Gabrielle hielt für eine Sekunde die Luft an. Hoffentlich lachte er sie nicht aus und ließ sie stehen.

»Oho«, machte einer der Männer, die anderen feixten.

»Mit dem größten Vergnügen.« Étiennes Blick bohrte sich geradezu in den ihren. Gabrielle zwinkerte nicht einmal. Großmütig nahm sie die Einladung an.

Die Herren holten sie vor dem Laden ab, so war es ausgemacht. Adrienne und Gabrielle hatten ihre besten Kleider aus dem Schrank geholt und mit Stoffresten verziert, die bei ihren Aufträgen manchmal übrig geblieben waren. Hier ein Band, dort eine Schleife. Mehr brauchte es nicht. Neben Étienne, der offensichtlich die Position des Wortführers in der Gruppe hatte, waren noch zwei junge Kerle in Uniform dabei. Von Adriennes und Gabrielles Arbeitsplatz war es ein Katzensprung zu La Tentation in der Rue d'Allier. Der Eingang befand sich in einem steinernen Bogen, der aus der Hausecke geradezu herausgeschnitten zu sein schien. Rechts und links jeweils eine elegante Säule, über der Tür schuf eine dreieckige Rundung den Übergang zu den darüberliegenden Stockwerken, deren kantige Form vorsprang. Die Rundung war vollständig mit goldenen Mosaiksteinen ausgekleidet, darauf war in blauen Buchstaben der Name des Lokals zu lesen. À La Tentation – zur Versuchung. Ob das ein Omen war? Sie nahmen an einem runden Tisch mit hübscher Spitzendecke Platz. Alles wirkte zerbrechlich. Gabrielle meinte leise Geigenmusik zu hören. Oder bildete sie sich das nur ein? Étienne bestellte Schokoladenkuchen. Bis serviert wurde, trat ein Schweigen ein, das Gabrielle nicht gefiel.

»Sie alle verrichten also Ihren Dienst drüben in der Kaserne?« Sie sah aufmerksam von einem zum anderen. »Was tun Sie dort? Üben Sie sich den ganzen Tag im Umgang mit Waffen?«

»Wir müssen ein Bataillon lenken und selbstverständlich auch schießen können. Reiten ist auch nicht unwichtig, schließlich sind wir das 10. Jägerregiment zu Pferde.«

»Wie interessant.« Adrienne fühlte sich nicht recht wohl, das konnte Gabrielle ihr ansehen.

»Was ist mit Ihnen?« Étienne lehnte sich in seinem Stuhl zurück. »Sie sind zu schade dafür, jeden Tag in einem Hinterzimmer zu verschwinden. Sie gehören in die Gesellschaft, schön, wie Sie beide sind.« Adrienne errötete. Gabrielle enthielt sich, sooft es ging, einer Antwort. Sie hörte lieber zu, lernte. Je mehr sie von der Gesellschaft verstand, von der er sprach, desto leichter würde sie Zutritt dazu finden. So spitzte sie also die Ohren, löffelte schweigend das Sorbet, das Étienne nach dem Kuchen hatte kommen lassen, und übte sich in Geduld. Als es Zeit war, zu gehen, bat Étienne die beiden nach Hause bringen zu dürfen.

»Es wäre nett, wenn Sie uns ein Stück begleiten. Bis zur Place Régemortes vielleicht«, schlug Gabrielle vor. So geschah es, dort trennten sich ihre Wege. Während die Offiziere über die Brücke gingen, standen Adrienne und Gabrielle noch eine Weile am Geländer im Schutz eines Pfeilers.

»Jede Wette, dass sie sich noch einmal umdrehen.« Gabrielle sah ihnen nach.

»Hör auf mit deinen Wetten«, warnte Adrienne scherzhaft. »Du siehst, wohin sie uns geführt haben.«

»Zu Schokoladenkuchen und Sorbet. Ha, wusste ich's doch.« Gabrielle triumphierte, doch ihr Triumph war nicht vollkommen, denn nur zwei hatten sich umgedreht. Étienne gehörte nicht dazu.

Am Samstag danach war Étienne wieder zur Stelle. Dieses Mal war er von einer Handvoll Kameraden umgeben. Und dieses Mal war es bereits Abend. Die Herren führten Gabrielle und Adrienne in die Rotonde. Die ganze Woche hatten die beiden einfache Kleider enger gemacht und den Ausschnitt mit platt geschlagenen winzigen Metallringen dekoriert, die bei Monsieur Kurzwaren im Abfall gelandet waren. Étienne reichte Gabrielle den Arm, einer der Offiziere verneigte sich etwas linkisch vor Adrienne und tat es ihm nach. Die Rotonde war ein runder Bau mit einem Dach, das irgendwie exotisch aussah und Gabrielle an ein Bild aus China erinnerte, das ein alter Markthändler mit mandelförmigen Augen ihr immer gezeigt hatte, als sie noch ein Kind gewesen war.

»Von dort oben hat man einen netten Blick in den Garten«, verriet Étienne ihr, der sie offenbar beobachtet hatte. »Schade drum, denn man hat drinnen sicher Besseres zu tun, als hinauszusehen.« Er grinste ein wenig anzüglich. »Ich bin hoch erfreut, dass Sie den Wunsch geäußert haben, ausgerechnet hierher ausgeführt zu werden.«

Gabrielle lächelte nur. Was hätte sie auch sagen sollen? Ihr Herz klopfte. Hoffentlich war es nicht ein Sündenpfuhl, wie einige behaupteten. Dann war klar, was er von ihr denken musste. Sie sah sich um. Die Grünanlage, in deren Mitte das Gebäude stand, war mit seinen Brunnen und Figuren nicht elegant, alles wirkte eher einfach. Einem Schwan fehlte ein Flügel, ein Bassin war von schmutzigem Grün überzogen, modriger Geruch strömte von dort zu ihnen. Trotzdem machte alles einen netten Eindruck. Sie gingen hinein. Dichter Zigarettenrauch schlug ihnen entgegen, die Luft war warm und feucht. Es war dunkel, die Musik laut und wild. Gabrielle musste daran denken, was wohl Tante Louise sagen würde, wenn sie ihre jüngste Schwester Adrienne hier sehen könnte. Beinahe hätte sie gelacht. Étienne nahm ihr den Mantel ab.

»Hübsch.« Sein Blick wanderte ungeniert über ihr Dekolleté und langsam abwärts über ihren Körper. Gabrielle ließ es geschehen und genoss es sogar. Schauen durfte er, mehr würde sie ihm nicht erlauben. Ihre Entscheidung. Sie machten es sich in kleinen samtig bezogenen Sesseln bequem, die um einen niedrigen Tisch standen. Von dort hatten sie gute Sicht auf eine runde Bühne, die allerdings nicht genutzt wurde. Es überraschte Gabrielle nicht, dass junge Frauen, die Kleider ein Stück kürzer und die Ausschnitte tiefer, als es üblich war, Étienne begrüßten, als wären sie alte Bekannte. Oder mehr. Es sah ganz so aus, als sei Étienne Balsan ein Lebemann, wie er im Buche steht. Er bestellte, er war für die Trinksprüche zuständig und für so manchen Scherz. Aber er führte Gabrielle auch in die Welt der Absolventen einer Militärakademie ein.

»Sie haben nach unserem Alltag gefragt, ob wir den lieben langen Tag nur schießen. Das ist nicht der Fall, wir studieren außerdem.«

»Was studieren Sie?«

»Unterschiedlich.« Er machte eine kurze Pause. »Bei mir sind es orientalische Sprachen.«

»Wirklich?« Er nahm sie sicher auf den Arm.

»Aber ja.«

»Was wollen Sie damit anfangen?«

Er zuckte mit den Achseln. »Das ist nicht die Frage. In der Hauptsache geht es darum, etwas zu studieren, das die Akademie vor die größten Schwierigkeiten stellt. Wenn sie nur wenige geeignete Professoren auftreiben können, bleibt mir mehr Zeit, mich anderen Dingen zu widmen.« Während er das sagte, sah er ihr tief in die Augen und prostete ihr zu. Sie nippte an dem Rotwein, der sich schwer und holzig auf ihren Lippen ausbreitete.

»Es geht los«, rief plötzlich jemand. Alle Köpfe wandten sich der Bühne zu. Dort erschien eine große schlanke Frau in einem Kleid, das Gabrielle die Schamesröte auf die Wangen trieb. Hitze stieg in ihr auf. Sie sah kurz zu Adrienne hinüber, die die Person ebenfalls fassungslos anstarrte. Nicht nur, was sie anhatte, war ein Skandal, ihre Haare waren obendrein kurz und endeten doch wahrhaftig an ihrem Kinn. Musik ertönte, sie erhob ihre Stimme. Tief, geheimnisvoll und warm schwebten die Zeilen durch den Raum. Um die Sängerin versammelten sich nach und nach Mädchen in nicht ganz so gewagten Kostümen. Sie summten mit oder sangen auch mal einen Refrain. Zum Schluss ihres Auftritts gab die Künstlerin ein schwungvolles Lied zum Besten. Dazu tanzte sie, wirbelte herum. Wenn sie sich schnell drehte, konnte man ihre Wäsche sehen. Die Männer johlten, die Kellner kamen kaum nach, die Bestellungen zu bringen, Wein und Absinth flossen in Strömen. Nach ihrer Darbietung verbeugte sich die Sängerin und verschwand. Die Bühne gehörte den Mädchen aus dem Hintergrund. Eine nach der anderen trat vor und präsentierte ein Chanson, manchmal zwei. Einige von ihnen hatten hübsche Stimmen, andere weniger. Mit der Hauptattraktion konnte keine mithalten. Wenn ein Ton gar zu schief geriet, flüsterte Étienne Gabrielle etwas ins Ohr. Er berührte dabei ihren Arm. Einmal legte er seine Hand wie zufällig auf der Lehne ihres Sessels ab, so dass sie Kontakt zu Gabrielles Taille hatte. Er und seine Freunde waren es offensichtlich gewohnt, mit ihrem Geld zu bekommen, was sie wollten. Frauen eingeschlossen. Wenn er sich an ihr nur nicht die Zähne ausbiss, dachte Gabrielle bei sich.

»Du hast ihn ermutigt«, warf Adrienne ihr vor, als sie weit nach Mitternacht zurück in ihrem Apartment waren. »Du wirst dich doch nicht auf ihn einlassen?«

»Hast du gesehen, wie der Saal getobt hat, wenn die Sängerinnen in ihren knappen Kostümen Soldatenlieder angestimmt haben?«

»Lenk nicht ab!«

»Aber das tue ich nicht. Die Männer lagen den Künstlerinnen förmlich zu Füßen.«

»Anzügliche Kommentare haben sie von sich gegeben«, behauptete Adrienne. »Und falls du es nicht gesehen haben solltest: Eine dieser Sängerinnen ist mit einem Mann rausgegangen. Du glaubst doch selbst nicht, dass er sie brav nach Hause gebracht hat.«

»Pfui, Adrienne, was hast du nur für schmutzige Gedanken?« Gabrielle lachte. »Du hast ja recht. Aber es war nur eine. Die anderen haben die Herren geschickt bei Laune gehalten und nicht wenig für ihre Auftritte eingesammelt, wenn ich es richtig gesehen habe.«

»Da nähe ich lieber, das ist anständig verdientes Geld.«

»Es sind die Frauen, die den Ton angegeben haben, Adrienne, die Männer haben nur so getan, als hätten sie das Sagen. In

Wirklichkeit haben sie gemacht, was die Mädchen wollten. Das hat mir gefallen.«

Étienne und seine Kameraden holten Adrienne und Gabrielle regelmäßig ab, immer am Kurzwarengeschäft. Die beiden hatten einfach behauptet, noch immer in dem Zimmer über dem Laden zu leben.

»Wenn sie nicht wissen, wo wir wirklich wohnen, können sie uns nicht auf die Pelle rücken«, meinte Gabrielle. Natürlich war ihr klar, dass auch ihre erste Kundin sie ausfindig gemacht hatte. Warum sollte das einer Handvoll Offizieren nicht gelingen? Aber sie wusste genauso gut, dass sich Étienne Balsan nicht die Mühe machen würde. Adrienne war jedenfalls beruhigt. Da die Männer sich wie Kavaliere benahmen, sie zuvorkommend behandelten und stets großzügig einluden, gab Adrienne ihren Widerstand ohnehin auf. Der Winter war da und brachte Schnee mit. Es war Sonntag, als die Gruppe zum Grand Café stapfte. Wie lange hatte Gabrielle davon geträumt, einmal das Grand Café zu besuchen? Jetzt war es so weit. Sie traten ein, und es verschlug ihr die Sprache. Es war noch schöner, als sie es sich vorgestellt hatte. Ihr Blick wurde sofort magisch von der prächtigen Decke angezogen. Sie war bemalt wie die in der Kapelle, in der sie sonntags Kirchenlieder sang. Auch auf kleinen halbkreisförmigen Flächen an den Wänden gab es Malereien, dazu jede Menge Stuck mit viel Gold. Und es war riesig! Sie stutzte. Aber nein, sie war einer grandiosen Täuschung erlegen. Einige Wände waren bedeckt mit Spiegeln. So wirkte es, als würde das Grand Café seinem Namen alle Ehre machen und sich endlos zu allen Seiten ausdehnen. Sie nahmen Platz. Nach wenigen Minuten brachte ein Ober Gebäck. Er sah in seiner schwarzen Hose, dem weißen Hemd mit schwarzer Weste und ebensolchem Frack darüber, äußerst elegant aus. Gabrielle fiel auf, dass sie noch nicht einmal bestellt hatten, die kleinen Kuchenstücke gab es einfach so für jeden Tisch. So war wohl die Welt, wer sich ein teures Lokal leisten konnte, bekam auch noch etwas gratis. Die eigentliche Bestellung überließ sie wie immer Étienne. Er entschied sich für gebratene Äpfel, gefüllt mit einer zuckrigen Creme, Nüssen, Mandeln und Rosinen.

»Es ist köstlich«, hauchte sie wenig später.

»Was wirst du erst zu dem Portwein sagen, den es danach gibt?«

Auch das Grand Café verfügte über eine Bühne. Sie schwebte am Ende des Saals auf einer Empore. Zu Gabrielles Erstaunen traten auch hier Sängerinnen auf. Ihre Kleider waren länger als die in der Rotonde, auch die Ausschnitte ließen nicht gar so tief blicken, was den Temperaturen geschuldet sein mochte. Weniger verlockend wirkten die Damen nicht.

»Die machen es richtig«, verkündete Étienne lautstark. »Statt in einem zugigen Kämmerchen zu hocken und zu nähen, bis ihre Finger wund sind, treten sie auf und lassen sich bewundern.« Er griff Gabrielles Hand. »Siehst du, hier verheilt gerade erst eine Stelle und dort eine weitere. Deine Haut ist nicht makellos, aber genau das sollte sie sein.« Er ließ ihre Hand einfach fallen. »Wenn ich eine bezaubernd schöne Frau wäre, wüsste ich, was ich täte.«

»Bloß bist du weder eine Frau noch bezaubernd schön«, meinte einer in der Runde. Alle lachten. Étienne ging nicht darauf ein.

»Aber natürlich kann sich nicht jede so verführerisch bewegen wie die.« Mit einem kurzen Nicken des Kopfes deutete er zur Empore. »Dazu braucht es Talent und Mut.« Er verschränkte die Arme vor der Brust, sah Gabrielle herausfordernd an und lächelte zufrieden. Eine Sekunde, dann stand sie langsam auf. Ohne ihren Blick von seinem zu lösen, begann sie, sich zur Musik zu bewegen. Aufreizend, ungehörig. Sie bemerkte, dass auch die anderen Gäste nicht mehr hoch zur Bühne schauten, sondern nur noch zu ihr.

»Gabrielle!« Es war nur ein leises warnendes Zischen. Was sollte Adrienne auch sonst tun, wenn sie nicht noch mehr Aufsehen erregen wollte? Und das wollte sie gewiss nicht. Gabrielle ließ ihre Hüften kreisen, drehte sich, streckte die Arme nach Étienne aus, zog sie zurück, ehe er danach greifen konnte. Innerlich zitterte sie vor Aufregung, gleichzeitig war sie in diesem Moment sicher, dass das ihre Bestimmung war. Im Mittelpunkt zu stehen, beobachtet zu werden. Die Musik war verklungen.

»Seht sie euch an!«, rief Étienne in die Runde. »So könnte ich sie lieben.«

Gabrielle wartete einen Atemzug lang, bis sich das Johlen der Männer legte, ehe sie sagte: »Das tust du doch schon längst.« Damit setzte sie sich, als sei nichts geschehen. Einen Wimpernschlag herrschte Stille, dann brach ein Gelächter aus, das jeden mitreißen musste. Seine Freunde lachten über Étienne, klopften ihm tröstend auf die Schulter, nickten ihr anerkennend zu. Gabrielle hatte genau das erreicht, was sie beabsichtigt hatte. Der Triumph gehörte ihr. Nur konnte sie sich nicht darüber freuen, denn sie wusste, dass es nicht stimmte. Étienne liebte sie nicht. Er beugte sich zu ihr herüber.

»Ich habe mir gerade ein Gut gekauft, auf dem ich zukünftig Zeit verbringen will«, flüsterte er ihr zu, seine Lippen streiften ihr Ohr. »Komm mit mir nach Royallieu!«

»Du hast dir ein Anwesen gekauft? Du hast noch nicht einmal die Akademie beendet, dachte ich.«

»Meine Eltern sind gestorben«, erklärte er ihr kühl.

»Das tut mir leid«, antwortete sie automatisch. Sah nicht so aus, als wäre er traurig. Doch das war schwer zu sagen, in seiner Welt war es nicht vorgesehen, dass Männer Gefühle zeigten. »Wo liegt dieses …?«

»Royallieu? Im Norden. Also, was ist, begleitest du mich?«

»Nein, das werde ich sicher nicht tun.«

»Denk wenigstens darüber nach.« Der Portwein wurde serviert, damit war für ihn das Thema erledigt. Er liebte sie nicht. So wie sie ihn ebenfalls nicht liebte. Doch das war es nicht, was so wehtat. Es verletzte sie, dass er sich nur zum Spaß mit ihr abgab, dass er kein echtes Interesse an ihr hatte. Sie konnte es nicht ertragen, dass er sich nicht in sie verliebt hatte, obwohl sie so oft in seiner Nähe war. Étienne sah sie nicht als das, was sie wirklich war. Dabei wünschte sie sich nichts mehr, als erkannt und für ihr Innerstes geliebt zu werden. Gabrielle versteckte ihren Schmerz hinter einem kühlen Lächeln und hinter dem Glas Portwein.

Royallieu ging ihr nicht aus dem Kopf. Es war Freitag, Gabrielle stickte Alphonse in eine hellblaue Decke. Ausgerechnet der Name ihres Lieblingsbruders, den sie schon bald zwei Jahre nicht gesehen hatte. Tief in Gedanken zog sie den dunkelblauen Faden durch den Stoff. Was, wenn sie es täte, wenn sie Étienne begleiten würde? Und dann? Führte er sie dort aus und schmückte sich mit ihr, eine Woche lang oder zwei? Schon möglich, dass er es anders meinte und sie dauerhaft bei sich haben wollte. Sie durfte sich nichts vormachen, in diesem Fall wäre sie seine Mätresse. Das kam nicht infrage. Selbst wenn sie sich doch dazu entschließen sollte, sie könnte nicht auf Étienne bauen. Würde er ihrer irgendwann überdrüssig, würde er sie davonjagen. Sie musste eigene Pläne machen, aus eigener Kraft ihren Weg gehen. Die Richtung stand ihr mit einem Mal so deutlich vor Augen, dass sie überrascht aufblickte und sich prompt in den Finger stach.

»Au, verdammt.«

»Was sagt Louise immer?« Adrienne griente. »Deine Konzentration gehört stets vollkommen deiner Tätigkeit, sonst wird es nichts.«

»Apropos Tante Louise«, begann Gabrielle. »Ich kann morgen nicht zu ihr fahren, ich habe etwas anderes zu erledigen.«

»Aber wir sind mit ihr verabredet. Was hast du denn nur vor?« Adrienne sah schrecklich enttäuscht aus.

»Sei mir bitte nicht böse, ich kann es dir noch nicht sagen. Fahr du allein nach Varennes und grüße Tante Louise bitte von mir, ja?«

Adrienne seufzte, im nächsten Moment strahlte sie schon wieder.

»Na gut, ich hatte meine große Schwester lange nicht mehr für mich allein.« Dann wurde sie ernst. »Du triffst dich doch nicht ohne mich mit Étienne, oder?«

Gabrielle lachte. »Auf keinen Fall, ich verspreche es.«

»Und du wirst mir später erzählen, was es so Wichtiges gibt, dass du mich im Stich lässt?«

»Ehrenwort! Es gibt keine Geheimnisse zwischen uns«, versicherte Gabrielle ihr ernst. »Es ist nur … Ich habe Angst, dass es nicht klappt, wenn ich zu früh darüber rede.« Sie zuckte hilflos mit den Achseln.

»Also schön, was auch immer du vorhast, ich wünsche dir viel Glück.«

Gabrielle begleitete Adrienne am Sonnabend früh zum Bahnhof. Es wäre so leicht, es sich anders zu überlegen, und doch in den Zug zu steigen. Aber das ließ ihr Stolz nicht zu. Außerdem hatte sie einen Plan, und von dem würde sie nicht abweichen. Als das Stampfen der Lok nur noch als leises Schnaufen zu hören war und der schwarze Qualm über den Gleisen sich aufgelöst hatte, machte sie sich auf den Weg. Es war dumm, so früh war bestimmt noch niemand dort. Kies knirschte unter ihren Sohlen. Gabrielle atmete tief durch. Sie würde es herausfinden. Zwischen Zypressen und dem Schwan mit nur einem Flügel ging sie auf den Eingang des runden Gebäudes zu. Zaghaft klopfte sie an. Nichts. Sie wollte schon gehen.

»Nein, so schnell wirft eine Chanel nicht die Flinte ins Korn«, flüsterte sie und klopfte noch einmal gegen das dunkle Holz, kräftiger dieses Mal. »Da war doch etwas.« Waren das nicht Geräusche? Es klang wie das Rücken von Stühlen. Kein Zweifel, jetzt waren Schritte zu hören. Gabrielle wusste nicht, ob sie sich darüber freuen oder weglaufen sollte. Zu spät, die Tür öffnete sich, ein Mann mit Schnurrbart und lockigen grauen Haaren sah sie überrascht an.

»Guten Tag, Monsieur, ich möchte hier singen.« So dünn, wie ihre Stimme gerade klang, würde er sie zum Teufel jagen.

»Sie möchten als Poseuse bei uns auftreten?« Er legte die Stirn in Falten, schien zu überlegen. Dann gab er sich einen Ruck. »Kommen Sie rein, Mademoiselle.«

Sie beeilte sich, hinter ihm her zu kommen, und sah sich verstohlen um. Am Tag sah die Rotonde nicht sündig aus, sondern schäbig. Der Dielenboden war zerkratzt, die Vorhänge links und rechts der Bühne waren fleckig, der Saum hing an einigen Stellen in Fransen. Die Wände benötigten dringend einen frischen

Anstrich. Hinter einem runden Tisch entdeckte Gabrielle eine Frau, die auf Knien den Boden schrubbte.

»Es ist nicht das Moulin-Rouge.« Der Mann mit dem Schnauzer beobachtete sie.

»Ich weiß. Trotzdem würde ich mich gern bewerben, Monsieur …«

»Lefevre«, entgegnete er sofort und betrachtete sie noch immer skeptisch. »Du kannst singen?«

»Ja.« Sie schluckte. »Ich denke jedenfalls, mein Talent ist ausreichend. Vielleicht wollen Sie erst sehen, was ich kann, und lassen mich nicht gleich als Hauptattraktion auf die Bühne. Ich dachte, zum Anfang versuche ich es bei den Sängerinnen, die danach …«

»Poseusen«, fiel er ihr ins Wort. »Sage ich ja.« Sein Blick wanderte an ihr hinab und wieder hinauf. Er taxierte sie nicht wie ein Mann, sondern wie ein Händler, der Ware prüft. »Bist ein wenig mager, aber durchaus hübsch anzusehen. Sing eine Strophe von *Ah! Les jolis yeux!*«

Gabrielle schluckte. »Tut mir leid, Monsieur, das kenne ich nicht.«

»Dann etwas anderes, egal. Sing, was dir in den Sinn kommt!«

Sie war nicht darauf vorbereitet gewesen, dabei hätte es ihr klar sein müssen, dass er sofort eine Kostprobe wollte. Viele Texte kannte sie nicht auswendig, und Kirchenlieder kamen wohl eher nicht infrage. Gabrielle trat auf die kleine Bühne und holte tief Luft.

»Qui qu'a vu Coco dans l'Trocadéro?«, begann sie und vergaß die zerschlissene Einrichtung, die auf die Tische gestellten Stühle, den abgestandenen kalten Rauch. Mit jeder Zeile wurde sie mutiger, fing an, sich im Takt der fehlenden musikalischen

Untermalung zu wiegen. »Eh Coco, eh Coco«, schmetterte sie inbrünstig. Danach war Ruhe, nur das Kratzen der Borsten auf den Holzdielen war zu hören. Monsieur Lefevre verzog keine Miene. Gewiss hatte er nicht damit gerechnet, dass sie singen konnte.

»Talent hast du keines«, stellte er schließlich fest, »dafür Charme. Du warst schon öfter hier, richtig?« Sie nickte und senkte den Blick. »Ja, ich erinnere mich, du bist immer in Begleitung einer wahren Schönheit gekommen. Und einiger Herren aus besten Häusern. Gegen diese Art von Gästen habe ich nichts. Und wenn sie deinetwegen mein Lokal besuchen und großzügig bestellen, soll es mir recht sein.« Sie sah ihn voller Hoffnung an. »Ja, ich probiere es mit dir. Deine bezaubernde Schwester bringst du am besten auch gleich mit.«

»Ich werde sie gern fragen, Monsieur. Danke!«

»Geld gibt's nicht.« Er schob die Hände in die Hosentaschen. »Nicht von mir. Die Poseusen gehen nach ihren Auftritten herum und sammeln. Hast du ja gesehen. Wenn deine Verehrer spendabel sind, kann es sich also für euch lohnen.«

Sie versprach, am kommenden Sonnabend mit ihrer vermeintlichen Schwester um acht Uhr in der Rotonde zu sein.

Als sie schon aus der Tür war, fragte er: »Wie heißt du überhaupt?«

»Chanel. Gabrielle Chanel.«

»Nein, Gabrielle, bei aller Liebe, aber das mache ich nicht mit!« Rote Flecken bedeckten Adriennes Wangen und ihren Hals. »Wirklich, das kannst du nicht von mir verlangen.«

Nachdem sie aus Varennes zurück war, hatte sie natürlich gleich nach Gabrielles geheimnisvollem Unterfangen gefragt.

Gabrielle hatte zwar geahnt, dass Adrienne nicht gefallen würde, was sie zu erzählen hatte. Mit derartig heftigem Widerstand hatte sie allerdings nicht gerechnet.

»Du bist undankbar.« Auf direktem Weg würde sie keinen Erfolg haben, also versuchte Gabrielle, Adrienne mit einer List zu ihrem Glück zu zwingen. »Ich hätte bei Monsieur Lefevre auch nur für mich allein vorsprechen können. Ein kluger Geschäftsmann übrigens, moralisch über jeden Zweifel erhaben«, erklärte sie vornehm. »Das habe ich aber nicht, ich habe auch an dich gedacht.«

Das Funkeln in Adriennes Augen machte einem sanften Glanz Platz.

»Das war sicher lieb gemeint, nur ist meine Stimme für so etwas bestimmt nicht gut genug. Ich hätte auch gar nicht den Mut dazu. Allein vor den Gästen singen?« Sie schauderte. »Du musst verrückt sein!«

»Ein wenig vielleicht.« Gabrielle lachte übermütig. »Denk nur, wie viel Spaß wir zusammen haben können. Die Männer werden uns zu Füßen liegen. Wir werden ihnen nicht mehr erlauben, als unseren Auftritt zu honorieren. Mit Applaus und hiermit.« Sie rieb Daumen und Mittelfinger aneinander.

»Das wäre bestimmt eine feine Sache, du hast schon recht.« Gabrielle hatte sie am Haken. »Wie ich schon sagte: Mein Gesang reicht für die Kirche, aber nicht für die Bühne. Hat dieser Monsieur Lefevre dich auf die Probe gestellt?«

»Natürlich. Was denkst denn du?« Ihr zweifelnder Blick gefiel Gabrielle überhaupt nicht. Wenn sie jetzt eingeschnappt war, würde sie allerdings nichts mehr erreichen. Also ging sie darüber weg. »Du musst nicht singen, um mit mir die Rotonde zu erobern.«

»Was sollte ich dort wohl sonst tun?« Zwei, drei neue rötliche Flecken leuchteten auf ihrer Haut.

»Du bist wunderschön, Adrienne. Das ist schon genug. Wenn du nach meinem Auftritt herumgehst, so entwaffnend lächelst, wie nur du es kannst, wird unsere Schale sich im Nu mit Münzen füllen.«

»Ich weiß nicht.«

»Überleg doch, Adrienne, die paar Kröten, die Monsieur Kurzwaren uns in einem Monat zahlt, verdienen wir in der Rotonde an einem Abend. Wir müssen nicht länger im Aussteuergeschäft arbeiten, sondern können uns vollständig unseren eigenen Kundinnen widmen.« Ein zartes Lächeln erschien auf Adriennes Lippen. »Wir hätten viel öfter frei als jetzt, könnten uns von den Offizieren in schicke Restaurants und nachmittags zu Kakao und Gebäck einladen lassen, und am Wochenende lassen wir uns in der Rotonde bewundern.«

»Und ich muss wirklich nichts anderes tun, als mit dem Klingelbeutel herumzugehen?« Adrienne kicherte.

»Großes Ehrenwort!«

Der Sonnabend kam schneller, als Gabrielle lieb war. Die ganze Woche über hatte sie an ihrem Kostüm gearbeitet. Sie hatte sich schwarzen Stoff besorgt und daraus ein Kleid genäht, das ihre Knie nicht bedeckte.

»Du lieber Himmel, es ist viel zu kurz!« Adrienne war entsetzt gewesen. Was hatte sie erwartet, dass Gabrielle in einer bodenlangen hochgeschlossenen Robe auftrat?

»Keine Sorge, ich bin ja noch nicht fertig.«

Sie brachte leuchtend rote Fransen am Saum, an den Armausschnitten und am Dekolleté an. Wenn sie stand, waren ihre Knie nun doch bedeckt, bewegte sie sich aber, wirbelten die Fransen herum und nackte Haut blitzte darunter auf. Genug, um die Männer nervös zu machen, nicht so viel, um als leichtes Mädchen zu gelten, hoffte sie.

»Wir müssen es nicht tun.« Den gesamten Weg hatten sie kein Wort gesprochen. Als sie jetzt auf den Bau mit dem chinesischen Dach zugingen, brach Adrienne das Schweigen. »Wir können umdrehen und nach Hause gehen.« Sie sprach Gabrielle aus der Seele.

»Auf keinen Fall«, entgegnete sie dennoch.

Monsieur Lefevre erklärte ihnen, wann sie an der Reihe waren und wo sie sich umziehen konnten. Die Garderobe, ein schlichter Raum mit einigen Stühlen und Spiegeln darin, füllte sich rasch. Die Poseusen grüßten, einige beäugten die beiden Neuen misstrauisch, andere stellten sich vor und hießen sie willkommen. Ungeniert schlüpften alle aus den schlichten Kleidern, in denen sie gekommen waren, und in ihre Kostüme, malten sich die Lippen an und Rouge auf die Wangen. Adrienne zog sich ebenfalls um. Ihr Kleid war dem von Gabrielle ähnlich, nur dass der schwarze Stoff unter den Fransen weiterging.

»Was ist mit dir?« Adrienne sah sie prüfend an. »Wenn du dich so auf der Bühne präsentierst, brauche ich erst gar nicht herumzugehen.«

»Ich gehe auf die Toilette.« Gabrielle nahm ihr Kleid und verschwand. Das Herz klopfte ihr so sehr in der Brust, dass sie fürchtete, es würde herausspringen oder platzen. Wieder und wieder tupfte sie sich Schweißperlen von Stirn und Oberlippe. Ihr Atem flatterte, und sie fühlte eine noch nicht gekannte Angst in sich. Noch etwas war da: unbändige Freude darauf, an diesem Abend umjubelt zu werden. Sie zupfte ihr Kleid zurecht, atmete tief ein und verbot der Stimme in ihrem Kopf den Mund, die sie fragte, was sie tun würde, falls der Jubel ausblieb. Sie ging zurück zu den anderen, die sie ohne Scheu betrachteten.

»Hübsches Kleid«, sagte eine.

»Ein bisschen bieder«, meinte eine andere. Gabrielle reckte stolz das Kinn. Wie Monsieur Lefevre es angekündigt hatte, ertönte irgendwann Musik. Eine Sängerin, die Gabrielle hier noch nicht gesehen hatte, betrat die Bühne. Auf ein Zeichen gingen die Poseusen zu ihr und stellten sich im Halbkreis auf. Adriennes Platz war ein Stück abseits. Die Künstlerin hatte eine phantastische Stimme, leicht rauchig und dennoch klar und ausdrucksvoll. Am Ende ihrer Darbietung verneigte sie sich elegant und verschwand. Tosender Beifall, Rufe, die um Zugaben bettelten. Die gab es von den Mädchen, die auf der Bühne zurückgeblieben waren. Eine nach der anderen trug ein oder zwei Liedchen vor. Gabrielle hatte nur einen kurzen Blick ins Publikum riskiert. Étienne hatte sie nicht entdeckt, aber viel konnte sie ohnehin nicht erkennen, denn das grelle Licht der Scheinwerfer blendete sie. Also richtete sie ihren Blick so würdevoll, wie sie konnte, über die Köpfe hinweg in die Dunkelheit. Endlich war sie an der Reihe. Gabrielle trat vor. Die erste Melodie ertönte. Wie mit den Musikern abgestimmt, fing sie mit einem Stück aus Jacques Offenbachs Operette *Ba-Ta-Clan* an. Maman hatte es ihr mal vorgesungen.

»Dies ist eine Musik, die wir kennen müssen, Gabrielle«, hatte sie gesagt und dann erklärt, dass eine der Figuren Brive de Gaillarde hieß. »Beinahe so wie die kleine Stadt, in der wir leben.« Maman hatte gelächelt. Die Handlung der Operette war heiter und ein wenig turbulent. Ein paar Franzosen gaben sich als Chinesen aus, was natürlich zu reichlich Verwirrung führte.

Gabrielle war der Meinung, das Stück passe perfekt zu diesem Etablissement. Das Publikum gab ihr recht, die Männer grölten und johlten. Vor allem an der Stelle, an der sie den Namen einer vermeintlich chinesischen Operettenfigur schmetterte, als krähe ein Hahn: »Ko-ko-ri-ko, Ko-ko-ri-ko«. Da war er, der Jubel, auf den sie so gehofft hatte. Als Zweites stimmte sie das Chanson an, mit dem sie sich bei Monsieur Lefevre vorgestellt hatte. Es war vielleicht auch nicht mehr in Mode, aber nicht ganz so alt wie Offenbach und noch immer beliebt. Auch war der Text nicht sonderlich anspruchsvoll. Er handelte von einer Frau, die ihren Hund Coco verloren hatte. Als ob es auf Inhalt ankäme. Worum es hier ging, war die Stimmung. Gabrielles Angst war verflogen, sie legte so viel Gefühl in ihre Darbietung, wie sie nur konnte.

»Qui qu'a vu Coco dans l'Trocadéro? Eh Coco, eh Coco«, sang sie aus voller Kehle. Dann war es vorbei, die letzten Takte lösten sich im Rauch unzähliger Zigaretten auf. Die nächste Poseuse war dran. Gabrielle trat zurück in die Reihe. Plötzlich stand Monsieur Lefevre neben ihr.

»Du noch mal!« Er tippte Gabrielle auf die Schulter und hielt das Mädchen zurück, das bereits vortreten wollte.

Erst da wurde Gabrielle bewusst, was der ganze Saal im Chor brüllte: »Coco, Coco, Coco!«

»Na los, hop, hop, sie meinen dich!« Monsieur Lefevre schob sie vorwärts. Gelächter aus dem Publikum, dabei hörten die Rufe nicht auf.

»Aber ich kann nur die beiden Lieder.«

»Dann singst du sie eben noch einmal.« Ein kratzendes Lachen, eine beschwichtigende Geste in Richtung der tobenden Menge.

Gabrielle stellte sich erneut in Position. Wieder begann sie mit Offenbach. Beim ersten Krähen stimmten die Offiziere und Händler, die Barbiere und Fischer ein. Wie Hähne krächzten sie die Silben Ko-ko. Auch beim zweiten Stück hatte Gabrielle plötzlich einen Chor.

»Eh Coco, eh Coco«, schallte es durch jeden Winkel der Rotonde.

Tags drauf gönnten Gabrielle und Adrienne sich einen seltenen Luxus. Sie schliefen aus. Um elf Uhr saßen sie in Morgenmänteln bei einer Tasse Kaffee an ihrem Tisch. Während Gabrielle noch ganz ergriffen von den Ereignissen des Abends war, sprudelte es nur so aus Adrienne heraus.

»Fast fünf Francs, das ist unglaublich. Die Herren haben nur zu gern tief in die Taschen gegriffen. Sie lieben dich, Gabrielle!«

»Ich habe ihnen Freude gemacht, das ist alles«, wiegelte sie ab. Da fiel ihr etwas ein. »Da hat sich Monsieur Lefevre schön getäuscht. Talent hast du keines«, machte sie ihn nach und strich sich einen imaginären Schnauzbart glatt, so wie er es immer tat.

»Einige Töne waren reichlich schief.« Adrienne lachte.

»Dafür habe ich sie mit meinem Charme um den Finger gewickelt. In diesem Punkt hatte Monsieur Lefevre doch recht.«

»Du musstest zweimal hintereinander auftreten.« Adrienne sah aus, als könnte sie es noch immer nicht glauben. »Das ist hier noch nie vorgekommen«, imitierte nun auch sie den Herrn über die Rotonde. »Keine hat so viel für ihren Auftritt bekommen wie du, da bin ich sicher.«

»Das habe ich auch dir zu verdanken. Wie niedlich du immer geknickst hast.« Gabrielle griff ihre Hände. »Weißt du was?

Heute lassen wir uns bedienen. Wir gehen zum Mittagessen ins Grand Café. Nur wir beide. Wir brauchen niemanden, der für uns bezahlt.«

»Eine wundervolle Idee!« Adrienne sprang auf, als wollte sie auf der Stelle die Wohnung verlassen.

»Wir sollten uns vielleicht erst einmal etwas anziehen.« Gabrielle lächelte. »Und morgen kündigen wir bei Monsieur Kurzwaren.« Adrienne hielt mitten in der Bewegung inne.

»Du hast es aber eilig. Wollen wir nicht lieber noch abwarten? Vielleicht war es ein einmaliger Erfolg. Was dann?«

Typisch Adrienne, sie wollte nichts wagen, wollte immer auf Nummer sicher gehen. Bloß leider erreichte man im Leben nichts, wenn man nicht auch mal etwas riskierte.

»Hast du Monsieur Lefevre nicht zugehört? Er möchte, dass wir jetzt jeden Sonnabend bei ihm auftreten, am liebsten sogar auch noch am Sonntag.«

Eine Stunde später saßen sie im Grand Café, aßen Forelle mit Gemüse, tranken gespritzten Wein dazu und fühlten sich wie zwei Damen erster Gesellschaft.

»Ah, die zwei Hübschen aus der Rotonde!«, ertönte plötzlich eine laute männliche Stimme, als Gabrielle und Adrienne gerade ihr Dessert löffelten. Gabrielle sah sich überrascht um. Ein Offizier einen Tisch weiter hatte sich von seinem Stuhl erhoben. Er holte Luft, neigte den Oberkörper ein wenig nach hinten und ließ ein kräftiges Krähen erklingen: »Ko-ko-ko-ko-ko.« Seine Kameraden stimmten ein und schütteten sich dann aus vor Lachen. Die anderen Gäste verfolgten das Spektakel, einige verzogen missbilligend das Gesicht, andere amüsierten sich. Der Offizier trat zu Gabrielle und Adrienne.

»Wie geht es dir, Coco? Und wie heißt eigentlich deine niedliche Schwester? Vielleicht Ri-ko?« Wieder brach er in lautes Gelächter aus. Den meisten Gästen wurde es zu viel, pikiert rümpften sie die Nasen. Ein Kellner kam hinzu.

»Verzeihung, Monsieur, dürfte ich Sie bitten, ein wenig leiser zu sein? Dies hier ist das Grand Café.«

»Richtig, es ist nur das Grand Café«, erklärte der Offizier und musterte den Ober kühl. »Es ist nicht das Ritz.« Dann wandte er sich wieder Gabrielle und Adrienne zu. »Einen schönen Tag noch. Ich freue mich schon auf nächsten Sonnabend.« Glücklicherweise ließ er es damit gut sein und nahm wieder Platz.

»Er hat mich Coco genannt«, zischte Gabrielle.

»Um ehrlich zu sein, war das in meinen Augen das Geringste an seinem unverschämten Auftritt«, flüsterte Adrienne. Ihre Wangen glühten. Auch Gabrielle spürte die Hitze.

»Ich will diesen Namen nicht! Der Kerl macht sich damit lustig über mich. Meine Mutter hat einen Namen für mich gewählt, der für Stärke steht«, erklärte sie leise. »Mein Name ist Gabrielle«, fügte sie etwas lauter hinzu.

»Sei doch still!« Adrienne funkelte sie an. »Oder willst du ihm gleich noch deine Adresse verraten?«

»Ich sage dir, was ich will. Ich möchte nach Hause. Sofort.«

Sie hatten bezahlt und das Grand Café verlassen, ohne den albernen Kerlen auch nur einen Blick, geschweige denn ein Lächeln zu gönnen. Eiseskälte schlug ihnen entgegen. Dennoch atmete Gabrielle auf, als sie auf den Bürgersteig traten, und schloss kurz die Augen. Sie öffnete sie wieder und wollte sich in Bewegung setzen, als eine Frau, den Schal über Mund und Nase gezogen, ein Tuch über dem Haar, sie beinahe umrannte.

»Julia?« Ihre Schwester hatte den Kopf gesenkt gehalten, nun sah sie auf. Sie war erschreckend blass mit geröteten Augen.

»Julia, Schwesterherz, was ist passiert?«

»Ist etwas mit meinen Eltern?« Adrienne war auf der Stelle in Alarmbereitschaft.

Julia schüttelte nur den Kopf. Für einen Moment sah es so aus, als wolle sie weglaufen, stattdessen nahm sie Gabrielles Hand und zog sie zwei Schritte zur Seite.

»Ich bin schwanger.« Julias Stimme war so leise, dass Gabrielle noch Hoffnung hatte, sich verhört zu haben.

»Was sagst du da? Bist du sicher?« Keine Antwort. Julia stand da wie ein Häufchen Elend.

Gabrielle wandte sich an Adrienne: »Meine Schwester braucht mich. Geh du schon vor, ich komme dann nach, ja?«

Adrienne nickte und ging. Gabrielle hakte Julia unter. Langsam spazierten sie die Rue Datas entlang und weiter über die Place de la Liberté. Julia schwieg.

»Also, was ist?« Gabrielle musste endlich wissen, was los war. »Bist du dir vollkommen sicher?«

»Kein Zweifel, alle Anzeichen …, ich meine …« Eine Träne lief über ihre bleiche Wange. Gabrielle tätschelte ihr den Arm.

»Wer ist es?«

»Sein Name ist Antoine. Wir haben uns auf einem Jahrmarkt getroffen.«

»Ach Julia, hat Maman uns nicht immer vor den lustigen hübschen Kerlen gewarnt, die auf dem Jahrmarkt arbeiten?« Ein leises Schluchzen. Sie blieben stehen. Gabrielle stellte fest, dass sie vor dem Hospice St. Joseph gelandet waren.

»Du wirst es doch zur Welt bringen?« Gabrielle hielt den Atem an. Julia nickte kaum sichtbar.

»Was soll ich wohl sonst tun? Alle Möglichkeiten, die es gibt, sind gefährlich.« Sie wurde immer lauter, jede ihrer Poren strahlte Verzweiflung aus. »Und das könnte ich auch nicht. Ich könnte niemals ein kleines Leben …« Ihre Stimme brach. Gabrielle zog sie an sich und hielt sie im Arm.

»Hör zu, es gibt für alles eine Lösung«, sagte sie nach einer Weile. »Hast du es Antoine schon verraten?«

»Noch nicht.«

»Das musst du tun, und zwar möglichst bald.«

»Ich wollte warten. Viele Frauen verlieren ihre Kinder, gerade wenn es das erste ist.« Sie hob die Schultern, ließ sie jedoch gleich wieder fallen.

»Darauf kannst du nicht spekulieren. Du musst wissen, ob er dich heiratet oder dir wenigstens Geld gibt, bevor du mit einem dicken Bauch durch die Gegend läufst.« Julia brach wieder in Tränen aus.

»Weinen hilft dir nicht weiter, Julia.« Da öffnete ihre Schwester mit zitternden Fingern die Knebelknöpfe ihres Mantels.

»Ach du meine Güte, schon so weit?« Gabrielle seufzte. »Dann gibt es wahrhaftig keine Möglichkeit mehr«, sagte sie zu sich selbst. »Du musst dich zusammenreißen und deinen Antoine in die Pflicht nehmen. Du bist nicht allein«, fügte sie eindringlich hinzu. »Großvater Henri und Oma Angelina jagen dich bestimmt nicht fort. Sie können auf deine Hilfe doch gar nicht verzichten. Und es wäre nicht der erste Nachwuchs, den sie mehr oder minder auf dem Markt großziehen würden.« Sie lächelte.

»Du warst schon immer stark.« Julia schnäuzte sich. »Maman wusste schon, warum sie dich Gabrielle getauft hat.« Jetzt verzogen sich auch ihre Lippen zu einem vorsichtigen Lächeln.

»Weißt du überhaupt, dass Gabrielle die weibliche Form von Gabriel ist?«

»Und wenn schon.«

»Doch, doch, das hat Maman mir mal erzählt. Und Gabriel bedeutet *Starker Mann Gottes* oder so ähnlich.«

»Starker Mann? Na wunderbar!«

Moulins 1905

»Dein Gesang ist schauderhaft.«

»Ich kann Unterricht nehmen.«

»Wozu, Coco?«

Gabrielle ignorierte Étiennes Frage und dass er sie Coco nannte. Der Frühling betupfte Bäume und Sträucher mit zartem Grün, Gelb, Rosa und Weiß. Sie spazierten am Flussufer entlang. Der Allier gluckste geheimnisvoll, ein Fischadler zog am blauen Himmel darüber elegant seine Kreise.

»Zuerst brauche ich für meine Auftritte einen anderen Ort, ein Theater oder noch besser eine Oper«, griff sie den Faden wieder auf. Er lachte.

»Sie klingt wie eine liebestolle Katze und will an die Oper gehen. Das ist nicht zu fassen.«

»Du klingst wie Madame Kurzwaren, wenn du über mich sprichst, statt mit mir«, knurrte sie.

»Madame … wie?« Er schüttelte den Kopf. »Du bist in Form, das muss ich sagen.« Étienne zupfte grinsend ein Blatt von einem Busch ab und drehte es zwischen den Fingern. Adrienne war an diesem Freitag mit ihren Eltern auf dem Markt. Sie vertrat Julia.

Deren Sohn André, gerade ein paar Monate alt, war krank. Oma Angelina hatte zwar gemeint, er könne ruhig mit auf den Markt genommen werden, doch Julia war nun einmal, wie sie war, ängstlich und übervorsichtig. Seit der Kleine geboren war, kam es häufiger vor, dass Adrienne für Julia einsprang und Gabrielle allein mit Étienne einen Spaziergang unternahm. An diesem Nachmittag wollte er ihr die Pferderennbahn zeigen.

»Die Saison beginnt bald. Dieses Jahr musst du mich unbedingt zu einem Rennen begleiten.« Er ließ seinen Blick über den Rasen, ein paar Gebäude, Stallungen vielleicht, und die Tribünen wandern. »Die Atmosphäre ist unvergleichlich. Ich bin sicher, dass *Roter Mond* beste Chancen hat, einige Gewinne einzustreichen.«

»*Roter Mond*? Seltsamer Name für ein Pferd.«

Étienne zählte weitere auf und schwärmte von Vollblütern mit weiter Brust und robusten Gelenken. Gabrielles Gedanken glitten ab. Sie erfreute sich zwar noch immer an Erfolgen in der Rotonde, aber ihr war klar geworden, dass sie nicht mehr sehr lange so weitermachen konnte. Es war eine Frage der Zeit, bis sich ihre Auftritte abnutzten. Sie brauchte dringend neue Lieder, musste besser werden. Das Publikum sollte jubeln, weil sie gut war, nicht weil sie komisch wirkte. Gesangsunterricht war kostspielig, und Gabrielle brauchte obendrein Geld, um für ihren Neffen André Kleidung und anderes zu kaufen, was sich Julia nicht leisten konnte. Die Rotonde war ein netter Anfang gewesen, nur kam Gabrielle dort nicht weiter. Sie wollte mehr. Sie blickte auf den Allier, der direkt hinter dem Hippodrom gemächlich durch sein Bett floss.

»Vichy ist nicht weit«, flüsterte sie, »man braucht nur dem Flusslauf in Richtung Süden zu folgen.«

»Was hast du gesagt?«

»In Vichy gibt es Kultur, die diesen Namen verdient, und ein Publikum, das seine Begeisterung nicht durch Grölen zum Ausdruck bringt.«

»Kann schon sein. Vermutlich treten deshalb dort Künstler auf, die diesen Namen ebenfalls verdienen.« Er schnitt eine Grimasse. »Ich bitte dich, Coco, du überschätzt dich. Du gehörst nach Moulins und in die Rotonde. Meinetwegen kannst du es im Grand Café versuchen, aber damit sollte es gut sein.«

Gabrielle hatte das Thema mit Étienne auf sich beruhen lassen. Am Abend jedoch, als sie mit Adrienne am Tisch saß und ihr die schmerzenden Füße massierte, teilte sie ihr ihren Entschluss mit.

»Ich habe eine Entscheidung getroffen, Adrienne. Ich gehe nach Vichy.«

»Wie das?« Sie machte Anstalten, aufzuspringen, aber Gabrielle hielt sie fest.

»Mit dem Zug. Ich wollte nicht zu Fuß gehen.« Gabrielle kitzelte ihre Zehen. Adrienne war nicht nach Scherzen zumute.

»Was willst du dort tun?« Gabrielle erklärte ihr ihren Plan und verriet ihr außerdem, wie Étienne reagiert hatte. »Hast du keine Sekunde daran gedacht, dass er richtigliegen könnte? Die Rotonde ist das eine, aber Vichy …«

»Auch dort wird es Lokale geben, die Anfängerinnen eine Chance geben. Ich bin ja bereit, mich zu verbessern, und würde sogar Gesangsstunden nehmen.« Leiser fügte sie hinzu: »Ich hatte gehofft, Étienne würde sie finanzieren. Wenn ich einmal bekannter bin und ein Engagement an einem der besseren Häuser habe, könnte ich es ihm zurückzahlen. Ich will nichts geschenkt haben«, stellte sie klar.

»Hast du ihm das vorgeschlagen?«

Gabrielle schüttelte den Kopf. »Nein, wenn er nicht von selbst auf die Idee kommt, will ich es nicht.«

Adrienne nahm die Füße von ihrem Schoß.

»Danke, das hat gutgetan.« Sie stöhnte zufrieden.

»Ich muss dir danken, dass du anstelle meiner Schwester die schwere Arbeit auf dem Markt erledigt hast.«

Adrienne zuckte mit den Achseln, als sei es nichts gewesen. Dann wurde sie ernst und sah Gabrielle in die Augen.

»Was wird aus mir, wenn du fortgehst? Wir haben unsere Stellen in der Rue de l'Horloge aufgegeben. Ohne dich habe ich in der Rotonde auch nichts mehr verloren.«

»Ich wünsche mir so sehr, dass du mit mir gehst.« Adrienne zog fragend die Brauen hoch. »In Vichy gibt es Kurgäste mit viel Geld, die sicher Kleider zu ändern haben. Vielleicht können wir ihnen sogar etwas Neues schneidern. Und wir können Hüte verkaufen. Außerdem gibt es dort bestimmt ähnliche Cafés wie hier, in denen ich auftreten kann. Wer sollte wohl das Geld einsammeln, wenn nicht du?«

»Und wer soll für Julia einspringen, wenn sie wieder einmal nicht auf den Markt gehen kann?«

»Das kann Antoinette übernehmen. Sie kommt bald aus der Schule und muss sich dann ohnehin ans Arbeitsleben gewöhnen. Und Antoine ist auch noch da. Wenn er Julia auch noch nicht geheiratet hat, steht er immerhin zu ihr und dem Kind. Und er kennt sich auf Märkten aller Art aus.« Gabrielle triumphierte innerlich. Unmöglich, ihrer Argumentation weiter zu widersprechen.

»Ach Gabrielle, warum nur kannst du nicht mal eine Weile zufrieden sein mit dem, was du hast und tust? Immer muss es vorwärts gehen.«

»Das Leben geht auch jeden Tag vorwärts. Wie können wir da an einer Stelle stehen bleiben?«

Adrienne nahm den Kessel vom Feuer und brühte einen Tee auf.

»Willst du für immer in Vichy bleiben?«

Gabrielle lachte. »Hast du nicht eben selbst gesagt, ich will ständig etwas Neues? Stimmt schon. Jedenfalls solange ich noch nicht das gefunden habe, was mich wirklich glücklich macht.«

»Und das wäre?« Die Abendluft war noch kühl. Adrienne schloss das Fenster und setzte sich wieder auf ihren Platz.

Gabrielle hätte es ihr sagen können. Nicht mehr jeden Tag abseits der Gesellschaft um ein bisschen Anerkennung kämpfen. Geliebt und verehrt sein und das Herz einer Gesellschaft bilden, um das sich alles drehte.

Stattdessen zuckte sie mit den Achseln. »Ich weiß nicht. Die Rotonde und dieses möblierte Zimmer sind es jedenfalls nicht.«

»Apropos, wo sollen wir in Vichy wohnen?«

»Du kommst also mit?« Gabrielle sprang auf und umarmte Adrienne so heftig, dass deren Stuhl gegen den Tisch stieß und Tee überschwappte. »Ach je!« Sie lachte und holte einen Lappen. »Darum kümmere ich mich, das verspreche ich. O Adrienne, ich bin so froh. Ohne dich bin ich doch nur ein halber Mensch«, erklärte sie ernsthaft und spürte, wie sehr es stimmte.

Étienne ließ sich für ihren Plan nicht so leicht begeistern wie Adrienne. Er kümmerte ihn aber auch nicht sonderlich.

»Wenn du dir etwas in den Kopf gesetzt hast, ist ohnehin nichts daran zu ändern«, stellte er fest. »Vichy also. Schön, wenn du unbedingt eine Bauchlandung machen willst. Es ist nicht aus der Welt, ich werde dich besuchen kommen.« Er griente und wollte offenbar nicht weiter darüber reden. Aber Gabrielle wollte. Sie bat ihn nicht direkt, so weit ließ sie sich nicht herab, doch sie gab ihm durch die Blume zu verstehen, dass sie etwas Starthilfe brauchen könnte.

»Ich sehe, was ich tun kann«, versprach er schließlich. Am Tag darauf sahen sie sich wieder. Dieses Mal waren auch Adrienne und einige seiner Kameraden mit von der Partie. Es war warm, Frühling lag in der Luft. Die Straßen waren voller Menschen, die sich gebärdeten, als hätte man sie monatelang gefangen gehalten. Auf der Terrasse vor der Brasserie Café Américain mit ihrer Jugendstilfassade, die Gabrielle jedes Mal begeisterte, drängten sich die Gäste. Es war kein Tisch zu kriegen.

»Gehen wir rüber ins Café de la Jeune France«, schlug Étienne vor. »Das sind nur ein paar Schritte.«

»Was immer du möchtest.« Gabrielle lächelte süß und hakte sich bei ihm ein. Sie spürte seinen Blick, guckte aber unbeeindruckt geradeaus.

»Die Frage ist, was du möchtest. Wenn du so lieb und anschmiegsam bist, willst du etwas von mir.«

»Aber nein!« Sie ließ ein paar Sekunden verstreichen, ehe sie sagte: »Ich dachte nur gerade darüber nach, dass du in Vichy etwas für mich arrangieren wolltest.« Jetzt wandte sie sich ihm zu und lieferte einen gekonnten Augenaufschlag. Er lachte.

»Das habe ich nie gesagt.«

»O doch, du sagtest, …«

»Ich sehe, was ich tun kann«, fiel er ihr ins Wort. »Mehr nicht.« Dann seufzte er theatralisch und verkündete laut: »Wir gehen ins Grand Café, da gibt es ein Telefon.«

Die anderen reagierten mit verwunderten Blicken auf die Planänderung, folgten Étienne jedoch. Wie immer.

»Warum hat er sich umentschieden?« Adrienne beugte sich zu Gabrielle herüber, nachdem sie es sich an einem großen Tisch bequem gemacht hatten, und sprach leise. »Wollten wir nicht ins Café de la Jeune France gehen? Da sind wir nicht oft.«

»Keine Ahnung. Wer weiß schon, was im Kopf eines Mannes vor sich geht?« Gabrielle lächelte. »Ich hoffe, es ist etwas Gutes. Für uns.«

Kurz nachdem Baiser mit Sahne und dazu flüssige Schokolade serviert worden waren, kehrte Étienne zurück.

»Ich habe einen Anruf getätigt.« Er schob Gabrielle einen Zettel hin, den er offensichtlich vom Block des Kellners abgerissen hatte. Darauf standen eine Telefonnummer und eine Adresse in Vichy. »Da kannst du wohnen.« Er griff in die Innentasche seiner Weste. »Du wirst etwas zum Anziehen brauchen, etwas für deine Verhältnisse Elegantes.« Ehe sie empört protestieren konnte, legte er ihr eine Hand auf den Arm. »Nicht böse sein. Du wirst sehen, was ich meine, wenn du erst dort bist.« Er zog ein paar Scheine aus seiner Brieftasche. Seine Kameraden übersahen es geflissentlich, es war für sie nichts Ungewöhnliches. Gabrielles Wangen standen in Flammen. Glücklicherweise war er so taktvoll, ihr das Geld unterm Tisch zuzustecken. Sie nahm es und schloss fest ihre Faust darum.

»Ich zahle es dir zurück«, hauchte sie mit gesenktem Blick.

»Natürlich.«

»Dreißig Francs? Einfach so?« Adrienne schnappte nach Luft. Gabrielle hatte ihr zuerst nur von der Wohnung erzählt. Damit war es beschlossene Sache gewesen, sie würden nach Vichy gehen. Oma Angelina hatte ein paar Tränen verdrückt.

Opa Henri betrachtete die Sache nüchtern: »Vichy liegt

schließlich nicht in Algerien. Kein Grund, sich aufzuregen. Sie sind erwachsen, und sie sind zu zweit. Wird Zeit, dass sie etwas anderes kennenlernen als Moulins.«

Nachdem das geklärt war, hatten Gabrielle und Adrienne einen Plan gemacht, durchgezählt, wie viel Geld sie noch hatten, und überschlagen, wie viel sie brauchen würden.

»Wir müssen damit rechnen, in der ersten Woche nichts zu verdienen«, hatte Adrienne zu bedenken gegeben. »Es dauert, ehe wir uns gut genug auskennen, um an Kundschaft zu kommen. Essen müssen wir trotzdem. Wie lange kommen wir mit unseren Ersparnissen aus?«

Sie rechneten, verwarfen, überlegten und kamen schließlich zu dem Schluss, dass sie es schaffen würden.

»Neue Kleider brauchen wir unbedingt«, hatte Gabrielle dann erklärt. »Sie sind unsere Visitenkarte. Wenn wir sie selbst nähen, werden sie nicht allzu teuer.«

»Davon war bisher keine Rede, Gabrielle. Kleider tauchen in unserer Kalkulation nicht auf. Du kannst jetzt nicht einfach …« Da hatte Gabrielle die Scheine auf den Tisch gelegt, die sie von Étienne angenommen hatte.

»Er hat dir das Geld geschenkt?«

»Geliehen. Ich will ihm jeden Centime zurückzahlen.« Ihr kam eine Idee, und ein breites Grinsen trat auf ihre Lippen. »Ich kenne da einen netten Laden in der Rue de l'Horloge an der Ecke zur Rue d'Allier. Da gibt es hübsche Spitze zu einem guten Preis.«

Adrienne kicherte. »Das ist wahr. Und ich hörte, die Kundschaft soll auch sehr vornehm sein. Genau richtig für uns.« Sie legte geziert eine Hand an den Mund.

»Das will ich meinen.«

Kurz darauf betraten sie das Aussteuergeschäft, das Glöckchen über der Tür klingelte fröhlich. Madame Kurzwaren stand hinter ihrem Verkaufstresen wie eine Königin. Ihre Haare waren wie immer kunstvoll aufgetürmt, ihr Blick war überheblich.

»Was wollen sie hier? Suchen die jungen Damen nach Arbeit?«

»Nein, nach Stoff und Spitze.« Gabrielle lächelte keck. »Was können Sie uns denn Schönes zeigen?« Madame Kurzwaren war so perplex, dass sie sich sofort umdrehte und mit den Fingern an den Ballen entlangfuhr. »Grobes Leinen und derbe Baumwolle kommen nicht infrage«, ließ Gabrielle sie wissen. »Wir dachten eher an Samt und Seide.«

Es dauerte nicht lange, bis sie alles zusammenhatten, was sie brauchten.

»Das würde zusammen achtzehn Francs und zwanzig Centimes kosten. Ich kann mir kaum vorstellen, ...« Madame verstummte, als Gabrielle die Summe auf den Tisch legte. »Schön, schön«, sagte sie und klang ein wenig, als sei sie auf einen Schlag erschöpft.

Auf dem Weg zurück in ihr Apartment besorgten die beiden sich die aktuelle Ausgabe der *Femina*.

»Viel Mode ist ja nicht gerade drin.« Adrienne hatte die Zeitschrift durchgeblättert, kaum dass sie wieder in ihrem Zimmerchen saßen. »Was interessiert mich der Sport?« Sie schlug das Heft zu. »Die Centimes hättest du sparen sollen.«

»Zeig mal her!« Gabrielle nahm es ihr aus der Hand. »Das hier ist nicht übel.« Sie tippte auf das Bild einer Tennisspielerin, Gattin eines Diplomaten. Das Foto zeigte das Paar bei einem Besuch des Eiffelturms in Paris.

»Meinst du wirklich?« Adrienne legte die Stirn in Falten.

»Ich will das Kleid nicht kopieren, es soll nur eine Anregung sein.« Sofort machten sie sich an die Arbeit. Ihr Maßband um den Hals, ein kleines Kissen am Handgelenk, das mit seinen dicht an dicht sitzenden Stecknadeln einem Igel glich, zeichnete Gabrielle mit Schneiderkreide, steckte ab, legte Bahnen übereinander. Erst als sie ein zweites Mal Maß genommen und alles überprüft hatte, setzte sie die Schere an. Adrienne machte es genauso. Sie werkelten so lange, bis es nicht mehr ging, weil das Licht nicht mehr reichte.

»Wir wollen nicht nach Tingeltangel aussehen«, stellte Gabrielle nach einem strengen Blick auf ihr bisheriges Werk fest, »sondern nach Operette oder Theater.«

»Dann brauchen wir unbedingt noch Hüte.« Adrienne kümmerte sich um eine kleine Abendmahlzeit. »Es sind noch mehr als zehn Francs übrig, richtig?«

»Weißt du, wo deine Schwester einkauft, wenn sie in Vichy ist?«

»Ja.«

»Schön, besorgen wir uns dort, was wir brauchen und entwerfen unseren eigenen Kopfschmuck!«

Es war ein seltsames, aufregendes Gefühl gewesen, in Varennes nicht auszusteigen, sondern im Abteil sitzen zu bleiben. Eine Weile später war der Zug so nah am Allier vorbeigefahren, dass Gabrielle schlucken musste.

»Wir landen noch im Wasser«, flüsterte sie.

Dann erreichten sie endlich die Stadt. Die Lok stieß ein lang gezogenes Tuten aus, als sie eine Brücke über einen Nebenarm passierten. Adrienne und sie drückten sich an der Scheibe beinahe die Nasen platt. Es ging vorbei an einem Wettkampfplatz mit Tribünen, für Pferderennen vermutlich oder auch für den Radsport. All die großen Boulevards wirkten so elegant und aufgeräumt. Die Häuser waren hoch und stattlich und frisch gestrichen, so kam es Gabrielle vor. Noch ehe sie einen Fuß auf den Bahnsteig setzte, war sie sicher, dass es die richtige Entscheidung war, nach Vichy zu kommen.

»Sieh dir das an!«, hauchte Adrienne, nachdem sie das Bahnhofsgebäude verlassen hatten, und deutete auf eine Statue.

»Ja, wirklich. Sie ist beeindruckend.« Gabrielle bestaunte die Skulptur, eine Frau, zu deren Füßen üppiges Grün rankte. Sie streckte die Hand mit einer Fackel in die Höhe, statt Flammen würde eine runde Kugel in der Dunkelheit elektrisches Licht spenden. Welch ein prachtvolles Willkommen für Reisende!

Es waren glücklicherweise nur wenige Schritte zu jener Adresse, die Étienne ihr aufgeschrieben hatte. Die Rue Voltaire lag so nah am Bahnhof, dass sie das Tuten der Lokomotiven und Rumpeln der Wagen auf den Gleisen in den Schlaf begleiten und am Morgen begrüßen würde, fürchtete Gabrielle. Doch es gab Schlimmeres, und sie waren nun einmal nicht in der Position, Ansprüche zu stellen. Außerdem hatte die Unterkunft alles, was sie brauchten. Es war im Grunde nur ein Zimmer zu ebener Erde und doch eine abgeschlossene Wohnung mit Kochgelegenheit, Bett, Tisch, Schrank und einem Waschtisch. Rasch waren die Koffer ausgeräumt.

»Bereit für einen Erkundungsgang?« Gabrielle konnte ihre Neugier kaum noch im Zaum halten. Adrienne schien es genauso zu gehen.

»Mehr als das«, antwortete sie sofort.

»Du hast die Adresse des Geschäfts, in dem Louise …?« Weiter kam Gabrielle nicht.

»Das wollte ich dir schon die ganze Zeit sagen.« Adrienne wirkte zerknirscht. »Wir können keine Hüte machen. Wie sollen wir die Rohlinge in Form bringen? Wir haben keine Eisenpresse.«

»Das ist wahr.« Gabrielle überlegte. »Wir gehen trotzdem hin und suchen uns etwas aus. Es werden sich doch wohl irgendwo zwei einfache, erschwingliche Modelle finden lassen, die wir verschönern können.«

»Ganz bestimmt.« Schon strahlte Adrienne wieder.

Eilig schlüpften sie in ihre neuen Kleider und machten sich auf den Weg. Sie verließen die schmale Rue Voltaire, überquerten eine breite Avenue, auf der die Kutschen so zahlreich unterwegs waren, dass ein Herüberkommen nicht einfach war. Sie erreichten die Place de la Nation und schließlich die Place de la République. Dort reckte eine weitere Skulptur kämpferisch einen Arm zum Himmel. Eine Dame mit Engelsflügeln, die sich auf einen Löwen stützte. Gabrielle war überwältigt. Die Häuser, die um den Platz herum standen, wirkten mondän, aber nicht protzig, weit dahinter verrieten Schornsteine, dass Vichy eine prosperierende Stadt mit Industrie war. Dies war gewiss ein Ort, um es zu etwas zu bringen. Wohin sollten sie nur zuerst gehen? Sie orientierten sich in Richtung Fluss.

»Riechst du das?« Adrienne reckte ihre feine Nase in die Höhe.

»Das sind die Quellen.« Gabrielle nickte.

»Weiß ich doch. Ich dachte nur nicht, dass es so stark ist. Puh!« Sie verzog das Gesicht. »Schwefelig und ein wenig sauer, findest du nicht?«

»Wir werden uns daran gewöhnen.« Gabrielle sah sich um. »Die Leute nehmen es schon gar nicht mehr wahr, denke ich.«

Sie kamen am Theater vorbei, Gabrielles Herz hüpfte vor

Aufregung. Ob sie je die Chance bekam, dort auf der Bühne zu stehen? Schräg gegenüber lag das Palais des Sources inmitten eines Parks. Was gab es hier nicht alles zu entdecken? Ein Casino, kleine Restaurants, Beete, in denen es in allen erdenklichen Farben blühte. Zwar waren die verschiedenen Blumen in streng getrennten Gruppen angeordnet, trotzdem wirkte alles, als sei es von selbst so gewachsen, fand Gabrielle.

»Warum hat sich nur Tante Louise kein Beispiel hieran genommen?«

»Ich denke, das hat sie«, widersprach Adrienne. »Sie hat versucht, die Parks von Vichy in ihrem Garten nachzuempfinden. Mit ihren begrenzten Mitteln«, setzte sie streng hinzu.

»Du hast recht.« Gabrielle strich ihr versöhnlich über den Arm.

»Sieh nur, der Pavillon erinnert mich an Moulins.« Adrienne beschleunigte ihren Schritt. »Ob hier auch Musikabende veranstaltet werden?«

»Ganz bestimmt sogar.« Gabrielle deutete auf die schmiedeeiserne Balustrade, die mit Noten verziert war. Sie passierten das Rathaus und kamen auf den Boulevard National. In weitläufigen Gärten mit hohen Bäumen standen Häuser, wie Gabrielle noch nie welche gesehen hatte. Sie waren bunt gestrichen, mit verschnörkelten Holzbalkonen davor und aufwendigen Holzverzierungen am First. Vichy war eine Offenbarung und ganz sicher das Paradies. In jedem Winkel war sichtbar, wovon die Stadt in erster Linie lebte: von ihren Quellen und den Gästen, die sich Heilung erhofften. Die Straßennamen verrieten es: Rue des Sources oder Rue de l'Établissement thermal. Ebenso unzählige Schilder, die für Spezialbehandlungen gegen Magenbeschwerden, Völlegefühl und allgemeines Unwohlsein warben.

Am liebsten hätten die beiden jede Gasse erkundet und sogar eine der Brücken überquert, um sich die noblen Sportklubs auf der anderen Seite des Flusses aus der Nähe anzusehen. Doch das musste warten. Stattdessen kauften sie die billigsten Hüte, die sie finden konnten. In Tante Louises Lieblingsgeschäft besorgten sie sich, was nötig war, um daraus wahre Prachtexemplare zu machen.

»Die Damen haben Geschmack«, kommentierte die Verkäuferin und lächelte ihr professionell freundliches Lächeln. »Sie sind Hutmacherinnen?«

»So etwas in der Art.« Gabrielle dachte kurz nach, ehe sie sagte: »Auch, wir sind auch Hutmacherinnen, aber eher nebenbei. In der Hauptsache sind wir Schneiderinnen.«

»Wirklich? Interessant.« Sie hatte die Utensilien in braunes Papier eingeschlagen und schob das Bündel über den Tresen.

»Wir sind neu in der Stadt«, fuhr Gabrielle fort, »und kennen uns noch nicht aus. Wissen Sie, ob unter Umständen irgendwo zwei Näherinnen gebraucht werden könnten? Es ist nur für den Anfang, bis wir uns vollständig eingerichtet haben.«

Die kühle Distanz wich aus der Miene der jungen Angestellten. Sie mochte im ähnlichen Alter sein wie Gabrielle und Adrienne. Bestimmt wusste sie, wie schwer es war, als Frau anständiges Geld zu verdienen.

»Ich habe da tatsächlich eine Idee.« Sie kritzelte etwas auf einen Zipfel Packpapier. »Im Kurhaus gehen ständig Handtücher oder Schürzen entzwei. Es ist keine sehr anspruchsvolle Aufgabe für jemanden, der Hüte machen und Kleider nähen kann.« Sie verstummte und zuckte entschuldigend mit den Achseln. Gabrielle nahm die Adresse entgegen.

»Mir scheint, für den Übergang ist es genau das Richtige. Vielen Dank, Mademoiselle!«

Sie verabschiedeten sich und gingen.

»Es läuft wie am Schnürchen«, jubelte Gabrielle. »Wir haben ein Dach über dem Kopf, sind gut gekleidet und haben bald sogar Hüte. Und Arbeit werden wir auch bekommen. Wir müssen uns also keine Sorgen machen.«

»Hoffentlich hast du recht. Bisher ist es nur eine Adresse, bei der wir uns vorstellen können.«

»Das machen wir gleich morgen früh. Jetzt besorgen wir uns erst mal etwas zu essen. Mein Magen knurrt so laut, dass ich schon Angst hatte, die Verkäuferin zu erschrecken. Komm, gehen wir in diese Richtung.«

Sie fanden heraus, wo es günstig Brot, Obst und Gemüse gab und kehrten zurück in die Rue Voltaire. Nach dem Imbiss machten sie sich an die Arbeit. Gabrielle hatte sich für einen weißen runden Hut mit nicht allzu ausladender Krempe entschieden. Sie legte ein schwarzes Band um den Kopf, das sie vorn zu einer aufwendigen Schleife formte. Ehe sie diese festnähte, schob sie zwei schwarze Federn unter das Band.

»Fertig.«

Adrienne hatte aus Tüll ein regelrechtes Bauwerk konstruiert. Jetzt war sie dabei, große Seidenblumen anzuordnen. Sie hielt sich kurz eine Hand vor den Mund und unterdrückte ein Gähnen.

»Ich wünschte, das könnte ich auch behaupten. Es war ein langer Tag.« Sie warf einen Blick auf Gabrielles Modell. »Meinst du nicht, das ist zu schlicht?«

»Schlicht ist elegant«, gab sie zurück.

»Du hast die Damen doch gesehen, die sich unter der Galerie

getummelt haben, die zur Trinkhalle führt.« Adrienne deutete auf Gabrielles Hut. »Das ist nicht die Mode.«

»Nein, das ist mein Stil. Mode wird es erst später.«

Ein Klopfen weckte Gabrielle. Sie knurrte unwillig und drehte sich auf die andere Seite. Da kam die Erinnerung zurück. Sie war nicht in ihrer Dachkammer in Moulins, sie war in Vichy. Jetzt war sie hellwach. Die Sonne schien bereits hoch vom Himmel. Es klopfte wieder.

»Ach herrje, wie spät ist es?« Adrienne setzte sich auf. Sie war also auch noch nicht auf den Beinen.

»Sehr spät, fürchte ich.« Gabrielle war mit einem Satz aus dem Bett. »Nur einen Moment, bitte«, rief sie, während sie schon in ihr Kleid schlüpfte und sich eilig das lange Haar zusammenband und mit einer Spange feststeckte. Die Reise und die vielen Eindrücke am Vortag hatten sie glatt verschlafen lassen. Barfuß eilte Gabrielle zur Tür und öffnete.

»Madame Moreau!« Da stand doch wahrhaftig eine ihrer Kundinnen aus Moulins, ein großes Paket unter dem Arm.

»Guten Tag, Mademoiselle Chanel. Verzeihen Sie, dass ich Sie hier so überfalle.« Gabrielle hatte sich von ihrer Überraschung erholt und bat Madame Moreau herein. »Ach, Ihre reizende Schwester ist auch hier. Wie nett.«

Adrienne war nicht weniger überrumpelt als Gabrielle. Sie grüßte und klopfte dann rasch die Betten auf, ehe sie die Überdecken darauf ausbreitete und glatt strich.

»Monsieur Balsan hat mir verraten, wo ich Sie jetzt finden kann. Wie können Sie einfach verschwinden, wo die nächste Rennsaison vor der Tür steht?«, beklagte die Kundin sich. »Ich brauche mindestens ein neues Kleid, eines für eine Abendeinladung und dann noch etwas Leichtes, Sommerliches dazu.« Sie legte das Paket auf den Tisch. »Vielleicht können Sie hieraus etwas machen. Am liebsten wäre es mir allerdings, wir würden zusammen Stoff kaufen gehen, und Sie würden mir ein paar Stücke schneidern, mit denen ich auffallen könnte.«

»Das lässt sich sicher einrichten.« Gabrielle bemühte sich, die Begeisterung aus ihrer Stimme zu halten. »Wie lange sind Sie denn in der Stadt? Wir haben nämlich wirklich viel zu tun.«

»Dachte ich mir schon.« Madame Moreau seufzte herzzerreißend, als ginge es um Leben und Tod. »Wenn wir heute oder morgen alles besorgen und Sie dann Maß nehmen, könnte ich in …« Sie dachte nach. »Sagen wir, ich komme in zwei Wochen wieder und hole die Kleider ab?«

»Wenn Sie das einrichten können, gern!«, mischte sich Adrienne ein. Bestimmt hatte sie Angst, Gabrielle könnte zu hoch pokern.

»Ich werde es möglich machen. Was bleibt mir übrig, wenn Sie einfach so verschwinden«, wiederholte Madame Moreau vorwurfsvoll.

»Wir sind ja nicht verschwunden, sondern nur nach Vichy gezogen.« Gabrielle strahlte sie an. »Sonst hat sich nichts geändert. Wir empfangen unsere Kundschaft auch hier sehr gern.«

»Sehr schön. Darf ich das auch meiner Freundin sagen? Sie ist völlig verzweifelt, in Moulins bekommt man ja nichts Ausgefallenes.«

»Aber natürlich, Madame, sagen Sie ruhig all Ihren Freundinnen Bescheid.« Adrienne trat neben Gabrielle und hakte sich bei ihr unter. »Wir arbeiten rund um die Uhr, und wenn der Tag nicht reicht, nehmen wir die Nacht dazu.«

»Sehr löblich. Ich gehe jetzt zum Mittagessen. Schließlich

bin ich nicht zur Kur hier.« Sie lachte kurz auf. »Passt es Ihnen gegen drei Uhr?«

»Um drei Uhr vorm Grand Casino«, schlug Gabrielle vor.

»Perfekt!« Madame Moreau machte kehrt und ging.

Adrienne schloss die Tür und zählte leise bis drei, dann fielen sie sich lachend in den Arm.

»Ein Hoch auf Étienne Balsan!«

Madame Moreau schickte, wie sie es versprochen hatte, einige Damen aus Moulins zu ihnen. So spielte sich ein Tagesablauf ein, wie Gabrielle und Adrienne es von zu Hause gewöhnt waren. Unglücklicherweise war das Leben in Vichy deutlich kostspieliger als daheim. Das war nicht verwunderlich, immerhin verkehrten hier Herrschaften aus aller Welt, Politiker, ranghohe Militärs oder Direktoren bedeutender Bankhäuser hofften bei einer Kur auf Erholung. Teilweise kamen sie mit ihren Ehefrauen, teilweise suchten sie sich ihre weibliche Begleitung erst vor Ort.

»Aus den Quellen müsste Wunderwasser sprudeln, wenn es von Verdauungsbeschwerden befreien und schlanke bewegliche Menschen aus den Gästen machen sollte«, stellte Adrienne einmal fest, als sie gerade am Bad der Ersten Klasse vorbei zum Quai d'Allier spazierten. »Einer ist feister als der andere. Trotzdem essen und trinken sie unaufhörlich.«

So war es tatsächlich. Die Kurgäste ließen sich am Vormittag Leberwickel verabreichen und saßen einige Stunden später in den Cafés, um sich mit Kuchen und Sorbet vollzustopfen. Am Abend floss der Wein in Strömen. Bei vielen Damen war zu befürchten, dass ihr Mieder ihre Körperfülle nicht mehr halten würde. Nicht selten sank eine bewusstlos zu Boden, die gewiss zu stramm geschnürt worden war.

Nach zwei Wochen fasste sich Gabrielle ein Herz und erkundigte sich nach Lokalen, in denen noch unerfahrene Sängerinnen ihr Glück versuchen konnten. Das Grand Casino kam nicht infrage, das fand sie schnell heraus. Dort traten nur die Besten auf. Im La Restauration direkt nebenan sah es schon anders aus, behaupteten die einen.

»Nein, auch viel zu elegant und nur etwas für Könner und Kenner«, meinten die anderen.

Was Gabrielle vom Alcazar hörte, klang vielversprechend, machte ihr jedoch gleichermaßen Angst.

»Da wirst du ausgenommen wie eine Gans«, erzählte die Nachbarin, eine dürre Person mit langen roten Locken. »Musst erst Geld bezahlen, ehe du welches verdienst.«

Mit welcher Tätigkeit sie selbst für ihr Auskommen sorgte, war nicht zu überhören. Jede Nacht das gleiche Spektakel. Es klopfte nebenan. Hellhörig, wie die Apartments waren, dachte Gabrielle zuerst, es wolle jemand zu ihr und Adrienne. Inzwischen konnte sie zwischen der eigenen und der Nachbartür unterscheiden. Die Rotgelockte öffnete, begrüßte gurrend einen Kunden, bald darauf quietschten die Stahlfedern in ihrem Bett. Dauerte es ihr zu lange, gab sie die immer gleichen quiekenden Laute von sich. Meist mit Erfolg. Ihr Besucher fühlte sich angestachelt und kam grunzend und ächzend zum Höhepunkt.

»Das kann doch kein Mensch aushalten«, beschwerte Adrienne sich zuverlässig jede Nacht, kurz bevor der Monsieur nebenan sein Werk vollbracht hatte. Gabrielle trug das regelmäßige Getöse mit Fassung.

»Ich hätte auch nicht gedacht, dass ich das Tuten der Eisenbahn noch so lieben würde. Mach es wie ich, steck dir Watte in die Ohren.«

Nach einer dieser Nächte saßen Adrienne und Gabrielle mit Kaffee und einem Stückchen Baguette beisammen. Von drüben war jetzt ein Schnarchen zu hören, als sei einer der Herren bei der Dürren geblieben.

»Ich vermisse unser kleines Zimmer unterm Dach in Moulins.« Adrienne seufzte. »Da hatten wir es ruhig«, sagte sie plötzlich sehr laut. Drüben wurde es still. »Überhaupt, Gabrielle, was tun wir hier?«

»Was soll die Frage? Haben wir es denn nicht schön? Unser Geschäft läuft sehr ordentlich. Gut, in den letzten Tagen war nicht so viel los, aber …«

»Nicht viel los? Es gab keinen neuen Auftrag. Madame Moreau hat die Kleider nur angezahlt, mit denen sie gewiss schon über die Tribüne und durch die Straßen stolziert. Sie wollte uns längst den Rest der Summe schicken.« Sie sah Gabrielle an und wirkte schrecklich traurig. »In Moulins hatten wir es auch schön, dafür hatten wir viel geringere Kosten. Du wolltest unbedingt nach Vichy gehen, um eine berühmte Sängerin zu werden. Hast du auch nur einen Versuch unternommen?«

So aufgebracht kannte Gabrielle sie nicht. Zu ihrem Ärger hatte sie auch noch recht. Gabrielle hatte sich zwar ein wenig umgehört, das war aber auch schon alles. Sie drückte sich doch nicht etwa? Eine Chanel hatte keine Angst, warum also hatte sie sich nicht endlich um ein Vorsingen gekümmert? Zu kneifen kam nicht infrage. Gabrielle holte tief Luft.

»Im Alcazar wird viel Operette gespielt. Das ist etwas für mich. Zur Opernsängerin taugt meine Stimme vielleicht wirklich nicht, aber in der Operette mache ich mich sicher gut. Die ist leichter und heiter.« Sie stand auf, drehte eine Pirouette und schnitt eine Grimasse. Adrienne lachte nicht, sie lächelte nicht einmal. Sie war wirklich ungewöhnlich niedergeschlagen. »Ich gehe heute noch hin und stelle mich vor, versprochen.« Adriennes Miene veränderte sich kein bisschen. »Was ist denn nur los mit dir?«

»Mir fehlt Moulins, mir fehlen meine Eltern.« Ihre Stimme zitterte. »Und meine Schwester Louise fehlt mir auch.«

»Ach, Adrienne!« Gabrielle drückte sie an sich. »Ich mach dir einen Vorschlag: Du steigst in den nächsten Zug nach Varennes. Das ist nicht weit. Du hast ein paar Stunden mit deiner Schwester und Paul, und heute Abend erzählst du mir, wie es ihnen geht.«

Endlich trat ein Lächeln auf Adriennes Lippen.

»Das wäre wirklich schön.«

»Dann tu es! Und ich werde dir heute Abend verkünden, dass ich im Alcazar auftreten darf«, behauptete sie siegesgewiss. »Du wirst es sehen.«

Mit jedem Schritt, den Gabrielle vom Bahnhof machte, wo sie Adrienne verabschiedet hatte, sank ihre Zuversicht. Zwar redete sie sich ein, dass es keinen Grund gab zu zweifeln. Schließlich hatte sie in der Rotonde auch einfach angeklopft, nur war Vichy eben nicht Moulins. Von außen machte das Lokal einen überraschend schlichten Eindruck. Eine weiße Fassade und ein gläsernes Dach über dem Portal, darauf der Name in Leuchtbuchstaben, die am Tag etwas schmutzig wirkten. Zu ihrer Verwunderung war die Eingangstür nicht verschlossen. Gabrielle trat ein. Das Innere des Varietés war deutlich eindrucksvoller als die Fassade. Durch Oberlichter fielen Sonnenstrahlen herein, die Wände waren mit goldenen Rahmen geschmückt, darin Aufnahmen von wahrscheinlich sehr berühmten Tänzerinnen und

Künstlern. Vom großzügigen Foyer führten zwei Treppen auf eine Galerie, außerdem waren da zwei Türen auf jeder Seite. Eine führte zu einem *Konzertsaal Nordafrika,* wie ein Mosaik verriet, eine andere zum großen Saal.

»Guten Tag, Madame, kann ich Ihnen helfen?«

Gabrielle erschrak. Sie hatte gerade schauen wollen, was sich hinter den anderen beiden Türen verbarg und den Mann nicht kommen hören, der nun neben ihr stand. Er trug eine schwarze Hose, ein weißes Hemd und eine schwarze Weste.

»Mademoiselle«, stellte sie richtig. »Guten Tag, Monsieur. Ich möchte mich als Sängerin bewerben«, erklärte sie ihm so selbstbewusst, wie es ihr möglich war.

»So so, Sie sind Sängerin.« Ein dezentes Lächeln ließ das strenge Gesicht gleich viel sympathischer erscheinen.

»Ja. Zuletzt bin ich regelmäßig in Moulins aufgetreten. Mit einigem Erfolg, wie ich wohl behaupten darf.«

Er betrachtete sie. Nicht so unverhohlen wie Monsieur Lefevre, sondern höflich und interessiert.

»Sie haben Glück, ich bin der künstlerische Leiter. Bei mir sind Sie genau richtig.«

Eine Welle der Freude strömte durch ihren Körper.

»Alphonse Duplantier.« Er trug den gleichen Vornamen wie ihr Lieblingsbruder. Das konnte nur ein gutes Omen sein.

»Gabrielle Chanel, sehr erfreut. Dann können wir vielleicht einen Termin ausmachen. Oder hätten Sie jetzt Zeit für mich?«

Er nickte. »Wie gesagt, Sie haben Glück. Kommen Sie, bitte!«

Sie folgte ihm durch die Tür, die laut Beschilderung in den großen Saal führte. Gabrielle blieb kurz stehen. Dies hier war kein Saal, es war eine Halle. Wie viele Personen mochten in der Rotonde Platz finden? Fünfzig oder höchstens sechzig? Hier standen um die Bühne herum in immer weiter werdenden Kreisen Tische mit Sesselchen, die für bestimmt hundert oder mehr Zuschauer reichen dürften. Bei dem Gedanken, vor einer solchen Menge ganz allein aufzutreten, bekam Gabrielle weiche Knie. Andererseits würde sie sich nicht ins Bockshorn jagen lassen. Wahrscheinlich würde sie sowieso im Chor beginnen müssen.

Monsieur Duplantier hatte den großzügigen Raum durchquert. Eilig ging Gabrielle zu ihm. Er setzte sich an einen Flügel, der auf einer zweiten kleinen Bühne am Rand des Saals stand.

»Also schön, womit möchten Sie beginnen?«

»Wie wäre es mit Jacques Offenbach?« Sie nannte ihm den Titel, der in der Rotonde immer zuverlässig für Begeisterung gesorgt hatte. Er nickte nur, legte die Hände auf die Tasten und spielte. Die vertrauten Klänge nahmen Gabrielle die Angst. Beherzt schmetterte sie ihren Text, wie sie es immer getan hatte. Sie sang die nächste Strophe aus voller Brust und bemerkte plötzlich, dass sie keine Begleitung mehr hatte.

»Soll ich ein anderes Lied …?«

»Nein, Mademoiselle, nicht nötig.«

Das konnte heißen, dass er bereits von ihr überzeugt war und sie einstellen würde. Nur drückte seine Miene etwas anderes aus.

»Sie können nicht singen. Hat man Ihnen das in Moulins nicht gesagt?« Gabrielle schluckte einen Kloß hinunter, der plötzlich einer Antwort im Wege stand. »Wir sind kein Tingeltangel, in dem es reicht, das Publikum irgendwie zu belustigen, wir sind ein Varieté und brauchen den Vergleich mit Häusern in Paris nicht zu scheuen. Eine Operette soll mit dem heiteren Inhalt und den leichten Melodien unterhalten, nicht mit schiefen Tönen.« Duplantier sah sie freundlich an. »Wenn Sie wirklich als Sängerin im Alcazar auftreten möchten, haben Sie einen weiten Weg vor sich, Mademoiselle. Falls Sie das Ziel überhaupt je erreichen.« Er erhob sich, das Vorsingen war beendet. »Als Bauchtänzerin wollen Sie sich wohl nicht versuchen?«

»Nein, Monsieur Duplantier, gewiss nicht.«

»Schade. Sie sind dafür ein wenig mager. Verzeihung, wenn ich das so offen sage. Aber Sie sind hübsch und grazil. Leider hat sich eine unserer Tänzerinnen den Fuß vertreten und fällt für eine Weile aus.« Er zuckte mit den Achseln. »Ich hätte einen Ersatz gut brauchen können.«

»Ich glaube nicht, dass das etwas für mich ist«, sagte Gabrielle leise. »Der Gesang liegt mir wirklich am Herzen. Ich könnte Unterricht nehmen.« Sie sah flehend zu ihm auf.

»Wie ich sagte, ich bin nicht überzeugt davon, dass Sie es schaffen werden. Aber ich mag Ehrgeiz bei jungen Frauen. Gehen wir in mein Büro, ich schreibe Ihnen die Adresse von Ilbert Boisseau auf. Er ist Pianist und gibt nebenbei Gesangsstunden. Sagen Sie ihm, dass ich Sie geschickt habe, dann macht er Ihnen einen guten Preis.«

Als Gabrielle am Nachmittag Schritte hörte und dann den Schlüssel im Wohnungsschloss, wurde ihr bang. Sie hatte den Mund zu voll genommen und würde Adrienne jetzt erklären müssen, dass sie noch kein Engagement hatte. Auf der anderen Seite hatte Monsieur Duplantier sie nicht abgelehnt.

»Welch eine gute Idee von dir, dass ich nach Varennes fahren soll. Es war himmlisch«, rief Adrienne aus und fiel ihr um den Hals. Gabrielle ging das Herz auf, endlich strahlte ihre Seelenschwester wieder. »Und sieh nur, Tante Louise hat mir Macarons für uns mitgegeben.« Sie stellte eine kleine Schachtel auf den Tisch. »Sie und Paul lassen dich sehr herzlich grüßen.«

»Geht es ihnen gut?«

»Gut wie immer.« Adrienne lachte. »Wir machen uns einen Milchkaffee, verspeisen diese niedlichen Köstlichkeiten, und du erzählst, wie es bei dir war.« Schon stellte sie einen kleinen Topf mit Wasser und einen mit Milch auf den Ofen. »Hast du jemanden angetroffen?«

»Ja, stell dir vor, ich hatte Glück. Der künstlerische Direktor höchstpersönlich war da.«

Adrienne juchzte vor Freude. »Wann wirst du das erste Mal auftreten?«

»So schnell geht es leider nicht.« Adrienne wandte sich zu ihr um. »Meine Stimme hat ihm nicht gefallen«, beichtete sie. »Noch nicht. Er will mir aber eine Chance geben«, erklärte sie rasch. »Denk dir nur, er hat mir sogar einen Lehrer empfohlen, der mir für ein paar Stunden Gesangsunterricht einen Spezialpreis machen wird.« Adrienne sah sie an, aus ihren Augen sprach pure Enttäuschung. »Das ist ein gutes Zeichen, finde ich. Er möchte den Rohdiamanten quasi schleifen, damit er perfekt zur Geltung kommt.« Gabrielle lächelte zufrieden über diesen wunderbaren Vergleich.

»Du hast gesagt, er mochte deine Stimme nicht.« Adrienne klang auf einmal müde. »Lefevre hat auch gesagt, du kannst nicht singen. Das Publikum war von deinem Witz und deinem Charme begeistert, aber nicht von deinen Qualitäten als Sängerin«, stellte sie fest.

»Monsieur Duplantier hat ja nicht gesagt, …«

Adrienne wischte ihren Einwand weg, ehe Gabrielle ihn überhaupt vorbringen konnte.

»Wenn der Direktor keine Verwendung für eine lustige kleine Coco hat, sind wir umsonst nach Vichy gezogen.«

Plötzlich ein Zischen. Adrienne wirbelte herum. Milchschaum lief am Topf entlang und über den Herd, wo er sofort zu einer braunen stinkenden Masse verbrannte.

»Auch das noch!« Adrienne schlug sich die Hände vor das Gesicht.

Gabrielle machte einen Satz, schnappte sich ein Handtuch und nahm damit den Topf vom Feuer. Sie stellte ihn auf ein Holzbrett und öffnete schnell das Fenster.

»Schöner Mist«, schimpfte sie. Adrienne hatte sich noch immer nicht gerührt. Sie stand einfach da und weinte. Gabrielle nahm sie tröstend in die Arme. »Aber so schlimm ist es auch wieder nicht. Wir haben noch ein bisschen Milch. Ich mache uns den Kaffee, wir naschen die köstlichen Macarons deiner Schwester und lachen über das Missgeschick.« An die Arbeit, die es machen würde, den Herd sauber zu kriegen, dachte sie lieber nicht.

»Darum geht es doch nicht, Gabrielle.« Adrienne schnäuzte sich und seufzte schwer. Vorbei war es mit ihrer Fröhlichkeit. »Ich dachte doch, dass du es wieder einmal schaffst, dass du in diesem Lokal auftreten darfst, und ich wieder das Geld einsammle wie früher. Ich habe daran geglaubt, dass du dir endlich deinen Traum erfüllen kannst und wir vielleicht sogar nette und wohlhabende Herren kennenlernen, die uns zu anständigen Ehefrauen machen. Und jetzt? Wir müssen mit Näharbeiten ein viel zu teures Zimmer bezahlen und in Zukunft auch noch deine Gesangsstunden. So hatte ich mir das wirklich nicht vorgestellt.«

Gabrielle und Adrienne trafen eine Abmachung: Sie würden sich ein paar Wochen nehmen und sehen, ob Ilbert Boisseau eine Sängerin aus Gabrielle machen konnte. Sollte es nicht funktionieren, wollte Adrienne zurück nach Moulins gehen. Mit Gabrielle oder ohne sie. Voller Elan ging Gabrielle zur Adresse, die Duplantier ihr gegeben hatte. Ilbert war nicht viel größer als sie, schlank und sonnengebräunt wie ein Junge vom Land. Noch ehe er sie sich anhörte, wollte er wissen, ob sie schon ein Kleid für ihren Auftritt hätte.

»Die Mädchen tragen hier alle Pailettenkleider, das musst du auch haben, sonst brauchst du dich gar nicht erst vorzustellen«, erklärte er ihr und strich sich eine seiner braunen Locken aus der Stirn. »Ich kann dir eine Garderobenfrau empfehlen, die welche verleiht.«

Schon wieder eine neue Adresse, schon wieder weitere Kosten. Doch davon würde sie sich nicht aufhalten lassen. Es war schwer, in Vichy Erfolg zu haben, schön, aber wenn sie es erst geschafft hatte, würde das auch sehr viel mehr wert sein als in Moulins. Sie verließ Ilberts Wohnung im dritten Stock eines schlichten Hauses in der Rue d'Alsace unweit des Gas- und Elektrizitätswerkes und ging schnurstracks in die Rue de Ballore. An der Ecke zur Rue de Paris direkt hinter dem Eden-Theater hütete die Garderobenfrau ihre Schätze in einer Kellerwohnung. Gabrielle ging die Stufen hinab und wollte anklopfen, als die Tür aufflog, und eine junge Frau ihr beinahe in die Arme stolperte.

»Verzeihung«, murmelte sie. Das schwarze Haar war zu einem strengen Knoten gesteckt, ihre Wangen waren dunkelrot. Eine auffällig große Frau folgte ihr schimpfend.

»Wenn ich es doch sage, es fehlen Pailletten. Obendrein ist da dieser Riss direkt am Ausschnitt.«

»Aber nein, das ist nicht möglich. Ich habe darauf achtgegeben wie auf meine Jungfräulichkeit.«

»Dann wundert mich der Zustand des Kleides nicht.«

»Madame, ich bin sicher, es war keine Beschädigung daran, als ich es vorhin in meine Tasche gelegt habe. Bitte, zeigen Sie mir, wo Pailletten fehlen.«

Die Schwarzhaarige wirkte verzweifelt, die Garderobenfrau dagegen war aufgebracht. Sie schien Gabrielle erst jetzt wahrzunehmen.

»Hör sich das einer an! Unverschämtheit! Ich kann das Kleid nicht mehr verleihen, nicht, ohne viele Stunden Arbeit hineinzustecken«, erklärte sie Gabrielle und jagte die Künstlerin einfach davon. Ein böses Funkeln trat in ihre Augen, dann wandte sich die Herrin über Kostüme aller Art mit einem süßen Lächeln an Gabrielle.

»Nun, was kann die liebe Monique denn für dich tun, meine Hübsche?«

»Ilbert Boisseau schickt mich.«

»Hätte ich mir denken können, der Junge hat Geschmack.« Sie lachte kehlig. »Immer herein in die gute Stube. Wir finden bestimmt etwas Passendes für dich.« Sie musterte Gabrielle kurz. »Am besten etwas, dass deine fehlende Oberweite kaschiert. Eine Figur wie ein Holzbrett«, murmelte sie kopfschüttelnd.

Monique hatte eine große Auswahl, viele Modelle kamen für Gabrielle aber nicht infrage. Entweder waren sie viel zu freizügig, oder sie waren überladen. Schließlich entdeckte sie ein schlichtes schwarzes Kleid mit einem Streifen Samt am Dekolleté und am Saum und natürlich mit Pailletten.

»Das könnte gehen. Was kostet es?«

»Fünf Francs. Aber es steht dir nicht. Du brauchst viel Tüll und Rüschen. Vor allem hier.« Sie legte die Hände unter ihre Brüste und tat so, als würde sie sie nach oben drücken.«

Gabrielle ging nicht darauf ein.

»Ich nehme es. Allerdings wollte ich es nicht kaufen.«

Monique lachte wieder. »Da wärst du bei mir auch falsch, Herzchen. Ich verleihe Kostüme. Fünf Francs ist der Preis für einen Monat. Wenn du es gleich für ein halbes Jahr nimmst, kann ich es dir etwas billiger lassen.«

»Das ist viel zu teuer, dafür kann ich mir ein eigenes nähen.«

Monique zuckte mit den Achseln.

»Viel Vergnügen. Solltest du es dir anders überlegen, könnte der Preis allerdings gestiegen sein. Adieu!«

Gabrielle würde es ihr und allen Halsabschneiderinnen von Vichy, die mit dem Verleih von Kostümen ein Vermögen scheffelten, schon zeigen. Sie besorgte sich schwarzen Stoff und schneiderte ein Kleid in der für hiesige Varietés typischen Form, nach der alle verlangten, eng anliegend am Oberkörper, sehr schmal über der Hüfte, an der Wade ausgestellt.

»Wenn ich günstiges Material bekomme, können wir mehr von diesen Modellen machen«, erzählte sie Adrienne. »Die Sängerinnen werden bei uns Schlange stehen. Du kannst dir nicht vorstellen, wie viel Geld die Garderobenfrauen verlangen. Und das jeden Monat. Denen werden wir schön in die Suppe spucken.«

»Wovon willst du das bezahlen?«, wollte Adrienne wissen. »Wir haben lange nichts mehr eingenommen, und dein Ilbert hat seinen Lohn für einige Stunden im Voraus kassiert. Kannst du nicht Étienne schreiben, dass du seine Hilfe brauchst?«

»Kommt nicht infrage. Ich habe ihm versprochen, alles zurückzuzahlen. Und das will ich auch tun. Stattdessen soll ich mir noch mehr borgen?« Sie schüttelte resolut den Kopf.

»Dann werde ich wohl allein nach Moulins zurückgehen müssen. Eine Woche noch, Gabrielle, wenn sich dann nichts grundlegend geändert hat, gehe ich fort.«

»Aber wir hatten abgemacht, dass wir noch mindestens …«

»Eine Woche, Gabrielle«, wiederholte Adrienne ernst. In ihren Augen schimmerten Tränen. »Ich werde nicht mit ansehen, wie du dich hier zugrunde richtest.«

Ilbert machte Gabrielle keine Hoffnung. Sie ging jeden Tag zu ihm.

»Dir fehlt das Gehör. Du wirst nie merken, wann du einen Ton triffst und wann nicht!« Wie konnte jemand ein so offenes freundliches Gesicht machen, während er etwas derart Niederschmetterndes von sich gab? »Aber ich kann dich leiden. Du bist niedlich, anders als die meisten Künstlerinnen, die auf eine große Karriere in Vichy und Paris hoffen.« Sie stand neben seinem Klavier, er erhob sich von seinem Schemel und war ihr plötzlich sehr nah. »Ich nehme dein Geld gern Woche für Woche, wenn ich auch ein schlechtes Gewissen dabei habe.« Sein Lächeln war frech und anziehend. »Ich hätte da allerdings auch eine andere Idee. Was hältst du davon, wenn ich dich bezahle?« Gabrielles Körper versteifte sich. »Ich könnte jemanden brauchen, der mir meine Wohnung in Ordnung hält. Du siehst ja, was hier los ist.« Er lachte, und sie entspannte sich wieder. Er hatte recht, das Durcheinander aus Büchern und Noten musste dringend sortiert werden. Die wenigen Grünpflanzen auf seinem Balkon ließen die Blätter hängen, die Fenster würden bald blind sein, wenn sich niemand ihrer erbarmte, von der Staubschicht in den Regalen nicht zu reden. Gabrielle wollte nicht die Putzfrau eines Pianisten sein, sie wollte auf die Bühne. Wenn sie Adrienne aber in Vichy halten konnte, sollte es ihr recht sein.

»Darüber hinaus könntest du mir auch hin und wieder Gesellschaft leisten.« Er sah ihr in die Augen, während seine Fingerspitzen über ihren nackten Arm strichen. Sie bekam eine Gänsehaut. Ilbert lächelte siegessicher. »Wir könnten es doch sehr nett haben, wir beide.« Er neigte sich vor, seine Lippen waren ihren so nah, dass er sie um ein Haar hätte küssen können, wenn sie nicht hastig einen Schritt zur Seite gemacht hätte.

»Wie viel willst du mir dafür zahlen?«, fragte sie scharf.

»Ich dachte, das ist die Gratiszugabe für den Lohn als Haushälterin«, gab er gelassen zurück.

»Nicht mal, wenn du mir ein Vermögen bieten würdest.«

Gabrielle verließ sein Apartment, rannte die drei Stockwerke hinab, ohne sich noch einmal umzudrehen und warf die Haustür hinter sich ins Schloss. Ilbert konnte ihr mit seinem Unterricht ebenso gestohlen bleiben wie mit seiner Unordnung. Sie würde es auch ohne ihn schaffen.

Adrienne war entsetzt, als Gabrielle ihr davon erzählte.

»So eine Unverfrorenheit! Du solltest dem Varieté-Direktor die Augen über Ilbert Boisseau öffnen. Dann schickt er dort keine Frauen mehr hin.«

Gabrielle seufzte. »Gott sei Dank ist nichts passiert. Jetzt muss ich mir nur einen neuen Lehrer suchen.«

»Es gibt noch eine Möglichkeit.« Adrienne sah sie eindringlich an.

»Nein«, sagte Gabrielle langsam.

»Du könntest aufgeben und mit mir zurück nach Moulins gehen.« Adrienne sprach es aus, obwohl Gabrielle sie auch so schon verstanden hatte.

»Das bringe ich nicht fertig.«

»Warum nicht? Ich verstehe dich einfach nicht. Du hast es probiert, das zählt. Aber der Sommer geht bald zu Ende, und du hast keine Aussicht auf ein Engagement oder nur eine Vertretungsstelle ab und zu.«

»Der Sommer ist noch lang«, meinte Gabrielle stur. »Eine Chanel kapituliert nicht, nicht so schnell.«

Das Tuten einer Lok drang vom Bahnhof zu ihnen herein. Die beiden standen sich gegenüber. Adrienne musste nichts mehr sagen, Gabrielle verstand auch so.

»Du gehst also zurück. Wann?«

»Morgen, Gabrielle.«

Vichy 1905

Die erste Nacht allein. Seit Jahren war Gabrielle mit Adriennes gleichmäßigem Atmen im Ohr eingeschlafen und mit ihrem fröhlichen Wesen aufgewacht. Sie hatten sich das Zimmer bei Monsieur und Madame Kurzwaren geteilt, das unter dem Dach in der Rue du Pont Ginguet und nun dieses hier. Ihr wurde das Herz schwer. Adrienne hatte ihretwegen die Stelle im Aussteuergeschäft aufgegeben, sie hatte Gabrielle zuliebe in der Rotonde vor grölenden Männern geknickst, die zu viel getrunken hatten. Warum hatte Gabrielle nicht einmal nachgeben und mit ihr zurück nach Moulins gehen können? Sie wälzte sich von einer Seite auf die andere. Die Stille hatte etwas Falsches, etwas Unheimliches. Gabrielle hätte sich jetzt sogar über das Grunzen und die quietschenden Stahlfedern nebenan oder über einen vorüberrumpelnden Zug gefreut. Aber nichts. Sie starrte in die undurchdringliche Schwärze. Wieder drehte sie sich herum. Mal beschloss sie, am nächsten Tag ebenfalls abzureisen, dann überlegte sie, wenigstens bis zum Ende des Monats zu bleiben. Die Miete war bis dahin schließlich bezahlt. Als endlich die ersten Sonnenstrahlen den nächsten Morgen ankündigten, wusste sie, was zu tun war. Gerade weil sie Adrienne so viel schuldig war, durfte sie nicht scheitern. Ihr Kleid war genäht. Gabrielle würde es genauso machen wie mit ihrem Hut. Das schlichte Modell würde mit den passenden Utensilien den nötigen Glanz erhalten. Außerdem würde sie sich nach einer Gesangslehrerin umsehen. Es wäre doch gelacht. Mit diesem Gedanken fiel sie endlich in einen ruhigen Schlaf. Nur eine Stunde später erwachte sie und fühlte sich erstaunlich frisch. Sie machte sich zurecht und verließ ihr einsames Zimmer und die Rue Voltaire. Ihr Weg führte sie in Tante Louises Lieblingsgeschäft. Die Verkäuferin hob den Blick und erkannte Gabrielle.

»Ah, die Hutmacherin und Schneiderin gibt uns wieder die Ehre.« Ihr Lächeln wich einem fragenden Ausdruck. »Ihre Schwester ist heute nicht dabei?«

»Sie ist nicht meine … Nein, sie musste leider abreisen.«

»Das tut mir leid.« Sie räusperte sich. »Verzeihung, das geht mich nichts an. Was kann ich für Sie tun?«

»Ich brauche schwarze Pailletten, jede Menge davon.«

»Sehr gern, Mademoiselle, wir haben erste Qualität.«

Gabrielle senkte die Stimme: »Haben Sie eventuell auch zweite oder dritte Qualität? Ich brauche wirklich viele.«

»Verstehe.« Die Verkäuferin sah sich um. Ihre Kolleginnen waren mit anderen Kunden beschäftigt, der Chef war nicht im Laden. »Sagen Sie mir, um welche Menge es geht, und ich mache Ihnen ein Angebot. Gute Kunden erhalten bei uns Rabatt.« Sie zwinkerte.

Der Preis war tatsächlich mehr als in Ordnung für die Ware, dennoch kam eine Summe zusammen, die Gabrielle Schweißperlen auf die Stirn trieb. Wenn sie nicht bald etwas verdiente, konnte sie sich nicht einmal mehr das Billet für die Heimreise leisten. Ehe sie das Geschäft verließ, fragte sie nach einer Gesangslehrerin.

»Nein, tut mir leid, damit kenne ich mich nicht aus.«

Zurück in der Wohnung begann Gabrielle sofort damit, die Pailletten aufzunähen. Eine nach der anderen. Es würde ewig dauern, bis sie mit dieser Arbeit fertig war.

Tags darauf fügte sie den Pailletten eine weitere Reihe zu. Mal brach eines der schillernden Plättchen, dann riss auch noch der Faden.

»Saperlipopette! Was ist heute nur los?« Ärgerlich legte sie das Nähzeug zur Seite und ging in die Stadt. Sie brauchte Brot. Vielleicht konnte sie noch etwas Gemüse oder ein paar Früchte auftreiben, die schon ein paar Stellen hatten, und den reichen Leuten nicht mehr angeboten werden konnten. Gabrielle hatte Glück, für wenig Geld hatte sie wieder etwas zu essen. Das änderte nichts daran, dass ihre Börse immer leerer wurde. Da fiel ihr etwas ein. Was hatte die nette Verkäuferin in Tante Louises Lieblingsgeschäft noch bei Gabrielles erstem Besuch gesagt? Das Kurhaus brauchte immer Näherinnen, die Handtücher und anderes flickten. Dort würde sie nach Arbeit fragen. Kurzentschlossen marschierte sie hin und fragte sich durch, bis sie der zuständigen Dame gegenüberstand.

»Nein, Mademoiselle, derzeit brauchen wir niemanden mehr. Aber kommen Sie nächstes Jahr gern wieder. Melden Sie sich im Frühjahr, bevor die Saison beginnt. Dann haben wir sicher Verwendung für Sie.«

Das war aber auch wirklich eine Pechsträhne. Gabrielle musste sich etwas einfallen lassen, und zwar schnell. Ihr kam eine Idee: Sie wollte zu Ilbert gehen und ihm anbieten, seinen Haushalt in Ordnung zu bringen. Dafür würde sie drei Francs pro Woche verlangen und die Bedingung stellen, dass er die Finger von ihr ließe, und sie außerdem kostenlos unterrichtete. Er war ein Frauenheld, aber ein Verbrecher, der sich gegen ihren Willen über sie hermachte, war er sicher nicht. Tief in Gedanken überquerte sie die Place de la Nation. Sie würde nur rasch ihren Einkauf in die Wohnung bringen und sich gleich wieder auf den Weg machen. In der Rue Voltaire blieb sie stehen und traute ihren Augen nicht.

»Étienne?«

»Da bist du ja.« Er kam ihr entgegen. »Ich habe schon bereut, dass ich mir keinen Schlüssel für deine Wohnung habe geben lassen.« Er küsste sie auf die Wangen.

»Wie kämst du dazu?« Ehe er antworten konnte, fragte sie: »Was tust du hier überhaupt?«

»Ich habe Adrienne in Moulins gesehen. Ohne dich. Da dachte ich mir, ich sehe mal, wie es meiner kleinen Coco so allein geht.«

Sie unternahmen einen Bummel zum Fluss, überquerten ihn und spazierten zwischen zwei Wiesen hindurch. Étienne hatte offenbar ein klares Ziel vor Augen.

»In Moulins heißt es, du seist sehr fleißig und habest den Damen Kleider genäht. Was soll das? Meine Kameraden und ich warten darauf, dich wieder auf der Bühne zu sehen.« Er sah sie kurz an. »Bist du nicht hergekommen, um eine große Karriere zu machen?« Ehe sie etwas dazu sagen konnte, gab er ein schrilles Krähen von sich. »Entschuldige, bitte, ich kann das nicht. Niemand kann dir darin das Wasser reichen.« Er amüsierte sich über seinen Scherz, während Gabrielle immer betrübter wurde.

Gerade hatte sie sich noch gefreut, dass er sich sofort auf den Weg zu ihr gemacht hatte, nachdem er Adrienne gesehen hatte. Bedeutete das nicht, er wusste, wie es Gabrielle allein ergehen musste? Hieß es nicht auch, dass ihm wirklich etwas an ihr lag? Jetzt machte er sich über sie lustig. Das tat niemand, der jemanden aufrichtig mochte.

»Ich glaube, dir fehlt Zerstreuung«, stellte er fest. »Sonst wird aus meiner lustigen kleinen Coco noch ein Trauerkloß. Hast du dich je im Tontaubenschießen versucht?«

»Nein.«

»Dann wird es Zeit. Komm!«

Die Anlage befand sich auf einem großen, leicht ansteigenden parkähnlichen Grundstück, umgeben von hohen Buchen. Auf steinernen Sockeln standen weiße Skulpturen, die Hirsche, Wildschweine und einen Pfau darstellten.

»Muss ich etwa auf die schießen?« Gabrielle erkannte keinen Sinn darin und hatte auch keine Lust, diesen albernen Sport auszuprobieren. Étienne lachte.

»Nein, um Himmels willen, das lässt du lieber bleiben. Wäre auch viel zu einfach. Du sollst Tonscheiben treffen, die in die Luft geschleudert werden. Bewegliche Ziele, das ist die Herausforderung daran.«

Die Regeln waren nicht kompliziert.

»Wenn sich Splitter vom Zielobjekt lösen, die mit bloßem Auge zu erkennen sind, so gilt das als Treffer«, erklärte der Mann, der für das Schleudern zuständig war. Dafür benutzte er einen Apparat, der jedes Mal ein klickendes Geräusch machte. Bei den ersten Versuchen scheiterte Gabrielle, es ging alles so schnell. Dann wartete sie nicht mehr darauf, die Scheibe in der Luft zu sehen, sondern konzentrierte sich auf das Geräusch. Sie begriff, wo die Tontaube eine Sekunde nach dem Klick etwa am Himmel erschien. Gabrielle fixierte einen Punkt, hielt den Atem an. Klick. Schuss. Treffer.

»Sehr gut!« Étienne klatschte in die Hände. »Gleich noch mal.«

Die nächste Scheibe verpasste sie, doch die danach traf sie wieder. Je größer ihr Erfolg, desto mehr Spaß hatte sie.

»Das reicht«, entschied Étienne nach einer Weile, »sonst muss ich mich noch vor dir fürchten. Gehen wir essen.«

Sie spazierten den Sandweg am Allier entlang, vorbei an Tennisplätzen und einem kleinen Strand.

»Die Leute baden im Fluss«, stellte sie überrascht fest.

»Warum nicht? Ist doch eine nette Erfrischung.« Er warf ihr einen Blick zu, den sie nicht gleich deuten konnte. »Bedauerlicherweise habe ich keine Badebekleidung bei mir. Wir können aber später nackt ins Wasser gehen, wenn es dunkel wird.«

Sie antwortete ihm nicht. Stattdessen betrat sie stolz wie eine Königin mit ihm das Gelände des Sporting Club de Vichy.

»Der Golfplatz ist gerade erst fertiggestellt. Ich wollte ihn mir schon längst ansehen.« Étienne ließ seinen Blick über die grüne Fläche gleiten, die sich in sanften Erhebungen bis zum Horizont zu erstrecken schien. Sie nahmen auf einer Terrasse Platz, weiße Segel, über ihren Köpfen aufgespannt, schützten vor der Sonne. »Gefällt es dir?« Er hatte sie beobachtet.

»Es ist atemberaubend«, flüsterte sie. Das viele Grün war kräftig und gleichmäßig, als wäre es mit dem Pinsel aufgetragen, daneben schlängelte sich der glitzernde Fluss, dahinter erhoben sich die stattlichen Häuser von Vichy, aus deren Mitte das Thermalbad Erster Klasse hervorstach. Das Mosaik seiner Kuppel sah aus wie ein riesiger Edelstein aus Tausendundeiner Nacht.

Étienne bestellte Pastete aus Geflügelleber, gebratene Dorade mit Gemüse und eine Schokoladencreme zum Dessert. Gabrielle hatte nicht nur großen Hunger, sie hatte auch lange nichts anderes mehr gegessen als Brot mit etwas Paprika oder Tomate. Sie lehnte nicht einmal ab, als er ihr ein zweites Glas Wein einschenken ließ. Sie blieben lange, tranken Kaffee und Cognac und sahen feinen Herrschaften beim Golfspiel zu.

Berauscht davon, endlich wieder die angenehmen Seiten des Lebens genießen zu dürfen, wenn auch nur für ein paar kostbare Stunden, begleitete Gabrielle ihn abends noch zu einem der Freiluftkonzerte im Pavillon neben dem Grand Casino. Die seidenweiche Luft streichelte ihre Haut, ihre Sorgen machten Pause, sie fühlte sich leicht wie eine Feder und wiegte sich zum Klang der Melodien.

»Mir scheint, du hast dich noch überhaupt nicht amüsiert, seit du in der Stadt bist.« Étienne schüttelte den Kopf. »Verstehe einer diese Frau! Hast du wenigstens schon aus der Lardy-Quelle getrunken?«

»Ich bin nicht zur Kur hier«, sagte sie streng, musste aber gleich wieder lächeln.

»Bedauerlich. Man sagt ihr nach, ihr Wasser habe auf Frauen die gleiche Wirkung wie der Genuss von Champagner. Ich wüsste zu gern, ob etwas Wahres daran ist.«

Sie zuckte mit den Achseln und sah ihn schelmisch an.

»Ich fürchte, da musst du eine andere fragen.«

»Vielleicht ist es doch nicht bedauerlich, dass du nicht zur Kur hier bist, sondern höchst erfreulich.« Sie zog fragend die Augenbrauen hoch. »Wer seine Anwendungen ernst nimmt, hat nicht viel Spaß.« Er verzog das Gesicht.

»Ich bin auch nicht hier, um Spaß zu haben«, erklärte sie.

»Worum geht es sonst im Leben?« Seine Miene sah aus, als fragte er sich das wirklich.

»Darum, etwas zu erreichen, einen Platz im Mittelpunkt der Gesellschaft zu finden.«

»Bei aller Liebe, Coco, sei nicht albern! Du wirst nie eine erfolgreiche Sängerin werden, das wissen wir beide. Und wenn du dich gut anstellst, brauchst du nicht einmal zu arbeiten, um dir ein nettes Plätzchen zu sichern.« Er nahm ihre Hände und sah ihr in die Augen. »Ich werde dich nicht heiraten, Coco, aber ich würde für dich sorgen. Mehr kannst du nicht verlangen.«

»Was bildet ihr Männer euch nur ein?« Sie entzog ihm ihre Hände.

»Die Welt gehört uns. Warum sollten wir bescheiden sein?« Seine Augen blitzten. »Meine Kameraden beschweren sich bei mir. Einige waren schon hier, haben sich extra Urlaub genommen, weil sie dich endlich mal wieder singen hören wollten. In keinem der Varietés wusste jemand etwas von dir. Also was ist nun mit deinen Karriereplänen?«

»Es ist hier nicht so einfach. Sie verlangen von dir, dass du dir für vier Francs pro Monat ein Kostüm leihst. Die Wohnung, die du mir vermittelt hast, ist hellhörig, als wären die Wände aus Stoff, trotzdem ist sie viel teurer als ein Zimmer in Moulins. Ich verzichte schon auf die kostspieligen Gesangsstunden, spare, wo ich kann.« Vorbei war es mit ihrer Leichtigkeit, der Kummer war zurück. »Trotzdem habe ich demnächst nichts mehr. Wenn ich nicht bald ein Engagement bekomme, …«

»Den Unterricht hättest du vielleicht lieber fortführen sollen«, meinte er ungerührt.

»Das hätte ich tun können, nur hätte ich dann einen anderen

Preis bezahlt. Dieser unverschämte Pianist wollte mich küssen.«

»Das verstehe ich gut.«

»Er wollte mich kaufen wie eine Prostituierte«, schimpfte sie und sah sich erschrocken um. Doch niemand achtete auf sie, die Menschen lauschten der Musik, tanzten.

»Du hast ihm hoffentlich gründlich die Meinung gesagt.« Klang so, als gefiele Étienne die Vorstellung überhaupt nicht, ein anderer könnte ihr nahe kommen. Sie nickte. »Gut. Ich wäre wirklich gekränkt gewesen.« Er war eifersüchtig. Dann musste er sie ja doch gernhaben. »Schließlich ist das bisher nicht einmal mir gelungen. Und ich habe schon einiges investiert.«

Gabrielle hatte das Gefühl, von innen zu erfrieren.

»Niemand kauft mich, Étienne«, erklärte sie eisig. »Du bekommst dein Geld zurück, inklusive Zinsen.«

»Jetzt beruhige dich mal wieder. Vergiss das Geld. Komm einfach zurück nach Moulins, Coco. Du gehörst in die Rotonde oder meinetwegen ins Grand Café.«

»Nein!«

Er seufzte. »Na schön, wie du willst.« Für ein paar Sekunden beachtete er sie nicht mehr, dann wandte er sich ihr doch wieder zu. »Ein Kamerad von mir hat glänzende Kontakte zum Kurhaus.« Étienne griff in seine Westentasche, holte einen Federhalter hervor und schrieb ihr einen Namen auf. »Sein Freund kann dir sicher helfen. Melde dich bei ihm«, sagte er, während der Füller wieder in seiner Tasche verschwand. »Keine Sorge, er benötigt keine Dame für gewisse Stunden.«

Obwohl Gabrielle ihm sehr dankbar war, hatte sie ihn weder in sein Hotel begleitet noch mit in ihr Apartment genommen. Es hatte seine Eitelkeit gestört und seine Vorstellungen vom Verlauf des Abends über den Haufen geworfen, was er nicht leiden konnte. Er war der Regisseur, alle anderen nur Puppen, die seine Anweisungen ausführten. Nur hatte die Coco-Puppe einen eigenen Kopf. Eine neue Erfahrung für Étienne Balsan. Sie hatten sich auch nicht für den nächsten Tag verabredet, sie wusste nicht einmal, ob er noch in Vichy blieb. Es kümmerte sie kein bisschen. Gleich am Morgen machte sie sich auf den Weg zum Kurhaus. Sie wusste, dass es dort Unterhaltungsprogramme gab, die vielleicht nicht sonderlich anspruchsvoll waren, dafür aber vermutlich weniger freizügig als anderswo. Wenn dieser Mann, dessen Namen sie auf einem Fetzen Papier in ihren Fingern hielt, für die Besetzung zuständig war, hatte sie beste Aussichten auf einen Platz im Chor.

Yvain Chalamet war ein kleiner hagerer Mann. Er trug einen weißen Kittel und kniff angestrengt die Augen zu, als könne er nur schlecht sehen. Gabrielle hätte ihn eher für einen Arzt gehalten als für einen künstlerischen Direktor.

»Danke, dass Sie Zeit für mich haben.« Sie bemühte sich um ein entzückendes Lächeln, das seine Wirkung offenbar nicht verfehlte.

»Es ist mir ein Vergnügen.« Er blinzelte. »Ich habe Monsieur Balsan nur einmal getroffen. Ein fröhlicher Mann. Er schickt Sie?«

»So ist es, Monsieur. Ich bin wahrscheinlich noch nicht perfekt, aber ich versichere Ihnen, ich lerne schnell.«

Chalamet legte den Kopf schief und wirkte kurz irritiert.

»Wer ist schon perfekt, Mademoiselle?«, fragte er dann. »Wenn Sie wollen, zeige ich Ihnen alles.«

»Sehr gern.« Er verlangte kein Vorsingen von ihr? Statt in

einen Saal mit Bühne führte er sie zu einer Kammer, aus der er einen Kittel und ein Paar weißer Stiefel holte. Chalamet sah prüfend an ihr herab.

»Die sollten passen«, meinte er und reichte ihr beides.

»Das ist mal ein originelles Kostüm.« Sie lachte.

Wieder stutzte er, ehe er in ihr Lachen einstimmte.

»Kostüm, ja, so kann man es gewiss nennen. Bitte folgen Sie mir!«

Durch ein hohes Portal traten sie in eine Halle. Feuchtigkeit, Hitze und ein eigentümlicher Geruch schlugen ihnen entgegen. Steinerne Wände, kein Teppich auf dem Boden. In der Mitte des Raums befand sich eine runde Einrichtung, wie Gabrielle sie noch nie gesehen hatte. Eine Bühne war es gewiss nicht.

»Unsere Quelle kommt aus dem tiefsten Inneren unserer Erde«, erklärte Chalamet ihr und führte sie zum dem seltsamen Rund. Ringsherum war der Boden nass, innerhalb einer Balustrade stand eine Frau in weißer Schürze und mit weißer Haube. Sie hängte Tassen an die Metallringe über ihrem Kopf, die parallel zur Balustrade angebracht waren. Die Dame nickte zum Gruß und fuhr mit ihrer Arbeit fort. Jetzt erkannte Gabrielle, dass auch an der Innenseite des Geländers unzählige Becher an Haken hingen.

»Es kommt mit keinerlei unnatürlicher Verschmutzung in Berührung, daher ist es vollkommen rein«, setzte Chalamet seinen Vortrag fort. »Dennoch dürfen unsere Patienten nicht zu viel davon konsumieren. Unser Thermalwasser ist sehr aktiv und reich an Fluor. Es sprudelt mit exakt 39 °C aus der Quelle direkt in unsere Halle.«

Gabrielles Blick folgte seiner Hand. Tatsächlich hatte das Glucksen, das ihr schon aufgefallen war, seinen Ursprung unter einer kleinen eisernen Krone in der Mitte der Ausgabestelle.

»Sie müssen nicht viel lernen.« Chalamet lächelte sie beruhigend an. »Welcher Patient wie oft und wie viel trinken soll, entscheidet der Kurarzt. Sie müssen das Thermalwasser nur einschenken und den Herrschaften reichen. Außerdem gehört es zu Ihren Aufgaben, stets für ausreichend Tassen zu sorgen. Von mir aus können Sie gleich morgen anfangen.«

Nach der ersten Enttäuschung kam die Wut, dann der Ärger über sich selbst. Étienne hatte ihr nichts vorgemacht. Sie hatte keinen Grund, böse auf ihn zu sein. Im Gegenteil. Er hatte ihr geholfen. Wieder einmal. Die Stelle in der Wasserausgabe ersparte ihr den Gang zu Ilbert Boisseau. Trotzdem konnte sie sich nicht gleich darüber freuen, hatte sie doch geglaubt, Teil eines Ensembles zu werden. Sechsmal die Woche stand sie von nun an in ihrer weißen Uniform mit den dazugehörigen weißen Stiefelchen in der Mitte der Trinkhalle, lächelte, stellte gefüllte Tassen auf den Tresen, der den oberen Abschluss der runden Balustrade bildete, und schwitzte. Die meisten Gäste waren ausgesprochen freundlich, die Kolleginnen nett. Die Bekleidung war hübsch, die Stiefel waren sehr bequem. Schon nach kurzer Zeit fühlte Gabrielle sich wohl. Und sie hatte ein Einkommen, das ihr erlaubte, in Vichy zu bleiben. Jeden Abend hockte sie in ihrem Zimmer und nähte schwarze Pailletten auf, bis ihre Augen tränten und die schillernden Plättchen verschwammen. Nach wenigen Stunden Schlaf musste sie wiederum pünktlich zum Dienst im Kurhaus erscheinen. Sie war irgendwann so erschöpft, dass sie schlief, sobald ihr Kopf auf dem Kissen lag. Nicht einmal mehr das Stöhnen nebenan und das Tuten vom Bahnhof konnte sie stören. Als es schließlich keine Stelle mehr an ihrem Kleid gab, die ohne Paillette war, versuchte Gabrielle es noch einmal bei Monsieur Duplantier im Alcazar.

»Wie ich Ihnen sagte, ich mag ehrgeizige Frauen«, erinnerte er sie nach ihrem zweiten Vorsingen schmallippig. »Bei Ihnen erschließt sich mir bedauerlicherweise nicht, wohin Ihr Ehrgeiz geflossen ist. In Ihren Gesang jedenfalls nicht.«

Sosehr es sie schmerzte, Gabrielle hatte verloren. Sie hielt noch bis zum Herbst durch, obwohl sie wusste, dass es sinnlos war. Seit Oktober verschwanden immer mehr Schilder von den Straßen, die für Anwendungen oder Heilmittelchen warben. Läden schlossen, Hinweise an den Türen informierten die Kunden darüber, wann man wieder öffnete und wo man im Winter zu finden sei. In den Parks fanden längst keine Konzerte mehr statt, die Zahl der bunten Kutschen mit geschmückten Pferden davor nahm Tag für Tag ab. Es wurde leer in Vichy. Yvain Chalamet versicherte Gabrielle, wie zufrieden er mit ihrer Arbeit war und wie gern er sie auch im nächsten Jahr wieder einstellen würde. Sie räumte das Apartment und stieg in die Bahn zurück nach Moulins.

Moulins 1906

Gabrielles einziger Lichtblick nach der Niederlage von Vichy war das erhoffte Wiedersehen mit Adrienne gewesen. Sie würden wieder zusammen wohnen, daran hatte sie keinen Zweifel gehabt. Und dann das: Adrienne lebte nicht mehr in Moulins, sondern auf der anderen Seite des Allier etwa drei Stunden Fußmarsch entfernt. An einem Sonntag Anfang Dezember war sie zu Besuch in der Stadt gewesen, um im Chor des Pensionats zu singen wie früher. Gabrielle war auch hingegangen. Sie fühlte sich allein in Moulins wie Herbstlaub im Wind, das keinen Halt mehr hatte und keinen Sinn.

»Ich hatte gehofft, dass du kommst!« Adrienne flog ihr regelrecht entgegen.

»Warum hast du Moulins verlassen? Ich dachte, du hattest solches Heimweh und wolltest unbedingt wieder hierher zurückkehren.« Gabrielle konnte den vorwurfsvollen Ton nicht unterdrücken. »Ich komme zurück und finde nur eine Notiz von dir vor. ›Ich bin nach Souvigny gezogen. Meine Eltern können dir die Adresse geben. Bitte, komme mich besuchen, wenn du wieder in Moulins bist. Adrienne‹«

»Ich erinnere mich an jedes Wort, das ich geschrieben habe.« Adrienne senkte den Blick. »Du hast kein Recht mir Vorhaltungen zu machen«, sagte sie leise. Das Läuten der Glocken war beinahe verklungen, Zeichen, dass der Gottesdienst gleich begann. Sie mussten hineingehen.

»Lass uns nachher in Ruhe reden, ja?« Als ob irgendjemand diesem Blick hätte widerstehen können. Gabrielle konnte es jedenfalls nicht.

Rund eine Stunde später verließen sie die kleine Kapelle, überquerten die Place de Paris und schlenderten den Boulevard de la Préfecture entlang. Der Himmel war grau, es sah aus, als würde es gleich wieder nieseln oder womöglich sogar schneien.

»Nun sag schon, was tust du in Souvigny? Wohnst du dort allein in einem Apartment?« Gabrielle schlug den Kragen hoch und sah sie erwartungsvoll an.

»Ich lebe bei Maud Mazuel. Ich kenne sie schon ewig, sie ist eine alte Freundin.«

Das Wort versetzte Gabrielle einen Stich. Ihr war immer klar gewesen, dass Adrienne mehrere Freundinnen hatte, daran störte sie sich nicht. Bisher war sie nur der Ansicht gewesen, es gäbe keine andere, mit der sie sich ein Zimmer teilen würde. Tief in ihrem Herzen hatte sie die Hoffnung gehegt, Adrienne werde zurückkommen und es würde wie früher werden. Diese Hoffnung war jetzt dahin. Gabrielle hatte ein zweites Mal verloren, erst Vichy, nun Adrienne.

»Du würdest sie mögen«, hörte Gabrielle sie sagen. »Maud ist die Tochter eines Maurers, glaube ich. Jedenfalls war ihr Vater Handwerker, sie kommt also aus einfachen Verhältnissen. Trotzdem besitzt sie eine Villa. Die angesehensten Persönlichkeiten gehen bei ihr ein und aus.«

»Was willst du bei ihr? Wir gehören zusammen, wir sind wie Schwestern. Es war vielleicht nicht immer einfach, aber wir hatten es doch gut, oder etwa nicht?«

»Doch, ja, wir hatten viel Spaß und haben eine Weile sogar anständig verdient.«

»Siehst du.«

Im Café Américain herrschte nicht viel Betrieb, der Musikpavillon hielt Winterschlaf. Es war so trostlos wie die letzten Tage in Vichy.

Adrienne blieb stehen. »Wir können nicht immer so weitermachen, Gabrielle. Wir sind keine jungen Mädchen mehr.« Sie atmete hörbar ein und aus und setzte sich langsam wieder in Bewegung. »Ich muss an meine Zukunft denken.«

»Und die liegt in Souvigny?«

»Wie ich sagte, bei Maud geben sich wohlhabende Männer die Klinke in die Hand. Männer mit ernsten Absichten. Ich weiß ja nicht, wie es um Étienne steht. Wenn er dich zu seiner Frau nähme, solltest du ihn dir jedenfalls warmhalten.«

»Also bitte, Adrienne. Étienne und ich sind Freunde.«

»Ich sage es nur, wie es ist. Wenn er in dir auch bloß eine Freundin sieht, solltest du unbedingt mit mir zu Maud kommen. Bestimmt findet sich dort auch jemand für dich.«

Gabrielle traute ihren Ohren nicht. Was war geschehen? In Vichy hatte Adrienne noch nicht davon gesprochen, sich unbedingt einen Ehemann suchen zu wollen. Kein Mensch konnte sich innerhalb so weniger Wochen derartig verändern. Adriennes letzter Satz drang in ihr Bewusstsein. Jetzt blieb Gabrielle stehen.

»Was soll das heißen? Hat sich für dich denn schon jemand gefunden?«

»Noch nicht.« Adriennes Wangen färbten sich rot. »Aber es gibt keinen besseren Ort, um nach einem geeigneten Kandidaten Ausschau zu halten.«

»Vielen Dank, ich bin nicht darauf aus, geheiratet zu werden.« Gabrielle drehte sich um. »Mir ist kalt, ich gehe nach Hause.«

Nachdem sie sich von Adrienne verabschiedet und ihr versprochen hatte, sie in der Villa der geheimnisvollen Maud zu besuchen, musste sie immer wieder an den Tag mit Étienne in Vichy denken.

»Ich werde dich nicht heiraten.« Das hatte er ihr glatt auf den Kopf zu gesagt und ihr damit einen Stachel ins Herz gestoßen, der sie seitdem piesackte. Hätte sie denn Madame Balsan werden wollen? Er hatte ihr in Aussicht gestellt, für sie zu sorgen. War das nicht viel besser?

Das Jahr war zu Ende gegangen, ein neues hatte begonnen. Gabrielle hatte sich weiter mit Näharbeiten über Wasser gehalten. Sie hatte Zeit mit Julia und dem kleinen André verbracht und auf ihn aufgepasst, wenn Julia mit Antoine auf dem Markt stehen und verkaufen musste. Hin und wieder sah sie ihre jüngere Schwester Antoinette, die sich noch immer für nichts sonderlich interessierte und durch ihr Leben trudelte wie ein Papierschiffchen im Meer. Was immer Gabrielle auch unternommen hatte, sie war ohne Adrienne einsam gewesen. Sie hatten sich selten gesehen, jedes Mal hatte Adrienne sie in die Villa von Maud eingeladen.

Jetzt kündigte sich der Frühling an. Bäume und Sträucher verwandelten sich von unansehnlichen Gerippen in hübsche dichte Gestalten, als hätten sie ihre bunten Kleider aus dem Schrank geholt. Was war gegen einen Besuch auf dem Land einzuwenden?

Die Sonnabende in Varennes bei Tante Louise gab es nicht mehr, also fasste sich Gabrielle an einem Samstag ein Herz und stieg in den Zug nach Coulandon-Marigny. Von dort seien es nur ein paar Meter, hatte Adrienne ihr mehr als einmal versichert, und die Villa sei am Rand des Dorfes nicht zu übersehen. So war es. Ein Schlösschen stand da, als wolle es sagen: Wer nach Souvigny will, muss erst einmal an mir vorbeikommen! Aber das wollten viele Reisende überhaupt nicht. Schon von Weitem war munteres Geplauder und das Klappern von Besteck auf Porzellan zu hören. Wer an der kleinen Bahnstation mitten in ländlicher Idylle ausstieg, hatte meist ein Ziel: die Villa von Maud Mazuel.

»Gabrielle Chanel!« Eine sehr üppige Frau mit etwas einfältigem, aber offenem Lächeln stand an der Pforte neben dem Haus und winkte.

»Guten Tag, ich wollte zu Madame Mazuel und zu Adrienne.«

»Mademoiselle Mazuel«, korrigierte die rundliche Dame und keuchte. Wenn es auch nicht so aussah, schien ihr Mieder fest geschnürt zu sein. »Ich bin nicht verheiratet.«

Gabrielle hatte sich Adriennes langjährige Freundin anders vorgestellt.

»Sie sind …?«

»Maud.« Sie öffnete etwas behäbig die Pforte und streckte ihr eine Hand entgegen. »Und du bist Gabrielle, das ist nicht zu übersehen.«

»Woher …?«

»Liebes, bringst du auch mal einen Satz zu Ende?« Maud lachte fröhlich. »Du bist Adrienne wie aus dem Gesicht geschnitten. Sie hat gesagt, du würdest früher oder später hier aufkreuzen. Nun ist es also so weit.«

Sie ging voraus in den Garten. Kleine Pfade führten durch

Wiesen, in denen Frühlingsblumen blühten, zu Obstbäumen, deren pralle Knospen auf eine gute Ernte hoffen ließen, zu einem kleinen Teich. Überall waren Liegestühle aufgestellt, auf weitläufigen Rasenflächen, aber auch unter den ausladenden Ästen eines Walnussbaums und den hängenden Zweigen einer Weide. Auf kleinen Tischen daneben erkannte Gabrielle Teller mit geräuchertem Fisch und Gebäck, Schalen mit Salat, und gefüllte Gläser. Damen ruhten mit geschlossenen Augen im Schatten, noch war der Wind kühl, weshalb sie in Decken eingehüllt lagen. Gabrielle musste an Vichy denken, an die Terrassen der Hotels, wo Kurgäste ebenfalls im Freien ein Nickerchen gehalten hatten.

»Ich wette, dass *Stern von Algerien* dieses Jahr an der Spitze der Rennen laufen wird«, hörte sie einen Herrn sagen. Seine Uniform verriet seine Zugehörigkeit zum Militär.

»Admiral Perault«, erklärte Maud, die Gabrielles Blick bemerkt hatte. »Einer meiner Dauergäste. Ledig und reich.« Sie zwinkerte.

»Nur wenn sich *Prinz Artus* ein Bein bricht«, behauptete Peraults Gesprächspartner.

»Da ist sie ja!« Maud deutete mit dem Kopf in eine Richtung. Adrienne kam gerade am Arm eines Herrn einen Weg herauf. »Sie ist eine Schönheit. Ich weiß nicht, was ich mir wünschen soll. Wenn sie schnell jemanden findet, wird sie womöglich nicht länger der Schmuck meiner kleinen Feste sein. Lässt sie sich mit ihrer Entscheidung zu viel Zeit, ist es auch nicht gut.« Sie seufzte dramatisch.

Als Adrienne Gabrielle entdeckte, sagte sie etwas zu ihrem Begleiter, ließ ihn stehen und lief ihr entgegen.

»Ich wusste, du würdest uns irgendwann besuchen kommen.

Ich freue mich so.« Die beiden begrüßten sich mit nicht enden wollenden Umarmungen. »Mir scheint, du hast Maud bereits kennengelernt«, sagte Adrienne schließlich.

»Ganz recht.« Maud nickte. »Ich kann nicht glauben, dass sie deine Nichte ist. Seid ihr wirklich sicher?« Die beiden nickten. »Wir werden trotzdem lieber sagen, ihr seid Schwestern. Tante macht dich zu alt, Liebes.« Sie schlug vor, dass Adrienne Gabrielle herumführen sollte. »Ich sehe derweil mal, wo der Kuchen bleibt.«

»Ich dachte, sie wäre älter«, flüsterte Gabrielle, als Maud außer Hörweite war, »eine reiche Witwe vielleicht. Du sagtest, ihr Vater war Maurer. Woher stammt dann dieser Palast? Wie kann Maud sich all das hier leisten?«

»Ich glaube, es gibt da jemanden, der sie verehrt.« Adrienne zuckte mit den Achseln. »Sie spricht nicht darüber, das respektiere ich.«

Gabrielle hatte einen angenehmen Nachmittag in Souvigny verbracht. Die meisten Frauen hatten sie gelangweilt, zu den Gesprächen der Herren über die Vorzüge einer Treibjagd gegenüber einer Drückjagd hatte sie nichts beitragen können. Doch sie war in Adriennes Nähe gewesen, hatte mit ihr gelacht wie früher. Darauf war es angekommen. Zudem gab es reichlich zu essen und zu trinken, und das Anwesen war ein blühendes Paradies, in dem man sich nur wohlfühlen konnte. Maud hatte sie beim Abschied herzlich eingeladen, jederzeit wiederzukommen.

»Es können nicht genug hübsche ledige Damen sein, die meinen Gartenfesten Glanz verleihen«, hatte sie gesagt und war davongewackelt. Gabrielle kam dieser Aufforderung gern nach, sie fuhr nun regelmäßig mit dem Zug nach Coulandon-Marigny.

»Du verkehrst bei Maud Mazuel?«, wollte Étienne eines Tages von ihr wissen.

»Kennst du sie?«

»Jeder kennt Maud, die Kupplerin.«

»Was meinst du damit?«

Sie spazierten am Ufer des Allier entlang. Eine Schildkröte schob sich eben zwischen grünen Halmen über die sumpfige Erde und verschwand im Wasser.

»Ich bitte dich, Coco, sei nicht naiv!«

»Könntest du bitte aufhören, mich Coco zu nennen?«

»Warum sollte ich? Es passt zu dir.« Es machte ihm offenbar Freude, sie zu ärgern. »Es ist ein offenes Geheimnis, was im Schloss Mazuel vor sich geht. Maud lädt hübsche Mädchen und reiche alte Männer ein. Kommt eine Heirat zustande, lässt sie sich fürstlich für ihre Bemühungen belohnen.«

»Das kann ich mir nicht vorstellen.«

Étienne lachte. »Erwischt. Du hast recht, sie sind nicht alle alt.« Dann wurde er ernst. »Du hattest wirklich keine Ahnung. Sag bloß, du weißt auch noch nicht, dass die Kupplerin bei deiner Adrienne erfolgreich war.«

Jetzt war es Gabrielle, die herzlich lachte.

»Das ist Unsinn. Wenn es so wäre, wüsste ich davon.«

»Der Comte de Beynac könnte ihr Vater sein. Alter Adel aus dem Périgord, wenn ich nicht irre. Es heißt, er habe sich in eine bildschöne Mademoiselle Chanel verliebt. Ich will nicht hoffen, dass du gemeint bist.«

»Wohl kaum.«

»Also …«

Bei ihrem nächsten Besuch in Souvigny stellte Gabrielle Adrienne zur Rede. Sie hatten es sich auf zwei Liegen unter der Walnuss bequem gemacht und naschten Obststücke von langen Holzspießen.

»Étienne wollte mir doch wahrhaftig einreden, du hättest einen Verehrer.«

»Warum bringst du Étienne eigentlich nie mit? Maud würde sich freuen.« Adrienne vermied es, Gabrielle anzusehen.

»Es ist also wahr? Du hast dich mit einem Baron eingelassen? Wann wolltest du mir davon erzählen?«

»Ich habe mich nicht eingelassen. Wie sich das anhört!« Adrienne rückte sich unwillig den riesigen Hut zurecht. Es war ein Monstrum, mit dem sie sich nicht einmal richtig anlehnen konnte. Alle Frauen trugen hier solche geschmückten Wagenräder. Sie waren nicht nur unpraktisch, sondern auch vollkommen unelegant, fand Gabrielle.

»Er macht mir den Hof«, erzählte Adrienne. »Er hat mich gebeten, mit ihm zu verreisen. Ich halte das für eine gute Idee. Ich werde etwas von der Welt sehen und ihn besser kennenlernen.«

»Und was dann?« Gabrielle war außer sich. »Dann wirst du einen Mann heiraten, der dein Vater sein könnte?«

»Wer behauptet so etwas? Was weißt du schon vom Comte de Beynac?«

Also hatte Étienne die Wahrheit gesagt. Er war glänzend informiert, vermutlich wusste er sogar, mit wem sich Gabrielle unterhielt, wenn sie bei Maud war.

»Ich habe keine Ahnung«, gab sie zu. »Wenn du dich in ihn verliebt hättest, dann wüsste ich das allerdings, habe ich recht?«

Adrienne nippte an ihrem Tee und ließ sich Zeit mit einer Antwort.

»Meine Mutter hat neunzehn Kinder geboren. Sie und Papa haben ihr Leben lang geschuftet, um die vielen hungrigen Mäuler zu stopfen. Eines davon gehörte deinem Vater. Dankt er es ihnen etwa?« Gabrielle war nicht darauf vorbereitet, über ihren Vater zu sprechen. »Das tut er nicht, im Gegenteil«, fuhr Adrienne fort. »Er verlässt sich darauf, dass seine alten Eltern auch noch seinen Nachwuchs durchbringen. Wann hast du ihn das letzte Mal gesehen? Wann hat er dir Geld gegeben oder dich wenigstens gefragt, ob du zurechtkommst?«

»Er hat sich darum gekümmert, dass ich im Kloster und im Pensionat eine Ausbildung bekomme, um für mich selbst sorgen zu können. Papa ist ein beschäftigter Mann«, setzte sie an.

»Das kannst du Fremden erzählen, Gabrielle, aber nicht mir.« Adrienne holte tief Luft. »Wenn ich die Chance auf etwas Wohlstand bekomme, dann ergreife ich sie. Ich kann damit meine Familie unterstützen. Das ist nichts Ungewöhnliches, Gabrielle. Ich sehe nicht, was schlecht daran sein sollte.«

Eine Weile hingen beide schweigend ihren Gedanken nach. Eine Biene drehte suchend ein paar Kreise über dem Tisch, auf dem die Gläser und ein Korb mit Brot standen, ehe sie summend davonflog.

»Ich will doch nur, dass du glücklich bist«, sagte Gabrielle leise.

»Bist du denn glücklich?« Ohne eine Reaktion abzuwarten, meinte Adrienne: »Ist es denn kein Glück, ein Dach über dem Kopf, ein weiches Bett und immer genug zu essen zu haben?« Plötzlich strahlte sie über das ganze schöne Gesicht. »Wir werden nach Nordafrika reisen. Stell dir nur vor, ich werde die Pyramiden mit eigenen Augen sehen. Ägypten ist zwar nicht französisch, aber sonst gehört uns der halbe Kontinent, sagt der

Baron. Das wird ein Abenteuer! Davon habe ich nicht einmal zu träumen gewagt.« Ihre Augen leuchteten. »Begleite uns doch, Gabrielle!«

Ende des Sommers beendete Étienne die Militärakademie.

»Das muss gefeiert werden«, teilte er Gabrielle mit und lud sie ein. Wie immer fragte er nicht, ob es ihr passte, oder ob sie überhaupt Lust hatte, mit ihm und ein paar Kameraden auf das Ende ihrer Ausbildung anzustoßen. Er ließ sie nur wissen, wann sie sich wo treffen würden. Ihr erstes Ziel war das La Tentation. Gabrielle saß an seiner Seite. Auch das wie üblich.

»Was wirst du jetzt anfangen?«, wollte sie von ihm wissen. »Du hast orientalische Sprachen studiert. Also auf in den Orient?« Ihr Lachen klang selbst in ihren eigenen Ohren ein wenig bemüht. Wenngleich sie nicht recht verstand, was ihr an dem Gedanken nicht gefiel, er könne Moulins für immer den Rücken kehren, musste sie doch feststellen, dass es so war. Ein Kellner trat zu ihnen, Étienne verlangte Mokka und türkischen Honig.

»Das stillt mein Verlangen nach orientalischen Genüssen ausreichend«, erklärte er Gabrielle. »Und bringen Sie eine Tarte au citron«, wies er den Kellner an. »Auf französisches Gebäck ist immer Verlass.«

»Sehr gern, Monsieur.«

»Ich ziehe nach Compiègne.« Étienne ließ seinen Blick durch das Teehaus und zu seinen Freunden wandern. Gabrielle brauchte einen Moment, ehe sie begriff, dass er ihre Frage beantwortet hatte.

»Ich habe mir dort ein Gut gekauft. Erinnerst du dich?« Jetzt sah er sie an. »Ich hatte dir davon erzählt, damals, als meine

Eltern gestorben sind. Ursprünglich war in dem Gemäuer ein Kloster untergebracht. Findest du nicht, das passt zu mir?«

Sie verzichtete auf einen Kommentar.

»Was wirst du dort tun?«, fragte sie stattdessen.

»Es gibt Stallungen und große Weideflächen. Genau richtig, um Pferde zu züchten und zu trainieren, und mir als Jockey einen Namen zu machen.«

»Das passt tatsächlich«, entgegnete sie unsicher. »Erst das 10. Jägerregiment zu Pferde, dann Jockey.«

»Ich bin froh, wenn ich nicht mehr nach Gaul rieche«, rief einer seiner Kameraden. »Das schwöre ich euch, so ein Tier kommt mir höchstens noch auf den Teller.« Sie lachten.

»Ich hätte gegen ein paar kostbare Rennpferde nichts einzuwenden«, meldete sich ein anderer zu Wort. »Wenn meine Eltern mir ein Gestüt vermacht hätten, übernähme ich es auch. Aber du hast keinen Grund, aufs Land zu ziehen, Étienne.«

»Das ist wahr.« Ein Offizier mit auffallend kantigem Gesicht, den Gabrielle erst ein- oder zweimal gesehen hatte, stützte die Ellenbogen auf die Tischplatte. »Was, um Himmels willen, treibt dich in diese Einöde? Du hast eine Wohnung in Paris, schon vergessen? Das ist ein Ort, um sich niederzulassen.«

»Ich habe nicht vor, die Wohnung zu verkaufen. Bestimmt werde ich auch weiterhin kleine Abstecher in die Stadt unternehmen«, ließ Étienne ihn wissen. »Aber Royallieu ist viel geräumiger. Und niemand sieht mir auf die Finger. Ich habe den Kasten in den letzten Monaten in Schuss bringen und einrichten lassen. Ihr werdet mich verstehen, wenn ihr es erst gesehen habt. Ich wette, dann werde ich euch nicht mehr los.«

Sie zogen weiter ins Grand Café. Gabrielle staunte, wie wenig beeindruckend sie die Bemalungen an der Decke und die Spiegel an den Wänden inzwischen fand, die einem vorgaukelten, in einem riesigen Saal zu sein. Sie musste lächeln. Wie sehnsüchtig hatte sie sich gewünscht, dort nur einmal einen Kaffee zu trinken. Das war lange her, die Besuche mit Étienne waren beinahe Gewohnheit geworden. Nun hatte Gabrielle andere Träume.

»Ich denke auch gerade darüber nach, fortzugehen und in einer neuen Umgebung Luft zu schnuppern«, meinte sie beiläufig, nachdem Étienne die Bestellung aufgegeben hatte.

»Ach ja?« Er sah sie an. Seine Miene verriet ihr nicht, ob es ihn wirklich interessierte.

»Adrienne reist mit ihrem Baron nach Ägypten und hat mir angeboten, mit ihnen zu fahren.«

»Als Anstandsdame?« Jetzt griente er. »Oder hat der Baron vielleicht einen fetten alten Bruder im Schlepptau, der nichts gegen eine hübsche kleine Ehefrau einzuwenden hätte?«

»Was du nur denkst!« Sie ärgerte sich über die Hitze in ihren Wangen. »Weder das eine noch das andere«, behauptete sie. Dabei hatte sie sich auch schon gefragt, ob der Comte de Beynac ein gewisses Ziel verfolgte, wenn er einer Begleitung zustimmte.

»Und, hast du dich schon entschieden?«

»Ich weiß nicht recht. Wüste, Kamele und konservierte Leichen.« Sie zuckte mit den Achseln. Dann sah sie ihm in die Augen. »Als du das Gut gekauft hast, hast du mich gefragt, ob ich mit dir dorthin gehen würde. Daran erinnere ich mich genau.« Gabrielle schenkte ihm das Lächeln, das er so mochte.

»Ich mich ebenfalls. Du hast es kategorisch abgelehnt.«

»Dinge ändern sich.«

Er betrachtete sie, als versuchte er, in ihrem Gesicht zu lesen.

»Sag bloß, du würdest es jetzt tun.«

»Was bleibt mir anderes übrig?« Gabrielle setzte eine Unschuldsmiene auf. »Ohne deine kleine Coco würdest du dich doch schon am zweiten Tag langweilen.«

Royallieu in Compiègne, Sommer 1906

Wieder einmal saß Gabrielle in einem Wagen, der sie in ein Kloster brachte. Dieses Mal war jedoch vieles anders als in ihrem bisherigen Leben. Sie reiste in einem knallroten Renault Type V, den Étienne sich auf dem Pariser Automobilsalon ausgesucht hatte. Es würde keine festen Regeln geben, keine Nonnen, keinen Chorgesang. Das Gebäude wurde nicht mehr von den Benediktinerinnen genutzt, die dort vor über einem Jahrhundert gebetet hatten. Würde Gabrielle Aufgaben übernehmen müssen? Erwartete Étienne, dass sie für ihn kochte, ihm die Strümpfe stopfte? Sie hatte keine Ahnung. Alles war besser, als allein in Moulins zu bleiben, das hatte sie sich eingeredet. Im Grunde hatte sie einfach nicht gewusst, wohin sie sonst gehen, was sie tun sollte. An Étiennes Seite brauchte sie sich vorerst keine Sorgen um ihr Auskommen zu machen. Und tief in ihrem Inneren keimte eine winzige Hoffnung, in seinem Dunstkreis womöglich Kundinnen zu finden, die Interesse an einzigartigen Hüten haben könnten. Als sie nun in einen Weg mit Kopfsteinpflaster einbogen, gesäumt von Platanen, war sie sich ihrer Sache nicht mehr sicher. Royallieu war von einer weißen Mauer umgeben.

»Da wären wir.« Das war alles. Étienne trug sie nicht über die Schwelle, er hieß sie nicht einmal mit bedeutungsvollen Worten willkommen. Nicht, dass sie etwas in der Art erwartet hätte, aber immerhin war es der Anfang eines neuen Lebensabschnitts. Für sie und doch auch für ihn. Er sprang einfach aus dem Wagen, öffnete das schmiedeeiserne Tor, das das Portal mit seinen beiden Türmchen schloss, stieg wieder in das Fahrzeug und hielt wenig später vor einem dreistöckigen Gebäude, das bescheidener wirkte als Mauds Villa und weniger furchteinflößend als die Klöster, die Gabrielle bisher kennengelernt hatte. Er schloss auf, sie folgte ihm hinein. Das Innere war erfreulich hell. Durch die vielen großen Fenster drang Tageslicht herein. Selbst der sandfarbene Steinboden wirkte warm und freundlich. Eine Treppe führte ins nächste Stockwerk. Gabrielle sah nach oben. An einer Wand am Ende der Stufen hing ein riesiges Gemälde, das eine Nonne zeigte. Ein schwarzes Gewand, dazu eine schwarze Haube, die ihre Haare vollständig verbarg, und ein kleiner weißer Kragen. Ein vertrauter Anblick, der Gabrielle ein Gefühl von Heimat schenkte.

»Angeblich war sie die letzte Äbtissin hier.« Étienne schmunzelte. »Es heißt, ihr Name war Gabrielle. Vielleicht ein Wink von oben, dem Bild einen Platz zuzugestehen.«

»Sie hat ein gütiges Gesicht.« Gabrielle betrachtete die Züge der Ordensfrau. Étienne zog abschätzig die Augenbrauen hoch.

»Ich zeige dir, wo du schläfst.«

Sie gingen an offenen Zimmertüren vorbei, die in großzügige Räume führten. Das neue Zuhause, das Étienne ihr zugedacht hatte, war weniger pompös. Aber es war nur für sie da.

»Mach's dir gemütlich!« Er küsste sie auf die Wange und ließ sie allein.

Ein paar Atemzüge stand sie einfach nur da. Vor dem hohen Fenster hingen luftige weiße Vorhänge, der Schrank war so groß, dass sie sich fragte, womit sie ihn füllen sollte. Die Wände waren mit honigfarbenem Holz vertäfelt, auf dem Boden lagen dicke Teppiche. Neben dem breiten Bett gab es eine zweite Tür. Sie öffnete sie zaghaft und konnte nicht glauben, was sie sah: Gabrielle hatte ein eigenes Badezimmer! Was sie hier für sich allein zur Verfügung hatte, war größer als das Apartment, das sie sich in Vichy mit Adrienne geteilt hatte. Adrienne. Bei dem Gedanken an sie bekam Gabrielle ein schlechtes Gewissen. Wie sehr hatte sie sich empört, dass Adrienne geplant hatte, mit ihrem Verehrer zu verreisen? Im Gegensatz zu Étienne hatte dieser Comte de Beynac ernste Absichten. Wie hatte sie ihrer Freundin Vorwürfe machen können? Als ob sie selbst nur einen Hauch besser wäre! Bisher hatte sie Étienne auf Distanz gehalten. Sie war diejenige, die bestimmt hatte, wie weit er gehen, ob er sie sogar mal küssen durfte. Nur lebte sie jetzt unter seinem Dach. Gabrielle gab sich keinen Illusionen hin. Mit der Entscheidung, ihn zu begleiten, wurde sie, was sie nie hatte werden wollen. Sie war eine Mätresse.

Am ersten Tag schlich Gabrielle ziellos durchs Haus und wünschte, sie könnte sich unsichtbar machen. Doch schon am zweiten ließ sie sich von Étiennes entspannter Haltung anstecken. Er kam morgens spät aus seinem Schlafzimmer, weil er den ersten Kaffee im Bett trank und dabei die Zeitung las. Lesen war überhaupt eine seiner Beschäftigungen, der er viel Platz einräumte, wenn er allein war. Und er verhielt sich, als sei er allein. Überall lagen Ausgaben von *Excelsior* herum, einem Blatt, das vor allem davon berichtete, welche Schönheit aus gutem Hause sich verlobt hatte, welcher Spross einer reichen Familie wo seinen Militärdienst leistete oder einen Orden kassiert hatte. Am späten Nachmittag, wenn ihm nach Gesellschaft war, fanden Gabrielle und er sich, ohne konkret verabredet zu sein. Als lenkte ein geheimer Zauber sie zueinander, um zu plaudern oder zusammen über das Gelände zu spazieren. Wenn Étienne mehr von ihr erwartete, musste er es sie wissen lassen, sagte sie sich. Mit dieser Einstellung kam sie fürs Erste gut zurecht.

Eines Abends beobachtete sie, wie er in dem Anbau neueren Datums verschwand, der irgendwann an das Haupthaus gesetzt worden war. Sie hatte ihn mehrfach hineingehen sehen. Immer abends, immer allein und in kurzen weißen Hosen und einem passenden Hemdchen. Gabrielle hätte zu gern gewusst, was er dort trieb. Ein paar Minuten überlegte sie, hatte Ideen, die sie gleich wieder verwarf. Das war ja albern, es gab einen einfachen Weg, die Antwort herauszufinden. Sie verließ ihr Zimmer, ging aus dem Haus und auf den kleinen Seitentrakt zu. Von drinnen drangen Geräusche zu ihr, auf die sie sich keinen Reim machen konnte. Sie ging zur Tür, legte die Hand auf die Klinke, zögerte. Vielleicht gefiel es ihm nicht, wenn sie ihm nachspionierte. Andererseits gab es kein Schild, das den Zutritt untersagte. Und hatte Étienne sie nicht aufgefordert, sich auf Royallieu zu Hause zu fühlen? Gabrielle hörte sich das hohle Klopfen und das Stöhnen noch kurz an, dann öffnete sie. Etwas sauste nur wenige Millimeter an ihrem Gesicht vorbei und hätte beinahe ihre Nase getroffen. Erschrocken schlug sie die Tür wieder zu. Was, in aller Welt, war das gewesen? Drinnen war es jetzt still. Nur kurz, dann hörte sie seine Schritte, gleich darauf öffnete er die Tür. Étiennes Wangen waren gerötet, Schweiß schimmerte auf seiner Haut. Das Hemd klebte ihm am Leib, die Haare waren nass, er atmete schnell. In der einen Hand hielt er einen Schläger, mit der anderen warf er einen kleinen Ball in die Höhe, fing ihn wieder auf, warf ihn erneut hoch.

»Du solltest hier nicht einfach auftauchen, wenn ich spiele. Das ist gefährlich.«

»Habe ich gemerkt. Ich frage mich nur, was ich stattdessen tun soll.«

»Warten, bis ich mein Spiel beendet habe«, entgegnete er, als sei es das Selbstverständlichste der Welt.

»Das meine ich nicht.« Plötzlich war die Unsicherheit wieder da, die Gabrielle durch die ersten Tage begleitet hatte. Und sie kam sich überflüssig vor, als wäre es ihm lieber gewesen, sie wäre nicht mit ihm hergekommen.

»Sondern? Was meinst du, Coco?«

»Ich weiß nicht, was du von mir erwartest. Du hast jemanden, der deinen Haushalt führt, es gibt Gärtner und Stallburschen. Selbst für dieses komische Ballspiel brauchst du mich nicht.«

»Es heißt Squash.«

»Von mir aus.« Sie hätte in Moulins bleiben sollen. Dort wäre sie nicht weniger allein gewesen als hier. Dafür bräuchte sie sich nicht so dumm und geduldet zu fühlen. Ihm war anzusehen, dass er weiterspielen wollte. Eilig fragte sie: »Weshalb hast du mich mitgenommen? Soll ich für dich kochen?«

»Gott bewahre!« Er lachte. »Ich will nicht, dass du irgendetwas tust. Hatte ich es dir nicht schon einmal erklärt? Es geht darum, Spaß im Leben zu haben. Ich werde oft Freunde zu Gast haben. Ich will, dass es hier lustig zugeht, dass wir uns amüsieren. Mehr nicht. Das kannst du doch, oder?«

»Ja, schon, aber …«

»Ich würde mein Spiel jetzt gern fortsetzen.« Er machte Anstalten, ihr die Tür vor der Nase zuzumachen, hielt aber in der

Bewegung inne. »Du willst wissen, was ich von dir erwarte? Dass du nicht anstrengend und kompliziert bist, sondern amüsant und entspannt. Kriegst du das hin?«

Am nächsten Vormittag ging Gabrielle im Morgenmantel in den Salon, um sich einen Kaffee zu holen. Sie hatte lange geschlafen und wollte zurück unter die Decke schlüpfen. Étienne besaß eine große Bibliothek, sie würde sich ein Buch mitnehmen. Im Flur auf dem Weg in ihr Zimmer sah sie ihn durch eines der hohen Fenster draußen auf dem Hof. Er saß auf einem Pferd, die Beine der karierten Anzughose waren einmal umgeschlagen, die Stiefel steckten in den Steigbügeln, er trug eine Schiebermütze auf dem Kopf. Die braune Stute sah aus, als wäre sie eine Nummer zu groß für ihn. Étienne klopfte einmal kurz auf den Hals des Tieres, zupfte am Zügel und ritt davon. Gabrielle atmete auf und war überrascht, wie erleichtert sie sich fühlte. Dass er ihr nichts von seinem Ausflug gesagt und sich nicht verabschiedet hatte, ärgerte sie ein bisschen. Möglicherweise hatte er sich kurzfristig entschieden und sie nicht stören wollen, tröstete sie sich. Gabrielle freute sich nicht über seine Abwesenheit, sie war nur froh, ihn nicht begleiten zu müssen. Würden sich alle ihren Teil denken und wissend lächeln, wenn sie irgendwo zusammen auftauchten? Oder würde man sie für seine Verlobte halten und peinliche Fragen stellen? Sie brauchte noch eine Weile, bis sie sich dieser Situation aussetzen wollte. Jetzt hatte sie das Gut erst mal für sich und konnte sich allein auf einen Entdeckungsspaziergang begeben. Das Buch würde warten müssen. Sie trank ihren Kaffee nebenbei, während sie in ein Sommerkleid schlüpfte. Ein paar Minuten später verließ sie das Haus. Kies knirschte unter ihren Schuhen. Sie schlenderte einen Weg zwischen weitläufigen Grünflächen entlang. Hier und da verwitterten Kapitelle, die wie zufällig an verschiedenen Stellen des Parks abgelegt worden waren. Wind und Regen hatten an den Köpfen einstiger Säulen geknabbert, ehemals scharfe Kanten waren von Hagel und Sturm rund geschliffen, manche Ecke war verschwunden. Die Jahre hatten ihnen zugesetzt, doch die Zeugen der wechselvollen Vergangenheit von Royallieu trotzten ihnen. Wie gern hätte Gabrielle sie gefragt, was sie alles gesehen hatten. Der Pfad führte zu den Stallungen, flachen weißen Bauten mit dunkelbraunem Fachwerk und ebensolchen Holztüren. Ein großes Tor stand offen, Gabrielle hörte eine Männerstimme. Kein Zweifel, da sang jemand. Sie ging näher, der Geruch von Heu und Mist wurde intensiver. Nachdem sich ihre Augen an das schummrige Licht drinnen gewöhnt hatten, erkannte sie mehrere Boxen, in mindestens drei davon standen Pferde.

»Guten Tag, Monsieur«, rief sie von Weitem. Das Singen verstummte.

»Monsieur?« Leises Lachen. »Monsieur Balsan ist ausgeritten.« In einer der Boxen tauchte eine karierte Baskenmütze auf, mit sehr kurzem schwarzem Haar darunter.

»Ich weiß.« Sie ging zu ihm. »Ich wohne nun schon seit ein paar Tagen hier. Höchste Zeit, mich vorzustellen, dachte ich.« Sie reichte ihm lächelnd die Hand. »Gabrielle.«

Er wischte eilig seine Rechte an der fleckigen braunen Hose ab und schüttelte ihre kräftig.

»Frery. Ist mir nicht entgangen, dass nun eine Frau hier wohnt.« Gabrielle betrachtete ihn. Er hatte ein rundes offenes Gesicht und sehr dunkle Augen. Die Spuren der Arbeit im Stall waren weder an seiner Kleidung noch an der rissigen Haut seiner Hände zu übersehen. Die Ränder der Mütze glänzten speckig.

»Étienne besitzt vier Pferde?«, wollte sie wissen. Er nickte. »Wozu? Er kann doch höchstens eines zur Zeit reiten.«

Frery lachte. »Stimmt schon, aber es muss auch immer das Passende sein.« Sie sah ihn ratlos an. »Na, eines ist flink wie der Teufel, das ist wichtig, wenn's nur um Schnelligkeit geht. Ein anderes ist vielleicht nicht ganz so flott, dafür aber geschickt und gut zu führen. Damit liegst du beim Hindernislauf richtig.«

»Verstehe.«

»Außerdem wollen die Freunde von Monsieur Balsan nicht zu Fuß nebenherlaufen, wenn sie zu Gast sind.«

»Kann ich mir vorstellen.«

Er stützte sich auf die Mistgabel, mit der er anscheinend beschäftigt gewesen war, als sie ihn unterbrochen hatte. Wie es aussah, hatte er nichts gegen eine Pause einzuwenden.

»Haben Sie sich denn schon eingewöhnt, Madame Gabrielle?« Er hörte sich an, als würde er einen auswendig gelernten Text vortragen, so konzentrierte er sich auf seine Worte.

»Du kannst einfach Gabrielle zu mir sagen, das reicht vollkommen.«

»In Ordnung.« Seine eben noch leicht angespannte Körperhaltung wurde lässig. »Gefällt's dir denn nun?«

»Es ist nett. Um ehrlich zu sein, habe ich von Compiègne noch nichts gesehen.«

»Viel verpasst hast du nicht.« Er machte eine wegwerfende Handbewegung. »Ringsum wohnen fast nur Engländer, die haben alle nur Reiten im Kopf.«

»Wirklich?«

»Ja, ja, sind extra dafür nach Frankreich gekommen, um hier an Rennen teilzunehmen.« Seine Miene verfinsterte sich.

»Du magst doch auch Pferde, oder nicht?«

»Allerdings! Deswegen gefallen mir die Turniere ja nicht. Die Tiere wollen rennen, aber eben dann, wann sie wollen«, erklärte er. »Die wollen frei sein, verstehst du? Ist nicht richtig, wenn die geschlagen werden, damit sie über Hindernisse springen.« Er schob die Mütze ein Stück nach hinten. »Ist bloß meine Meinung.«

»Darüber habe ich noch nicht nachgedacht«, begann sie zögernd.

»Willst du nicht auch frei sein?« Er sah sie an.

»Doch, natürlich.«

Er nickte. »Dann ist das mit dir auch nicht richtig.«

»Was meinst du?« Gabrielle wurde flau.

»Ich will nix gesagt haben.« Er nahm die Forke wieder zur Hand. »Die Leute reden eben.«

»Das tun sie immer«, entgegnete sie, als ob es sie nicht interessierte. Aber das tat es durchaus. »Was sagen sie denn über mich?« Sie schob mit der Schuhspitze das Heu hin und her und hoffte, sie konnte den Eindruck erwecken, dass es ihr im Grunde egal war.

Er stützte sich wieder auf. »Ist schon ungewöhnlich genug, dass ein reicher Erbe nicht in der Stadt wohnen will. Das verstehen die Leute nicht.« Er strahlte plötzlich über das ganze runde Gesicht. »Ich schon. Ist viel schöner hier draußen.« Dann fiel ihm wieder ein, was die Leute noch so zu tratschen hatten: »Na ja, und jetzt lebt bei ihm auch noch eine Illegitime.« Er zuckte entschuldigend mit den Achseln.

In der Box nebenan trat ein Hengst von einem Bein auf das andere und schnaubte leise.

»Was soll das sein?« Gabrielle legte die Stirn in Falten.

»Du weißt schon, so nennen sie die Damen, die immer herausgeputzt sind und perfekt frisiert. Damen, die sich auffällig kleiden und auch etwas gewagt, wenn du verstehst. Eine Illegitime lässt sich aushalten und liest dem Hausherrn jederzeit alle Wünsche von den Augen ab. Genau wie eine Ehefrau, aber die wäre ja legitim.« Zufrieden über seine gute Erklärung lachte er sie an.

»Wenn die Leute sich da mal nicht zu schnell ein Bild gemacht haben«, sagte Gabrielle leise.

»Jeder hat seine Rolle«, meinte er und machte sich wieder an die Arbeit. »Wär nur nicht richtig, wenn du eigentlich auch lieber frei wärst.« Sie dachte schon, das Gespräch sei beendet, doch dann fügte er noch hinzu: »Aber frei sind nur die, die Geld haben.«

Gabrielle mochte Frery. Er war ehrlich und nahm kein Blatt vor den Mund. Was er über das Gerede über sie gesagt hatte, gefiel ihr nicht. Umso glücklicher war sie, dass sie nun Bescheid wusste. Und im Grunde hatte sie sich etwas in der Art denken können. Wie wollte sie damit umgehen? Noch am selben Tag tauschte Gabrielle ihr Sommerkleid wieder gegen den Morgenmantel. Das war ab sofort immer ihre Bekleidung. Außerdem lief sie mit offenen zerwühlten Haaren herum. Sie würde keinesfalls herausgeputzt sein und schon gar nicht anrüchig. Gabrielle erwartete, dass Étienne sich an ihrem neuen Aufzug stören würde, aber so war es nicht, er schien es nicht einmal sonderlich zur Kenntnis zu nehmen. Doch das Personal und auch seine Freunde würden es überall erzählen, dessen war sie sicher. Die ganze Welt sollte wissen, dass sie keine von den Halbweltdamen war. Sollten sie nur rätseln, was es mit der Person auf sich hatte, die auf Gut Royallieu lebte.

»In Saint-Denis ist Pferdemarkt«, ließ Étienne sie an einem Sonntag im Juli wissen. Gabrielle hatte vor lauter Hitze nicht mehr schlafen können und war früh in den Salon gegangen. Sie hatte mit einer Tasse Kaffee in den Garten gehen und ihn im Schatten eines Baumes genießen wollen. Zu ihrer Überraschung war Étienne an diesem Morgen auch früh auf den Beinen.

»Anschließend könnten wir in Paris ein paar Freunde treffen und zusammen essen«, schlug er vor. »Hast du Lust?«

»Warum nicht?« Sie spielte die Gelangweilte, in Wirklichkeit freute sie sich. Sie kannte Paris nicht gut, war nur wenige Male dort gewesen. Außerdem war es an der Zeit, herauszukommen und etwas anderes zu sehen als nur das von Mauern begrenzte Gut.

»Dann wirst du dir etwas anziehen müssen.« Er musterte sie spöttisch. »Und beeil dich, die besten Tiere werden zuerst verkauft.«

Gabrielle sah an sich herunter. »Ich fürchte, ich habe nichts Passendes für Paris.« Sie hatte ein schlichtes Kleid, das sie sich nach dem Vorbild der Uniformen im Pensionat geschneidert hatte. Schwarz im Hochsommer? Das kam nicht infrage. Dann waren da noch die beiden in der Taille eng geschnittenen Exemplare und das, das sie in Vichy mit Pailletten verziert hatte. Letzteres kam ebenfalls nicht in Betracht, wenn sie nicht der Vorstellung einer Illegitimen entsprechen wollte.

»Sieh nach, ob du in meinem Schrank etwas findest«, scherzte er. »Nur mach schnell!«

Ein Gedanke blitzte in ihr auf. Ihr war klar, dass er nur einen Spaß gemacht hatte. Wenn sie ihn jedoch ernst nahm, würde er sich vielleicht endlich angewöhnen, auch sie ernst zu nehmen. Gabrielle suchte sich ein weißes Hemd mit dunkelblauen Querstreifen und kurzen Ärmeln heraus. Die klaren Formen und das Schnörkellose gefielen ihr. Sie malte sich aus, dass ein Männerhemd an einem weiblichen Körper einen eigenen, gewiss charmanten Reiz hätte. Es war ein bisschen weit für sie, passte aber nicht übel. Vor allem war es bequem und harmonierte perfekt mit ihrem blauen Glockenrock. Ihr Haar steckte sie locker auf dem Kopf fest. Einzelne Strähnen, die sie nicht erwischt hatte, ließ sie einfach hängen.

»Fertig!«, rief sie und beobachtete seine Reaktion. Nichts schien ihn aus der Fassung bringen zu können. Im Gegenteil, er mochte offenbar alles, was unkonventionell war.

»Mein Hemd, richtig?«, fragte er, als sie schon in den Wagen stiegen.

»Du sagtest, ich …«

»Es steht dir besser als mir. Du solltest es behalten.« Er sah sie kurz an. »Und ich sollte besser auf meine Worte achten.«

Die Fahrt dauerte Stunden. Sie fuhren durch Wald, der herrlichen Schatten spendete und ihr einen würzigen Duft in die Nase wehte. Eine gute Weile folgten sie dem Lauf der Oise. Compiègne war umgeben von Natur, es war wirklich eine gute Idee, den Sommer hier zu verbringen und nicht in der Stadt. Gabrielle kam mit einem Mal in den Sinn, dass Étienne nie darüber gesprochen hatte, wann er Royallieu den Rücken kehren und was er dann tun würde. Zurück nach Moulins? Nein! Würde er dann dauerhaft in seiner Wohnung in Paris leben?

»Wie lange hast du noch Ferien?«, fragte sie ihn geradeheraus.

»Was meinst du?«

»Seit wir auf dem Land sind, hast du nicht gearbeitet. Das kann wohl kaum immer so weitergehen.«

Er ließ ein paar Sekunden verstreichen, ehe er sagte: »Doch,

Gabrielle, das kann es.« Wieder entstand eine kurze Pause. »Wie kann man nur so verbissen auf Pflichten und Leistung schielen?«, fragte er schließlich. »Das passt überhaupt nicht zu dir.«

»Ich bin nicht verbissen. Es ist eben normal, für seinen Lebensunterhalt zu arbeiten.«

»Ach ja? Wie man an dir sieht, geht es auch anders.« Er legte ihr eine Hand auf den Oberschenkel. Sie schob sie wütend beiseite. Er lachte. Das war nicht witzig. Sie hatte lange genug selbst für ihr Auskommen gesorgt und würde es jederzeit wieder tun. »Und an mir«, fuhr er fort. »Wobei … Pferdezucht und Turnierreiten kann man wohl als Arbeit bezeichnen.«

»Das genügt dir?« Sie zog die Augenbrauen hoch. »Ich meine, willst du denn nichts erreichen im Leben?«

»Findest du Medaillen und Turniersiege sind nichts?«

»Findest du, sie sind genug für einen Mann?«

»Ich bin ein Balsan, ich hatte schon alles erreicht, als ich zur Welt kam.«

Saint-Denis hatte eine hübsche alte Kirche, die Gabrielle an die Kathedrale Notre-Dame von Moulins erinnerte. Darüber hinaus gab es vor allem Fabriken mit hohen stinkenden Schloten, die sich überall am Ufer eines Seine-Seitenarms breit machten. Étienne steuerte zielgerichtet den Pferdemarkt an. Dort ließ er sich Tiere zeigen, prüfte die Hufe, sah sich die Zähne an, diskutierte über die Größe und die Form des Rückens. Gabrielle stand neben ihm und hörte aufmerksam zu. Sie kam sich vor, als gehörte sie eher zu den Pferden als zu den Menschen, denn auch sie stellten ihre Ohren auf, als wollten sie kein Wort verpassen, das über sie gesprochen wurde.

»Camelot könnte für die Zucht infrage kommen. Ich werde

ihn reiten, um mir ein abschließendes Bild zu machen.« Er küsste Gabrielle auf die Wange. »Lauf nicht weg, ich bin gleich zurück.«

Wohin hätte sie schon laufen sollen? Sie schlenderte bis zu seiner Rückkehr zwischen den Tieren herum, verscheuchte Fliegen, die sich auf ihrer schweißfeuchten Haut niederlassen wollten, und stellte fest, dass ihre Schuhe für diesen Ausflug ungeeignet waren. Sie drückten an den Zehen und der Ferse. Was gäbe Gabrielle für die weißen Stiefelchen, die sie in Vichy bei der Wasserausgabe getragen hatte?

Étienne kaufte Camelot, einen exzellenten Zuchthengst, wie er ständig wiederholte. So aufgekratzt hatte sie ihn selten erlebt. In Paris erging es Gabrielle wie zuvor in Saint-Denis. Étienne bestimmte das Programm, sie musste das Beste daraus machen oder sich langweilen. Sie hatte sich darauf gefreut, über die großen Boulevards zu flanieren, die Champs-Élysées bis zum Arc de Triomphe. Sie wollte das Grand Palais sehen, ein gigantisches Bauwerk mit Kuppeln und Skulpturen auf dem Dach, das man zur Weltausstellung vor sechs Jahren errichtet hatte. Die pompösen Kaufhäuser hatten am Sonntag natürlich geschlossen, das wusste sie, trotzdem hätte sie zu gern einen Blick in die Schaufenster geworfen. Étienne interessierte nichts davon.

»Auf die Champs-Élysées gehe ich nur einmal im Jahr, das reicht völlig aus.«

»Aha, und was ist es für ein Anlass, der dich dorthin lockt?« Sie saßen im Wagen, Gabrielle beobachtete ihn von der Seite.

»Die Parade am vierzehnten Juli«, erklärte er knapp und hielt vor einem vierstöckigen Haus im Boulevard Malesherbes. Sie sah ihn fragend an. »Meine Wohnung«, sagte er. »Ich muss etwas holen, bin gleich zurück.«

Sie hätte ihn gern begleitet. Wie sein Zuhause in der Stadt

wohl eingerichtet war? Er hatte sie nicht gefragt, ob sie es sich ansehen wollte, und sie würde ihn sicher nicht bitten. Schon nach wenigen Minuten war er wieder da. Kein Wort, was er geholt oder sonst in seinem Apartment gewollt hatte. Es ging Gabrielle schlicht nichts an, denn sie war nicht Teil seines Lebens. Sie war nur die unterhaltsame Garnierung. Die Erkenntnis war im Grunde nicht neu und tat nicht einmal weh. Was sie wirklich schmerzte, war die Tatsache, dass er sich nicht einmal jetzt in sie verliebte, obwohl er sie täglich um sich hatte.

Sie hatten in Paris mit Étiennes bestem Freund Léon de Laborde und Marthe Davelli gegessen. Gabrielle hatte Léon einmal zuvor in Moulins getroffen. Er war ein lustiger Kerl, immer zu Späßen aufgelegt. Maskeraden liebte er besonders, schlüpfte sogar in Frauenkleider. Keine Albernheit, für die er sich zu schade gewesen wäre. Er war also genau nach Étiennes Geschmack. Marthe Davelli war Opernsängerin und sehr erfolgreich. Sie war einige Jahre jünger als Gabrielle und durchaus auch für ausgelassene Feiern zu haben. Doch sie hatte auch eine ernste Seite. Marthe und Léon waren von Paris mit nach Royallieu gefahren und ein paar Tage geblieben. Noch nie hatte Gabrielle so viel über Musik gelernt wie in dieser Zeit. Marthe legte Wachswalzen in den Phonographen ein, der häufig ungenutzt in Étiennes Bibliothek stand und brachte Gabrielle klassische Werke nah, von denen sie bis dahin nicht einmal etwas gehört hatte. Was Marthe von den großen Bühnen erzählte, auf denen sie aufgetreten war, saugte Gabrielle auf wie ein Schwamm. Wie sehr beneidete sie die Sängerin um ihre Erfahrungen, um ihr Leben. Nach deren Abreise verbrachte Gabrielle viel Zeit in Étiennes Bibliothek. Er hatte ihr gezeigt, wie sie die Wachswalzen einsetzen musste, um ein

Konzert abzuspielen. Ein Wunderwerk! War er draußen bei den Pferden, saß sie oft hier drinnen und lauschte Händel. So war es auch jetzt. Sie hatte es sich auf einem Sessel bequem gemacht, genoss die knisternden Töne und hing ihren Gedanken nach. Die Gespräche mit Marthe gingen ihr im Kopf herum. Auch die Unterhaltung mit Étienne über Leistung und Aufgaben, die man im Leben haben sollte, hing ihr noch immer nach. Gabrielle wusste, dass sie die Sonne in einem Universum sein wollte, um die alle anderen kreisten. Bisher war sie damit kläglich gescheitert. Kein Wunder. Wenn sie ehrlich zu sich war, musste sie sich eingestehen, dass sie noch nicht sonderlich viel dafür unternommen hatte. Ein Ziel zu kennen, war das eine, sie musste sich endlich auf den Weg machen, es auch zu erreichen. Marthe wäre niemals geworden, was sie jetzt war, wenn sie sich von ihrem Lebensplan hätte ablenken lassen. Das durfte Gabrielle auch nicht länger tun. Sie wollte nicht mehr ihre Zeit verschwenden. Kaum war der letzte Ton verklungen, legte sie die Wachswalze behutsam in ihre Schachtel und verließ das Haus und das Gut. Sie streifte durch die Gassen von Compiègne. Frery hatte schon recht gehabt, niemand verpasste etwas, der den Ort nicht gesehen hatte. Es gab weder ein Theater noch ein Varieté, wo sie ihre musikalische Karriere hätte voranbringen können. Der Elan, den sie eben noch verspürt hatte, fiel in sich zusammen. Nein, sie würde nicht zulassen, dass er sich schon wieder davonmachte. Wenn sie sich hier nicht um ihre Zukunft als Sängerin kümmern konnte, was dann? Sie ging langsam zurück, schoss Kieselsteine vor sich her, während sie auf das Tor zuging. Erfolge auf der Bühne würde sie hier nicht feiern, und Paris war weit. Es musste eine Alternative geben. Zu dumm, dass sie nichts gelernt hatte, außer passabel zu nähen und Hüte zu dekorieren. Damit konnte es niemand zum Glanzpunkt einer Gesellschaft bringen. Sie öffnete die schmiedeeiserne Tür, betrat das Gutsgelände. Ein Eichhörnchen huschte von einer Kiefer herab, über den Weg und blieb auf einem Kapitell sitzen. Seine kleinen schwarzen Augen waren auf Gabrielle gerichtet. Das rotbraune Tier mit dem drolligen buschigen Schwanz drehte sich einmal um sich selbst und sah sie erneut an. Als wollte es sie auf etwas aufmerksam machen. Nur worauf? Auf den verwitternden Kopf einer Säule etwa, die hier gestanden hatte, als Royallieu noch ein Kloster war? Unvermittelt stiegen Bilder vor ihr auf: schwarze weite Gewänder mit weißen Besätzen, barocke Ausstattungen der Kathedralen, krawattenartige Kragen der Hemden von Internatsschülern. Adriennes und ihre Kundinnen, die den renommierten Schneidern den Rücken gekehrt, den Weg in ihre einfachen Zimmer auf sich genommen und sich zwischen einem schlichten Vorhang und abgewohnten Möbeln umgezogen hatten, nur um ein Kleid von Adrienne oder Gabrielle geschneidert zu bekommen. Je länger sie darüber nachdachte, desto schneller wurden ihr Schritte. Gabrielle konnte mit wenigen Handgriffen aus einem einfachen Modell ein exklusives machen. Was ihr gefiel, entsprach nicht der Mode, aber es kam bei den Damen der Gesellschaft an. Das war ihr Talent! Nähen, Gestalten und Dekorieren mussten nicht einfach nur Tätigkeiten bleiben, mit denen sie sich eben so über Wasser hielt, es konnte so viel mehr sein. Noch würde sich Gabrielle nicht von ihrem Traum verabschieden, eine gefeierte Künstlerin zu werden. Aber zunächst würde sie sich um das kümmern, was sie hier in Royallieu tun konnte. Sie riss die Tür auf, lief durch den Flur direkt in den Salon.

»Ist etwas passiert?« Étienne sah von der *Excelsior* auf. »Du bist vollständig angezogen und siehst aus, als seist du gerannt.«

Sie hockte sich vor ihn und legte ihm die Hände auf die Knie.

»Bei Maud Mazuel tragen die meisten Strohhüte, aber manchmal auch riesige Dinger wie Wagenräder auf dem Kopf«, sprudelte sie los. »Der Schmuck darauf ist so gewaltig, dass sich die Frauen nicht einmal anlehnen können, wenn sie es sich im Liegestuhl bequem machen.«

»Das ist mit keinem Hut möglich«, meinte er. »Wovon sprichst du nur?«

Sie ignorierte die Frage. »Stimmt. Aber diese Ungetüme, auf denen manchmal ein kompletter Obstkorb untergebracht ist, sorgen obendrein dafür, dass die Damen Abstand zueinander halten müssen.«

»Ist bei einigen bestimmt besser so.« Er grinste.

»Völlig unpraktisch ist es«, widersprach sie aufgebracht. »Wie soll eine diskrete Unterhaltung möglich sein, wenn die Frauen zwei Armlängen voneinander entfernt stehen?«

Er runzelte die Stirn. »Mir ist bewusst, dass Kopfbedeckungen selbst bei Kaiser und König ein abendfüllendes Thema sind. Aber worauf willst du hinaus?«

»Denk doch nur an die Pferderennen! Wie oft bist du gegen eine der ausladenden Krempen gestoßen? Hast du dich nicht immer wieder beklagt, dass eine der langen Federn dir um ein Haar ein Auge ausgestochen hätte?«

»Das ist wahr. Und?«

»Ich will wieder Hüte machen, Étienne. Ich werde dir nicht den Beweis dafür erbringen, dass man auch ohne Arbeit gut durchs Leben kommen kann. Ich will mehr. Ich werde Hüte machen, die zeitlos und elegant sind und niemanden stören, wenn eine Dame damit ausgeht.«

Er lachte. »Ich weiß zwar nicht, was das eine mit dem anderen zu tun hat, aber bitte, wenn es dir Freude macht. Ist mir lieber, als würdest du dir die Langeweile damit vertreiben, nach einem Frauenwahlrecht zu schreien, wie es in einigen unserer Nachbarländer Mode geworden ist.« Er wollte seine Lektüre wieder aufnehmen. Gabrielle nahm ihm die Zeitschrift jedoch aus der Hand und legte sie auf seinen Schoß.

»Es würde mir wirklich große Freude machen, allerdings brauche ich dafür Material, einfache Modelle, dazu Stoff und jede Menge andere Utensilien«, zählte sie auf.

»Du brauchst Geld.«

»Für den Anfang«, gestand sie leise. »Du bekommst alles zurück, wenn ich …«

»Hör auf damit.« Er seufzte. »Wann wirst du endlich begreifen, dass es mir nichts bedeutet.«

»Aber mir«, murmelte sie, doch da war er schon wieder hinter seiner *Excelsior* verschwunden.

Gabrielle machte einen wundervollen Laden ausfindig, in dem sie alles bekam, was sie sich wünschte. Edle Schleifen, hochwertige Stoffe, echte Perlen an Silber- und Goldnadeln.

»Setzen Sie alles auf eine Rechnung für Étienne Balsan«, erklärte sie dem Verkäufer.

»Selbstverständlich, Madame Balsan, sehr gern.« Er senkte unterwürfig den Blick. Lügner! Er wusste sehr gut, dass sie nicht mit Étienne verheiratet war.

»Mademoiselle Chanel«, korrigierte sie ihn lächelnd. »Modeschöpferin aus Moulins.«

Royallieu 1907

Eine gewisse Marie Curie hatte im Winter des vergangenen Jahres die Professur ihres tödlich verunglückten Mannes an der Sorbonne übernommen. Eine Sensation! Im Februar waren wahrhaftig Tausende in London auf die Straße gegangen, um ein Wahlrecht für Frauen zu erstreiten. Und Gabrielle machte Hüte. Das war vorerst alles, was sie tun konnte. Sie musste sich in Geduld üben, warten, bis ihre große Zeit gekommen war. Es machte ihr nichts aus, denn sie war sicherer denn je, dass es irgendwann so weit sein würde. In der kalten Jahreszeit hatte sie eine Reihe Modelle angefertigt. Étienne fand es hübsch, wenn sie hochkonzentriert ein Seidenband annähte oder eine samtene Schleife in die gewünschte Form brachte. Er hatte sie sogar aufgefordert, sich im Salon auszubreiten.

»Es ist unsinnig, wenn du in deinem Zimmer am Frisiertisch hockst. Hier ist mehr Platz, und ich habe eine nette Abwechslung.«

Im Frühjahr wartete Étienne darauf, dass Hengst Camelot seine Pflicht erfüllte und die Stuten deckte. Da das selbst für Étienne Balsan zu wenig Beschäftigung war, unternahm er mit

Gabrielle einen Ausflug nach Paris. Meist vertrieb er die leeren Stunden allerdings damit, Freunde in seinem Haus zu beherbergen. Léon war häufig zu Besuch, auch Marthe, ein paar Schauspielerinnen und einige Kameraden, die Gabrielle aus Moulins kannte. Étienne und Léon liebten Rollenspiele. Gabrielle hatte die Aufgabe übernommen, sie auszustaffieren, wenn sie eine Hochzeit nachstellten oder einen Tag auf der Rennbahn. Die Braut wurde natürlich von einem Mann gespielt, ebenso die Brautmutter, Jockeys dagegen wurden selbstverständlich von Frauen verkörpert. Gabrielle überbot alle mit ihrer Darstellungskunst, sie ging schwerfällig und ein bisschen breitbeinig, tat so, als steige sie auf ein Pferd und presche davon.

»Wunderbar, Coco!« Étienne schüttete sich aus vor Lachen. »Man sieht regelrecht vor sich, wie du über Felder und durch den Wald galoppierst.« Als sie gleich darauf die Körperhaltung der Jockeys durch den Kakao zog, sich flach nach vorn legte und den Po anhob, amüsierte er sich nicht mehr. Sie hatte mehr als einmal darüber gespottet, wie wenig männlich es aussah. Er dagegen war nicht müde geworden, ihr zu erklären, wie die Gewichtsverteilung auf dem Pferd dessen Geschwindigkeit beeinflusste. Den anderen gefiel Gabrielles Vorstellung umso mehr.

»Coco! Coco!« Sie feuerten sie unermüdlich an. Immer lief es darauf hinaus, dass sie sie aufforderten zu singen. Und jedes Mal gab sie nach. Einmal war Marthe dabei. Falls sie es unpassend fand, ließ sie sich nichts anmerken, sondern lachte und klatschte wie die anderen. Bloß fühlte es sich für Gabrielle nicht richtig an. In dieser Sekunde begriff sie endgültig, dass sie nicht nur keine Chance hatte, je als Opernsängerin Erfolg zu haben, sondern dass sich eine Karriere als Sängerin komplett verbot. Sie war nicht mit der geeigneten Stimme gesegnet. Es weiter zu versuchen, wäre eine Beleidigung für ein Talent gewesen, wie Marthe es hatte. Sie würde ihre Fühler nach anderen Kunstrichtungen ausstrecken müssen. Vielleicht war Schauspiel eine Möglichkeit.

So gingen die Tage ins Land. Gabrielle freute sich darauf, wenn sowohl Mauds Gartenfeste als auch die Rennsaison wieder beginnen würden. Dann würde sie ein Exemplar ihrer Hutkollektion nach dem anderen präsentieren. Sie war davon überzeugt, einige ihrer früheren Kundinnen begeistern und neue gewinnen zu können. Voller Vorfreude sortierte sie ihre Werke, die sie in einem Teil ihres Kleiderschranks aufbewahrte, um sich das Modell auszusuchen, mit dem sie sich zuerst in der Öffentlichkeit zeigen würde. Der kleine Schwarze mit der roten Schleife war eher für den Abend gedacht, der Helle mit der breiteren Krempe und der einzelnen schwarzen Seidenrose, die sie mit einer Perle festgesteckt hatte, kam in die engere Auswahl. Und dann hatte sie noch einen blauen runden Hut mit weißen Bändern dekoriert. Auch der gehörte zu ihren Lieblingsstücken. Sie stapelte die Kopfbedeckungen von einer Seite auf die andere, doch das blau-weiß gestreifte Hütchen war nicht auffindbar. Am Abend saßen sie zu zweit bei einem Glas Wein im Salon. Gabrielle erzählte Étienne von dem seltsamen Verschwinden.

»Hüte lösen sich nicht in Luft auf«, erklärte er ihr, als ob sie das nicht wüsste. »Ich habe den, von dem du sprichst, einer Freundin geschenkt.«

Gabrielle, die eben noch lässig im Sessel mehr gelegen als gesessen hatte, schnellte vor.

»Du hast was?« Der Wein in ihrem Glas schwappte.

»Nicht so stürmisch, du versaust noch mein Hemd. Ein weiteres Mal erlaube ich dir nicht, dir etwas aus meiner Garderobe auszusuchen.« Er lächelte amüsiert.

»Du warst an meinem Schrank und hast …«

»Verschenkt habe ich ihn«, meinte er und zuckte mit den Achseln. »Hast du nicht gesagt, es wird Zeit, dass sie unter die Leute kommen, damit die Nachfrage angekurbelt wird?«

»Das habe ich gesagt, und ich hätte gut selbst dafür sorgen können«, fauchte sie aufgebracht.

»Nun war ich eben schneller.« Er verstand offenbar wirklich nicht, worum es ihr ging. »Was denn? Du kannst dir so viele neue machen, wie du willst. Was machst du für ein Theater um diesen einen?«

»Ich mache die Hüte doch nicht für mich.«

»In erster Linie wohl doch«, meinte er und betrachtete sie mit dieser Arroganz, die sie nicht ausstehen konnte.

»Ich will sie verkaufen«, erklärte sie ihm, als wäre ihm das nicht klar.

Étienne seufzte. »Meine kleine Coco, du wirst dich nie ändern, was? Du bist keine Geschäftsfrau.« Sie wollte widersprechen, doch er ließ ihr keine Möglichkeit. »Und wenn es ein Geschäft wäre, findest du nicht, mir steht dann der Erlös zu oder wenigstens ein Teil davon?«

Sie atmete einmal durch, nahm einen Schluck und versuchte, ruhiger zu werden. Er war ihr Finanzier, sie musste ihn einerseits bei Laune halten, andererseits wollte sie besonnen mit ihm verhandeln.

»Kein Zweifel.« Sie lächelte ihn an. »Wir sollten über eine Beteiligung sprechen.«

»Ich bezahle für den Firlefanz, Coco«, sagte er hart. »Du

wohnst in meinem Haus. Ich kann so viele Hüte verschenken, wie ich will.«

Gabrielle presste die Lippen aufeinander. Er hätte ihr lieber ins Gesicht schlagen sollen, das hätte sie leichter ertragen. Étienne beugte sich zu ihr, seine Stimme war jetzt wieder sanfter: »Denkst du nicht?«

»Ja, schon gut.« Sie leerte ihr Glas und wollte nur noch weg.

»Ich habe ihn Irma geschenkt«, sagte er da. »Sie lässt keinen gesellschaftlichen Anlass aus, glaube mir. Mehr Aufmerksamkeit bekommst du nie im Leben für deine hübsche Liebhaberei.« Sie funkelte ihn böse an. »Verzeihung, für dein Geschäft. Ich wette, Irma treibt sich morgen auf der Rennbahn herum. Würde mich nicht wundern, wenn sie das Hütchen dann zum ersten Mal ausführt.«

»Schön, das will ich sehen. Ich werde dich begleiten.«

Étienne schmunzelte. »Gern. Wenn du so lieb bittest. Aber eines sage ich dir: Ganz oder gar nicht.« Sie runzelte die Stirn. »Du hältst mich für einen Faulpelz. Begleite mich die ganze Woche, damit du endlich mal begreifst, dass Pferdesport nichts mit Müßiggang zu tun hat.«

Gabrielle war wütend. Vor allem, weil es stimmte, was er gesagt hatte. Sie lebte unter seinem Dach, trank seinen Wein. All ihre Hüte gehörten im Grunde ihm. Sie lief ein paarmal in ihrem Zimmer auf und ab. Die Idee blitzte auf, Étienne zu verlassen. Yvain Chalamet würde sie sofort wieder für die Wasserausgabe einstellen. Sie könnte in Vichy leben, dort ihre Modelle verkaufen, und möglicherweise gelänge es ihr sogar, mit Alphonse Duplantier ins Geschäft zu kommen und Kostüme für das Alcazar zu schneidern. Alphonse. Ihr Bruder fiel ihr ein. Wie lange hatte sie von ihm und Lucien nichts mehr gehört. Hatte sie nicht vorgehabt, es zu etwas zu bringen, viel Geld zu verdienen, um die beiden vor der nicht enden wollenden Schufterei auf drittklassigen Dorfmärkten zu bewahren? Die Traurigkeit kam so unerwartet, dass Gabrielle sich auf den Hocker vor ihrem Frisiertisch sinken ließ. Ihre Brüder fehlten ihr und ihr Vater. Wenn er nur endlich ein Lebenszeichen senden würde. Bestimmt war er nach Amerika gegangen, um dort sein Glück zu suchen. Eines Tages, wenn er ein gemachter Mann war, würde er zu seinen Eltern nach Moulins kommen und nach seinen Kindern fragen. Ganz bestimmt würde das passieren. Dann konnten sie alle zusammen sein, auch Antoinette und Julia mit ihrem kleinen André. Ob er schon durch die Gegend lief? Sie vermisste den Knirps schrecklich. Adrienne vermisste sie auch. Gabrielle erlaubte sich nicht oft, an ihre Freundin zu denken, die sich anschickte, Comtesse de Beynac zu werden. Und auch jetzt war es ein Fehler. Ein noch größerer war der Gedanke an Maman. Gabrielle holte tief Luft, ihr Atem war zittrig. Maman würde nicht gefallen, was aus Gabrielle geworden war. Sie würde verlangen, dass sie als die Zweitälteste für ihre jüngeren Geschwister da war. Gabrielle wusste doch, dass Alphonse und Lucien ihre paar Francs mit kleinen Gaunereien aufbesserten. Ihr war bekannt, dass Antoinette noch immer nichts gefunden hatte, wofür sie sich interessierte. Sie trieb sich in Häusern wie dem von Maud herum und spekulierte darauf, dass ihre schlanke hübsche Erscheinung einem reichen Erben auffiel. Gabrielle hatte ewig nicht die Stimme ihrer Mutter gehört, doch nun war sie laut und deutlich in ihrem Kopf und mahnte sie, sich um ihre Geschwister und deren Zukunft zu kümmern.

»Gabrielle, dein Name steht für Stärke und Kraft!«

Sie betrachtete ihr blasses Gesicht im Spiegel, die schmale Nase, die dunklen Augen. Eine Träne löste sich aus ihren Wimpern und suchte sich den Weg bis zu ihrem Hals hinab. Was war nur aus ihr geworden? Die Menschen, die in ihrem Leben eine Rolle spielten, waren nicht bei ihr. Sie gehörte einem Mann, der ihr nicht viel bedeutete.

»Es tut mir so leid, Maman«, flüsterte sie und schloss die Augen. »Ich bin nicht stark, du hast dich geirrt.«

»Aber nein, mein Kind, du kannst deine Kraft und deine wahren Talente nur nicht sehen. Sieh hin, Gabrielle, sieh hin!«

Gabrielle öffnete die Augen wieder. Sie stellte mit einem Mal fest, wie vollkommen ihr langes dunkles Haar, das ihr über die Schultern und über die Brust fiel, ihre Niedergeschlagenheit verkörperte. Tot hing es herab. Étienne liebte es, sein Gesicht hineinzuwühlen, wenn er sie für die Nacht zu sich nahm. Die Schwere ihres Gemüts löste sich auf und machte dem Zorn Platz, den Gabrielle nur kurzfristig beiseitegeschoben hatte. Adrienne und sie hätten weitermachen, etwas aufbauen können. Sie hätte allein weiterführen sollen, was so vielversprechend begonnen hatte. Warum hatte sie kapituliert? Gabrielles Herz schlug gegen ihre Rippen, ihre Hand griff zur Schere. Ein vertrautes Gefühl. Sie war schwach gewesen, dabei verachtete sie Schwäche. Mit der Linken fasste sie eine Strähne. Ein scharfes Geräusch, ein Anfang. Jahrelang hatte sie Entscheidungen getroffen, die Richtung bestimmt, ihren Weg verfolgt. Sie packte die nächste Strähne, eine größere dieses Mal. Schnipp! Warum nur hatte sie sich von ihrem Pfad abbringen lassen? Wohin hatte es sie geführt? Schnapp! Mit jedem Büschel, das an ihr hinabsegelte, fühlte sie sich leichter. Sie hatte die Kontrolle zurück und würde wieder die Führung übernehmen. Fertig. Gabrielle betrachtete sich im

Spiegel und lachte auf. Ihr Haar reichte ihr nur noch bis zum Kinn. Sie war glücklich.

Die Saison startete in Saint-Cloud, westlich von Paris. Étienne verzichtete vor ihrem Aufbruch auf ein Frühstück.

»Das Gewicht spielt eine große Rolle«, erklärte er ihr. Und wirklich, nachdem er sich in der Box das Pferd angesehen hatte, das er zuerst reiten würde, ertönte schon bald eine Glocke, die alle Jockeys auf die Waage rief. Étiennes Pferd für das erste Rennen war eine schwarze Stute namens Belle. Er drehte mir ihr eine Runde um den Sattelplatz, um das Tier kennenzulernen. Viel Gelegenheit hatte er dazu nicht, fand Gabrielle, denn nach wenigen Minuten musste er sich mit ihr an der Startlinie einfinden. Dicht an dicht standen die Pferde nebeneinander hinter einem straff gespannten Seil, das von zwei Männern gehalten wurde. Gabrielle hatte keinen Zugang zur Tribüne der feinen Gesellschaft. In Saint-Cloud lebten die hohen Tiere aus Politik, Justiz und Wirtschaft, von den internationalen Zuschauern nicht zu reden. Ihr Platz war bei den Stallburschen, die nahe den Boxen direkt am Geläuf zur Stelle waren, falls es einen Unfall gab, oder einer der Gäule aus der Reihe tanzte. Gabrielle war also dicht am Geschehen und konnte noch dazu die Fragen stellen, die ihr auf den Nägeln brannten.

»Was sind das für merkwürdige Ungetüme?«, wollte sie etwa wissen und deutete auf die beiden Helfer, die jeweils ein Ende des Startseils in den Händen hielten. Sie balancierten auf angsteinflößenden Gebilden, einer Mischung aus Leiter und Hochsitz.

»Wirst gleich sehen, wofür die gut sind«, meinte einer der Burschen und grinste, wobei ihm fast der Halm abhandengekommen wäre, der in seinem Mundwinkel hing.

Die Startglocke ertönte, die beiden Männer rissen die Leine hoch über ihre Köpfe, die Pferde rannten los.

»Wäre es nicht einfacher, sie fallenzulassen?«, murmelte Gabrielle, während ihr Blick an Étienne auf Belle hing.

»Das haben sie früher so gemacht, aber da sind zu viele der rasenden Rösser hängen geblieben, ihre Hufe haben sich verfangen. So ist es sicherer.« Der Bursche schob den Halm in den anderen Mundwinkel.

Gabrielle war schon bei dem einen oder anderen Rennen gewesen. Dieses Mal war es etwas völlig anderes. Sie saß nicht auf der Tribüne der vermeintlichen Kleinstadtprominenz in der hintersten Ecke des Areals mit eingeschränkter Sicht zwischen aufgetakelten Bäckers- oder Müllersfrauen, sondern hörte das dumpfe Trampeln der Hufe, den Donner, wenn die Teilnehmer kurz nacheinander und nebeneinander an ihr vorüberpreschten. Sie roch die Tiere, das Heu in den Boxen nur wenige Schritte von ihr entfernt, den Schweiß der Spannung, der über allem lag. Einige der Stalljungen feuerten King und Hope an. Gabrielle brüllte für Belle. Sie und Étienne kamen als Zweite ins Ziel. In seinem nächsten Rennen saß er auf Élegance. Dieses Mal verfolgte Gabrielle nur anfangs, wie sich die Jockeys aus den Sätteln hoben, nachdem das Seil aus dem Weg war, wie sie auf den Pferderücken liegend eine Runde nach der anderen hinter sich ließen, wie Gras und Erde von den Hufen weggeschleudert wurden. Dann spazierte sie in Richtung Tribüne und richtete ihre Aufmerksamkeit auf die Damen dort, die mit Fürsten oder gar Königen bekannt waren. Die hohen Tiere interessierten sie jetzt mehr als die mit vier Beinen. Gabrielle hoffte, diese Frauen in den zu eng geschnürten Roben, eingehüllt in viel zu viel Tüll und Stoff, könnten ihre Kundinnen werden. Je mehr sie über die Damen der Gesellschaft wusste, desto besser würde sie mit ihnen umgehen können. Außerdem konnte es nicht schaden, von ihnen zu lernen. Je näher Gabrielle ihrem Ziel käme, desto wahrscheinlicher war es, dass auch sie Kontakt mit dem Adel haben würde. Hier und jetzt hatte sie die Chance, zu beobachten, wie solche Leute sich verhielten.

Étienne siegte auf Élegance. Er schwebte förmlich, als er sich mit Gabrielle auf den Heimweg machte. Sie war weniger gut gelaunt.

»Deine Irma ist nicht aufgetaucht«, stellte sie kühl fest.

»Ihr Frauen seid eben unberechenbar.« Er tätschelte fröhlich ihre Hand. »Spätestens beim nächsten Turf ist sie da.«

Gabrielle wusste inzwischen, dass Étienne und seinesgleichen damit den Rasen einer Rennbahn und gleichzeitig eine komplette Veranstaltung meinten. An jedem Tag gab es irgendwo einen solchen Turf, am Samstag und Sonntag in den mondänen Orten, die am meisten Publikum anzogen. Alles wiederholte sich, der Gang auf die Waage, die sehr kleine Runde des Einreitens, der Start. Gabrielle schrie die Namen der Gäule, mit denen Étienne in den Wettkampf ging. Anschließend flanierte sie zwischen den Herrschaften entlang, während sich Étienne umzog. Wie er ihr prophezeit hatte, war Irma dieses Mal da. Gabrielle erkannte ihren blau-weißen Hut sofort. Ihr erster Impuls war, die Trägerin anzusprechen. Hatte Étienne ihr irgendetwas über die Schöpferin der ebenso schlichten wie eleganten Kopfbedeckung gesagt? Irma war allerdings im Gespräch mit der Gattin eines Großfürsten. Das wusste Gabrielle, denn Étienne hatte ihr die Frau, deren Ehemann sich mehr oder weniger als Herrscher über ein begrenztes Stück Land fühlen durfte, einmal gezeigt und ihr ein paar pikante Details über sie erzählt. Gabrielle sah, wie Frau

Großfürst auf Irmas Kopf deutete. Kein Zweifel, die beiden sprachen über das niedliche, gänzlich ungewöhnliche Hütchen. Sie konnte ihre Worte nicht verstehen, dafür war sie zu weit von ihnen entfernt, und die munteren Unterhaltungen der anderen Zuschauer, das Getöse der Tiere, die für den Transport bereit gemacht wurden, waren einfach zu laut. Doch die Mienen der Damen sagten ohnehin mehr als genug. Irma platzte beinahe vor Stolz, Frau Großfürst war die Gier ins Gesicht geschrieben. Gabrielle lächelte zufrieden. Als sie an diesem Tag mit Étienne zurück nach Royallieu fuhr, war sie mindestens so guter Dinge wie er. Er hatte einen weiteren Titel errungen, sie wusste, dass sie auf dem richtigen Weg war.

In Auteuil lernte Gabrielle zwei Männer der Carter-Familie kennen, Trainerlegenden allesamt. Bis auf einen. Alec Carter versuchte sich zum Verdruss seines Vaters als Jockey. Mit respektablem Erfolg, er zählte zu Étiennes größten Konkurrenten. Alec gefiel Gabrielle, er hatte so etwas Englisches an sich. Wenn Étienne einer Schönen einen Hut schenkte, würden das dann nicht auch die Carters tun und wie die reichen Familien alle heißen mochten, die verwöhnte Söhne hatten? Nach einem faulen Freitag, wie es nur selten welche gab, ohne Stallgeruch und ohne Gäste im Haus, kuschelte sich Gabrielle zu Étienne, der im Hausmantel auf der Chaiselongue lag und las. Die Tür zum Park stand offen, ein lauer Abendwind wehte herein und kühlte angenehm nach der lähmenden Hitze.

»Ich möchte mich bei dir entschuldigen«, begann sie leise.

Ohne aufzublicken, fragte er: »Wofür?«

»Ich habe dir Vorhaltungen gemacht, weil du Irma einen meiner Hüte geschenkt hast. Das war nicht richtig.«

Jetzt legte er sein Buch beiseite und betrachtete sie aufmerksam.

»Das sehe ich auch so.« Nach einer kurzen Pause sagte er: »Ist da vielleicht noch etwas? Eine andere Kleinigkeit, die eine Entschuldigung wert wäre?« Sie hatte keine Ahnung, worauf er hinauswollte. Aber sie hütete sich, empört zu reagieren. »Du hast mich als Faulpelz hingestellt, weil ich nur Wettkämpfe auf Pferden bestreite«, erinnerte er sie. »Ich nehme doch an, deine Sicht der Dinge hat sich geändert.«

»Allerdings!«, stimmte sie zu. »Schon jedes Mal ohne Frühstück aus dem Haus gehen zu müssen, betrachte ich als unbeschreibliches Opfer.« Er verdrehte die Augen und schickte sich an, sich erneut in seine Lektüre zu vertiefen. »Im Ernst, ich sehe das Leben eines Jockeys jetzt in anderem Licht«, beeilte sie sich zu erklären. »Im Hindernisreiten kann dir niemand das Wasser reichen. Und das dürfte so viel schwieriger sein, als wenn es ausschließlich um Schnelligkeit geht.«

Tatsächlich hatte sie bewundert, wie sicher er einen Hengst über Hecken, Gräben, Wasserlöcher und unterschiedlich hoch montierte Holzstangen führen konnte. Manchmal lagen zwei solcher Hindernisse so kurz hintereinander, dass ihr schon beim Zuschauen der Atem gestockt hatte.

»Ja, wenn die Saison so weitergeht, kann ich es zum Gesamtsieger bringen.« Er strich ihr das Haar hinters Ohr. Nach einem ersten Schreck hatte er sich nicht nur an ihren kurzen Schopf gewöhnt, er gefiel ihm sogar. Das verriet ihr sein Blick, wenn er, wie eben gerade, ihr Haar berührte.

»Ich wüsste nicht, wer dir im Weg stehen sollte.«

Sie küsste ihn zart und schmiegte sich fester an ihn.

»Was willst du, Coco? Wenn du weder schläfst noch Frery auf

einen Plausch im Stall besuchst, hast du entweder Nadel und Faden in der Hand, oder du bist unterwegs und gibst mein Geld für Seidenblumen und anderes Zeug aus.« Seine Bemerkung ärgerte sie, doch sie würde sich davon nicht von ihrem Plan abbringen lassen. »Wenn du meine Nähe suchst, und mir Honig um den Bart schmierst, führst du etwas im Schilde.«

»Aber nein!« Sie sah ihn entrüstet an. »Weder das eine noch das andere. Ich wollte mich entschuldigen, das ist alles.« Sie ließ einige Sekunden verstreichen, ehe sie hinzufügte: »Du hattest vollkommen recht, meine Hüte gehören im Grunde alle dir. Du kannst frei darüber verfügen. Wenn du erwartest, am Sonntag in Chantilly eine Freundin zu treffen, nimm einfach ein Exemplar mit«, ermunterte sie ihn fröhlich.

»In Ordnung«, gab er zurück, die Augen misstrauisch zusammengekniffen.

Am ersten Sonntag im Juni war in Chantilly traditionell großer Pferderenntag. Gabrielle hatte drei Hüte auf einem Ecktischchen in der Diele positioniert, um Étienne daran zu erinnern. Außerdem trug sie selbst ein Modell. Das würde sie ab sofort immer tun, also ebenfalls in Vincennes, das auf Chantilly folgte. Wenn ein Renntag auch dem anderen zu gleichen schien, machte Vincennes doch eine Ausnahme. Dort erlebte Gabrielle ihr erstes totes Rennen. Zeitgleich mit Étienne auf Finasseur war Alec Carter auf Perth ins Ziel gegangen. Unmöglich zu sagen, wer der Sieger war. Also wurde niemand gekürt, sondern das Rennen für tot erklärt. Die beiden Sportler diskutierten heftig mit den zuständigen Preisrichtern.

»Ist völlig aussichtslos«, kommentierte ein Stallbursche die hitzige Debatte. »Ist schließlich unmöglich, im Nachhinein festzustellen, ob nicht doch einer eine Nasenlänge weiter vorn oder mit einem Huf eine Sekunde eher über der Ziellinie war. Tot ist tot.«

Gabrielle scherte sich nicht sonderlich darum. Natürlich konnte sie nachvollziehen, wie wenig befriedigend es sein musste, nicht zu wissen, ob man der Bessere war. Aber manchmal gab es eben keinen Besseren. Sie sperrte weiter Augen und Ohren auf und lernte. Was für sie zählte: Ihr Plan, den sie sich im Stillen zurechtgelegt hatte, ging auf. Ihre Hüte, die Étienne der einen oder anderen schenkte und die sie selbst zu jedem Turf spazieren führte, wurden zum Gesprächsthema.

Während Alec und Étienne noch stritten, sprach eine Dame Gabrielle an: »Guten Tag, Mademoiselle. Ich vermute mal, Sie haben den Hut gemacht, den Étienne mir geschenkt hat. Ist das richtig?«

Wie sollte jemand diese Frage beantworten, wenn die Frau ein Tuch um den Kopf geschlungen hatte? Dazu trug sie eine große Sonnenbrille. Vermutlich war sie bereit, gleich in ein offenes Automobil zu steigen und davonzubrausen.

»Gut möglich.«

»Er ist außergewöhnlich«, gurrte die Dame und setzte hinzu: »Der Hut auch.« Sie lachte schallend über ihren Scherz, Gabrielle lächelte unverbindlich. »Sie sind eine Künstlerin«, fuhr die Fremde fort, die es nicht einmal für nötig befunden hatte, sich vorzustellen. »Ich bin zu einem Gartenfest eingeladen und möchte ein Exemplar mit Blumen darauf haben. Vielleicht würden sich auch ein paar Früchte gut machen und Schmetterlinge. Fertigen Sie mir einen solchen an!« Das war keine Frage, sondern eine Anweisung.

»Nein, Madame.«

»Wie bitte?«

»Ich mache Ihnen sehr gern einen Hut, ein Einzelstück, mit dem Sie zum Mittelpunkt eines jeden Gartenfestes werden. Wie ich ihn aber gestalte, das müssen Sie mir überlassen.«

Gabrielles Gegenüber war Widerworte offenkundig nicht gewohnt, schon gar nicht von einer Person, die gesellschaftlich eindeutig unter ihr stand.

»Aber ja, gewiss«, brachte sie stockend hervor. »Ich sage ja nur, dass ich Blumen will und ...«

»Ich entscheide. Oder Sie müssen einen anderen Hutmacher bitten.«

Gabrielles Herz schlug kräftig. Das konnte der erste lukrative Auftrag sein. Oder sie hatte zu hoch gepokert und verloren. Es war nicht zu erkennen, was sich hinter den Gläsern der Sonnenbrille abspielte. Schließlich griff Madame in ihr Handtäschchen und beförderte eine kleine Karte zum Vorschein, die sie Gabrielle reichte.

»Ich benötige ihn Ende nächster Woche. Ich hoffe, darüber wollen Sie nicht ebenfalls diskutieren«, sagte sie kühl. »Bringen Sie mir meinen einzigartigen Hut rechtzeitig, dann werde ich entscheiden, ob er den Preis wert ist, den Sie mir nennen werden.«

Vincennes hob sich aufs Erfreulichste von allen bisherigen Rennveranstaltungen ab, stellte Gabrielle glücklich fest. Sie wollte sich auf den Weg zurück zu Étienne machen, da entdeckte sie zwischen all den vornehmen Mienen und ausdruckslosen Gesichtern ein vertrautes Lächeln, das sie innerlich wärmte wie heißer Kakao im Winter. Adrienne kam ihr an der Seite eines eleganten jungen Mannes entgegen. Gabrielle raffte den Rock und rannte los. In dem Moment hatte Adrienne sie gesehen und lief ihr entgegen. Einen Wimpernschlag später lagen die beiden sich in den Armen.

»Gabrielle, wie schön!« Adrienne löste sich von ihr, sie hatte doch wahrhaftig Freudentränen in den Augen.

»Das ist wirklich eine wunderbare Überraschung. Ich dachte schon, der Tag könnte nicht mehr besser werden. Das war ein Irrtum.« Sie strahlte ihre Freundin an.

Der Jüngling hatte die Begrüßung lächelnd beobachtet, jetzt hüstelte er.

»Verzeihung, wie unhöflich von mir«, sagte Adrienne sofort. »Darf ich vorstellen? Das ist Gabrielle Chanel, meine …«

»… Schwester«, fiel er ihr ins Wort. »Das ist nicht zu übersehen.« Die beiden Frauen kicherten vergnügt.

»Das ist meine Nichte, wollte ich sagen«, stellte Adrienne dann richtig.

»Aber nein, du willst mich auf den Arm nehmen.« Er blickte unsicher von einer zur anderen.

»Keinesfalls«, schaltete sich Gabrielle ein. »Adrienne ist meine Tante.« Es machte ihr einen Heidenspaß, seine Verblüffung auszukosten.

»Hercule Bonvin«, stellte Adrienne endlich ihren männlichen Begleiter vor.

»Wie nett.« Gabrielle reichte ihm die Hand. Er hob sie an und senkte seine Lippen, ohne jedoch ihre Haut zu berühren.

»Sehr erfreut«, sagte er dann und sah Gabrielle in die Augen.

»Diese Hitze!«, stöhnte Adrienne. »Holst du uns bitte eine Erfrischung, Hercule?«

»Mit Vergnügen.« Er nickte den beiden zu und ging.

»Hercule also«, flüsterte Gabrielle und blickte ihm nach. »Ein hübscher Mann! Was ist aus dem Comte de Beynac geworden? Du hast ihm doch nicht das Herz gebrochen?«

Adrienne hakte sich bei Gabrielle unter. Sie gingen in den Schatten eines Pavillons, unter dem die Waage für die Jockeys gestanden hatte.

»Der Comte ist selbst schuld«, berichtete sie mit Unschuldsmiene. »Er hat Hercule mit nach Ägypten genommen. Beynac war so etwas wie sein persönlicher Lehrer und wollte seinem Schützling die große weite Welt zeigen.«

Gabrielle konnte nicht fassen, was sie hörte.

»Er geht mit einer jungen, umwerfend schönen Frau und einem attraktiven Mann im passenden Alter auf Reisen und erwartet, dass die Frau ihn hinterher heiratet?« Sie schüttelte lachend den Kopf. »So töricht kann niemand sein.«

Adrienne fächelte sich Luft zu, ihr Blick war plötzlich verändert.

»Du hast dir die Haare abgeschnitten. Typisch Gabrielle! Du traust dich was.«

»Ich wollte einfach nur, dass mein Inneres und mein Äußeres zueinanderpassen«, erklärte sie keck. »Das ist jetzt der Fall. Außerdem ist es bei diesen Temperaturen herrlich!« Sie strich sich kurz über den freien Nacken. »Aber du lenkst ab. Bevor dein Galan zurück ist, will ich alles über ihn wissen.«

»Seine Familie ist sehr wohlhabend. Sie leben in einem Schloss bei Vichy«, erzählte Adrienne ein wenig ehrfürchtig.

»Er ist also eine ebenso gute Partie wie der Comte, nur dass er jünger ist und besser aussieht. Gratuliere!«

»Ich habe mich einfach in ihn verliebt, Gabrielle. Es hat für mich keine Rolle gespielt, ob er Geld hat oder nicht. Ich konnte nichts dagegen tun, verstehst du?«

Gabrielle musste sich eingestehen, dass sie zwar verstand, aber Adriennes Gefühle nicht nachempfinden konnte. Sie hatte sich nicht in Étienne verliebt. Und auch in sonst niemanden. Mit einem Mal fiel es ihr schwerer, zu atmen, weil sich eine Last auf ihre Brust gelegt hatte. Wäre es nicht traurig, wenn ihr in ihrem Leben nie die große Liebe begegnete? Wie hoch war die Wahrscheinlichkeit, dass es noch geschah? Gabrielle wurde in ein paar Wochen vierundzwanzig! Sie zwang sich, ihre trüben Gedanken zu vertreiben und sich wieder auf ihre Freundin zu konzentrieren. Die erzählte davon, was sie in Nordafrika alles erlebt und gesehen und wie sie sich Hercule das erste Mal hingegeben hatte.

»Natürlich darf seine Familie nichts davon wissen«, gestand sie gerade. »Noch nicht. Hercule will den geeigneten Zeitpunkt abwarten, um es ihnen zu sagen und mich vorzustellen. Irgendwann.« Sie sah schrecklich verloren aus.

Gabrielle begriff mit jedem weiteren Wort, dass auch Adrienne eine Illegitime war.

»Er wird dich nicht heiraten«, stellte sie schließlich fest.

»Doch, sicher wird er das. Nur jetzt noch nicht.« Tränen schimmerten in Adriennes Augen. Unvermittelt wurde ihre Miene trotzig. »Wir müssen nur warten, bis er seine Eltern beerben kann.«

»Weißt du, was du da sagst?«

»Sie werden unserer Verbindung niemals zustimmen«, rief Adrienne verzweifelt und sah sich erschrocken um. »Bis dahin können wir uns eben nicht so oft sehen und müssen vorsichtig sein«, fügte sie leiser hinzu. Sonderlich vorsichtig fand Gabrielle es nicht, gemeinsam zu einem Rennen zu erscheinen. Aber so waren die Menschen. Alle Welt wusste von den Affären der jungen Männer und sah darüber hinweg. Ihre Söhne sollten sich ruhig die Hörner abstoßen, sofern sie nur nicht auf die Idee kamen, ihre Mätresse zu heiraten. Was aus den Frauen werden sollte, die einen gewissen Ruf hatten, interessierte niemanden.

»Vielleicht besser, als die Frau des alten Comte zu werden«, munterte Gabrielle Adrienne auf.

»Ganz sicher! Hercules Eltern sind alt. Wir müssen nur ein wenig Geduld haben.«

Mit dem Rennen in Paris-Longchamp am ersten Oktobersonntag war die Saison für Étienne beendet. Zur Feier des Tages lud er Gabrielle in ein kleines Restaurant schräg gegenüber der Kirche Saint-Jacques ein. Sie hatten als Vorspeise eine leichte Kürbissuppe gegessen, jetzt servierte der Kellner Hühnerpastete mit schwarzem Trüffel.

»Soll Alec Carter in diesem Jahr ruhig der schnellste Jockey sein.« Étienne hob sein Glas, in dem ein dunkler Rotwein schimmerte. »Ich gönne es ihm. Wenn ich so darüber nachdenke, verstehe ich nicht einmal, warum so viel Aufhebens um seinen Erfolg gemacht wird.«

Gabrielle führte ihr Glas an seines, ein leises Klirren ertönte.

»Ich kann dir nur zustimmen. Es ist ja wohl das Pferd, das die Leistung erbringt.«

Er stellte seinen Wein ab, ohne getrunken zu haben.

»So meinte ich es nicht. Ich dachte eher an die Geschichte und Tradition der Carters. Sie waren nicht begeistert, dass Alec diesen Weg eingeschlagen hat. Jetzt feiern sie ihn wie einen Helden.« Er zog missbilligend die Augenbrauen hoch und nahm nun doch einen großen Schluck. Dann seufzte er. »Es kann nicht dein Ernst sein.«

»Was denn?« Sie ahnte, worauf er hinauswollte.

»Du meinst noch immer, ich leiste nichts, wenn ich als Jockey einen Sieg erringe?«

»Doch, ja, selbstverständlich steuerst du deinen Anteil bei. Und es ist sicher nicht wenig anstrengend, mehrmals die Woche, an einen Ort zu reisen, sich an ein meist fremdes Tier zu gewöhnen. Ich will nur sagen, dass ich es mir sehr viel anspruchsvoller vorstelle, ein Pferd dazu zu bringen, zig Hindernisse auf einem Parcours zu bewältigen. Das ist schwierig.« Sie zuckte mit den Achseln. »Aber es kann nicht so schrecklich schwer sein, auf dem Rücken zu sitzen, ohne herunterzufallen.«

»Bist du je Galopp geritten?«

»Ich bin in meinem ganzen Leben noch nicht geritten«, entgegnete sie lachend. »Ich würde es gern mal versuchen, das wollte ich als Kind schon.«

»Unglaublich, du hast keine Ahnung vom Reiten und machst dich über Jockeys lustig. Also schön, gleich morgen bekommst du deine erste Lektion.«

»Im Ernst?« Gabrielle hatte so laut gesprochen, dass sich eine Dame nach ihr umdrehte.

»Allerdings! Und glaube bloß nicht, dass ich dich bedauern werde, wenn du doch herunterfällst.«

Frery sang eine melancholische Herbstmelodie, während er für Gabrielle Romulus sattelte, einen prachtvollen Dunkelfuchs.

»Er ist dir doch nicht zu groß?« Étienne sah sie herausfordernd an.

»Nein.« Sie hatte nicht überlegt, hatte nicht einmal genauer hingesehen. Irgendwie würde sie es schon in den Sattel schaffen.

»Gut. Ich bin gleich zurück.« Damit ließ er sie mit Frery und Romulus allein.

»Ich verstehe nicht, dass Monsieur Balsan dir nicht Princesse gibt. Sie hat ein Stockmaß von höchstens einem Meter und vierzig. Romulus dagegen ist fast zwanzig Zentimeter größer. Temperamentvoller ist er noch dazu.« Frery machte ein Gesicht, als hätte er in eine Zitrone gebissen. »Ist keine gute Entscheidung. Princesse ist geduldiger.«

»Ich werde schon zurechtkommen.« Ihr wurde mulmig, doch Frery sollte sich keine Sorgen um sie machen. Wenn sie nicht mit Étienne auf der Rennbahn war, und sie keinen Besuch hatten, ging Gabrielle häufig auf einen Plausch in den Stall. Manchmal redeten Frery und sie nicht einmal, sondern sangen gemeinsam. Auf jeden Fall waren sie Freunde geworden. Bei ihm und den leise schnaubenden Tieren, den würzigen Duft von Stroh in der Nase und die einfachen Holzverschläge vor sich, fühlte sie sich zu Hause. Tief in ihrem Herzen wusste sie, dass diese Welt eher zu ihr passte als das Gutshaus. Frery machte sich daran, Camelot für Étienne zu satteln, als der Hausherr zurück war.

»Bereit?« Er sah sie an.

»Ja.« Sie streckte ein wenig die Brust raus und zog die Schultern nach unten. Eine Chanel hatte keine Angst.

»Sehr gut.« Er machte Anstalten, ihr den Steigbügel zu halten. Frery war sofort bei ihm.

»Das mache ich schon, Monsieur Balsan.«

»Damit du der Dame beim Aufsteigen unter den Rock schauen kannst? Das ist mein Privileg, Frery. Kümmere du dich lieber um Camelot. Nicht, dass unsere kleine Coco auf und davon ist, ehe ich überhaupt im Sattel sitze.«

Frery hatte auf Étiennes ungehörige Unterstellung reagieren und sich verteidigen wollen, war aber nicht zu Wort gekommen. Seine Wangen brannten, er hatte Gabrielle einen raschen Blick zugeworfen, sie hatte ihn mit einer Grimasse quittiert. Er sollte unbedingt wissen, dass sie Étiennes Bedenken nicht teilte.

»Träumst du?« Étienne stand neben ihr und hielt den Metallbügel fest, in den sie ihren Fuß stellen sollte. »Den Zügel nimmst du von Anfang an in die Hand und lässt ihn nicht mehr los, bis du wieder festen Boden unter den Füßen hast.«

»In Ordnung.«

Sie befolgte seine Anweisung, holte Schwung und saß gleich darauf zum ersten Mal in ihrem Leben auf einem Pferd. Bequem war es nicht gerade, der Sattel war hart, er würde an den empfindlichen Innenseiten ihrer Oberschenkel gewiss reiben. Anscheinend spiegelte ihr Gesicht ihre Gedanken wider, denn Étienne lächelte spöttisch.

»Es soll Damen geben, die zum Reiten eine Hose unters Kleid ziehen.«

»Es geht schon.« Warum hatte er ihr dieses Geheimnis nicht früher verraten?

Sie folgte ihm und Camelot aus dem Stall, tat genau das, was Étienne ihr sagte. Am Anfang war ihr gesamter Körper angespannt.

»Es gibt keinen Grund, Angst zu haben«, redete sie sich leise ein. »Du darfst nur nicht die Kontrolle verlieren. Du bestimmst, wo es langgeht, nicht das Pferd.«

Sie verließen das Gutsgelände, mit jedem Schritt gewöhnte Gabrielle sich mehr an das Auf und Ab. Sie schaffte es sogar, sich aus dem Sattel zu heben, und ihren Rock um ihre Beine zu wickeln, damit ihre Haut geschützt war. Je schneller die Tiere liefen, desto besser gefiel es ihr. Der Wind spielte mit ihrem Haar und brachte eine angenehme Kühle. Plötzlich fiel ihr die erste Fahrt mit Adrienne von Moulins nach Varennes ein. Am

Bahnhof hatte ein Zug nach Paris gestanden, und sie hatte daran gedacht, dass sie einfach einsteigen und in die Hauptstadt fahren könnte. Sie hatte eine Ahnung absoluter Freiheit gespürt. So fühlte es sich auch jetzt an.

»Du kannst nicht unbedingt mit einer eleganten Haltung beeindrucken«, meinte Étienne, als sie die Tiere wieder bei Frery abgeliefert hatten und ins Haus gingen. »Aber du hast Romulus irgendwie dazu gebracht, zu tun, was du willst. Weiß der Himmel, wie du das angestellt hast! Er ist kein einfaches Tier.«

Wenn sie auch jeder Schritt schmerzte und sie das Gefühl hatte, als könne sie nicht mehr geradeaus gehen, war sie doch geradezu euphorisch.

»Es macht unglaublich viel Spaß«, jubelte sie. »Dafür würde ich auch früh aufstehen und ohne auch nur einen Krümel Brot aus dem Haus gehen.«

Étienne seufzte theatralisch. »Ich fürchte, die Lektion hat nicht die Wirkung, die ich beabsichtigt hatte. Im Gegenteil. Wahrscheinlich glaubst du jetzt, du könntest selbst bei einem Rennen an den Start gehen.«

»Noch nicht. Aber wenn ich auf Romulus üben darf …«

»Jederzeit!«

Gabrielle gönnte sich ein heißes Bad und rieb sich anschließend die gerötete Haut an den Beinen mit einer Heilsalbe ein. Sie würde ein paar Tage warten müssen, ehe sie wieder in den Sattel steigen konnte. Diese Zeit würde sie zu nutzen wissen. Sie schlüpfte in einen einfachen Rock und Étiennes Hemd und ging noch einmal in den Stall. Schon ehe sie eintrat, hörte sie Frery singen.

»Sur le pont d'Avignon, on y danse, on y danse, sur le pont d'Avignon, on y danse tous en rond.«

Er fegte im Takt der Melodie den breiten Mittelgang zwischen den Boxen und Verschlägen. Als er sie bemerkte, unterbrach er seine Arbeit und sah sie überrascht an.

»Du hast so eine schöne Stimme!« Sie setzte sich auf einen umgedrehten Eimer. »Die Pferde können sich glücklich schätzen, jeden Tag ein Konzert zu bekommen.«

»Ja, ich glaube, sie mögen es wirklich.« Er nickte langsam. »Wenn ich mal zu viel Absinth hatte und meine Stimme kratzt wie ein altes Reibeisen, werden sie unruhig.« Er lachte, wurde jedoch schnell wieder ernst. »Ich bin froh, dass dir nichts zugestoßen ist.«

»Was sollte mir wohl zustoßen?« Sie lehnte sich an den Holzbalken, den sie im Rücken spürte.

»Du hättest herunterfallen können. Du hättest abrutschen und mit dem Fuß im Steigbügel hängen bleiben können.« Er sog die Luft tief ein. »Ich mag gar nicht dran denken.«

»Dann lass es sein! Mir ist nichts passiert. Romulus war sehr freundlich zu mir.« Frery machte sich wieder an die Arbeit. »Weshalb ich hier bin …« Gabrielle sprang auf. »Einige der englischen Jockeys und auch Stallburschen tragen seltsame Hosen. Sie sind vom Knie aufwärts sehr weit geschnitten.« Gabrielle deutete mit beiden Händen die Beulen an, die typisch für diese Bekleidung waren. »Woher bekomme ich so etwas?«

»Ach je! Keine Ahnung.« Er hielt sich am Besen fest. »Ich könnte die Burschen von Monsieur Shackleton hier im Ort fragen.«

»Das wäre wundervoll.« Sie strahlte ihn dankbar an.

»Wofür brauchst du die? Willst du Monsieur Balsan eine nähen? Ich glaube, er bleibt lieber bei dem traditionellen Schnitt.«

»Sie ist nicht für ihn«, erklärte sie ihm fröhlich. »Sie ist für mich.«

Frery brachte ihr wahrhaftig die Reithose eines englischen Stallburschen.

»Er braucht sie unbedingt zurück. Du musst sie mir in spätestens zwei Tagen wiederbringen«, beschwor er sie.

»Du bekommst sie heute Abend noch«, versicherte Gabrielle ihm und küsste ihn auf die Wange. »Danke, Frery!« Sie rannte sofort ins Haus und in ihr Zimmer. Gabrielle wagte nicht, das Exemplar aufzutrennen, was ihr die Arbeit deutlich erleichtert hätte. Zwar traute sie sich zu, das Stück wieder so zusammenzunähen, dass niemand etwas bemerkte, nur bräuchte sie dafür sehr viel mehr Zeit und obendrein Garn in einer ganz bestimmten Farbe. Auf keinen Fall durfte sie riskieren, dass Frery Ärger bekam. Zuerst schlüpfte sie in die geliehenen Beinkleider. Sie waren ihr etwas zu groß. Gabrielle stellte sich vor den bodentiefen Spiegel und ließ ihr Maßband neben ihrem Körper hängen.

»Zwei Zentimeter zu lang.« Sie zog sich wieder aus und legte große Bögen Papier auf den Fußboden. Es wäre bequemer, sie aufs Bett zu legen, dann müsste sie nicht auf allen vieren herumkriechen. »Das Bett ist zu weich«, murmelte sie. »Darauf kann kein Mensch exakt arbeiten.« Die Leihgabe des britischen Burschen hatte sie auf dem Papier positioniert und mit dem Bleistift die Form nachgezeichnet. Dann brauchte sie nur noch alle Linien ausmessen und die Werte eintragen. Die zwei Zentimeter in der Länge zog sie ab. »Der Umfang kann so bleiben. Zur Not muss ein Gürtel her.« Ehe sie Frery die Hose zurückbrachte, betrachtete sie jedes Element und machte sich Notizen. »Leder an den Innenseiten, das ist gut. Und die tiefen Taschen sind auch sehr praktisch, da kann auch im Galopp nichts herausfallen.«

Gleich am nächsten Morgen ging sie zu dem Stoffgeschäft am Waldrand von Compiègne.

»Ich brauche Tweed für eine Hose«, erklärte sie ohne Umschweife. »Die beste Qualität, die Sie haben.«

»Sie haben Glück, Mademoiselle, ich führe den besten Tweed zwischen Paris, Amiens und Reims. Sehen Sie hier diese Farben und die gleichmäßige Struktur.« Der Händler machte eine bedeutungsvolle Pause. »Harris-Tweed.« Als sie nicht darauf reagierte, erklärte er verkniffen: »Von der Insel Harris. Äußere Hebriden.«

»Hören Sie, ich will den Stoff nicht in seine Heimat zurückbringen, ich möchte ihn verarbeiten.« Sie fasste das Material mit beiden Händen und zog es auseinander. »Sehr stabil. Sie haben recht, er ist perfekt.«

Der hagere Mann mit schwarzem, vor Pomade glänzendem Haar und einer Brille auf der gewölbten Nase lächelte sparsam.

»Eine gute Wahl.«

»Dazu brauche ich Leder und passendes Garn.«

»Natürlich.« Er griff ins Regal und legte einen kurzen Lederschlauch zur Ware, der an einer Seite geschlossen war.

»Nein, ich brauche zwei Flicken, etwa in dieser Größe.« Sie zeigte mit den Händen, wie breit und lang die Patten werden sollten, mit denen sie die Innenseite der Hosenbeine zu verstärken gedachte.

»Wenn Sie Leder nähen wollen, brauchen Sie nicht nur eine sehr stabile Nadel, sondern auch eine ebensolche Auflage, mit der Sie Druck ausüben können.«

Gabrielle verstand, der vermeintliche Schlauch würde ihr als Fingerhut dienen. Sie strahlte ihn an und erntete doch wahrhaftig ein winziges Lächeln. »Vielen Dank für die gute Beratung.«

»Sur le pont d'Avignon, on y danse, on y danse.« Sie musste sich eingestehen, dass sie nicht einmal in die Nähe der Qualität von Frerys Gesang kam. Das konnte Gabrielles Hochstimmung allerdings nicht trüben. Sie hatte alles, was sie benötigte, um sich eine Reithose zu schneidern. Das Beste: Sie hatte den Stoff und die übrigen Utensilien von ihrem eigenen Geld bezahlt! Nachdem sie nämlich den Hut, den sie für ein Gartenfest hatte kreieren sollen, mit einer Blume und einer Kirsche darauf abgeliefert und dafür eine hübsche Summe kassiert hatte, waren weitere Bestellungen eingegangen. Die Kundin war mehr als zufrieden gewesen.

»Ich war mir nicht sicher, ob Sie selbstbewusst sind oder nur frech«, hatte sie gesagt. »Wie ich sehe, wissen Sie einfach, was Sie können. Er ist perfekt! Ich werde ein paar guten Freundinnen von Ihnen erzählen.«

Auch einige ihrer fertigen Exemplare hatte Gabrielle verkaufen können. Selbstverständlich hatte sie Étienne angeboten, ihm einen Teil von den Erlösen zu geben, doch er hatte abgewinkt. Auch gut. Also hatte sie die Summe, die sie ihm zugedacht hatte, in eine Porzellandose gelegt, die er ihr einmal, gefüllt mit köstlichen Pralinen, geschenkt hatte. Sie erreichte das Tor zum Gut, ging hinein, hüpfte ein paar Schritte über den Sandweg, der zum Haus führte. Irgendwann würde sie genug zusammenhaben, um sich freizukaufen. Dann konnte Étienne ihr nicht mehr vorhalten, dass im Grunde alles ihm gehörte. Dann konnte sie sich noch einmal ganz neu entscheiden, ob sie hier mit ihm leben oder doch allein irgendwo einen Anfang machen wollte. Ein kleiner, sehr vorwitziger Teil von ihr sah sogar die Möglichkeit, dass die Kundinnen nicht nur ihre ungewöhnlichen Hüte lieben könnten, sondern ebenfalls ihre Reithosen, die mindestens ebenso wenig in die Mode passen würden. Was sie für sich nähte, konnte Begehrlichkeiten wecken, wenn Gabrielle es in der Öffentlichkeit trug. Warum denn nicht? Die Damen wollten immer etwas Neues, etwas, womit sie zum Tagesgespräch wurden. Und Gabrielle war diejenige, die sie mit solchen Neuheiten versorgen konnte.

Zwei Nadeln waren ihr abgebrochen, und Gabrielle hatte sich ordentlich mit dem Leder abgemüht. Aber es hatte sich gelohnt! Wie viel bequemer war es, mit einer robusten Hose auf einem Pferd zu sitzen. Royallieu hatte seine Türen weit für Étiennes Freunde geöffnet, kaum dass die Rennsaison endgültig vorüber war. Und sie strömten gern und zahlreich. Nun konnte Gabrielle dabei sein, wenn etwa ein Ausritt mit Maurice Caillault auf dem Programm stand. Er war mindestens ein solcher Pferdekenner wie Étienne und ein kostbarer Ratgeber in Fragen der Zucht, wie sie beobachtete. Auch Wettrennen durch den Wald wurden veranstaltet. Gabrielle freute sich unbändig, wenn sie dabei die Schnellste war. Étienne konnte sie natürlich nicht das Wasser reichen. Doch selbst die grazile Suzanne, Illegitime eines Barons, die quasi in einem Reitstall aufgewachsen war, konnte sie schlagen. Auch Léon und Marthe kamen für ein paar Tage.

»Du hast nicht verraten, dass Coco eine so glänzende Reiterin ist«, hielt Léon Étienne vor. »Ich hatte Mühe, mit ihr und Romulus Schritt zu halten.«

»Sie hat es erst in den letzten Wochen gelernt.« Es gelang Étienne nicht, seinen Stolz zu verbergen. Ja, er war unendlich stolz auf seine kleine Coco. Gabrielle freute sich darüber, dass sie den meisten Damen und sogar einigen Männern davongaloppieren konnte, seine Reaktion war jedoch wie ein großer Schluck Wasser in gutem Wein. Weder lag ihr Erfolg zu Pferde an ihm, noch war sie sein Geschöpf. Es gab nur einen Menschen, der stolz auf sie sein durfte. Das war sie selbst. Um den bitteren Geschmack loszuwerden, lachte sie am Abend, wenn alle beisammensaßen, am lautesten. Und sie übernahm die verrücktesten und komischsten Rollen in den Späßen, die Étienne und Léon ausheckten. Niemand wollte sie mehr singen hören, jetzt war ihre Darstellung eines Mannes gefragt, der umständlich auf einen Esel stieg und versuchte, das störrische Tier zum Laufen zu bewegen. Alles kam bei der lustigen Runde an, zu der einmal sogar Alec Carter in Begleitung der berühmt-berüchtigten Halbweltdame Émilienne gehörte, wenn Gabrielle sich nur männlich-derb gab.

Sobald Ruhe in Royallieu einkehrte, zog Gabrielle sich wieder in ihr Zimmer zurück. Sie schneiderte sich einen Nadelstreifenanzug, wie die verwöhnten Söhne bester Familien sie trugen. Auf den ersten Blick sah es aus, als habe sie eine Variante für Damen geschaffen. Erst bei näherem Hinsehen ließ sich erkennen, dass der Rock keiner war, sondern es sich um weit geschnittene Hosenbeine handelte. Damit würde sie im nächsten Jahr bei den Rennen in Vichy und Paris für Aufsehen sorgen.

Royallieu 1908

Das Jahr 1908 hatte ohne Getöse begonnen und schickte sich an, wie seine Vorgänger zu werden. Keine besonderen Vorkommnisse, keine nennenswerte Abwechslung, aber eben auch keine Sorge um das Morgen. So beruhigend das einerseits für das kleine Mädchen in Gabrielle sein mochte, das hatte zusehen müssen, wie die eigene Mutter im Kampf um eine warme Mahlzeit täglich für ihre Sprösslinge ihre Lebenskraft geopfert hatte, so ermüdend war es für die Erwachsene. Von Tag zu Tag fiel es ihr schwerer, sich gegen die Trägheit zu wehren, die das Nichtstun mit sich brachte. Manchmal stand sie erst am Nachmittag auf, wenn der Hunger sie zu sehr plagte. Sie ließ sich etwas zubereiten, aß noch in der Küche oder nahm den Teller mit auf ihr Zimmer. Die Hauptsache, sie konnte rasch wieder unter die Decke schlüpfen. Es kam vor, dass sie eine ganze Woche nur im Nachthemd verbrachte. Sie zog sich höchstens einen Morgenmantel darüber. Ihren Haaren erlaubte sie, sich ohne Rücksicht auf einen Kamm zu entfalten. Ihre Brüder würden sie vermutlich glühend um den Müßiggang beneiden. Von ihrer älteren Schwester Julia nicht zu reden. Sie musste ihrem Mann auf dem

Markt helfen und nebenbei ein Kind großziehen. Genau wie Maman damals. Gabrielle sollte sich über den Komfort freuen, den Étienne ihr ermöglichte, doch sie konnte ihn nicht genießen. An jedem Abend trauerte sie einem weiteren verschwendeten Tag hinterher. Sie war unzufrieden und wurde immer wütender auf sich selbst. Trotzdem gelang es ihr nicht, aus dem gleichförmigen Einerlei auszubrechen. So ging es bis zu einem Freitag im Frühjahr. Étienne hatte Besuch angekündigt.

»Ich erwarte einen Freund. Du hast ihn noch nicht kennengelernt.« Das war alles. Und gleichzeitig war es so viel! Üblicherweise teilte er ihr nicht vorher mit, wenn Gäste kamen, es geschah einfach. Dieses Mal hatte er sie informiert. Dazu die Art, wie er es sagte … Etwas war anders. Es brachte sie dazu, zu duschen und ihren Hosenrock, dazu sein Leinenhemd anzuziehen. Als sie gerade an ihrem Toilettentisch saß, das Haar bürstete und sich Ohrringe anlegte, hörte sie die Haustür und Étiennes Stimme.

»Ich dachte schon, du lässt dich hier nie sehen«, rief er. »Gut, dass du endlich da bist, mein Freund.«

Sie hielt in der Bewegung inne. Das war für Étiennes Verhältnis eine ungewöhnlich emotionale Begrüßung und machte sie noch neugieriger. Die Antwort war zu leise, als dass sie ihr etwas über den geheimnisvollen Besucher verraten hätte. Eilig tupfte sie sich einen Tropfen Lavendelöl hinter das Ohr, ehe sie in den Salon ging.

»Wenn man vom Teufel spricht«, meinte Étienne. »Da ist sie schon.« Sein Blick wanderte an ihr herunter. Sie konnte nicht deuten, ob es ihm lieber gewesen wäre, sie wäre zerzaust und im Nachtgewand erschienen. Sonderlich begeistert sah er jedenfalls nicht aus. »Darf ich vorstellen?«, fragte er sie, ohne eine Antwort zu erwarten. »Boy Capel.«

»Boy? Ein ungewöhnlicher Name.« Sie wandte sich dem Fremden zu.

»Eigentlich Arthur, aber so nennt mich niemand.«

Der Mann hatte schwarzes Haar und ein schwarzes Oberlippenbärtchen. Er gefiel ihr.

»Engländer eben«, erklärte Étienne. »Die sind alle verrückt und haben verrückte Namen. Das ist Coco.«

»Eigentlich Gabrielle«, stellte sie sofort richtig. Ein Engländer also, ging ihr durch den Kopf. Er erinnerte sie tatsächlich ein wenig an Alec Carter. Briten hatten so etwas dezent Verschrobenes an sich. Sie waren in der Lage, gleichzeitig vornehm und lässig zu sein. Welch ein außergewöhnlicher Blazer, den er da trug! Er wirkte ein wenig unmodern, aber auch sportlich. Dieser Mann schien sich nicht nach der geltenden Mode zu richten. Das mochte sie. Sehr sogar. Ihr Blick wanderte zurück in sein Gesicht und blieb an seinen dunklen Augen hängen. Aus ihnen sprach eine gewisse Einsamkeit.

»Keine Ahnung, warum sie sich so an ihrem Taufnamen festklammert«, warf Étienne ein und riss sie aus ihren Gedanken. Schwang da Verärgerung mit? Er hatte keinen Grund, fand sie. »Coco passt besser zu ihr.«

»Sehr erfreut.« Boy nahm ihre Hand.

Sie wechselten nur wenige Worte, schon dabei fiel Gabrielle auf, dass Boy sanft war und seine Person nicht in den Vordergrund spielte. Was er sagte, war auf den Punkt formuliert und verzichtete auf die Ausschweifungen, die sie von anderen Männern nur allzu gut kannte. Er hörte sich offenbar nicht sonderlich gern reden. Sie umso mehr, sie mochte seine Stimme, die von seinem melancholischen Lächeln begleitet wurde.

»Wenn Sie mich entschuldigen wollen. Ich habe noch einiges

zu erledigen.« Kaum angekommen, machte er Anstalten, sich zurückzuziehen.

»Immer noch ganz der Alte«, kommentierte Étienne. »Na schön, wir lassen dich jetzt gehen. Was auch immer es so Wichtiges gibt, das du unserer Gesellschaft vorziehst. Aber du musst versprechen, den Abend mit uns zu verbringen. Ohne Telefon und deine Notizen.«

»Ich freue mich darauf«, entgegnete Boy, wobei er Gabrielle ansah.

Als die Sonne zu Bett ging und den Sternen ihr Reich anvertraute, kehrte Gabrielle mit klopfendem Herzen zurück in den Salon. Im Kamin flackerte ein Feuer. Étienne betrachtete gerade konzentriert das Etikett einer Weinflasche. Er war allein.

»Dein Freund wird dich doch nicht versetzt haben?« Sie hoffte, es klang, als würde es ihr nichts bedeuten. Im Gegenteil, sollte er ruhig glauben, dass sie sich über den Korb freute, den Boy Étienne womöglich gegeben hatte.

»Er wird schon kommen.« Étienne schenkte einen Schluck ein, ließ ihn im Glas kreisen, prüfte den Duft. »Boy ist immer mit irgendetwas beschäftigt. Er arbeitet zu viel. Wenn kein Fernsprechapparat in der Nähe ist, wird er nervös.« Er schüttelte den Kopf. »Das soll einer verstehen. Wenn jemand etwas von mir will, soll er mir schreiben. Wenn es eilt, kann er herkommen. Wozu muss ich noch auf andere Weise erreichbar sein?«

»Und womit beschäftigt er sich so?« Sie lehnte sich an das Kaminsofa.

»Kohleminen, glaube ich.« Étiennes Gesicht sagte deutlich, dass es ihn nicht sonderlich interessierte. »Keine Ahnung, was ihn dazu treibt, sich überhaupt um irgendwelche Geschäfte zu kümmern. Er bräuchte keinen Finger krümmen, hat schon vor Jahren geerbt.« Er sah sie an. »Wenn ich es recht bedenke, passt ihr gut zueinander.«

»Ach ja?«

»Aber natürlich. Du bist doch auch besessen davon, immer etwas leisten zu wollen.«

Ehe sie etwas entgegnen konnte, betrat Boy den Salon. Er blickte unsicher von einem zum anderen.

»Falls ich gerade ungelegen komme …«

»Überhaupt nicht«, rief Étienne eine Spur zu laut. »Du kommst genau richtig. Wie immer. Wir sprechen über den Wert von Leistungen im Leben. Die kleine Coco ist der Meinung, es kann einem Mann nicht genug sein, ein paar Runden auf einem Pferd zu drehen und dafür Preisgelder und Pokale zu kassieren.«

»Da stimme ich ihr zu.«

»Wusste ich's doch.« Étienne lachte. »Genau das habe ich eben gesagt.« Er schenkte Rotwein ein und reichte ihn Boy. Der gab ihn sofort an Gabrielle weiter.

»Danke.« Sie nahm das Glas, wobei sich ihre Finger kurz berührten. »Um ehrlich zu sein, hat Étienne sich anders ausgedrückt. Er meinte, wir würden gut zueinanderpassen.«

»Wegen eurer Arbeitswut«, ging Étienne ruppig dazwischen. »Vielleicht muss ich meine Einschätzung allerdings korrigieren.« Er reichte Boy das nächste Glas. »Lass dich von ihr nicht täuschen, sie kann das faulste Geschöpf auf dieser Erde sein.«

Sie machten es sich bequem. Gabrielle saß zwischen Étienne, der sich auf der Chaiselongue ausgestreckt hatte, und Boy, der sehr aufrecht in einem Stuhl saß. Der Abend war vollkommen anders als sonst die Abende in Gesellschaft. Keine albernen Späße, keine derben Anspielungen. Gabrielle sperrte die Ohren auf und war schweigsam. Sie hatte nichts beizutragen, wenn es um König Heinrich IV. oder den Herzog von Sully ging.

»Boy, mein Lieber, du solltest endlich in der modernen Welt ankommen. Wie passt es zusammen, dass du neuste technische Erfindungen anbetest und gleichzeitig an den Worten von Männern hängst, die lange tot sind?«

Gabrielle wurde den Eindruck nicht los, dass auch Étienne inhaltlich nicht viel zu Boys Thesen sagen konnte und sich daher darauf verlegte, ihn zu provozieren. Boy blieb gelassen.

»Tot, aber nicht vergessen«, meinte er und zündete sich eine Zigarette an. »Verzeihung, wenn es dich stört, …« Er sah Gabrielle fragend an.

»Aber nein. Noch netter wäre es, wenn du mir eine anbieten würdest.« Sie hatte bisher nur gelegentlich gequalmt, aus Langeweile und weil alle es taten.

»Sehr gern.« Sie standen beide gleichzeitig auf und traten aufeinander zu. Plötzlich waren sie sich sehr nahe, änderten aber nichts daran. Boy reichte ihr die Zigarette und gab ihr Feuer. Zwei, drei Wimpernschläge standen sie noch so und sahen einander in die Augen.

»Apropos vergessen«, meldete sich Étienne zu Wort. »Ich erinnere euch gern daran, dass ich auch noch hier bin.«

Sie setzten sich wieder, beide mit einem Lächeln. Keiner von ihnen sagte etwas dazu.

»Ein Naturgesetz ist auch nicht falsch, weil es bereits vor hundert Jahren entdeckt wurde«, nahm Boy den Faden wieder auf.

»Ein König und ein Herzog sind nur kein Naturgesetz.«

»Aber es waren kluge Männer. Sie haben erkannt, dass der

Kontinent Zusammenhalt braucht. Früher oder später laufen wir in eine Katastrophe, wenn die Nationalisten das Sagen haben, und jeder nur an seinem eigenen Vorteil interessiert ist.«

»Politik verdirbt mir den Appetit.« Étienne schob demonstrativ den Teller mit Gebäck von sich.

»Das war nicht meine Absicht, bitte entschuldige.« Boy zuckte kaum merklich mit den Achseln. »Politik gehört zum Leben dazu.«

»Für dich. Für dich gehört ja auch Arbeit zum Leben dazu. Bist ein feiner Kerl, aber in dieser Hinsicht stimmt etwas nicht mit dir.« Étienne lachte.

Gabrielle hatte auf einmal das dringende Bedürfnis, Boy zu zeigen, dass sie seinen Ehrgeiz schätzte, dass sie aus dem gleichen Holz geschnitzt war.

»Das hätte ich beinahe vergessen«, rief sie, sprang auf und lief in ihr Zimmer. Sie holte die Scheine aus der Porzellandose, es war inzwischen keine üble Summe zusammengekommen. Damit schlenderte sie zurück in den Salon und streckte Étienne das Bündel hin.

»Was soll das?«, fragte er eisig.

»Du hast mir nicht nur das Geld vorgestreckt, das ich für meine Hüte brauchte, sondern du hast mir auch eine großzügige Summe gegeben, um mir für Vichy eine passende Garderobe zuzulegen und das Zimmer dort eine Weile zu bezahlen. Es wird höchste Zeit, dass ich dir wenigstens einen Teil zurückzahle.«

»Das war ein Geschenk, Coco.« Étienne war wütend, die Ader an seinem Hals trat pochend hervor.

»Ich habe es immer als Investition in mein Geschäft betrachtet«, widersprach sie, als hätte es dieses Thema noch nie zwischen ihnen gegeben. »Wer investiert, möchte auch irgendwann sein Geld zurückhaben und sogar einen Gewinn machen. Ist es nicht so?«

»Unter Geschäftspartnern. Aber unser Verhältnis kann man wohl kaum als beruflicher Art bezeichnen.« Er grinste anzüglich.

Gabrielles Wangen brannten. Sie fühlte sich gekränkt, gedemütigt. Was hatte sie denn gedacht, wie er reagieren würde? Ihr Handeln war töricht, sie wagte nicht, Boy anzusehen.

»Du gehst also einem Beruf nach?«, fragte er.

»Sie hat einen netten Zeitvertreib«, antwortete Étienne an ihrer Stelle. »Coco macht niedliche kleine Hüte für hübsche Frauen.« Er zündete sich auch eine Zigarette an. »Das muss man ihr lassen, sie hat ein Händchen dafür. Die Damen der feinen Gesellschaft kehren plötzlich den traditionellen Hutmachern den Rücken und wollen Modelle von Coco.«

»Ich verstehe sehr gut, dass du einer Beschäftigung nachgehst, die dich offenbar ausfüllt.« Boy sah sie ernst an.

»Ja, das tut sie.« Gabrielle setzte sich wieder, das Geld in der zur Faust geballten Hand.

»Ist das euer Ernst? Hüte füllen also einen Menschen aus?« Étienne lachte spöttisch.

»Du hast deinen Freundinnen mit Vergnügen einige Exemplare geschenkt«, erinnerte sie ihn. »Du bist beinahe vor Stolz geplatzt und hast dich nicht über meine Arbeit lustig gemacht.«

»Ich glaube absolut, dass eine schöpferische Tätigkeit einen Menschen ausfüllen kann«, erwiderte Boy. Damit war die Diskussion beendet.

Es folgten weitere Abende zu dritt. Boy schien gedanklich manches Mal abwesend zu sein. Es kam Gabrielle vor, als sei er zwar auf seine Weise in der Gesellschaft anerkannt und akzeptiert, was gewiss daran lag, dass er in London zu den vornehmsten Kreisen gehörte, dennoch schien sein Platz eher am Rand zu sein. Genau wie sie war er gern gesehen und gehörte dennoch nicht hundertprozentig dazu. Es gab noch eine Gemeinsamkeit: Auch Boy war in kirchlich geleiteten Internaten ausgebildet worden. Selbstverständlich auf höchstem Niveau. Seine Eltern hatten nicht darauf hoffen müssen, dass mildtätige Menschen das Schulgeld für ihren Sohn bezahlten.

Étienne brachte seinem alten Freund Bewunderung entgegen, das war nicht zu übersehen. Nur konnte er damit offensichtlich nicht umgehen. Ständig musste er einen Scherz auf Boys Kosten machen, oder er versuchte, ihn aus der Reserve zu locken. Auch Gabrielle bekam die eine oder andere Spitze ab. Ihr war, als beäugte Étienne misstrauisch, was sich zwischen Boy und ihr entwickeln könnte. Dabei war da nichts. Sosehr es ihr auch gefiele, wenn es anders wäre, war sie doch überzeugt, dass Boys Freundlichkeit ihr gegenüber lediglich Ausdruck seiner glänzenden Erziehung war.

Wenn er für zwei oder drei Tage fort war, um eilige Angelegenheiten zu regeln, wurde Étienne augenblicklich entspannter. Bei Gabrielle war es gerade umgekehrt. Eine seltsame Unruhe erfasste sie, die sich erst legte, wenn er zurück war.

An einem sonnigen Tag im April, der eine Ahnung von Sommer über dem Land ausbreitete, besuchte Gabrielle Frery im Stall. Er zeigte ihr das Fohlen, das vor zehn Tagen auf die Welt gekommen war.

»Nach zwanzig Minuten hat es das erste Mal auf eigenen Beinen gestanden«, berichtete er und wirkte stolz, als sei er der Vater.

»So schnell!« Sie lachte.

»Schnell? Er ist ein Spätzünder.« Jetzt lachte auch Frery. »Das war ein Scherz. Aber es stimmt schon, manche stellen sich noch schneller hin. Sie sind dann zwar noch etwas wackelig, aber immerhin.«

»Guten Morgen! Ich hoffe, ich störe nicht?« Boy tauchte an der Pforte zur Box auf, in der Gabrielle und Frery mit dem jungen Hengst standen.

»Überhaupt nicht.« Gabrielles Herz schlug einen Takt schneller. »Ich wusste nicht, dass du zurück bist.«

»Ich bin gestern Nacht wiedergekommen und habe meinen Wagen vorn am Tor stehen lassen, um keinen Lärm zu machen.« Er wandte sich an Frery: »Ein hübsches Tier. Weiße Mähne und weißer Schweif, dazu eine sehr gleichmäßig gezeichnete Blesse. Étienne dürfte zufrieden sein.«

»Das ist er.« Frery nickte eifrig. »Wenn der kleine Kerl sich auch noch so verhält, wie Monsieur Balsan es wünscht, ist das wohl ein feiner Zuchterfolg.« Er strich über das glatte hellbraune Fell.

»Dann rede ihm mal gut zu, dass er immer brav ist.« Boy blickte zur Stalltür. Die Sonne schickte ihre Strahlen herein und bot Mücken, feinen Strohstückchen und Sandkörnern eine Bühne zum Tanz. »Herrliches Wetter!«

»Genau richtig für einen Ausritt«, meinte Frery und blickte schelmisch von Boy zu Gabrielle.

»Das ist eine gute Idee!« Gabrielle strahlte ihn an und wandte sich an Boy: »Wollen wir?«

»Sehr gern.« Frery machte sich sogleich daran, Romulus und Princesse zu satteln. »Sollten wir Étienne nicht fragen, ob er uns begleiten will?«

»Nein.« Gabrielle hatte keine Sekunde nachgedacht. Die Antwort war einfach so aus ihrem Inneren gekommen. »Er will, dass alle auf Royallieu Spaß haben. Mehr verlangt er nicht, das hat er mir eingetrichtert. Und wir werden doch Spaß haben, oder?«

»Ich denke schon.« Er lächelte amüsiert. »Wenn es alles ist, was er von uns erwartet, werden wir ihn nicht enttäuschen.«

Sie hatten sich beide rasch umgezogen, nun verließen sie das Gutsgelände und kamen an Boys Mercedes vorbei.

»Das ist dein Automobil?« Gabrielle und er waren auf einer Höhe. Sie sah fragend zu ihm hinüber.

»Das gleiche Modell hat bei der Rennwoche in Nizza Siege eingefahren. Ich kann damit in kürzester Zeit an die Atlantikküste und gleich darauf nach Paris reisen, wenn die Geschäfte es erfordern.« Sie nickte. Als sie den Wald von Compiègne erreichten, beschleunigten sie ihre Gangart zu einem gleichmäßigen Trab.

»Stehst du denn wirklich immer so unter Druck, dass es auf einen halben Tag ankommt?«, wollte sie wissen. In Wahrheit hoffte sie, er würde etwas über die Dinge erzählen, die ihn beschäftigten.

»Ich dachte, du könntest es nachvollziehen. Wäre es dir recht, wenn du lange auf Material warten müsstest?«

»Nein, das würde ich nicht ertragen.« Sie lachte.

»Dachte ich's mir doch«, sagte seine Miene. Eine Weile schwiegen sie, die Luft war erfüllt vom Zwitschern der Vögel, vom monotonen dumpfen Aufprall der Hufe und dem leisen Rauschen der Blätter im seichten Wind.

»Wie läuft das mit deinem Hutgeschäft?«, wollte er unvermittelt wissen. »Fertigst du ein paar Kreationen an und stellst sie irgendwo aus? Oder gibt es nur Zeichnungen, nach denen die Damen bei dir bestellen können?«

Er fragte ohne jede Ironie und klang so ehrlich interessiert, als würde er sich mit einem Mann unterhalten. Es verschlug ihr fast die Sprache vor Glück.

»Das sind beides hervorragende Ideen.« Sie lächelte ihn an erklärte ihm, wie die bisherigen Verkäufe vonstattengegangen waren.

Auf einer Lichtung zog Boy an Princesses Zügeln und rief ihr ein leises »Halt!« zu. »Gehen wir ein Stück?«, fragte er Gabrielle.

»Gern.« Sie machten die Pferde an einem Baum fest und schlenderten auf dem Pfad Richtung Süden, der zu einem großen Forsthaus führte. »Willst du wirklich mehr über niedliche Hüte für hübsche Damen wissen?«, zitierte sie Étienne.

»Natürlich. Warum nicht?«

»Weil ich noch niemanden kennengelernt habe, der darin etwas anderes sieht als eine nette Liebhaberei. Außer natürlich Adrienne und Tante Louise.« Seine Augenbrauen hüpften. Da erzählte Gabrielle ihm von ihren beiden Tanten, von denen die eine jünger war als sie selbst. Sie beschrieb ihm Tante Louises Küche, in der sie zum ersten Mal eine Kopfbedeckung gestaltet hatte.

»Ich hatte noch nie zuvor eine Hutpresse gesehen, geschweige denn verwendet. Es ist großartig! Du legst einen Stumpen hinein und bringst ihn in die gewünschte Form. Du brauchst nicht einmal einen, sondern könntest auch eine Platte des puren Materials einlegen und pressen.« Erst als sie es aussprach, wurde ihr klar, dass das möglich sein musste. Zu ärgerlich, dass sie es nie versucht hatte. »Tante Louise hatte einfach alles, was wir uns nur wünschen konnten, um unserer Phantasie freien Lauf zu lassen. Die Herstellung ist natürlich auch viel billiger, wenn man mit Rohlingen arbeiten kann.« Sie seufzte. »Ich versuche immer, möglichst einfache günstige Hüte zu kaufen, die ich nach meinem Stil verändere.«

»Warum?«

Gabrielle verstand erst nicht. Dann sagte sie: »Ich besitze keine Presse.«

»Du solltest dir unbedingt eine besorgen. Sonst bist du auf das angewiesen, was du in den Läden findest. Du kannst die Stücke zwar so verändern, dass sie deine Handschrift tragen, aber es sind damit doch noch nicht deine eigenen Modelle.« Er schüttelte unwillig den Kopf. »Ich verstehe nichts von dem, was du tust, aber ich sehe nur Vorteile in einer eigenen Hutpresse.«

Damit hatte er zweifellos recht, nur war so ein Gerät sicher teuer. Gabrielle beschloss, sich nach Preisen zu erkundigen. Wenn Étienne keinen Sous zurückhaben wollte, konnte sie die gesparte Summe investieren.

»Wie gesagt, ich kenne mich mit Mode nicht aus. Aber ich habe Augen im Kopf. Du trägst die Hose eines Stallburschen und siehst darin hinreißend aus.« Gabrielle schluckte. In ihrem Inneren war purer Jubel. »Du hast offenbar den Mut, deinen eigenen Stil zu entwickeln und zu präsentieren. Und das, ohne dich lächerlich zu machen. Ich glaube, damit triffst du exakt den Geist dieser Zeit. Denk nur an die Frauenrechtlerinnen, die in England, Neuseeland und den Vereinigten Staaten auf die Straße gehen und für ihr Wahlrecht kämpfen.« Gabrielle hing an seinen Lippen. Sie verstand nicht genau, was diese Suffragetten, wie Étienne sie abschätzig nannte, mit ihren Kreationen zu tun hatten. Doch sie spürte instinktiv, dass Boy in diesem Moment alles bestätigte, was sie schon immer gefühlt hatte. »Auch hier in Frankreich gibt es Vordenkerinnen. Die Masse läuft allerdings noch dem allgemeinen Geschmack hinterher, je auffälliger und aufwendiger, desto besser. Ich bin überzeugt davon, dass einige Damen der Gesellschaft unter all den herausgeputzten Konkurrentinnen dadurch hervorstechen möchten, dass sie der geltenden Mode gerade nicht folgen. Dabei möchten sie natürlich trotzdem besonders hübsch aussehen.« Er blieb stehen und wandte sich ihr zu. »Du hast die Fähigkeit, ihnen diesen Wunsch zu erfüllen.«

Am Forsthaus angekommen, machten sie kehrt. Gabrielle hätte ihm ewig zuhören können. Am liebsten hatte sie es, wenn er über ihre Arbeit sprach, doch sie saugte auch alles andere begierig auf. Etwa, wenn er von den Werten sprach, an die er glaubte.

»Meine Eltern haben mir ein beträchtliches Vermögen hinterlassen«, erzählte er beispielsweise. »Und ich sage bewusst, dass es meine Eltern waren, denn mein Vater allein hätte nie geschafft, was er im Leben erreicht hat. Meine Mutter hat ihm das Zuhause geschenkt, das er als Ruhepol brauchte. Sie hat sich um mich und meine drei Schwestern gekümmert.« Ein paar Schritte ging er schweigend. Gabrielle hörte seinen Atem. Es fiel ihm offenkundig nicht leicht, über seine Familie zu sprechen. »Was ich sagen will … Es käme mir nicht in den Sinn, mit diesem Erbe leichtfertig umzugehen. Es sind meine Wurzeln, oder nicht? Ich betrachte es als meine Pflicht, sie zu pflegen, damit sie wachsen können. Je kräftiger und weiter verzweigt diese Wurzeln sind, desto prächtiger wird die Baumkrone.« Er blieb stehen und richtete seinen Blick nach oben, wo Eichen und Buchen ihre Häupter in den Himmel reckten. »Sie ist der Nutzen.« Er sah sie an. »Verstehst du, was ich meine?« Gabrielle nickte. »Nicht der Nutzen für mich«, erklärte er rasch, »sondern für Freiheit, Gerechtigkeit und Sicherheit für alle Menschen.«

Princesse und Romulus schnaubten leise zur Begrüßung, als Gabrielle und Boy zurück waren und auf ihre Rücken stiegen. Boys Worte gingen Gabrielle nicht mehr aus dem Kopf. Was sollte sie mit ihren eigenen Wurzeln anfangen? Vielleicht hatte sie von ihrer Mutter den Fleiß, die Disziplin und die Zähigkeit. Und Vater? Er war der kreative Kopf, der immer neue Ideen hervorbrachte. Konnte doch sein, dass er tatsächlich längst irgendwo ein Weingut gekauft hatte. Oder er konnte sogar etwas mit Mode zu tun haben. Niemand hatte ihr ein Vermögen hinterlassen, das bedeutete aber nicht, dass sie nichts geerbt hatte.

Wenn Étienne sich über ihren Ausflug zu zweit geärgert haben sollte, zeigte er es nicht. Zu Gabrielles Erstaunen hatte er dafür weder ein anklagendes Wort übrig noch eine zynische Bemerkung. Er war stattdessen ausgesprochen guter Dinge.

»Die Rennsaison steht vor der Tür. Im Grunde hat sie schon begonnen. Danke, dass du dich um unseren Gast kümmerst«, sagte er eines Abends zu ihr und klang aufrichtig. »Am Ende nimmt mein alter Freund es mir sonst noch übel, wenn ich ihn sich selbst überlasse.«

Weniger entspannt reagierte er, als Boy einen Abend später mit einem riesigen Karton auftauchte.

»Ein Geschenk?« Étienne rieb sich voller Vorfreude die Hände.

»So ist es«, brachte Boy keuchend hervor und stellte das überdimensionale Paket mitten im Salon ab. Die Terrassentür zum Garten stand weit offen, das Zirpen der Zikaden drang herein.

Der Kamin ging in den Sommerschlaf. »Für Gabrielle«, setzte Boy hinzu.

Gabrielle sah, wie Étiennes Miene sich schlagartig veränderte. Die fröhliche Neugier verschwand daraus, ehe seine Züge versteinerten.

»Für mich?« Étienne tat ihr leid, deshalb bemühte sie sich, ihre Freude zu zügeln.

»Mach es auf!« Boy tupfte sich den Schweiß von der Stirn.

Das ließ sie sich nicht zweimal sagen, Mitleid hin oder her. Sie schnappte sich eine Schere, schnitt das Packband auf und öffnete den Karton.

»Eine Hutpresse!« Sie konnte es nicht fassen.

»Ich hoffe, es ist die richtige.«

»Kein Wunder, dass du so schwer daran getragen hast, sie ist aus Eisen.« Sie lachte, wusste kaum, was sie sagen sollte. Eilig nahm sie das Innenstück heraus und stellte fest, dass außerdem ein Ring beilag. »Damit kann man zwei verschiedene Größen herstellen. Das ist einfach wunderbar.« Fast wäre sie ihm um den Hals gefallen, war sich jedoch sicher, dass Étienne dann explodiert wäre.

»Ein Geschenk also«, sagte Étienne in dem Moment. »Ein kostspieliges, nehme ich an.«

»Ich habe mich umgehört«, erklärte Boy ruhig. »Selbst die verwöhnten Damen, womöglich gerade die, …« Er schmunzelte. »Alle fragen sich, wer diese anmutigen Hüte macht, von denen immer mehr auf den Rennbahnen und Promenaden zu sehen sind. Die Ersten vermuten bereits, es könnte die Frau dahinterstecken, die sich in aller Öffentlichkeit in Hosen zeigt. Gabrielle hat Talent«, stellte er fest. »Und sie ist klug genug, es zu nutzen. Ich sollte mich sehr irren, wenn sie sich nicht schon bald einen großen Namen in der Modewelt machen sollte. Du müsstest deine Arbeiten in Paris zeigen«, sagte er nun zu ihr. »Aus aller Welt pilgern die Damen dorthin, um zu erfahren, was in der kommenden Saison gefragt sein wird.«

Gabrielle hörte ihm mit klopfendem Herzen zu.

»Was hast du damit zu tun?«, wollte Étienne kühl wissen.

»Wahrscheinlich nichts. Ich bin nur der Ansicht, dass sie alles haben sollte, was sie für den Erfolg benötigt. Es wäre unverzeihlich, wenn der wegen gänzlich belangloser Probleme ausbliebe. Gabrielle bringt die Begabung mit, das Gespür dafür, was gefallen könnte, für den Rest braucht sie Unterstützung.«

Étienne schenkte sich einen Cognac ein, ohne zu fragen, ob noch jemand einen wollte. Er wandte ihnen den Rücken zu und schlenderte an die offene Tür. Dort drehte er sich plötzlich um und sah Boy an. Er lächelte, doch Gabrielle war auf der Hut. Er sah aus wie ein Raubtier kurz vor dem Sprung.

»Du wilderst doch nicht etwa in meinem Revier?«

»Das klingt, als wäre Gabrielle käuflich. Ich bin sicher, das ist sie nicht«, entgegnete Boy.

Jetzt grinste Étienne breit. »Da habe ich andere Erfahrungen gemacht.«

Gabrielle fühlte sich, als hätte ihr jemand einen Sack über den Kopf gezogen, so dass sie nicht mehr atmen konnte. Sie hielt sich an der hohen Lehne des Kaminsofas fest.

»Ich widerspreche dir nur ungern, mein Bester, aber ich fürchte, du verwechselst da etwas.« Boy setzte sich, als wäre er die Ruhe selbst. Étienne verstand das Signal und ließ sich ebenfalls nieder. Lässig schlug er ein Bein über das andere. »Gabrielle leistet dir für eine gewisse Zeit Gesellschaft und erlaubt dir, sie hin und wieder einzuladen.«

Étienne lachte auf. »Hin und wieder! Das ist absurd!«

Gabrielle wollte sich verteidigen, wollte ihn daran erinnern, wie oft sie ihm angeboten hatte, ihm sein Geld zurückzuzahlen, wenigstens einen Teil davon. Unglücklicherweise klebte ihre Zunge an ihrem Gaumen, und ihre Lippen waren wie gelähmt.

»Ich bitte dich, alter Freund, du weißt genau, wie das mit diesen niedlichen Dingern läuft. Sie lassen sich aushalten. Das ist ihr Geschäftsmodell.« Ehe jemand etwas einwenden konnte, schloss er: »Es ist zum beiderseitigen Vorteil. Ich sehe nicht, was es daran auszusetzen gibt.«

»Sie ist kein niedliches Ding«, erwiderte Boy leise. »Sie ist eine kluge und außergewöhnlich talentierte Frau. Und es ist an der Zeit, dass wir wieder mit ihr reden, statt über sie.« Er sah sie an. »Bitte verzeih uns unsere Unhöflichkeit.«

»Schon gut«, brachte sie mühsam hervor.

»Reden wir Klartext!« Étienne beugte sich vor. »Du bezweckst mit diesem großzügigen Geschenk also nichts. Du willst für das Ungetüm da keine Gegenleistung von ihr haben?«

»Nein. Wie käme ich dazu?« Étienne verstand die Welt nicht mehr. Fragend sah er Boy an, ehe er sich kopfschüttelnd zurückfallen ließ. »Ich habe mich in sie verliebt«, sagte Boy da. »Ich unterstütze sie aus Liebe.«

Gabrielle schwebte auf Wolken. Endlich war da ein Mann, der sie für voll nahm und ihr auf Augenhöhe begegnete. Zum ersten Mal in ihrem Leben fühlte sie sich für das gesehen und geschätzt, was sie konnte. Ein nie gekanntes Glück flackerte wie ein wärmendes Lagerfeuer in ihrem Herzen.

Am nächsten Tag war Boy mal wieder verschwunden. Sie hatte nicht einmal die Gelegenheit gehabt, auf sein Geständnis zu reagieren. Als sie begriffen hatte, dass er nicht mehr in Royallieu war, hatte sie sich auf den Weg gemacht und eingekauft. Weiches Leder und Filz aus Ross- und Hasenhaar sollten ihr als Basis dienen. In der Küche feuchtete sie den ersten Stumpen über heißem Wasserdampf an, lief damit zurück in ihr Zimmer und platzierte ihn in der Presse. Sie legte das Innenstück darauf und bog aus dem Rand, wie sie es von Tante Louise gelernt hatte, eine Krempe. Während sie wartete, bis das Material die gewünschte Form angenommen hatte, dachte sie nach. Könnte sie Boy auch lieben? Tat sie es womöglich schon? Sie liebte ihre Arbeit. Jemand, der sie darin ermutigte, hatte natürlich ihre Sympathie, vielleicht mehr als das. Wenn Étienne es auch anders und vor allem nicht ernst gemeint hatte, war etwas dran, dass sie und Boy zueinanderpassten. Es gab so viele Gemeinsamkeiten. Natürlich gab es auch große Unterschiede. Doch all das spielte keine bedeutende Rolle. Gabrielle wusste einfach nicht, wie sich echte Liebe zu einem Mann anfühlte. Eines wusste sie allerdings genau: Mit Boy konnte sie alles schaffen! Selbst ein gefeierter Star zu werden, rückte wieder in den Bereich des Möglichen. Das war es, was sie unbedingt sein wollte, der Mittelpunkt eines Universums, keine Randerscheinung. Das Glücksgefühl in ihr breitete sich aus, bis es sie vollkommen erfüllte. Trotzdem mahnte sie sich selbst, sich auf ihr Tun zu konzentrieren.

Sie hatte Tante Louises Stimme im Ohr: »Du musst mit deinen Gedanken immer bei dem gleichen Arbeitsschritt sein wie deine Finger. Deine Konzentration gehört stets vollkommen deiner Tätigkeit, sonst wird es nichts.«

Das erste eigene Exemplar musste trocknen. Gabrielle nahm sich den Rohling aus schwarzem Wildleder und ging erneut in die Küche. An der Tür hätte Étienne sie beinahe umgerannt.

»Du hast es aber eilig«, sagte sie erschrocken.

»Ja, ich will in den Stall«, kam es knapp zurück. Schon war er an ihr vorbei, blieb aber stehen. »Das Fohlen läuft mir nicht weg.« Seine Stimme klang jetzt viel sanfter und freundlicher. »Ich würde gern mit dir reden.« Er deutete auf den Stumpen in ihrer Hand. »Aber anscheinend hast du gerade zu tun?«

»Der läuft auch nicht weg.« Sie lächelte zaghaft.

»Gehen wir auf die Terrasse«, schlug er vor und ging voraus. »Ich habe dein Hutgeschäft bisher nicht ernst genommen.« Er lehnte sich auf die verschnörkelte weiße Mauer, die eine Grenze zum dahinterliegenden Garten bildete. »Das tut mir leid.« Sie schwieg und betrachtete sein schiefes Grinsen. Étienne Balsan war doch nicht etwa verunsichert? »Wenn Boy Capel, der alte Fuchs, so viel davon hält, dass er investiert, muss wohl mehr dran sein, als ich geglaubt habe.« Kein Wort zu Boys eigentlicher Motivation, ihr ein ebenso teures wie nützliches Geschenk zu machen. »Jedenfalls habe ich mir überlegt, dass du weiterhin Hüte für ein paar Freundinnen und die Damen in meinem Bekanntenkreis machen könntest.« Er räusperte sich. »Wir laden sie ein, du organisierst eine kleine Modenschau, und die Damen werden kaufen, was das Zeug hält.« Erst jetzt wandte er sich ihr wieder zu. »Was sagst du?«

»Ich halte das für keine gute Idee.« Sie schlug die Augen nieder. Das war glatt gelogen, der Vorschlag war wunderbar. Doch er kam nicht von Herzen. Étienne wollte entweder mit Boy mithalten, oder er witterte nun doch eine lukrative Sache, an der er mitzuverdienen gedachte. Niemand wollte Fisch geschenkt haben, der schon stank.

»Das ist alles? Du sagst Nein, aber lieferst mir nicht einmal eine Erklärung?« Er hatte Dankbarkeit erwartet und war beleidigt.

»Die Damen, die hier ein und aus gehen, kennen meine Kreationen zum größten Teil.« Sie klaubte mühsam eine Argumentation zusammen, was völlig absurd war. Aber sie schaffte es einfach nicht, sein Angebot doch noch anzunehmen, so verlockend es auch war. »Boy sprach davon, dass ich nach Paris …«

Weiter kam sie nicht. »Na schön, bitte, wenn es das ist, was du willst, werde ich dir auch diesen Wunsch erfüllen.« Sie starrte ihn an. »Du kennst meine Wohnung auf dem Boulevard Malesherbes.« Kennen war nun wirklich zu viel gesagt. Er hatte dort einmal etwas geholt und sie im Automobil vor dem Haus warten lassen.

»Natürlich«, sagte sie dennoch.

»Sie liegt recht günstig, denke ich. Im Grunde zwischen dem Arc de Triomphe, der Seine und Sacré-Cœur. Es gibt dort sogar eine Bahnstation. Du kannst weiterhin hier wohnen, aber dort arbeiten und …«

Jetzt fiel sie ihm ins Wort: »Und ich könnte Modeschauen veranstalten, genau wie du vorgeschlagen hast. Am besten, wenn Kundinnen aus aller Welt in der Stadt sind, um sich über die neue Mode der kommenden Saison zu informieren«, meinte sie atemlos.

»Meine kleine Coco lässt mich also allein mit leerem Magen von einem Rennen zum nächsten ziehen, während sie Stunden in langweiligen Zügen verbringen wird.« Er seufzte theatralisch. Der schwache Versuch, den eigenen Vorschlag zu widerrufen.

»Ich fürchte, das tut sie.« Gabrielle lachte auf. »Allerdings bestehe ich darauf, dass wir einen Vertrag schließen, der alles regelt, die Rückzahlung, die Mietkosten, alles.«

»Du hast das Eisenmonstrum von Boy auch angenommen, ohne ihm dafür Papiere zu unterschreiben«, beschwerte er sich.

»Das ist etwas anderes.«

Er seufzte noch einmal. »Meinetwegen, wenn es dich glücklich macht.«

»Das tut es. Danke, Étienne!« Sie küsste ihn auf die Wange.

Paris 1909

Am Abend beleuchteten unzählige Gaslaternen die Boulevards und Straßen und all die eindrucksvollen Häuser, die in den letzten Jahren entstanden waren. Natürlich auch die Altbauten, doch viele gab es davon im Zentrum nicht mehr. Gabrielle war sechsundzwanzig. Sie kannte die Stadt nur so, wie sie sich jetzt präsentierte, aufgeräumt, mit breiten Sichtachsen, großzügigen Grünflächen und nur wenigen verwinkelten Gassen. Sie hatte aber gehört, dass ein gewisser Monsieur Haussmann in der Mitte des vergangenen Jahrhunderts zwei Drittel der Gebäude im Herzen von Paris hatte abreißen lassen, um die heutige Struktur zu erschaffen. Das hatte er sehr gut gemacht, fand sie. Alles war so modern und komfortabel! Étiennes Wohnung war an die Wasserversorgung angeschlossen, und Paris verfügte über ein Abwassersystem. Das Beste an ihrem neuen Domizil aber war, dass es in direkter Nachbarschaft zu einem Apartment lag, das Boy gehörte. Es hatte keinen Sinn gehabt, einen Anfang in der Hauptstadt machen zu wollen, nachdem die großen Modesalons bereits gelaufen waren. Étienne hatte also noch nicht allein und mit leerem Magen zu seinen Rennen aufbrechen müssen.

Gabrielle hatte die Saison stattdessen noch genutzt, um den Damen auf den Tribünen ihre Modelle unauffällig vorzuführen. Erst im Frühjahr 1909 hatte sie sich in Paris eingerichtet. Zwei Tage nachdem sie ihre Türen für die Kundschaft geöffnet hatte, spazierte Boy herein.

»Was machst du hier?« Sie musste ihn sehr erstaunt angesehen haben, denn er hatte laut gelacht.

»Ich wohne nur ein paar Häuser weiter. Hat Étienne dir das nicht gesagt?«

»Nein. Das ist eine schöne Überraschung!«

Ob Étienne es gewusst hatte, als er ihr das großzügige Angebot gemacht hatte? Natürlich, es konnte nicht anders sein, sagte sie sich. Und stellte sich die Frage doch wieder und wieder.

Boy hatte sich angesehen, wie sie den Platz aufgeteilt hatte, und aufmerksam ihren Plänen gelauscht. Ohne ihr das Gefühl zu vermitteln, dass er es besser wusste als sie, hatte er ihr Ratschläge gegeben.

»Du willst dich doch nicht auf Hüte beschränken?«, hatte er beispielsweise gefragt. »Deine Blusen mit diesem besonderen Kragen musst du unbedingt ebenfalls präsentieren. Und deine Hosen natürlich. Bitte entschuldige, falls ich dich falsch verstanden haben sollte, aber du willst doch Modeschöpferin werden, richtig? Oder lediglich Hutmacherin?«

»Modeschöpferin!«, hatte sie sofort geantwortet. »Und vielleicht Schauspielerin. Für den Anfang beschränke ich mich auf die Hüte.«

Wie von Étienne vorgeschlagen, wohnte Gabrielle weiterhin in Royallieu. Zum einen gab es im Boulevard Malesherbes nur ein winziges Zimmer, das sie nicht mit ihren Utensilien, Stumpen und fertigen Modellen vollgestopft hatte. Zum anderen hatte sie den Eindruck, sie war es ihm schuldig. Nur manchmal, wenn sie vor lauter Arbeit die Zeit vergessen hatte, blieb sie über Nacht in Paris. Und auch dann, wenn sie mit Boy ausging. Vorbei die Zeit, in der Gabrielle bis Mittag im Bett liegen blieb. Jeden Morgen setzte sie sich in den Zug und fuhr zur Arbeit. Ein erhebendes Gefühl! An manchem Tag entwarf sie eine neue Kreation, zeichnete, verwarf eine Idee, bis sie schließlich zu Filz, Leder oder neuerdings auch Tweed griff. Sie hatte einen Weg gefunden, Harris-Tweed zu formen und von innen zu verstärken. Ein dünner Streifen am äußeren Rand der Krempe und eine große Schleife aus der gleichen Farbe, vorn am Kopf angesetzt, ergab ein Ergebnis von ganz eigenem Reiz. An anderen Tagen ordnete sie die fertigen Modelle neu an. Frery hatte sie auf die Idee gebracht.

»Simon ist ein alter Kumpel von mir. Der würde am liebsten den lieben langen Tag nur schnitzen«, hatte er ihr erzählt. »Geht aber nicht, weil er eigentlich im Schlachthaus arbeitet. Jedenfalls habe ich mir überlegt, dass du doch etwas brauchst, worauf du deine Ware ausstellen kannst. Was hältst du von Köpfen aus Holz?« Er hatte sie unsicher angesehen. »Oder kann das nur einem Holzkopf einfallen?«

Sie war vollkommen begeistert gewesen und hatte Simon mit etwas Geld und einem Hut für seine Mutter entlohnt. Jeden Tag aufs Neue freute sie sich seither über die geschnitzten Kunstwerke, die mit angedeuteten Augen, Nasen und Lippen ausgestattet waren.

Gerade hatte sie ihre kostbarsten Hüte in Szene gesetzt, als es klopfte. Die Kundinnen kamen bisher nur auf Empfehlung und meldeten ihren Besuch an. Die meisten waren Freundinnen von

Étienne, aber auch einige von Boy. Für diesen Vormittag hatte Boy ihr die Primaballerina aus dem Ensemble des Russen Sergei Djagilew angekündigt, der gerade im Opernhaus des Palais Garnier eine große Premiere vorbereitete. Die Tänzerin, die fließend Französisch sprach, wie er ihr versichert hatte, komme in Begleitung einer Freundin, die auf irgendeine Weise mit Armand Fallières verwandt war, dem Staatspräsidenten der Republik, den Boy wiederum persönlich kannte. Wichtige Persönlichkeiten also, jedenfalls für Gabrielles Zukunft.

»Guten Tag, die Damen, Monsieur Capel hat Ihr Kommen angekündigt. Ich freue mich sehr.«

»Ich freue mich auch«, entgegnete die Größere der beiden, deren grazile Gestalt sie augenblicklich als Tänzerin verriet. Sie hatte eine niedliche Stupsnase und einen fröhlichen offenen Gesichtsausdruck. »Ich habe so viel von Ihren Kreationen gehört. Sie sollen ja vollkommen anders sein als alle Modelle, die man sonst so bekommt.« Neugierig spähte sie in Richtung des Ausstellungsraums.

»Folgen Sie mir, bitte!« Gabrielle ging voraus.

Die Verwandte des Präsidenten war klein und rundlich. Sie wirkte ein wenig verkniffen. Nach der Begrüßung hatte sie noch kein weiteres Wort gesagt. »Schauen Sie sich nur um, meine Damen«, forderte Gabrielle sie auf, als sie das größte Zimmer betraten. Étiennes Sofa stand noch darin, und auch den Tisch mit den sechs Stühlen hatte sie behalten. Auf einer Kommode und in den Regalen standen die hölzernen Köpfe ohne jeden Firlefanz drum herum, wenn Étienne auch gemeint hatte, sie sollte vielleicht etwas Samt und ein paar Seidenblumen zur Dekoration auslegen. Ihre Hüte brauchten keine Dekoration.

»Darf ich Ihnen einen Tee anbieten?«

»Das wäre sehr nett«, antwortete die Tänzerin sofort und lächelte Gabrielle freundlich an.

»Ich nehme auch einen, danke«, meinte die Verkniffene.

»Bin gleich zurück.« Gabrielle ging in die kleine Küche, in der vermutlich noch nie gekocht worden war, zumindest nicht, seit Étienne der Besitzer war.

»Hast du schon eine Karte für *Bacchus*, meine Liebe?«, hörte Gabrielle die Stimme der Verkniffenen.

»Ich habe eine Einladung von Jules. Es ist immerhin seine Uraufführung. Ein besonderer Abend für ihn.«

»Jules Massenet, der Komponist höchstpersönlich?«

»Ich kenne ihn schon lange, wir haben einmal zusammen gearbeitet.« Gabrielle musste schmunzeln. Es klang, als sei der Tänzerin nicht einmal bewusst, welchen Neid sie soeben erregt hatte.

»Ich muss meinen Mann unbedingt erinnern, dass er uns auch zwei besorgt. Am Ende findet dieser besondere Abend noch ohne uns statt.« Die Verkniffene seufzte, als hinge ihr Leben davon ab. Gabrielle ging wieder zu ihnen

»Der hier ist zauberhaft.« Die Primaballerina deutete auf ein Exemplar aus Filz, schwarz mit weißem Seidenband und einer weißen Blüte aus Seide. »So minimalistisch, doch gerade das macht seinen Reiz aus.«

»Sie dürfen ihn gern probieren.« Gabrielle zögerte, dann fügte sie hinzu: »Aber es ist nicht der richtige Hut für Sie.«

»Die Entscheidung sollten Sie schon Ihrer Kundschaft überlassen«, fuhr die Verkniffene sie an.

»Nein, lass nur, Éloise.« Die Tänzerin wandte sich Gabrielle zu. »Warum denken Sie das?«

»Nun, Sie haben ein herzförmiges Gesicht, Madame.«

»Sagen Sie Nicolette, bitte.« Éloises Augenbrauen hüpften, doch sie verkniff sich einen Kommentar.

»Ihre Wangenknochen sind sehr ausgeprägt, das Kinn ist dagegen eher spitz. Ich würde Ihnen ein Exemplar mit einer hohen Krone empfehlen, Madame Nicolette.« Gabrielle tippte auf einen dunkelblauen Hut, der nach ihrer Ansicht perfekt für den Star des Balletts geeignet war. »Dazu eine breite Krempe. Sie wird gewiss hervorragend mit Ihrem Typ harmonieren. Probieren Sie diesen!«

»Aber die Farbe …« Sie rümpfte die Stupsnase.

»Wenn Sie sich für eine Form entschieden haben, mache ich Ihnen Ihr persönliches Einzelstück ganz nach Ihrem Geschmack.«

Nicolettes Augen weiteten sich überrascht. »Dann könnte ich auch eine bestimmte Schleife oder Feder auswählen?«

»Im Grunde ja«, meinte Gabrielle unbestimmt.

»Aber du musst noch einmal herkommen, um den Hut abzuholen«, wandte Éloise ein. »Nicht sonderlich praktisch.«

»Ich kann ihn mir gewiss auch schicken lassen. Sei's drum, mir gefällt es, dass ich die Wahl habe.«

Gabrielle blieb in der Nähe, ließ ihren Kundinnen aber den Freiraum, so viele Exemplare zu probieren, wie sie mochten.

»Bei Hüten ist es wirklich recht nett, selbst entscheiden zu können«, meinte Éloise plötzlich. »Was ich nicht verstehe: Wie können sich nur ein paar verbitterte Weibsbilder an Laternen ketten, um damit ein Frauenwahlrecht zu erpressen?« Sie schüttelte beinahe angewidert den Kopf.

»Da sagst du etwas.« Nicolette setzte sich zum wiederholten Mal das dunkelblaue Exemplar auf, das Gabrielle ihr ans Herz gelegt hatte, und nickte ihr Spiegelbild zufrieden an. »Sie sollten froh sein, keine politische Entscheidung treffen zu müssen, so haben sie auch keine Verantwortung.«

Gabrielle hatte sich bisher natürlich nicht an den Gesprächen der Damen beteiligt, jetzt konnte sie nicht mehr an sich halten. Sie hatte mit Étienne zu oft über dieses Thema diskutiert. Dass ein Mann Frauen das Urteilsvermögen absprach, war schlimm genug, dass aber Frauen den Vorteil nicht erkannten, den ihre Geschlechtsgenossinnen unter schwierigsten Bedingungen für sie zu erkämpfen suchten, forderte ihren Widerspruch heraus.

»Wäre es nicht ein Privileg, über das Land mitbestimmen zu dürfen, in dem wir leben? Die Männer in der Regierung lenken doch auch die Schicksale der Frauen.«

»Was verstehen Sie denn davon?« Éloise funkelte sie an.

»Nicht viel, Madame, ich sehe nur, dass die Politik bestimmt, ob eine Frau auf der Bühne stehen oder ein Hutgeschäft führen darf, wie viel Steuern sie dafür zu zahlen hat, welche Freiheiten sie genießen kann und welche nicht. Deshalb finde ich es richtig, wenn ich meine Stimme dem Mann geben darf, dessen Ansichten am besten mit meinen übereinstimmen.«

Éloise wollte etwas sagen, doch Nicolette kam ihr zuvor.

»So habe ich es bisher noch nicht betrachtet.« Sie nickte langsam. »Ein kluger Gedanke.«

Der Anfang in Paris war gemacht, und er war gelungen! Gabrielle war glücklich. Einerseits. Andererseits fühlte sie sich zerrissen. Sie hätte liebend gern viel mehr Zeit mit Boy verbracht. Er war immer wieder eine Inspiration für sie. Hatte er sie nicht gefragt, ob sie ihren Kundinnen Zeichnungen ihrer Entwürfe vorlegte, die sie dann bestellen konnten? Genau das tat Couturier Paul Poiret, dessen Salon Gabrielle besucht hatte.

Nicht nur die gesamte Stadt, sondern das ganze Land sprach von dem Album des Modeschöpfers, das im letzten Jahr erstmals erschienen war. Eine Attraktion! Boy war modern und einfallsreich, jede Stunde mit ihm war kostbar. Sein Liebesgeständnis hatte er nicht wiederholt. Er machte auch keinerlei Anstalten, sich ihr auf eine andere Weise zu nähern als vor der überraschenden Offenbarung. Manchmal war sie nicht einmal sicher, ob er es überhaupt ernst gemeint hatte. Es passte nicht zu ihm, mit solchen Dingen Scherze zu treiben. Sie konnte sich dagegen gut vorstellen, dass er Étienne nur hatte aufrütteln und ihm klarmachen wollen, dass andere Männer viel mehr in Gabrielle sehen könnten als er. Manches Mal, wenn sie in der Bahn nach Compiègne saß, beschloss sie, Boy zu fragen. Weil ihr die mögliche Antwort nicht recht geheuer war, hatte sie es bisher aber stets bleiben lassen. Außerdem fehlte ihr die Muße für ein derart tiefgründiges Gespräch. Gabrielle brauchte jede Minute, um sich alle bedeutenden Modehäuser anzusehen. Sie musste wissen, was andere taten, um Erfolg zu haben. Das Atelier von Gaston und Jean-Philippe Worth gehörte dazu. Ihr Vater, ein aus England stammender Modeschöpfer, hatte immerhin Königin Victoria und Elisabeth von Österreich ausgestattet! Und dann war da der Salon Chéruit auf der Place Vendôme, der angeblich von einer Frau geführt sein sollte. Allen voran interessierte sie jedoch Paul Poiret. Er war ein wahrer Vorkämpfer, wagte es, Hosen im türkischen Stil für Frauen zu kreieren und verwendete überhaupt gern exotische Accessoires, wie seinen berühmten Turban, den er auf Damenköpfe setzte. Wie sehr beneidete ihn Gabrielle darum, seine Modelle nicht nur auf Schauen in Paris zu präsentieren, sondern auch in Wien und Berlin. Es gab so viel zu sehen und herauszufinden. Hinzu kam die Buchführung, nicht gerade ihre Lieblingsaufgabe. Doch Gabrielle setzte alles daran, Étienne möglichst rasch zurückzuzahlen, was er ihr je geliehen hatte. Dafür musste sie nun einmal ihre Zahlen beherrschen.

An einem perfekten Tag im Mai tauchte Boy mal wieder unangekündigt bei ihr auf. Ein Klopfen, Gabrielle öffnete, er spazierte herein, und sie setzten sich an den Esstisch im Ausstellungsraum.

»Ist es möglich, dass du zu viel arbeitest?«, wollte er ohne Umschweife wissen.

»Das fragst du mich?« Sie lachte.

»Du bist blass. Deine dunklen Augen sind wunderschön, die dunklen Ringe darunter gefallen mir weniger.« Offenbar machte er sich tatsächlich Sorgen um sie.

»Es geht mir gut«, beruhigte sie ihn und unterdrückte ein Gähnen.

»Du solltest öfter ausgehen«, schlug er vor.

»Fängst du jetzt auch schon an wie Étienne und redest mir ein, ich müsste mich mehr amüsieren?« Sie stand auf, holte Tomaten und Baguette aus der Küche und machte sich daran, das Gemüse in Scheiben zu schneiden.

»Grundsätzlich schadet Zerstreuung nicht, glaube ich«, entgegnete er ruhig. »Es geht mir aber mehr darum, dass du dich möglichst oft im Pariser Gesellschaftsleben sehen lassen solltest. Mit deinen Hüten natürlich.«

»Keine schlechte Idee.« Sie atmete tief ein und aus. »Leider hast du recht, die Arbeit wird mehr und mehr. Das ist wundervoll«, fügte sie rasch hinzu. »Nur kann ich mich bedauerlicherweise nicht vervielfältigen, um mehrere Aufgaben gleichzeitig zu erledigen und obendrein noch meine Produkte der feinen Pariser

Gesellschaft zu präsentieren.« Sie stutzte. »Vielleicht kann ich es doch.«

»Dir traue ich alles zu.« Er lächelte.

»Warum bin ich nur nicht früher darauf gekommen?« Sie bestreute die Tomaten mit Pfeffer und Salz und brach sich ein Stück Brot ab. »Bitte!« Gabrielle schob ihm den Teller hin. »Es ist erstaunlich, du bringst mich immer auf die besten Ideen«, sagte sie kauend.

»Sprichst du von dem Imbiss, der so schlicht ist wie deine Hutmodelle?«

»Aber nein, ich rede davon, mich zu verdoppeln.« Sie lachte. »Adrienne kann mir zur Hand gehen und ist bildschön. Wenn sie mit meinen Hüten ins Theater oder in die Brasserie Bofinger spaziert, werden die Damen bestimmt aufmerksam.«

Zum ersten Mal hatte Gabrielle es kaum abwarten können, dass Boy sich verabschiedete. Sie wollte sofort ein Schreiben an Adrienne aufsetzen und sie bitten, zu ihr nach Paris zu kommen. Als er schließlich aus der Tür war und sie sich Papier und Feder holte, kamen ihr Zweifel. Adrienne war mit ihrem Hercule noch keinen Schritt weiter, liebte ihn jedoch grenzenlos. Sie würde so ziemlich jede Arbeit annehmen, um sich über Wasser zu halten, wenn diese nur in seiner Nähe war. Und da lag das Problem. Paris war von Vichy so weit entfernt wie Gabrielle von einer Karriere als Opernsängerin. Adrienne würde verkümmern, wenn sie Hercule nicht alle paar Tage sehen oder wenigstens um das Schloss seiner Eltern schleichen und seine Anwesenheit dort spüren konnte. So traurig es war, Gabrielle hatte kein Recht, ihre Freundin von deren Lebenselexier abzuschneiden. Unverrichteter Dinge legte sie die Feder beiseite und machte sich auf den Heimweg. Das Rumpeln des Waggons verstärkte nach wenigen Metern ihre Müdigkeit, und sie nickte ein. Im Traum fand sie sich in der kleinen zugigen Kammer in Brive-la-Gaillarde wieder. Maman, mager und bleich, stand an der Zimmertür. Gabrielle lag im Bett, neben sich Antoinette, im anderen Bett schlief Julia.

»Gib acht, dass du sie nie verlierst!«, sagte ihre Mutter eindringlich.

»Wen soll ich nicht verlieren?«, flüsterte Gabrielle zurück, um die beiden Schwestern nicht zu wecken.

»Es ist deine Aufgabe, dafür zu sorgen, dass ihr euch nicht verliert.« Mit diesen Worten verschwand Maman, ohne die Tür geöffnet zu haben. Gabrielle schreckte hoch, sah sich um. Als sie begriff, wo sie war, musste sie erst schmunzeln, gleich darauf durchströmte sie ein Glücksgefühl.

»Danke, Maman, eine glänzende Idee!«

Zu Gabrielles Erstaunen sagte Antoinette ohne Umschweife zu. Eine Woche später traf sie an der Station Malesherbes ein. Als sie die Stufen aus dem Abteil herabstieg, fiel Gabrielle sofort auf, wie sehr sich ihre Schwester verändert hatte. Sie war nicht mehr dünn, sondern hatte äußerst weibliche Formen angenommen. Sie war sogar ein wenig mollig geworden, wahrscheinlich von der übermäßigen Verpflegung bei Maud Mazuel.

»Gabsi!« Antoinette strahlte sie an und umarmte Gabrielle stürmisch.

»So hast du mich noch nie genannt, das hat immer nur Julia getan«, meinte Gabrielle verwundert.

»Mir hat's schon immer gefallen. Passt doch zu dir, ist so kurz wie deine Haare.« Sie lachte fröhlich. Kein Jammern über die lange und unbequeme Reise, keine schlechte Laune. Sie hatte sich wahrhaftig verändert!

Auch als Gabrielle ihr wenig später das winzige Zimmer in Étiennes Wohnung zeigte, in dem gerade mal genug Platz für ein Bett war, hatte Antoinette nichts zu meckern.

»So ein schönes Haus und eine hübsche Wohnung. Wir werden es bestimmt gut haben«, sagte sie stattdessen.

Ihre kleine Schwester war nicht dafür geschaffen, Ideen für eigene Hüte zu entwickeln. Dafür konnte sie unermüdlich einen Stumpen nach dem anderen mit Wasserdampf erhitzen und in der Presse in die Form bringen, die Gabrielle verlangte. Selbst an den Sommertagen, als die Hitze sich nicht einmal von sämtlichen geöffneten Fenstern einschüchtern ließ, stellte Antoinette den Kessel klaglos aufs Feuer. Gabrielle übernahm die fertig geformten Exemplare und dekorierte sie. Meistens sangen die beiden dabei. Waren Kundinnen da, holte Antoinette ihnen etwas zu trinken, reichte ihnen die Modelle zum Probieren und räumte sie anschließend sofort wieder auf. Sie schnitt Bänder zurecht, bügelte Stoff, steckte Federn und Perlen nach Anleitung zusammen. Gabrielle musste nun an jedem Abend nach Compiègne fahren, denn zu zweit hätten sie unmöglich in ihrem Reich in Paris schlafen können, doch das machte ihr nichts aus. Die Zeit sparte sie durch ihre kleine Schwester leicht ein, und die Last wog spürbar weniger.

An einem Abend, als der Herbst bereits seine baldige Ankunft anmeldete, schlüpfte Gabrielle in ihren Mantel und stellte überrascht fest, dass auch Antoinette sich bereit machte, noch einmal aus dem Haus zu gehen. Sie zog sich eine Jacke an und schnappte sich zwei Hutschachteln.

»Was hast du damit vor?«, wollte Gabrielle wissen.

»Ausliefern«, entgegnete Antoinette und sah sie fragend an. »Was sonst?«

»Jetzt noch? Es ist spät geworden. Die Kundinnen können gut bis morgen warten.«

»Aber morgen kommen Madame Durand und Madame Blanchard, oder nicht? Bestimmt gibt es dann wieder genug zu tun. Für mich wird der Abend ohnehin lang, also kann ich die Ware doch jetzt schon ausliefern. Was getan ist, ist getan.«

»Ich kann nicht glauben, wie fleißig du bist.« Gabrielle zuckte mit den Achseln. »Nicht böse sein, Schwesterchen, aber früher mochtest du nicht einmal mit Großmutter Angelina Blaubeeren pflücken gehen. Und jetzt?«

»Das ist auch etwas völlig anderes«, verteidigte Antoinette sich. Sie sah Gabrielle konzentriert an. »Ich kann nicht verstehen, dass das hier deine Leidenschaft ist.« Sie hob die Schachteln kurz an. »Aber ich glaube, du bist die Erste in unserer Familie, die es aus eigener Kraft und ohne Gaunerei zu etwas bringt. Du kannst es schaffen, dass der Name Chanel einen guten Klang bekommt«, erklärte sie mit einem Ernst, der Gabrielle rührte. »Wenn ich dir ein bisschen dabei helfen kann, mache ich's gern.«

Gabrielle war sprachlos. Sie drückte ihre Schwester an sich.

»So, jetzt aber los, ehe es dunkel wird«, meinte Antoinette. »Dann mag ich nämlich auch nicht mehr allein in den Straßen von Paris unterwegs sein.«

Dem Herbst folgte der Winter, im Handumdrehen fing ein neues Jahr an. Und schon strömten die Damen wieder aus aller Herren Länder nach Paris, um sich bei Paul Poiret, den Brüdern Worth, bei Jeanne Paquin oder Jacques Doucet für die kommende Saison einkleiden zu lassen. Manche Nacht verbrachte Gabrielle arbeitend. Sie schlief dann nur zwei oder drei Stunden auf dem Sofa im Ausstellungsraum, ehe sie sich wieder Filz, Leder, Federn und Seide zuwandte. Antoinette unterstützte sie nach Leibeskräften. Nicht selten warteten morgens zugeschnittene Schleifen und perfekt geformte Hüte auf Gabrielle, um die sich ihre Schwester in der Nacht gekümmert haben musste.

»Ich wüsste nicht, was ich ohne dich tun sollte«, sagte Gabrielle ihr mehr als einmal. An diesem Tag im April sagte sie es wieder, mit einem schweren Seufzen allerdings.

»Aber ich bin doch da. Du musst dir keine Gedanken machen, Gabsi«, entgegnete Antoinette. Sie verschob gerade die Köpfe aus Holz im Regal, auf denen die Hüte saßen. Gabrielle hatte inzwischen noch einige von Frerys Freund schnitzen lassen, doch schon wieder reichten sie nicht.

»Deine Hilfe ist kostbar, aber sie ist nur das eine«, erklärte Gabrielle und hängte ihren Mantel an die Garderobe. »Der Platz ist das andere. Die Kundschaft ist anspruchsvoll, sie will nicht lange warten. Das bedeutet, dass ich möglichst viele ungeschmückte Exemplare in allen erdenklichen Formen, Farben und Materialien vorrätig haben muss. Dazu kommt mein wachsender Fundus an Accessoires. Von den fertigen Stücken nicht zu reden. Und damit meine ich nicht nur die, die ich präsentieren möchte, sondern auch diejenigen, die auf ihre Abholung oder Auslieferung warten.« Als wollte sie ihre Worte unterstreichen, stieg sie über einen Karton, der mitten im Weg stand und schob einen Stapel mit Hutschachteln an die Wand. »Ich brauche den Raum, in dem du schläfst. Nicht nur das, Arbeits- und Ausstellungsraum müssten größer sein.« Sie stützte die Hände in die Hüften und sah sich um. »Es hilft nichts, wir müssen umziehen.«

Antoinette erstarrte in der Bewegung. Einen hölzernen Kopf in der Hand sah sie Gabrielle skeptisch an.

»Woher willst du eine andere Wohnung nehmen? Kannst du dir das überhaupt leisten?«

»Ich lasse mir etwas einfallen«, verkündete sie.

Sie hatte Paris an diesem Abend früh den Rücken gekehrt, um Zeit für ein Gespräch mit Étienne zu haben. Im Dezember des vergangenen Jahres hatte sie ihm alles zurückgezahlt, was er ihr vorgestreckt hatte. Seit Januar zahlte sie ihm jeden Monat eine kleine Summe für das Apartment. Wie sehr hatte sie es genossen, sich nicht mehr als eine Illegitime betrachten zu müssen. Sie war nun Étiennes Mieterin und Freundin. Sie war frei! Und doch war sie es noch nicht ganz. Natürlich war ihr bewusst, dass er einen lächerlich kleinen Betrag von ihr verlangte. Dafür bekäme sie niemals auch nur annähernd etwas Ähnliches, von größeren Räumlichkeiten nicht zu reden. Diese Gedanken waren ihr während der gesamten Zugfahrt nach Compiègne durch den Kopf gegangen. Auch jetzt, als sie durch das Tor trat und den Kiesweg zum Gutshaus von Royallieu hinauflief, wurde sie die Überlegungen nicht los. Es gab keinen anderen Weg, als Étienne wieder einmal um Geld zu bitten. So ging sie geradewegs in den Salon. Wie sagte ihre kleine Schwester so gern? Was getan ist, ist getan.

Étienne sah von seiner Lektüre auf.

»Du bist früh heute. Sag nicht, du hast endlich genug vom Arbeitsleben.«

»Im Gegenteil.« Sie zog den leichten Mantel aus, legte ihn über einen Sessel und setzte sich zu Étienne. »Ich möchte mich vergrößern.« Er stöhnte. »Und da ist noch etwas«, fuhr sie unbeeindruckt fort. »Die Adresse passt nicht zu meiner Kundschaft.«

»Jetzt wird es interessant.« Er legte seine Zeitung beiseite und sah sie misstrauisch an.

»Du weißt, wovon ich spreche. Viele deiner Nachbarn leisten sich im Boulevard Malesherbes eine nette kleine Junggesellenwohnung, in der sie ihre netten kleinen, aber ganz und gar nicht standesgemäßen Freundinnen treffen können.«

»Ausgerechnet du hast etwas dagegen?«

Sie schüttelte den Kopf. »Keinesfalls. Nur wurde mir zugetragen, dass die Pariser Hutmacher schlecht über die üble Lage und die unmoralischen Zustände im Haus reden. Sie lassen nichts unversucht, mich in ein Licht zu rücken, das es den feinen Damen unmöglich macht, mich aufzusuchen.«

»So etwas nennt man Konkurrenz, Coco. Sie ist Teil des Geschäftslebens.«

»Das weiß ich ja.«

»Aber du verstehst es offenbar nicht«, meinte er. »Du solltest dich freuen. Wenn die Hutmacher nämlich versuchen, deinen Erfolg im Keim zu ersticken, haben sie Angst vor dir. Sie betrachten dich als Konkurrentin. Das ist ein Kompliment.«

»Ein schönes Kompliment, wenn es meine Kundinnen in die Flucht schlägt.« Sie verzog das Gesicht. Dann holte sie einmal tief Luft und sah ihn an. Ohne zuckersüßes Lächeln, ohne ihm den Nacken zu kraulen. »Ich brauche eine feinere Adresse und mehr Platz. Es wird eine Weile dauern, ehe ich in der Lage sein werde, eine höhere Miete zu bezahlen. Darum bitte ich dich noch einmal um einen Kredit.« Sie hielt den Atem an.

»So funktioniert es nicht, Coco. Wie oft haben wir das besprochen?«

»Ich habe dir jeden Franc zurückgezahlt, den du mir für Vichy geliehen hast«, beharrte sie, obwohl sie natürlich wusste, was er meinte. »Du wirst dein Geld auch dieses Mal zurückbekommen.«

»Entweder gebe ich dir Geld, weil ich dich in meiner Nähe und meinen Spaß mit dir haben will, oder ich lasse es. Du bist für mich kein Geschäftsmodell, Coco, du dienst meinem Vergnügen. Und damit meine ich nicht nur im Bett.«

Er hatte recht, sie hatten dieses Thema oft genug debattiert. Doch so deutlich hatte er es noch nie auf den Punkt gebracht. Für einen Moment wusste sie nicht, wie sie reagieren sollte.

»Es tut mir leid, Coco, selbst wenn ich wollte, ich kann dir im Moment nicht unter die Arme greifen. Ich habe das Stück Land gekauft, das an Royallieu grenzt, das zum Wald hin. Außerdem gedenke ich, mir einen weiteren Deckhengst anzuschaffen.«

»Ich verstehe«, sagte sie leise.

»Interessant, dass du mich fragst.« Sie sah ihn überrascht an. »Du hast wohl schon begriffen, dass Boy zwar von Liebe gefaselt hat, dich aber ebenso wenig heiraten wird wie ich. Nagel mich bitte nicht darauf fest, aber meines Wissens plant er die Ehe mit der Tochter eines Lords. Sehr lukrativ und standesgemäß.« Gabrielle hatte das Gefühl, zu wenig Luft zu bekommen. »Meine Haltung dir gegenüber hat sich nicht geändert. Noch kannst du es dir überlegen. Belasse es bei der Nutzung meines Apartments und verbringe wieder mehr Zeit hier bei mir. Glaube mir, du ersparst dir damit viel Kummer.«

Stunde um Stunde hatte Gabrielle überlegt, gerechnet, verworfen. Das Ergebnis war immer gleich. Es würde noch Monate dauern, ehe sie aus eigener Kraft in bessere Räume umziehen konnte. Falls ihr überhaupt jemand etwas vermietete. Bis dahin konnten ihre bösartigen Konkurrenten ihr bloß leider längst einen Strich durch ihre schöne Rechnung gemacht haben. Es war zum Verzweifeln. Am Abend des 19. Mai war sie mit Boy verabredet, der sie ins Ballett im Palais Garnier ausführen wollte. Sie dachte darüber nach, ihm abzusagen.

»Das ist Unfug«, schimpfte Antoinette. »Was willst du stattdessen tun, noch mehr grübeln?« Sie baute sich vor ihrer Schwester auf. »Wohin soll das führen? Meinst du, jemand serviert dir einen hübschen Laden mit Schaufenster auf dem Silbertablett, wenn du nur lange genug nachdenkst?«

Gabrielle musste lachen.

»Wohl kaum«, gab sie zu.

»Also! Geh ins Ballett. Und wenn du es nicht lassen kannst, dann frage deinen Engländer um Rat.«

Manchmal sah man die einfachsten Lösungen nicht, obwohl man sie direkt vor Augen hatte. Natürlich, Boy hatte schon so oft Antworten auf Fragen gehabt, mit denen sie sich herumgeschlagen hatte. Warum sollte es dieses Mal anders sein. Er holte sie pünktlich ab.

»Du siehst wunderschön aus«, sagte er und begrüßte sie mit Küssen auf die Wangen.

»Danke. Ich hatte schon Angst, dass es dem Anlass nicht angemessen ist.« Sie trug das schwarze Kleid, das sie sich in Vichy genäht und in langen Nächten mit Pailletten besetzt hatte. Dazu hatte sie sich eine Stola aus weißer Seide genäht. Ihr Hut hatte eine für ihre Verhältnisse breite Krempe. Er war ebenfalls weiß, nur eine schwarze Seidenschleife zierte ihn, auf der ebenfalls Pailletten funkelten.

Boy reichte ihr den Arm, sie spazierten vorbei an der Kirche St. Augustin. Auf der Place du Havre bogen sie ab auf den Boulevard Haussmann. Wie immer, wenn Gabrielle diesen Weg nahm, betrachtete sie fasziniert und sehnsüchtig die riesigen Schaufenster der Magasins du Printemps und der Galerie Lafayette. Wenn sie dort nur ihre Hüte zeigen könnte!

»Ich wette, ich kann erraten, was dir durch den Kopf geht.« Boy schmunzelte.

»Es muss ja nicht gleich ein zehnstöckiges Kaufhaus sein, wie das Lafayette, aber ich platze aus allen Nähten«, sprudelte sie los.

»Sieht man dir nicht an.«

»Mein Geschäft muss wachsen, und es braucht eine Adresse von tadellosem Ruf«, erklärte sie unbeirrt.

»Das sehe ich genauso.« Gabrielle schöpfte Hoffnung und wollte sofort wissen, ob er sich bereits Gedanken gemacht hatte, wie dieses Ziel zu erreichen sei. Doch es war nicht der richtige Zeitpunkt. »Lass uns später darüber reden, jetzt möchte ich den Abend genießen.«

Sie betraten das Opernhaus, und es verschlug Gabrielle die Sprache. Sie war schon oft daran vorbeigekommen, betreten hatte sie es noch nie zuvor.

»Es ist unglaublich«, flüsterte sie. Überall weißer Marmor. Eine breite Treppe führte ein Stück nach oben, teilte sich und verlief weiter zu einer Galerie. Die Decke war überall mit Gemälden geschmückt, auf Gesimsen saßen Skulpturen. Unzählige Kristallleuchter verströmten warmes Licht, kunstvolle Mosaike zierten den Steinboden. »Und wie viele Räume es gibt. Einer davon würde mir als Werkstatt und Ladengeschäft reichen.«

»Du bist sehr bescheiden, ich muss schon sagen.« Boy führte sie lächelnd die Stufen hinauf. »Aber du hast schon recht. Das Palais Garnier soll derzeit der größte Theaterbau der Welt sein.« Galant öffnete er ihr eine Tür, hinter der sich ihre Loge befand.

»Saperlipopette«, entfuhr es Gabrielle, als sie eintrat. Boy lachte laut auf.

»Kannst du das bitte noch einmal wiederholen? Das ist das komischste Wort, das ich je gehört habe.«

»Ich denke ja nicht dran«, zischte sie, ohne ihn anzusehen. Ihre Aufmerksamkeit gehörte vollständig dem Blick, der sich ihr bot. Gegenüber und rechts und links von ihnen gab es weitere Logen, die sich über fünf Etagen erstreckten. Über den Sitzreihen aus dunklem Holz und rotem Samt wölbte sich eine Kuppel, als wären sie in einer Kathedrale.

»Möchtest du dich nicht setzen?« Boy betrachtete sie.

»Noch nicht. Es ist einfach zu schön.«

Die Bühne hielt sich hinter samtenen Vorhängen mit Goldbesatz versteckt, doch schon jetzt konnte Gabrielle sich vorstellen, welch erhabenes Gefühl es sein musste, dort aufzutreten.

»Ich denke, du kannst es riskieren, Platz zu nehmen«, versuchte Boy es noch mal. »Dir wird dennoch nichts entgehen.«

Er hatte recht, auch im Sitzen konnte sie beobachten, wie sich die Stühle füllten. Die Damen trugen Roben mit langen Schleppen, die sie irgendwie unterbringen mussten. Eine hatte – im Mai – einen Zobel um den Hals liegen, die andere trug ein Gewand, das komplett aus kleinen Metallspitzen gefertigt zu sein schien. Gabrielle entdeckte auch eine Tunika aus schillernder Seide, deren Form an griechische Statuen erinnerte. Bestimmt ein Modell von Mariano Fortuny, über den sie schon einiges gelesen hatte.

»Gleich geht es los«, kündigte Boy an und deutete dezent nach vorn. Im Orchestergraben direkt vor der Bühne setzten sich gerade die Musiker mit ihren Instrumenten auf ihre Plätze.

Das Ballett war beeindruckend, doch für Gabrielle war es nur die Nebensache. Die Atmosphäre, die Menschen, Boys Nähe, all das berauschte sie wie Champagner. Neben dem Glücksgefühl, etwas so Glanzvolles erleben zu dürfen, meldete sich aber auch ihre Sehnsucht, selbst auf der Bühne zu stehen. Der Schlussapplaus und das innere Strahlen der Künstler, die sich verneigten, verursachten ihr einen Schauer nach dem anderen. Sie musste schlucken, um Tränen zurückzuhalten, so ergriffen war sie.

»Freut mich, dass es dir gefallen hat«, flüsterte Boy ihr zu, der ihre Miene wohl eher auf die Darbietung als auf den tosenden Beifall bezog. »Gehen wir. Ich stelle dich ein paar Bekannten vor.« Er reichte ihr den Arm. Während sie die Marmorstufen hinabstiegen, ließ Gabrielle der Gedanke nicht los, dass es einen Weg für sie geben müsse, selbst derartig beklatscht und bejubelt zu werden. Wenn es mit dem Gesang nicht klappte, warum sollte sie es dann nicht mit Ausdruckstanz probieren, der gerade so modern war? Hatte der Direktor im Alcazar in Vichy sie nicht als Bauchtänzerin einstellen wollen? Sie sei grazil, hatte er gesagt. Gabrielle war so in ihre Überlegungen versunken, dass sie nicht bemerkte, wohin Boy sie führte. Nun fand sie sich in einem Gang wieder, von dem offenbar Garderoben abgingen.

»Wir sind hinter der Bühne?«, wollte sie wissen.

»So ungefähr, ja.« Er lächelte. »Du hast doch keine Angst?«

»Warum sollte ich?«

»Hast du nie etwas von dem Phantom gehört, das hier sein Unwesen treibt?« Sie zog spöttisch die Augenbrauen hoch. »Vor Jahren ist ein gewaltiger Kristallleuchter plötzlich von der Decke gestürzt und hat eine Concierge erschlagen. Bis heute weiß niemand, wie es zu diesem Unglück kommen konnte. Und dann die unheimlichen Geräusche, die sich nicht erklären lassen.«

Gabrielle wurde doch ein wenig mulmig, da lächelte er. »Die Leute wollen lieber an ein Phantom glauben, das durchs Haus und seinen unüberschaubaren Keller streift, als ihren Verstand zu benutzen. Unter der Oper gibt es ein Wasserreservoir. Von dort kommen die Geräusche.« Er zuckte mit den Achseln. »Mir macht das Operngespenst weniger Angst als die alten Kerle, die sich mit blutjungen Tänzerinnen amüsieren. Es sind oft noch Kinder.« Er schüttelte den Kopf. »Angewiesen auf die Unterstützung der Männer, ohne die die armen Geschöpfe es niemals zu etwas bringen könnten, sind sie ihnen zu Diensten. Ich bin nicht prüde und störe mich keineswegs daran, wenn eine Frau ihre Reize zu Geld macht.« Er sah sie nur kurz an. »Aber es sind keine Frauen, es sind kleine Mädchen«, fügte er sehr leise hinzu. »Das ist nicht nur unappetitlich, es ist verwerflich.«

Sie betraten ein Foyer direkt hinter der Bühne, das offensichtlich den Tänzerinnen und Tänzern vorbehalten war, um sich dort für ihren Auftritt bereit zu machen. Gabrielle erhaschte einen kurzen Blick zwischen den seitlichen Vorhängen hindurch auf die Bretter, die die Welt bedeuteten, wie man so sagte. Ihr Herz schlug ein paar Takte schneller, und sie sog den eigentümlichen Geruch von Schweiß, Puder und Bohnerwachs ein. Drei Frauen kamen auf Boy zu und begrüßten ihn ausgesprochen überschwänglich. Vor allem eine hakte sich besitzergreifend bei ihm unter. Die anderen beiden hatten Gabrielle immerhin noch mit einem freundlichen Nicken begrüßt, als Boy sie miteinander bekannt gemacht hatte, die dritte aber ignorierte Gabrielle konsequent.

»Du warst brillant wie immer«, sagte Boy gerade zu der Frau, die er als Claudette vorstellte.

»Danke, sehr lieb von dir«, gurrte sie. »Ich weiß es zu schätzen, dass du dir die Zeit genommen hast. Drei Stunden ohne Telefon und deine Geschäfte … Es muss die Hölle für dich gewesen sein. Darauf darf ich mir wohl noch immer etwas einbilden.« Sie sah Gabrielle in die Augen und lächelte triumphierend.

Es lag auf der Hand, dass zwischen den beiden mal etwas gewesen sein musste. Gabrielle hatte mit einem Mal einen unangenehm sauren Geschmack auf der Zunge. So also fühlte sich Eifersucht an. Sie hatte keinen Grund, denn sie hörte Boy sagen, Claudette solle sich nur nicht zu viel einbilden, er sei schließlich in bezaubernder Begleitung gekommen. Aber sie konnte nicht leugnen, dass sie wirklich und wahrhaftig eifersüchtig war. Und Gabrielle war überglücklich darüber. In dem Augenblick wusste sie, dass sie Boy liebte. Ihr kam in den Sinn, was sie einmal zu Adrienne gesagt hatte: »Wenn ich wüsste, dass einer mich ernst nimmt, dass einer mir zutraut, was er auch einem Mann zutrauen würde, dann würde ich ihn sofort heiraten.« Diese Beschreibung traf auf Boy zu. Aber das war nicht alles. In seiner Nähe fühlte sie sich wohl. Immer. Er gab ihr das Gefühl, dass sie nicht der strahlende Mittelpunkt eines Universums, sondern einfach nur sie selbst sein musste. In Adrienne hatte sie eine Seelenschwester gewonnen, mit ihm hatte sie die Ergänzung gefunden, die sie komplett machte.

»Gabrielle? Ist alles in Ordnung?«

Sie sah ihn an, kam nur langsam wieder zu sich. Sie bemerkte die irritierten Blicke einiger Tänzerinnen, das abschätzige Grienen von Claudette. Sie hörte Mädchen kichern. Überwältigt davon, endlich zu spüren und zu erkennen, was echte Liebe war, fiel sie Boy um den Hals.

»Womit habe ich das verdient?«, fragte er leise.

»Ich liebe dich!« Sie hatte es ausgesprochen, laut und voller tiefster Überzeugung. Gabrielle lachte. »Ich liebe dich, Boy Capel. Ich will nicht mehr ohne dich sein. Nie mehr.«

Sie nahm wahr, dass einige sich mit ihnen freuten, andere peinlich berührt waren. Ihr war es egal. Sie hatte nur Augen für Boy, dessen Lippen sich langsam zu einem glücklichen Lächeln verzogen.

»Ich habe schon befürchtet, dass das niemals passiert«, flüsterte er und küsste sie.

Paris Ende 1910

Nach ihrem Besuch im Ballett hatte sich alles geändert. Gabrielle wohnte nicht mehr auf Étiennes Gut in Compiègne, sondern in Boys Wohnung unweit ihrer kleinen Werkstatt am Boulevard Malesherbes. Sie musste zugeben, dass Étienne ein sehr guter Verlierer war.

»Alle wissen, dass ich mir ein teures Vergnügen leiste. Ich mache mich lächerlich, wenn ein zweiter Mann für das gleiche Vergnügen bezahlt«, hatte er gesagt und auf seine typische Weise ironisch gegrinst. Sie hatte genau verstanden, wie er es gemeint hatte. Er akzeptierte ihre Entscheidung auf der Stelle und ließ es aussehen, als sei es seine. Sie trafen sich weiterhin zu dritt, nur kamen Boy und Gabrielle nun zu Besuch, schliefen in einem Zimmer und fuhren gemeinsam zurück nach Paris. Es gab keine Szene und kein böses Wort. Manches Mal hatte Gabrielle allerdings den Eindruck, Étienne beneidete die beiden um ihr Glück. Er war es gewöhnt, für Zuneigung zu bezahlen. Dass auf der einen Seite ein Mann stattliche Summen hinblätterte, ohne die geringste Gegenleistung zu erwarten, und auf der anderen Seite eine Frau ihr Herz und ihren Körper hingab, ohne auch nur einen Franc dafür zu verlangen, war ihm fremd. Er versuchte, die Beziehung der beiden zu verspotten, und wirkte dabei einsam und sogar ein wenig verbittert.

Frery hatte ihren Eindruck einmal bestätigt: »Du fehlst ihm«, verriet er ihr, als sie, wie fast immer, wenn sie auf dem Gut war, zu ihm in den Stall kam, um Salut zu sagen. »Monsieur Balsan hätte dich besser behandeln sollen.« Er nickte, als wolle er sich selbst zustimmen.

»Das hat er, Frery«, widersprach sie. »Er war immer großzügig und ist nie schlecht mit mir umgegangen.«

»Das vielleicht nicht. Aber hat er dir nur einmal gesagt, wie sehr er dich bewundert?« Sie lachte auf, Frery dagegen blieb ernst. »O ja, das tut er. Er schätzt dein Talent und deinen Stil.« Er deutete auf ihr Kleid, das sie sich genäht hatte. Es war perfekt zum Reiten, hatte einen geraden Schnitt und einen flachen, abgerundeten Kragen. Dazu hatte sie eine zur Schleife gebundene Krawatte angenäht, in Erinnerung an die kleinen Schornsteinfeger von Moulins und ihren ersten Erfolg, das Hemd eines Offiziers, das sie für Schneidermeister Lazard hatte ausbessern sollen. »Monsieur Balsan hat immer so getan, als würdest du ihm gehören. Aber du wolltest frei sein. Weißt du noch? Ich habe dir gesagt, es ist nicht richtig, dass er dich von sich abhängig gemacht hat, wenn du doch frei sein willst.«

Auch das hatte sich nach Gabrielles Liebesgeständnis geändert: Sie genoss jede freie Minute, die sie mit Boy verbringen konnte. Dafür ließ sie die Hutpresse ruhen und vertröstete sogar eine Kundin. Ganz anders Boy, er hatte nicht nur seine, sondern auch ihre Arbeit ständig im Kopf.

»Ich muss dir etwas zeigen«, hatte er eines Tages gesagt und war mit ihr in die Rue Cambon spaziert. Vor dem Haus mit der Nummer 21 war er stehen geblieben. »Es gibt hier Räumlichkeiten, die ich für dich mieten könnte. Es ist kein Ladengeschäft mit Schaufenstern, aber deutlich größer als Étiennes Apartment. Der Boulevard Haussmann mit seinen Einkaufpalästen ist nicht weit, auch die Oper und der Élysée-Palast sind nur wenige Schritte entfernt. Ich denke, es ist eine gute Lage.«

Sie hatte an der mehrstöckigen Jugendstilfassade hochgesehen und ein Kribbeln im Bauch gespürt. Noch ehe sie das Gebäude betreten hatte, war sie sicher gewesen, sich hier in einer Etage einrichten zu wollen. Schräg gegenüber waren, als sie sich in der Straße umgesehen hatte, Jungen aus einem Haus getreten. Sie trugen schwarze Uniformen, ihre Wangen leuchteten. Eine Jungenschule. Augenblicklich hatte sie sich in die erste Zeit in Moulins zurückversetzt gefühlt.

Die Besichtigung war mehr oder weniger Formsache gewesen. Boy gab ihr das erforderliche Geld. Als alles unter Dach und Fach war, gingen die beiden die Stufen hinauf und blieben vor der Tür stehen. Sofort entdeckte Gabrielle ein kleines Schild an der Wand.

Sie trat näher und las: »*Chanel Modes*.«

»Ein kleines Geschenk zum Einzug.« In Boys Blick lag so viel Wärme, dass es ihr das Herz flutete.

»Das ist ein wundervoller, ein zukunftsweisender Name. Er verspricht so viel mehr als nur Hüte.«

»Das will ich hoffen. Es sollten unbedingt bald Kleider hinzukommen, Mäntel, Blusen, Jacken.« Er lachte fröhlich, sie stimmte ein.

»Röcke, Hosen, Badebekleidung, Schuhe, Taschen«, rief sie atemlos. »Ich werde nicht mehr nur Hutmacherin sein, sondern eine Modeschöpferin. Irgendwann.« Welch ein Traum! Und das Beste daran war, er schien für sie, ein Mädchen der riesigen und meist riesig erfolglosen Chanel-Familie, in erreichbarer Nähe zu liegen. »Danke, Boy, ich weiß nicht, wie ich dir danken kann.« Sie umarmte ihn, schmiegte sich an ihn.

»So viel Aufhebens für so ein kleines Schild«, neckte er sie.

»Es ist so viel mehr, und das weißt du.« Sie küsste ihn zärtlich. »Ich liebe dich so sehr.« Wieder küsste sie ihn und sah ihm dann tief in die Augen. »Ich liebe dich dafür, wie fest du an mich glaubst. Und dafür, dass du vollkommen anders bist als all die verwöhnten Schnösel.«

»Das will ich meinen.« Er löste sich von ihr. »Gehen wir hinein.«

Während sie die Räumlichkeiten noch einmal in aller Ruhe begutachteten, ging ihr durch den Kopf, dass nicht nur für sie ein Traum in Erfüllung gehen konnte. Vielleicht war das sogar für zwei Chanel-Mädchen möglich. Antoinette arbeitete nicht nur für ihre Schwester, sondern lebte seit Neuestem sogar in einer eigenen kleinen Wohnung ganz in der Nähe der Rue Cambon. Alles passte perfekt.

Gabrielle liebte es, Geschäftsfrau zu sein. Und es konnte keinen Zweifel geben, dass sie das nun war. Tief im Inneren ihres Herzens wohnte allerdings noch immer der Wunsch, im Rampenlicht zu stehen. Sie brachte es einfach nicht fertig, ihn aufzugeben. Als das neue Jahr begonnen hatte, fasste sie den Mut, Boy auch in dieser Sache um Hilfe zu bitten. Er war oft mit ihr ausgegangen, hatte sie immer wieder ins Theater ausgeführt und ihr die Lokale gezeigt, in denen sich Künstler trafen.

»Du scheinst blendende Kontakte zum Ballett, zum Theater

und zur Oper zu haben«, hatte sie an einem Abend im Februar gesagt. »Kennst du auch die Direktoren?«

Er hatte gestutzt, dann schien er zu begreifen.

»Du willst dich als Putzmacherin versuchen und Hüte für die Bühne kreieren? Warum nicht? Es kann keinen besseren Ort geben, um Aufmerksamkeit für deine Werke zu bekommen.«

»Ich dachte eher daran, die Aufmerksamkeit für mich selbst zu bekommen«, hatte sie erklärt. »Ich weiß, meine Stimme ist nicht die beste, deshalb dachte ich eher an Tanz.« Wieder ein leicht irritiertes Zögern, doch er hatte sie und ihr Anliegen ernst genommen wie immer.

»Wenn du das wirklich willst, sehe ich, was ich tun kann.«

»Du findest es nicht albern?«

Diese Frage überraschte ihn augenscheinlich noch mehr als ihr Ansinnen an sich.

»Warum sollte ich? Wirklich albern finde ich Frauen, die nichts mit sich anzufangen wissen. Die meisten verschwenden ihre Zeit, ihr Leben ist leer. Deines ist vielleicht ein bisschen überfüllt, du hast den Kopf voller Ideen, aber so ist es mir viel lieber, als würde dir dauernd etwas fehlen. Das ist eine Sache, für die ich dich liebe, Gabrielle.«

»Für dich werde ich immer Zeit haben«, versprach sie ihm zärtlich.

»Nimm den Mund lieber nicht zu voll«, warnte er sie.

»Ich verspreche es hoch und heilig«, betonte sie. »Du stehst an erster Stelle. Immer.«

Sein Blick verfinsterte sich für eine Sekunde.

»Das will ich nicht, hörst du? Du bist schließlich auch nicht der einzige Inhalt meiner Freizeit. Wenn auch ein sehr kostbarer, das gebe ich zu.« Der Glanz in seinen Augen war zurück, ihr wurde das Herz warm. »Trotzdem werde ich für dich das Polospielen nicht aufgeben.«

»Das würde ich niemals wollen.« Er war so gut darin wie Étienne im Hindernisreiten. Der Unterschied war nur, dass Étienne den Sport als Hauptbeschäftigung ansah, während Boy in erster Linie arbeitete und nur nebenbei vom Pferderücken aus mit dem Schläger einem kleinen Ball nachjagte. Gabrielle bewunderte ihn dafür, dennoch so großen Erfolg damit zu haben.

Boy hatte ihr geraten, sich zuerst nach einem Vorbild und idealerweise gleichzeitig einer Lehrerin umzuschauen. Weil Isadora Duncan und ihr sogenannter Tanz der Freiheit in aller Munde waren, besuchte Gabrielle ihr Atelier. Rhythmik, also musikalische Impulse, Takte, Betonungen und auf den Punkt gesetzte Pausen, sollten nicht mehr nur in der Verantwortung des Orchesters liegen, sondern von Tänzern umgesetzt werden, so die Theorie. Die Duncan sei eine Meisterin auf diesem Gebiet, hieß es. Trotzdem folgte Gabrielle Boys Ratschlag und sah sich eine ihrer Darbietungen in Isadoras Atelier an, ehe sie sich als Schülerin bei ihr vorstellte. Welch ein Schock! Der Raum war ohne jedes Gefühl für Eleganz eingerichtet. Wäre er wenigstens schlicht gewesen, hätte sie sich nicht daran gestoßen, aber kreuz und quer aufgehängte bunte Papiergirlanden und ein völlig unmotiviert aufgestellter Blumentopf, in dem ein undefinierbares Gewächs verkümmerte, beleidigten ihren Sinn für Stil. Wenn sie miteinander einig würden, konnte Gabrielle sich vielleicht revanchieren und der Meisterin des Tanzens bezüglich der Inneneinrichtung auf die Sprünge helfen.

Die Darbietung war nicht minder schrecklich. Isadora Duncan bewegte sich obszön und keineswegs geschmeidig. Ein junger Mann, außer ihr der einzige Mensch auf der Bühne, war verdammt, billiges Beiwerk zu sein. Seine Aufgabe war es, sich von der Meisterin durch die Gegend schleudern zu lassen und sie so unsittlich zu berühren, dass Gabrielle den Blick senken musste. Da war ja die Rotonde ein Tempel der Hochkultur gewesen!

Hätte sie Étienne davon erzählt, hätte er auf der Stelle beschlossen, selbst einen Auftritt von Isadora zu erleben. Boy dagegen verstand, warum sie so aufgebracht war.

»Es soll eine etwas weniger bekannte Tänzerin auf dem Montmartre geben. Ich sorge dafür, dass ihr euch kennenlernt«, hatte er sofort gesagt.

Wie üblich hielt er Wort. Und so hatte sich Gabrielle an einem milden Märztag auf den Weg durch die halbe Stadt gemacht. In einer schmalen Gasse unweit der prächtigen Kirche Sacré-Cœur hatte die Dame, die sich Caryathis nannte, ihr Atelier. Ausdruckstanz sei nicht jedermanns Sache, hatte sie ohne Umschweife erklärt und fröhlich gelacht.

»Was soll ich tun? Mein Herz schlägt nun einmal dafür.« Sie hatte von ihrer Mutter erzählt, die Schneiderin war, und auf Gabrielle einen äußerst bodenständigen Eindruck gemacht. Gabrielle fühlte sich von der ersten Minute zu ihr hingezogen.

»Ich möchte Ihre Schülerin werden«, hatte sie verkündet. Von da ab lief sie jeden Tag den weiten Weg am Opernhaus vorbei, die Rue Laffitte hinauf, passierte das Moulin Rouge, ehe sie schließlich das Atelier von Caryathis hoch über der Stadt erreichte. In Wirklichkeit hieß die Künstlerin Élise, wie sie Gabrielle schon in der zweiten Stunde verraten hatte. Das passte viel besser zu dem Mädchen aus einfachen Verhältnissen, fand Gabrielle. Der Unterricht verschlang viel Zeit und Geld, trotzdem blieben die

Fortschritte aus. Im Sommer musste Gabrielle sich eingestehen, dass ihr Talent auch für das Tanzen nicht reichte.

»Ich gebe auf«, erklärte sie Boy, als sie sich am Abend in seiner Wohnung trafen. Sie saßen auf dem Balkon und blickten auf die Dächer von Paris. »Ich würde für mein Leben gern auf der Bühne stehen. Aber meine Stimme bringt die Menschen höchstens zum Lachen, und meine Arme und Beine wollen einfach nicht so, wie ich will.« Er runzelte fragend die Stirn. »Ein Schritt nach rechts, gleichzeitig mit der linken Hand eine Schleife in der Luft zeichnen und in die Knie gehen.« Sie schüttelte den Kopf. »Ich krieg's nicht hin.«

Er nahm ihre Hand. »Es bricht mir das Herz, wenn du so traurig aussiehst.«

Sie seufzte tief. »Es ist nicht leicht, einen großen Wunsch loszulassen.«

»Ich denke, das Leben hat etwas anderes mit dir vor.« Er streichelte ihr sanft über die Wange. »Vielleicht sieht deine Bühne einfach nur anders aus, als du dir bisher vorstellen konntest.«

Gabrielle wurde das Herz weit. Er hatte ja recht. Wie so oft. Sie nahm seine Hand, die ihr noch immer so nah war, schloss die Augen und schmiegte ihr Gesicht hinein. »Du musst dir keine Vorwürfe machen, nicht alles versucht zu haben. Das ist wichtig«, sagte er ernst. Sie öffnete die Augen und sah ihn an.

»Das ist es wirklich.« Sie holte tief Luft, das Bedauern, das noch vor wenigen Minuten so schwer gewogen hatte, löste sich auf. »Wenn das Schicksal andere Pläne mit mir hat, soll es mir recht sein. Solange du nur darin vorkommst.«

Der Wind hatte aufgefrischt und spielte mit seinem Haar. Gabrielle stand auf, setzte sich auf seinen Schoß, schlang die Arme um ihn und küsste ihn voller Hingabe.

Wirklich, Gabrielles Leben war perfekt. Beinahe. Was ihr zu schaffen machte, war der Umstand, dass Boy häufig einfach für ein paar Tage aus der Stadt verschwand, ohne ihr zu sagen, wohin er fuhr, oder was genau er dort tat. Als er nach einer solchen unangekündigten Abwesenheit zu ihr in die Rue Cambon kam, als sei nichts geschehen, fragte sie ihn danach.

»Ich hatte etwas zu erledigen«, entgegnete er beiläufig.

»Davon gehe ich aus.« Sie machte eine kurze Pause, hoffte, er würde von allein mehr erzählen. Das tat er nicht. »Darf ich nicht erfahren, was du zu erledigen hattest?«

»Nein«, kam es prompt zurück, »es betrifft dich nicht.«

Sie hatte von Étienne gehört, Boy würde mit anderen Frauen ausgehen, Töchter von Lords und Baronen, allesamt lohnende Verbindungen. Sie hatte es weggewischt. Dummerweise hörte sie diese Geschichten auch von ihren Kundinnen.

»Monsieur Capel soll sich mit einem englischen Lord getroffen haben. Eines unserer Dienstmädchen kennt die Zugehfrau des Lords. Er soll eine sehr hübsche Tochter haben, die er gern gut verheiraten möchte. Na, da brauche ich nur eins und eins zusammenzuzählen, um zu wissen, was Monsieur Capel im Schilde führt.«

Als wären das nicht genug Sorgen, musste sich Gabrielle auch noch gegenüber den Frauen behaupten, die in Boys Vergangenheit eine größere Rolle gespielt hatten. Die Tänzerin Claudette war bei Weitem nicht die Einzige, die ihn nicht verloren geben wollte. Es war geradezu ungehörig, wie offen sie sich bemühten, ihn zu bezirzen. Ein Kuss mehr, als für eine Begrüßung üblich war, eine allzu innige Umarmung. Gabrielle hatte in seiner Wohnung sogar parfümierte Briefe gefunden.

»Kannst du ruhig lesen«, hatte Boy gelassen erklärt, als sie ihn darauf angesprochen hatte. »Ich habe keine Geheimnisse vor dir.«

»Ach nein?«

»Nein, nicht wenn es um dich oder um unsere Beziehung geht.«

Das hatte beruhigend geklungen, und es gelang ihr, zu glauben, dass er kein Interesse an anderen Frauen hatte. Dennoch nistete sich eine diffuse Angst in ihr ein, und sie konzentrierte sich darauf, möglichst viel Zeit mit ihm zu verbringen. Dafür überließ sie die Arbeit immer häufiger Antoinette. Eigentlich hätte es sie nicht wundern dürfen, dass ihre kleine Schwester inzwischen das Ohr näher an der Branche hatte als sie selbst.

»Hast du gehört, dass Paul Poirets Tochter Germaine in der Rue de Penthièvre 5 einen Hutsalon eröffnet hat?«, fragte sie beispielsweise an einem Morgen, wie er typisch für die beiden geworden war. Antoinette war bereits seit über einer Stunde im Geschäft, platzierte Modelle auf Holzköpfe und hatte schon die Kundentermine des Tages vorbereitet, als Gabrielle erschien.

»Ausgerechnet eine Poiret«, erwiderte Gabrielle. »Sie hat noch nichts geleistet, wird natürlich trotzdem den guten Namen ihres Vaters nutzen.« Sie zuckte mit den Achseln. »Andererseits ist sie ein bisschen spät dran, schließlich ist es nicht der erste Hutsalon in der Gegend. Ich habe auch einen guten Namen.«

»Ja, den haben wir«, stimmte Antoinette ihr zu.

»Nur dass ich ihn nicht geerbt, sondern mir erarbeitet habe. Die Poiret wird mir meine Kundinnen schon nicht abspenstig machen.«

»Glaube ich auch nicht. Unsere Kundinnen wissen, was sie an uns haben. Deine Kundinnen«, korrigierte Antoinette sich. Gabrielle hörte ihr schon nicht mehr zu. Sie war zum Mittagessen mit Boy verabredet. Er wollte sie mit seiner Schwester Berthe bekanntmachen. Étienne hatte ihr nur Freunde vorgestellt, aber nie seine Verwandtschaft. Bei Boy war es auch so gewesen. Bisher. Nun lernte sie endlich ein Mitglied seiner Familie kennen. Sie fand, das war ein gutes Zeichen.

Berthe war ein wundervoller Mensch, freiheitsliebend, klug und sehr humorvoll. Kein Wunder, dass sie Boy die liebste seiner drei Schwestern war. Gabrielle freute sich, dass sie eine Weile in Paris bleiben wollte. Sie besuchten zu dritt eine Revue im Moulin Rouge, stiegen auf den Eiffelturm und genossen den Blick über die Seine, die Boulevards und Parks. Die beiden Frauen unternahmen einen Einkaufsbummel ohne Boy. Berthe bestaunte die Fassade von Aux Tortues mit ihren bronzenen Verzierungen.

»Sieh nur, Schildkröten«, rief sie. »Und da ein Elefantenkopf mit Stoßzähnen!«

»Was wirst du erst sagen, wenn du die Auswahl drinnen siehst? Du findest in ganz Paris kein besser sortiertes Geschäft auf diesem Gebiet.«

Sie kauften Kämme aus Schildpatt und Spangen aus Elfenbein.

An einem anderen Tag ruhten sie sich nach einer Besichtigung des Louvre, zu der sie sich mit befreundeten Künstlern verabredet hatten, im Teesalon Angelina in der Rue de Rivoli aus. Gabrielle trug an diesem Tag keinen Hut, sondern ein Stirnband aus Piqué direkt am Haaransatz, das sie mit einer Spange aus Schildpatt befestigt hatte. Ihr Tisch stand unter einer ausladenden Palme, an der Wand gegenüber hing eine Uhr. Gabrielle fragte sich, wie das große Gewächs ohne Sonnenstrahlen und frische Luft überleben konnte, und ob die Uhr echt oder nur aufgemalt war. Beides erschien ihr nicht minder interessant als die Gemälde und Skulpturen, die sie im Museum betrachtet hatten.

»Du hast dich auch eine Weile damit beschäftigt, siehst du es wie deine Namensvetterin?« Boy und die Schauspielerin Gabrielle Dorziat, die Teil der bunten Runde war, sahen sie erwartungsvoll an.

»Verzeihung, ich war mit den Gedanken woanders.«

»Das kann ich verstehen. Nach so viel Kunst schwirrt mir auch der Kopf.« Dorziat lächelte freundlich. Gabrielle schätzte, sie musste etwa ihr Alter haben, vielleicht war sie etwas älter. »Ich sagte gerade, ich kann mit den rhythmischen Methoden von Dalcroze nicht sonderlich viel anfangen.«

Weil Boy sie noch immer ansah, sagte Gabrielle: »Ich weiß nicht recht. Heißt es nicht, er wollte mit seiner Lehre dafür sorgen, dass mehr Menschen ein Gefühl für Musik und Rhythmus bekommen? Das wäre nichts Schlechtes.«

»Gewiss nicht, aber muss er dafür eine Anstalt gründen, in der er Menschen über Wiesen hüpfen lässt?« Die Dorziat schnitt eine Grimasse.

Ein Mädchen mit eng geschnürtem schwarzem Kleid und weißer Schürze servierte Tee und kleine Gebäckstücke, die Kunstwerken glichen. Hier ein Baiser, dort ein Schokoladenhäufchen mit Krokant.

»Das sieht köstlich aus!« Berthe konnte sich kaum entscheiden, welches sie zuerst probieren sollte. Gabrielle ging es nicht anders.

»Mir ist der klassische Tanz eines Nijinski auch lieber«, meinte Étiennes Freund Léon, der gern Zeit mit Gabrielle und Boy verbrachte. Étienne schloss sich auch nicht selten an, hatte an diesem Tag allerdings eine Verabredung, wie Léon mit vielsagendem Zwinkern verraten hatte.

»Das kann man nicht vergleichen«, warf Berthe ein.

So war es meistens, sie unterhielten sich über verschiedene Kunstgattungen, von Tanz über Gesang bis zur Bildhauerei. Gabrielle bewunderte, wie viel die meisten von Boys Freunden davon verstanden. Und sie hatte oft ein wenig Angst davor, nach ihrer Einschätzung gefragt zu werden. Es war typisch für Boy, ständig ihre Meinung hören zu wollen. Gabrielle freute sich darüber. Er gab ihr in jedem Moment das Gefühl, eine besondere und kostbare Person zu sein. Noch immer durchströmte sie jedes Mal eine Woge aus purem Glück. Manchmal überforderte es sie jedoch. Wie auch an diesem Nachmittag, als sie auf Malerei und auf die Zeichnungen des Karikaturisten Sem zu sprechen kamen.

»Welches Album ist das bessere, das aktuelle oder das aus dem letzten Jahr?«, wollte Boy von ihr wissen.

»Ich weiß nicht.«

»Ich habe dir sein neues gezeigt, erinnerst du dich?« Er sah sie an wie ein Junge, der sich auf ein Geschenk freute.

»Für mich bleibt *Le Turf* ungeschlagen«, rief Léon dazwischen. »Das war sein Meisterwerk!«

Boy hatte Léon in der Frage um Sems Werke das Schlusswort gelassen, Gabrielle nicht weiter bedrängt, sondern elegant zu einem Thema übergeleitet, über das Gabrielle sich sehr gefreut hatte.

»Du spielst gerade in einem Stück von Maupassant, richtig?«, hatte er von der Dorziat wissen wollen.

»So ist es, ich spiele die Hauptrolle.« Sie hatte fröhlich gezwinkert.

»Wer entwirft die Kostüme und die Kopfbedeckungen, steht das schon fest?«

»Nein, meines Wissens ist das noch nicht entschieden.«

Natürlich schlug er sofort Gabrielle vor, die auch gleich nach dem Inhalt des Stückes und den Figuren darin fragte.

»Wie gesagt, ich habe die Hauptrolle«, verkündete die Dorziat schließlich lächelnd. »Wenn ich auf der Bühne Hüte von Gabrielle Chanel tragen will, wird der Regisseur das nicht ignorieren, denke ich.«

Sie behielt recht, Gabrielle fertigte zwei Modelle aus Stroh an, die der Dorziat und glücklicherweise auch dem Regisseur gefielen. Boy verschaffte ihr weitere Kontakte zu Theatern, denn alle Theater brauchten Hüte! Nicht nur das, die Dorziat fand außerdem Gefallen an Gabrielles Idee, Stirnbänder zu verwenden. Sie tat es ihr nach und ließ sich in ihrer Freizeit damit sehen. Da sie eine berühmte Schauspielerin war, redeten die Leute darüber.

»Hast du die Dorziat gesehen? Sie erschien kürzlich zur Oper mit einem Stirnband wie ein Tennisgirl!«

Und so redeten die Leute auch über Gabrielle.

Für Gabrielle hätte das Leben immer so weitergehen können. Sie produzierte Hüte für ihre Kundinnen und für die eine oder andere Aufführung. Außerdem nähte sie Kleider, die an Boys Aufzug beim Polo erinnerten. Sie liebte seine Sweater und Blazer, die er in England kaufte. Sie waren sportlich und lässig und zeugten obendrein von Stil. Überhaupt gefiel ihr Mode für Herren oft besser als die für Damen. Natürlich wäre sie nicht im Traum darauf gekommen, sich komplett männlich zu kleiden. Sie wollte kopieren, was Männer trugen, und dann der weiblichen Gestalt anpassen. Gabrielle probierte aus, ließ sich mit der einen oder anderen Kreation sehen, studierte akribisch die Reaktionen. Das Jahr ging vorüber, ein neues begann. Natürlich las Gabrielle in den Zeitungen von Spannungen auf dem Balkan und hörte Boy, Berthe und ihre Freunde vom Konkurrenzkampf ihres Landes mit dem Deutschen Kaiserreich um Gebiete in Nordafrika sprechen. Sie machte sich keine allzu großen Sorgen deswegen. Auch das Wort von einem heraufziehenden Krieg machte die Runde. Solange die feine Pariser Gesellschaft sich eher um gestiegene Preise kümmerte, konnte es wohl nicht so dramatisch sein, sagte sie sich. Und genau so war es. Eine Dame echauffierte sich bei der Anprobe ihres Hutes darüber, dass die geschnitzten Fensterläden, die sie und ihr Mann passend zu den Handläufen im Inneren hatten montieren lassen, nahezu doppelt so teuer geworden waren, wie sie geplant hatten, weil der Preis für Holz in schwindelerregende Höhen geschossen war. Auch englischer Tee kostete inzwischen ein Vermögen, wenn man ihn überhaupt noch bekam.

»Eine Katastrophe!«, klagte daher eine andere Kundin. »Eine Teatime ohne Tee aus dem Königreich? Wie soll das gehen?«

Als das Frühjahr 1913 in Paris Einzug hielt, kehrten viele Bewohner der Stadt den Rücken. Sie flüchteten regelrecht vor immer lauter werdenden Reden über Kriegstauglichkeit, geschmiedete Allianzen, die im Fall der Fälle gemeinsam Stärke beweisen würden, und Investitionen ins Militär, die noch schneller wuchsen als die Holzpreise. Die Sommerfrische in feinen Seebädern im Norden versprach Zerstreuung und Abstand von alldem. Auch Boy und Gabrielle machten sich auf den Weg nach Deauville.

»Vielleicht bleiben wir länger als nur für den Sommer«, kündigte er mit einer ernsten Miene an, wie sie sie selten bei ihm gesehen hatte. Ihr wurde bang ums Herz, doch wieder dauerte dieser Zustand nicht lang. Zum einen freute sie sich unbändig, eine ganze Weile mit ihm zu verreisen und seinen Verflossenen zu entgehen, zum anderen war sie nie zuvor am Atlantik gewesen.

Deauville 1913

Deauville erschien Gabrielle wie das Paradies! Sie und Boy wohnten im feinen Hotel Normandy. Von dort unternahmen sie Spaziergänge zwischen den Tennisplätzen und dem kleinen Park mit Spielgeräten für die Kinder hindurch zum honigfarbenen Strand, der so weit zu sein schien wie das Meer selbst. Oder sie schlugen die andere Richtung ein, die Rue de Gontaut-Biron entlang, über die Avenue de la République hinweg bis zum Hippodrom, wo sie Pferderennen und Polo-Spiele verfolgten. Die Damen der Gesellschaft erschienen von Kopf bis Fuß in Weiß. Sie trugen spitze Riemchenschuhe, deren Schnallen so filigran gearbeitet waren, dass es sicher eine Stunde dauerte, sie zu schließen oder wieder zu öffnen. Ihre Kleider waren überladen von Spitze, Stickerei und Federschmuck, die Hüte waren es ebenfalls. Alles war viel zu groß, dazu vollkommen unpraktisch, unbequem und empfindlich gegen das kleinste Stäubchen, wovon es auf Rennbahnen und Poloplätzen naturgemäß reichlich gab. Warum taten die Frauen sich das an? Viele von ihnen lebten die meiste Zeit des Jahres in Paris, wo Modeschöpfer längst Neues wagten. Paul Poiret befreite die Damenwelt immerhin schon von Miedern, die einem die Luft nahmen, wenn er sie dafür auch in exotische Stoffkreationen steckte. Gabrielle war nicht die Einzige, die einen schlichten Stil präsentierte. In der Stadt war es ihr so vorgekommen, als würden immer mehr Frauen ausbrechen und Kleider tragen, die sie nicht ständig an jeder Bewegung hinderten. Wie war es nur möglich, dass hier alles anders war? Zumindest in der Frage der Mode glich der Aufenthalt in Deauville einer Reise in die Vergangenheit.

Gabrielle passte sich nicht an, sie trug ihre eigenen gerade geschnittenen Kleider ohne Taille, die herrlich luftig waren und ihr erlaubten, mit Boy über den Strand zu laufen wie zwei überdrehte Kinder oder mit ihm auf der Mauer an der Mole zu sitzen und den Sonnenaufgang zu beobachten.

Auch die Sommerfrische wurde nach wenigen Wochen zur Routine. Gabrielle gefiel es, es war eine Struktur, wie sie sie schon im Kloster von Aubazine geschätzt hatte. Spaziergänge und Teestunden am Tag, am Abend wurden sie oft in die Häuser englischer Lords eingeladen, die Boys Familie seit Jahren kannten. Beim ersten Besuch dieser Art war Gabrielle nervös gewesen. Inzwischen freute sie sich jedes Mal darauf. Die Briten störten sich weder an ihrem ungewöhnlichen Aufzug noch an ihrem fehlenden Trauschein. Sie nahmen Gabrielle auf, als sei sie eine von ihnen. So war es auch an diesem Abend gewesen. Es war nach Mitternacht, als Gabrielle an Boys Arm den Platz vor dem Rathaus überquerte. Das gute Essen und die interessanten Gespräche wirkten in ihr nach. Zufrieden betrachtete sie all die hübschen Fachwerkhäuser mit ihren Holzbalkonen, Gebäude, die höchstens drei Stockwerke hatten und nicht die Sicht auf den Himmel versperrten wie die in Paris. Sie betraten das Hotel durch die

Drehtür aus Glas und Holz, der Empfangschef begrüßte sie, als wären sie besondere Gäste, so wie er es mit jedem Besucher des Hauses hielt. Gabrielle fragte sich, ob er niemals schlief. Ganz gleich zu welcher Tages- oder Nachtzeit sie die luxuriöse Herberge betraten oder verließen, war er da.

»Noch ein Schlummertrunk gefällig?«, fragte Boy, noch während er die Tür zur Suite hinter sich schloss.

»Gern.« Sie sah ihn an. »Du bist nicht zu müde?«

»Nein.«

»Du hast den gesamten Rückweg von den Fynch-Hattons kein Wort gesprochen.«

»Es wurde doch genug leeres Zeug geredet«, entgegnete er knapp, schenkte Cognac in zwei Kristallgläser und reichte ihr eines.

»Ich finde, der Lord und seine Frau wirken recht klug. Auch ihre Gäste waren doch sehr freundlich und offen.« Sie wählte jedes Wort mit Bedacht. Es verunsicherte sie, dass er plötzlich so gereizt war. Gabrielle hätte wetten können, dass er Lord und Lady Fynch-Hatton und auch einige von deren Freunden leiden konnte.

»Ja, meine Landsleute sind alle nett und tolerant.« Seine Miene sagte etwas anderes. Er ließ sich in einen der beiden Ohrensessel sinken. »Aber ist dir nicht aufgefallen, wie sie nur um sich selbst kreisen? Einer behauptet, ein Abkömmling des englischen Königs zu sein, der andere brüstet sich damit, wie viele Pferde er im Stall und Automobile er in der eigens errichteten Garage stehen hat. Weder das eine noch das andere ist eine Leistung, auf die man stolz sein könnte.«

Sie setzte sich in den Sessel neben ihm.

»Sie haben mich mit offenen Armen und ohne Vorbehalt aufgenommen, obwohl wir nicht verheiratet sind. Sie scheren sich nicht darum, woher ich komme, dass meine Familie weder Pferde noch Automobile besitzt. Das ist mir aufgefallen. Vor allem geben sie mir nicht das Gefühl, nur geduldet zu sein. Glaube mir, dieses Gefühl kenne ich nur zu gut, ich vermisse es gewiss nicht.« Er lenkte nicht ein, sondern schwieg. »Du musst dich nicht mit ihnen abgeben, wenn sie dir so zuwider sind«, schloss sie und nippte an ihrem Cognac.

»Das sagt sich so leicht«, erwiderte er leise.

»Es ist so leicht.«

»Ist es eben nicht, Gabrielle«, meinte er aufgebracht. »Es ist wichtig, in der Gesellschaft anerkannt zu sein.«

»Das aus deinem Mund?« Sie konnte es nicht glauben. »Du scherst dich nie um die neueste Mode oder um Konventionen. Warum jetzt auf einmal?«

»Lass dich nur nicht von mir täuschen. Es ist mir durchaus nicht egal, was die Leute von mir denken. Mein Vater ...« Er stockte. »Es gibt nicht viel, was ich über ihn sagen könnte. Die Menschen wissen nichts von ihm, sie spekulieren.« Es sah aus, als bereitete es ihm körperliche Schmerzen, über dieses Thema zu sprechen. Er drehte das Glas in seiner Hand, starrte auf die bernsteinfarbene Flüssigkeit. »Du machst dir ja kein Bild davon, wie viele respektable Männer von der Gerüchteküche tot gekocht wurden, nur weil nicht auszuschließen war, dass unter ihren Vorfahren Juden gewesen sein könnten.« Gabrielle erschrak. Boy Capel, der mit einem unerschütterlichen Selbstbewusstsein und großer innerer Ruhe ausgestattet zu sein schien, litt unter dem Gerede anderer? Damit hätte sie in ihren kühnsten Träumen nicht gerechnet. Sie wollte nicht länger ansehen, wie er sich quälte, und fasste sich ein Herz.

»Mach es wie ich«, schlug sie mit vorgetäuschter Fröhlichkeit vor. »Erfinde den perfekten Vater! Ich erzähle ständig falsche Geschichten über meinen«, gestand sie leise. Boy blickte neugierig auf. »Meistens behaupte ich, er ist nach Amerika gegangen, um dort sein Glück zu suchen. Oder ich mache aus ihm einen Winzer mit großem Weingut und wohlhabender Kundschaft.« Sie schluckte. »Nichts davon ist wahr. Henri-Albert Chanel hat vorübergehend einen kleinen Gasthof geführt, aber die längste Zeit seines Lebens hat er sich als Markthändler durchgeschlagen. Mit wenig Ehrgeiz und ebenso wenig Erfolg.« Sie war selbst überrascht, wie leicht ihr die Wahrheit plötzlich über die Lippen kam. Bei Boy war alles leicht für sie. »Mein Vater ist ein Frauenheld und Trinker, der sich um keinen Menschen wirklich sorgt, außer um sich selbst. Er hat uns Schwestern nach dem Tod meiner Mutter einfach in einem Waisenhaus abgeladen. Jetzt sind seine Eltern alt und könnten seine Unterstützung brauchen, aber es ist seine ältere Schwester Louise, die Mamie Angelina und Papi Henri nach Varennes geholt hat«, erklärte sie bitter.

»Das tut mir leid.«

»Und das ist noch nicht einmal alles. Mein Vater lebt mit einem völlig verdorbenen Weib zusammen. Mein jüngster Bruder Lucien ist dienstunfähig aus der Infanterie entlassen worden und wusste nicht, wohin. Vater hat ihn gern aufgenommen.«

»Immerhin.«

Gabrielle lachte auf. »Reiner Eigennutz! Er hat Lucien für sich arbeiten lassen, während er mal wieder verschwunden ist, wie so oft. Dieses Mal, um brave fleißige Menschen übers Ohr zu hauen.« Sie leerte ihr Glas in einem Zug. Es fiel ihr nicht nur leicht, Boy die Wahrheit zu erzählen, es tat ihr sogar gut. Sie hatte in den letzten Jahren die wenigen Informationen, die sie über ihren Vater bekommen hatte, so konsequent verdrängt, dass sie in ihrem Leben nicht mehr vorgekommen waren. Ihr war, als las sie erst in diesem Moment all die Briefe, die ihr längst die Augen über Monsieur Chanel hätten öffnen können.

»In Vaters Abwesenheit hat seine Gefährtin sich an meinen armen Bruder herangemacht«, berichtete sie weiter und schüttelte sich voller Ekel. »Eine Säuferin stellt einem jungen anständigen Mann nach, der ihr Sohn sein könnte. Pfui Teufel!« Gabrielle atmete tief ein. »Denkst du, diese hässliche Wahrheit möchte ich preisgeben? Da erfinde ich lieber hübsche Märchen, die ich irgendwann selbst glauben kann. Du solltest es auch versuchen.«

Tags darauf kamen Gabrielle und Boy von einem Spaziergang zur Mole zurück. Sie hatten den Segelschiffchen zugesehen, die sich auf dem Wasser hatten schaukeln lassen. Als sie das Normandy betraten, kam ein junger Portier in weinroter Uniform auf Gabrielle zu und reichte ihr einen Umschlag.

»Seltsam, kein Absender«, sagte sie leise. Sie gingen hinauf, Boy schlüpfte aus dem Blazer und öffnete die Balkontür, um die salzige Luft hereinzulassen, die vom Meer durch die Straßen des Ortes wehte. Gabrielle riss das Kuvert auf.

»Von wem ist es denn?«, wollte Boy wissen, der ihr noch immer den Rücken zudrehte.

Die Buchstaben der wenigen Zeilen verschwammen vor ihren Augen.

»Das ist nicht möglich«, flüsterte sie. Boy drehte sich um.

»Hoffentlich keine schlechten Nachrichten?«

Gabrielle wollte ihm antworten, doch sie konnte nicht. Sie schluchzte auf, reichte ihm das Blatt Papier und ließ sich auf einen Sessel sinken. Er las den kurzen Text, hockte sich vor Gabrielle auf den Boden und nahm ihre Hände.

»Ich weiß nicht, was ich sagen soll. Es tut mir schrecklich leid.« Sie bekam noch immer kein Wort heraus, also flüsterte er sanft: »Sie war deine älteste Schwester, nicht wahr?« Gabrielle nickte.

»Nach Mamans Tod waren wir nie getrennt«, brachte sie heiser hervor. »Julia, Antoinette und ich hatten nur uns. Erst im Kloster, dann in der Schule in Moulins.« Eine Erkenntnis durchfuhr sie so plötzlich, dass ihr übel wurde und sie um Luft ringen musste. »Was ist, wenn ich die Schuld trage?«

»So ein Unsinn! Wie solltest du?« Boy sah sie ernst an.

»Antoine schreibt, ihr sei am Ende vielleicht alles zu viel geworden. Das kann doch nur bedeuten, dass sie sich das Leben genommen hat.« Wieder schluchzte sie, entzog ihm die Hände und schlug sie sich vor das Gesicht. »Ich habe sie im Stich gelassen. In dem Moment, als ich Adrienne kennenlernte, habe ich meine Schwestern zurückgesetzt.«

»Ich habe Julias Mann anders verstanden«, erklärte Boy ruhig. »Er fasst sich ziemlich kurz, aber ich denke, er will damit sagen, dass Julias Körper am Ende alles zu viel geworden ist.«

Er stand auf, setzte sich auf eine Armlehne und zog Gabrielle an sich. Sie klammerte sich an ihn, als würde sie von diesem Sessel in den grausigsten Abgrund rutschen, wenn sie sich nicht gut genug festhielt.

»Sie hat Tag und Nacht gearbeitet, hast du mir das nicht erzählt?«, flüsterte er, während er sie in seinen Armen wiegte.

»Genau wie Maman«, hauchte sie und nickte. »Und trotzdem hat sie es nicht wenigstens zu bescheidenem Wohlstand geschafft. Sie hätte sich das hier nie leisten können.« Gabrielle deutete auf den äußerst großzügigen und teuer eingerichteten Salon der Suite, die sie bewohnten. »Ich hätte sie mehr unterstützen müssen.« Immer mehr Tränen rannen ihr über die Wangen.

»Sie war verheiratet, ihr Mann war dafür verantwortlich, dass sie genug zu essen und ein Dach über dem Kopf hatte. Sie hatten eine Wohnung in Moulins, ist es nicht so?« Ihre Antwort war ein schwaches Nicken. »Siehst du, du konntest davon ausgehen, dass sie zurechtkommen.«

»Ich werde Antoine schreiben, er soll an der Beerdigung für Julia nicht sparen, ich werde die Kosten übernehmen.« Eine Weile starrte sie schweigend vor sich hin. Boy ließ ihr die Zeit, die sie brauchte. Er streichelte ihr übers Haar, reichte ihr ein Taschentuch und war ihr einfach nah. Schließlich atmete sie tief ein. »Was mache ich hier, Boy? Ich müsste in Paris sein, um Geld zu verdienen. Ich brauche mehr Einkünfte, um meine Familie unterstützen zu können.« Sie sah ihm in die Augen. »Mein Neffe, der kleine André, hat seine Mutter noch früher verloren als ich meine.« Ihre Stimme zitterte. »Ich muss ihn zu mir nehmen. Er darf nicht in den gleichen furchtbaren Strudel der Armut geraten.« Boy erhob sich.

»Und dann? Was soll er hier anfangen?«, fragte er sie.

»Er soll ein besseres Leben haben. Dafür braucht er eine gute Ausbildung.«

»Da stimme ich dir zu, das ist jetzt das Wichtigste für ihn.« Boy ging auf und ab. Das Geräusch seiner Schritte wurde von dem dicken Teppich verschluckt. »Ich kenne keinen Platz, der besser geeignet wäre als das College in Beaumont.«

»England?«

»Dort bin ich erzogen worden.«

Es entstand eine lange Pause. Gabrielle dachte gründlich nach.

»Dann ist es wirklich der richtige Ort für ihn.« Sie trocknete die verweinten Augen und drückte ihr Kreuz durch. »Und ich gehe zurück nach Paris, damit ich dieses College überhaupt bezahlen kann.«

»Deine Kundschaft ist hier, Gabrielle. Wie es aussieht, wird sie noch eine Weile hier bleiben. Es wäre töricht, Deauville zu verlassen.«

»Aber ich muss doch ...«

»Wenn du die Beisetzung hinter dich gebracht hast, kommst du hierher zurück und suchst dir ein nettes kleines Ladengeschäft. Du verkaufst deine Hüte hier, Gabrielle. Glaube mir, es gibt im Moment keinen besseren Ort für beträchtliche Umsätze als Deauville.«

Es war ein furchtbar heißer Tag, als Gabrielle wieder in Deauville eintraf. Sie hätte vom Bahnhof in Richtung der Place Morny gehen können und weiter der diagonal durch den Ort laufenden Straße bis zum Casino folgen, das gegenüber vom Hotel Normandy lag. Stattdessen lief sie zunächst zum Strand. Wellen rollten mit leisem gleichmäßigem Rauschen auf den Sand, der im Hin und Her des Wassers ständig seine Schattierungen wechselte von blendendem hellem Beige bis zu vollgesogenem Dunkelbraun. Eine Weile stand sie nur da, die Reisetasche achtlos neben sich auf dem Holzsteg. Erst jetzt spürte sie, wie angespannt ihr Körper in den letzten Tagen gewesen war. Sie hatte sich vermutlich in dem Moment völlig verkrampft, in dem sie die Todesnachricht erhalten hatte. Jetzt endlich, da das Begräbnis hinter ihr lag und sie die Zukunft für ihren kleinen Neffen zumindest für die nächsten Jahre geregelt wusste, fiel die Spannung von ihr ab. Der Gedanke an André, der am Grab seiner Mutter nicht zu beruhigen gewesen war, trieb ihr zwar sofort wieder Tränen in die Augen. Gleichzeitig war sie erleichtert, dass das Schlimmste nun hinter ihm lag. Und hinter ihr. Es war Zeit, wieder nach vorn zu blicken. Gabrielle nahm ein paar tiefe Atemzüge, schmeckte das Salz auf den Lippen, hörte die Möwen. Sie schloss kurz die Augen. Nun war sie wirklich angekommen, zurück in ihrer Welt, die so viel besser war als die ihrer Vergangenheit. Und sie wusste genau, was sie zu tun hatte. Sie würde sich Räumlichkeiten für ihr Hutgeschäft suchen. Boy hatte recht, ihre Kundinnen waren hier, die meisten Hutmacher jedoch waren in Paris. Es wäre sträflich dumm, nichts als Urlaub zu machen, nur weil sie am Meer war, wo die feinen Herrschaften ihre Ferien verbrachten. Doch ehe sie sich darum kümmerte, hatte sie etwas anderes zu erledigen. Ihr fiel ein Moment in Moulins ein, als Adrienne ihr ein erfrischendes Bad im Fluss ausgeredet hatte. Damals hatte Hitze geherrscht wie jetzt auch. Jede Erfrischung wäre willkommen gewesen. Eine Chanel machte keinen Fehler zweimal! Entschlossen machte sie sich auf den Weg zum Normandy. Boy saß im Garten des Hotels im Schatten eines großen weißen Schirms. Als er sie sah, sprang er auf und drückte sie an sich.

»Du hast mir gefehlt. Ich bin so froh, dass du zurück bist.«

»Das bin ich auch.« Sie lächelte.

»Setz dich, du musst mir alles erzählen.« Er machte Anstalten nach dem Kellner zu winken, doch sie hielt ihn auf.

»Wir können später reden. Lass uns jetzt an den Strand gehen, ins Meer.«

»Du willst baden gehen?« Seine Miene zeigte eine Mischung aus Erstaunen und Belustigung.

»Es ist heiß wie in der Hölle«, entgegnete sie. »Und erzähle mir jetzt bloß nicht, der Atlantik sei nur dafür da, dass wir Fische herausholen und Schiffe darauf fahren lassen können.«

Boy nahm ihr Gepäck.

»Das habe ich nicht vor«, erklärte er ihr und war bereits auf dem Weg hinein.

Nur wenige Minuten später breiteten sie Handtücher auf dem Sand aus. Gabrielle zog ihr Kleid über den Kopf.

»Du willst doch nicht etwa sämtliche Hüllen fallen lassen und dich in die Wellen stürzen, oder?« Der Gedanke schien ihm nicht zu behagen. »Das gehört sich nun wirklich nicht.«

»Natürlich nicht. Das hier behalte ich selbstverständlich an.« Im Unterkleid ging sie auf den Saum des Meeres zu. Wie sie Boy um seine recht kurze Badehose und das enge Trägerhemd beneidete. Sie beschloss, Badebekleidung für die Damenwelt zu entwerfen, die ebenso bequem war. Und ungefährlich. Erst kürzlich hatte sie gehört, dass die Gewichte, die in den Saum mancher Badekleider eingenäht waren, eine Schwimmerin in die Tiefe gezogen hatten. Wo diese Gewichte fehlten, kam es vor, dass die Stoffmassen sich selbstständig machten und ihre Trägerin derartig einwickelten, dass diese von Glück sagen konnte, wenn sie nicht ertrank.

»Und, bist du zufrieden?« Boys Stimme riss sie aus ihren Gedanken.

»Mit meiner Badebekleidung noch nicht, aber das werde ich ändern. Mit der Abkühlung bin ich mehr als zufrieden.« Sie strahlte ihn an. Es war himmlisch. In der ersten Sekunde war es ihr schrecklich kalt vorgekommen, sie war regelrecht erschrocken. Doch nur wenige Atemzüge später fühlte es sich sehr angenehm an. Ihre Haut prickelte, der Duft des Meeres war so intensiv, wie nie zuvor und hüllte sie vollständig ein. Der Meeresboden war weich wie Samt und quoll bei manchem Schritt lustig zwischen ihren Zehen hindurch. Gabrielle lief so weit auf den Horizont zu, bis das Wasser ihr bis zum Kinn reichte. Dann drehte sie um. Sie sah, wie Boy auf dem Rücken lag und auf den Wellen zu schweben schien. Das musste sie auch probieren. Zögernd löste sie die Füße vom Meeresgrund und ließ sich nach hinten kippen. Wie von allein fanden ihre Beine den Weg an die Oberfläche.

»Es ist ja ganz einfach«, rief sie entzückt. »Es ist, als würde ich flie…« Ein Schwall Salzwasser hatte ihr das Wort abgeschnitten. Gabrielle hustete und ruderte, geriet beinahe in Panik, weil ihre Füße nicht sofort Halt fanden. Doch im nächsten Augenblick war Boy bei ihr und nahm sie in den Arm.

»Schon gut«, raunte er, »du hast nur ein bisschen Wasser geschluckt. Es ist nichts passiert.«

»Es schmeckt scheußlich«, beklagte sie sich, musste aber lachen. Seine nackte Haut an ihrer fühlte sich verlockend an. Inmitten der kalten See strahlte er eine herrliche Wärme aus. Gabrielle presste sich enger an ihn. Behutsam küsste sie ihm Tropfen von der Wange. »Das schmeckt viel besser«, flüsterte sie. Sie spürte seine Hände über ihren Rücken gleiten.

»Ich weiß etwas, das sogar noch köstlicher ist«, sagte er leise und legte seine Lippen auf ihre.

Sie mussten eine Ewigkeit eng umschlungen in den Fluten gestanden und sich geküsst haben.

»Wir sollten rausgehen«, meinte Boy schließlich, »bevor wir noch ganz schrumpelig sind.«

Sie kämpften sich aus den Wellen, die einen erstaunlichen Sog entfalteten, und ließen sich auf die Handtücher fallen.

»Du wirst einmal mehr zum Gesprächsthema werden«, neckte er sie. »Nackte Füße und Waden, kein Badekarren, der dich vor den Blicken der Männer schützt. Obendrein wagst du dich zusammen mit einem Mann in die Fluten und verführst ihn in aller Öffentlichkeit.« Er schüttelte den Kopf. »Was bist du nur für eine verdorbene Person.« Er schmunzelte, das Blitzen in seinen Augen verriet ihr, wie sehr ihm genau diese Eigenschaft gefiel. Sie stützte sich auf die Ellenbogen und sah ihn herausfordernd an.

»Wollen wir ihnen noch mehr Gesprächsstoff liefern?« Ehe er antworten konnte, küsste sie ihn erneut, lange und leidenschaftlich. Dann drehte sie sich auf die Seite. »Sollen sie reden«, sagte sie. »Solange sie das tun, interessieren sie sich für mich. Das kann nur gut für mein Geschäft sein.« Sie blickte den Strand hinauf, wo bei den einfachen hölzernen Umkleidehäuschen die Herrschaften auf verschnörkelten Stühlchen saßen. Darunter trotzte wahrhaftig ein Herr mit Anzug und Zylinder der Hitze, ein Lorgnon auf der Nase. Seine Gattin saß neben ihm und fächelte sich Luft zu. Sie musste, ins Korsett gezwängt und mit einem mehrlagig gerüschten Rock bekleidet, der gar in einer kleinen Schleppe endete, einer Ohnmacht nahe sein.

Noch am Abend zeichnete Gabrielle mehrere Entwürfe für einteilige Badeanzüge für Damen. Einer hatte Puffärmel und war bauschig wie eine Bluse, der andere würde eng am Oberkörper anliegen und hatte nur zwei breite Träger, die Arme sollten frei bleiben wie bei der Badebekleidung der Herren. Auch für die Hosenbeine entwarf sie eine weite und eine schmale Variante, beide endeten in der Mitte der Oberschenkel.

»Für unseren nächsten Ausflug zum Strand«, erklärte sie, als Boy ihr über die Schulter schaute. »Ich weiß nur noch nicht, welches Material ich verwenden soll. Ich dachte an Strick.«

»Lass dir ruhig Zeit damit. Es wird eine Weile dauern, bis wir wieder ins Meer gehen können. Ich habe einiges in Paris zu erledigen.«

»Wir fahren nach Paris?« Sie musste nicht lange überlegen. »Schön, Antoinette wird froh sein, wenn ich in der Rue Cambon nach dem Rechten sehe. Vielleicht finde ich in der Stadt auch einen geeigneten Stoff für meine Bademode.«

»Nein, nein, davon war nicht die Rede. Ich muss mich um einiges kümmern. Du solltest bleiben und dir hier einen Laden suchen, wie du es geplant hattest.«

Gabrielle fühlte sich, als hätte sie ihn küssen wollen, und er hätte den Kopf weggedreht. Ob er sich mit Claudette treffen wollte? Oder mit einer anderen seiner ehemaligen Geliebten? Sie studierte sein Gesicht, es lag nichts Verschlagenes darin.

»Sagst du mir, was du zu erledigen hast?«, versuchte sie es.

»Geschäfte, Gabrielle, das weißt du doch.«

Einen Tag nachdem sie zurück in Deauville war, musste sie sich schon wieder von Boy verabschieden. Sie stand am Portal des Normandy und blickte seinem Mercedes nach, lief ein paar Schritte, obwohl er längst in die Rue Désiré le Hoc verschwunden war. Gabrielle wurde das Herz schwer. Allein würde es ihr keine Freude machen, in die Wellen des Atlantiks zu tauchen. Allein würde keiner der englischen Lords sie einladen. Ihr blieb nichts, als auf Boys baldige Rückkehr zu hoffen. An der Ecke der Rue de Gontaut-Biron blieb sie unentschlossen stehen. Ihr Blick wanderte ziellos über die Fassade des Gebäudes, das direkt an das Hotel Normandy anschloss und im Schatten des mächtigen Casinos auf der anderen Straßenseite beinahe schüchtern wirkte. Sie wollte schon zurückgehen und in der Suite an ihren Entwürfen arbeiten, als etwas in ihr Bewusstsein drang, das sie beinahe übersehen hätte. Tatsächlich, eingeklemmt zwischen zwei prachtvollen Boutiquen mit großen Fenstern hockte ein schmaler Laden. Das rote Ziegeldach über dem Eingang war tiefer als das seiner beiden Nachbarn, als wolle er sich darunter verstecken.

»Du bist auch allein, stimmt's?«, sagte sie leise. »Allein und leer«, stellte sie nach einem Blick in das kleine Fenster fest. Und dann entdeckte sie das Schild:

»Zu mieten. Nähere Auskünfte im Grand Café de la Plage.«

Ihr erster Impuls sagte ihr, sie sollte sich augenblicklich auf den Weg dorthin machen. Sie folgte ihm nicht, sondern ging zunächst zurück zum Hotel. So bewusst sie sich auch anders kleidete als die meisten Frauen, so legte sie doch Wert darauf, einen bestimmten Eindruck zu hinterlassen. Ihr Stil mochte eigen sein, dabei sollte er aber unbedingt vollendet wirken. Sie brauchte also dringend einen Hut und andere Schuhe. Es machte schließlich einen Unterschied, ob sie als Geliebte dem Mann ihres Herzens Adieu sagen oder als Geschäftsfrau ein Ladengeschäft mieten wollte. Diese Gedanken gingen ihr durch den Kopf, als sie entschlossen auf die Drehtür des Normandy zuschritt.

»Gabrielle?« Eine sehr vertraute Stimme erklang leise. Sie sah sich um.

»Adrienne! Was tust du hier?« Gabrielle bemerkte sofort, wie verloren ihre Freundin wirkte. Wo war nur das Strahlen geblieben, mit dem sie Gabrielle bei ihrer ersten Begegnung verzaubert hatte? Welche Schwierigkeiten es auch immer gegeben hatte, der Glanz war nie lange aus Adriennes hübschem Gesicht verschwunden. Jetzt schon. Ihre Miene war matt und trüb. »Ich freue mich, dich zu sehen!« Gabrielle drückte sie an sich.

»Es tut mir so leid, dass ich nicht zu Julias Begräbnis gekommen bin.« Adrienne senkte den Blick. »Es war mir nicht möglich«, flüsterte sie. Dann sah sie Gabrielle an und sagte: »Ich wollte dir nicht einfach einen Brief senden, sondern dir persönlich mein Beileid aussprechen, wenn auch ein wenig spät.«

»Darauf kommt es nicht an.« Gabrielle lächelte. »Du kommst genau im richtigen Moment!«

Sie gingen ins Grand Café de la Plage. Beide trugen Hüte, die Gabrielle gefertigt hatte. Es war wie früher, sie sahen einander ähnlich wie Schwestern, waren beide grazil und wirkten sportlich frisch zwischen den umfangreichen überladenen Damen. Ein Kellner eilte mit einem vollen Tablett zwischen den Tischen hin und her. Er trug Schnabelschuhe, eine breite, bunte Schärpe um das weite Hemd und einen Hut in der Form eines falsch herum gedrehten Champagnerkühlers. Gewiss stammte er aus einer der afrikanischen Kolonien und war offenbar nur dafür zuständig, zu servieren. Die Bestellungen aufzunehmen, war die Aufgabe eines Franzosen, der trotz schwarzer Hose und Weste, weißen Hemds und Fliege nicht zu schwitzen schien. Gabrielle bestellte bei ihm süßen Cidre und Austern und bemerkte, dass sie Adrienne nicht einmal gefragt hatte, wonach ihr der Sinn stand. Sie hatte entschieden, wie Étienne früher immer für alle entschieden hatte.

»Entschuldige, bitte, ich hoffe, die Wahl ist in Ordnung für dich.«

»In Ordnung? Ich würde mal sagen, du hättest sie nicht besser treffen können. Wenn du auch die Rechnung übernimmst.«

»Selbstverständlich.« Gabrielle war weit davon entfernt, sich Boys oder Étiennes Lebensstil leisten zu können. Ein kurzer Ausflug in diese Welt des Luxus war jedoch vertretbar. Außerdem hatte sie das Gefühl, das Schild, das sie vorhin in dem Fenster des kleinen Ladens entdeckt hatte, war ein Wink des Schicksals. Antoinette erwirtschaftete in Paris ein paar Einnahmen mit den wenigen Damen, die noch dort waren. Gabrielle würde dafür sorgen, dass hier demnächst die Kasse klingelte.

»Woran ist Julia nur gestorben?«, hörte Gabrielle Adrienne fragen. »Sie war noch viel zu jung.«

»Das war sie.« Gabrielle schluckte. »Ich weiß es nicht, niemand kann sagen, was genau sie umgebracht hat.« Sie wechselte sofort das Thema, damit sie nicht wieder darüber zu grübeln begann, ob ihre Schwester womöglich doch den Freitod gewählt haben könnte. »Wie geht es Mamie Angelina und Papi Henri?«

»Sie werden nicht jünger.« Adrienne seufzte. Dann erzählte sie von ihren Eltern, denen es nicht leicht gefallen war, Abschied von ihrem Marktleben und ihrem schmalen Häuschen in Moulins zu nehmen. »Sie könnten nirgends besser aufgehoben sein als bei Louise in Varennes. Sie kümmert sich großartig um die beiden.« Adrienne lächelte und blickte in die Ferne. Gabrielle folgte ihrem Blick über den cremefarbenen Strand zum Meer. Die Wellen waren mit weißen Kronen betupft und bildeten einen weißen schäumenden Saum, von dem ein feiner Nebel aufstieg. Darüber blauer Himmel mit dramatisch aufgetürmten Wolken. Der Wind wehte Gabrielle eine Strähne ins Gesicht, sie ließ es geschehen. In dem Moment trat der Mann mit den Schnabelschuhen an ihren Tisch und servierte die Bestellung. Er wünschte guten Appetit, verneigte sich elegant und lief auch schon weiter.

»Ich habe mal gesagt, ich möchte so werden wie sie«, sagte Adrienne unvermittelt. »Wie meine Schwester Louise, erinnerst du dich?«

Gabrielle nickte, sie erinnerte sich gut und schämte sich, weil sie damals nur nach Äußerlichkeiten geurteilt und es nicht verstanden hatte.

»Jetzt weiß ich, warum du das gesagt hast.« Sie berührte kurz Adriennes Hand, ehe sie zum Glas griff. »Auf unsere Schwestern.«

Sie aßen, tranken, redeten, lachten. Es fühlte sich an wie früher. Beinahe. Nur spürte Gabrielle, dass etwas nicht stimmte. Sie wartete, bis Adrienne sich von allein alles von der Seele redete. Noch immer lebte sie ein Schattendasein im Dunstkreis ihres Liebhabers Hercule.

»Du solltest ihn aufgeben«, riet Gabrielle ihr.

»Niemals, das kann ich nicht. Und das wäre auch schrecklich dumm«, erklärte Adrienne, »er wird mich schließlich heiraten.«

»Das glaubst du doch selbst nicht.«

»Aber ja! Seine Eltern können nicht ewig leben. Wir brauchen nur noch etwas Geduld.«

»Wie lange erzählst du mir das schon, seit fünf Jahren oder noch länger?«

»Sie haben eben eine robuste Gesundheit«, meinte Adrienne trotzig.

Gabrielle hob kurz die Augenbrauen, ersparte ihrer Freundin aber jede weitere Kritik.

»Lass dir wenigstens etwas von ihm finanzieren, wovon du zur Not allein deinen Unterhalt bestreiten kannst«, schlug sie vor. »Apropos, ich denke darüber nach, in Deauville einen zweiten Laden zu eröffnen. Verzeihung?« Sie winkte dem Kellner und fragte nach dem Geschäft, das zu mieten sei.

»Da muss sich Ihr Herr Gemahl bitte an Monsieur Archambeau wenden. Er ist übermorgen wieder hier im Haus, am besten meldet sich der Gatte jedoch an.«

»Mit einem Herrn Gemahl kannst du wohl auch nicht dienen«, bemerkte Adrienne spitz, kicherte aber sofort.

»Glücklicherweise brauche ich auch keinen«, gab Gabrielle zurück und hoffte, ihr war nicht anzusehen, dass die Tatsache, ebenfalls nur die Geliebte an Boys Seite zu sein, auch ihr einen Stich versetzte.

Adrienne blieb. Sehr zur Freude von Gabrielle, die durch die Anwesenheit der Vertrauten von den grauen Gedanken an Claudette und all die anderen Schönheiten in Paris abgelenkt wurde. Jeden Tag trug Adrienne einen anderen Hut von Gabrielle, die bereits Antoinette angewiesen hatte, ihr einige Modelle nach Deauville zu schicken. Auch Boy hatte sie eine Nachricht gesendet, damit er ihr eine Hutpresse mitbrachte. Einen Termin mit Monsieur Archambeau zu machen, erforderte Beharrlichkeit. Sein Sekretär verlangte zu wissen, worum es ging. Als sie es ihm sagte, schlug er vor, ihr Mann solle die Angelegenheit lieber selbst besprechen.

»Ich möchte den Laden mieten, also sollte ich auch mit Monsieur Archambeau reden, meinen Sie nicht?« Mit dieser Offenbarung hatte der Sekretär zunächst nichts anfangen können. Erst als Gabrielle schließlich ankündigte, dass sehr wohl ein Herr den Vertrag unterzeichnen würde, falls ihr die Räumlichkeiten überhaupt zusagten, bekam sie einen Termin. Archambeau empfing sie in einem Hinterzimmer des Grand Café de la Plage. Ein Ventilator drehte sich unter der Decke und kühlte den Schweiß auf ihrer Haut, sie fröstelte. Vielleicht auch wegen des massigen Schreibtischs, vor dem sich jeder winzig vorkommen musste. Die Beine endeten in mächtigen bronzenen Löwenköpfen. Cremefarbene Tapeten mit Lorbeerkränzen darauf zierten die Wände, dazwischen mintfarbene Holzkassetten. Hinter Archambeaus Stuhl hing ein Gemälde, das Männer beim Kartenspiel zeigte.

»Paul Cézanne«, sagte Archambeau und erhob sich.

»Ich weiß.« Gabrielle war froh, mit Boy und seinen Freunden Museen besucht und einiges über Kunst gelernt zu haben.

»Bitte, Mademoiselle Chanel, nehmen Sie Platz.« Er deutete auf den Stuhl auf ihrer Seite des Schreibtisches und setzte sich wieder, wobei ihm ein Schnaufen entfuhr. Seine Körperfülle machte ihm jede Bewegung sichtlich schwer. Sie betrachtete das weiße kurze Haar, die Schweißperlen auf der Stirn und den buschigen Schnauzbart, der im Vergleich zu seinem Schopf erstaunlich dunkel war. Sie wollte auf den Anlass ihres Besuchs zu sprechen kommen, doch er war schneller.

»Wie ich hörte, pflegen Sie nicht nur auf einem Handtuch am Strand zu liegen, sondern gehen obendrein in einem Unterrock schwimmen. Zusammen mit einem Mann.« Er fixierte sie. Gabrielle war überrascht, sie hatte nicht damit gerechnet, darüber mit ihm reden zu müssen.

»Es war ein Unterkleid«, korrigierte sie.

»Wenn ich nicht wüsste, dass Sie eine tüchtige Geschäftsfrau sind und dass es ein Handtuch des Hotel Normandy und Ihr Begleiter der geschätzte Arthur Capel war, würde mich eine solche Geschichte davon abhalten, Ihnen etwas zu vermieten.« Er tupfte seine Stirn mit einem weißen Taschentuch ab. »Wirklich, Mademoiselle Chanel, wo bleibt nur Ihre Moral?«

»Wie gut, dass ich so eine tüchtige Geschäftsfrau bin und Sie das sehr wohl zu schätzen wissen«, gab sie zurück und schenkte ihm das Lächeln, mit dem sie Étienne meist um den Finger hatte wickeln können.

»Ich verstehe nichts von Mode, aber Ihre Hutkreationen sind in aller Munde. Vor allem, seit diese reizende Dame sie täglich ausführt. Ein raffinierter Schachzug, wahrhaftig, Sie haben

Talent für Reklame. Und Sie brauchen dringend eine Verkaufsstelle.«

Gabrielle stutzte. Er war erstaunlich gut informiert. Und sie begriff, dass etwas noch immer hervorragend funktionierte. Vor Jahren war es Étiennes Bekannte Irma gewesen, die mit Gabrielles Hut für Aufsehen gesorgt und damit Begehrlichkeiten in der Damenwelt geweckt hatte, die sich in Gabrielles Boutique hatten befriedigen lassen. Nun erzielte Adrienne den gleichen Effekt.

»Schon jetzt häufen sich die Fragen danach, wo die niedlichen Hütchen zu haben sind. Niemand will ernsthaft dafür nach Paris reisen«, fuhr er fort.

In Gabrielles Kopf arbeitete es. Sie würde Antoinette herbeordern und regelmäßig mit Adrienne über die Promenade und ins Casino schicken. Wenn hier erst viel zu tun war, würde sie ihre kleine Schwester ohnehin im Laden brauchen.

»Was ist, hat es Ihnen die Sprache verschlagen?« Er warf ihr einen kurzen Blick zu, ehe er sich eine Zigarre aus einer mit aufwendigen Schnitzereien verzierten Holzkiste nahm, die Spitze abschnitt und die Zigarre zwischen den Lippen einklemmte. »Schlagen Sie zu«, riet er ihr, nahm die Zigarre wieder aus dem Mund und röstete geduldig ein Ende davon. »Womöglich komme ich sonst noch zu Verstand und ziehe mein Angebot zurück.« Jetzt tat er einen ersten Zug. Es knisterte, ein würziger Geruch waberte zu ihr herüber, ehe sie gleich darauf in eine Rauchwolke gehüllt wurde, die sie im Hals kratzte.

»Verzeihung«, sagte sie und räusperte sich, »könnten Sie mir bitte noch einmal die monatlichen Kosten nennen?«

Als er das tat, verschlug es ihr den Atem.

»Diese astronomische Summe für einen so winzigen Laden? Monsieur, wo bleibt nur Ihre Moral?«

»Es ist die Rue de Gontaut-Biron zwischen dem Normandy und dem Casino. Beste Lage, und ich riskiere einiges, wenn ich einer Frau den Laden vermiete, einer unverheirateten Frau, die sich im Unterrock am Strand sehen lässt«, fügte er bedeutungsschwer hinzu. »Außerdem ist die Fläche nicht so gering, wie Sie vielleicht meinen. Der Laden ist schmal, gewiss, aber nach hinten raus bietet er erstaunlich viel Raum, Sie werden sehen.«

Sofort fiel ihr das Haus ihrer Großeltern in Moulins ein. Von außen hatte es ausgesehen, als würde nicht einmal ein Esstisch mit Stühlen darin Platz finden, und doch hatte dort eine mehrköpfige Familie leben können.

»Das werde ich in der Tat, falls ich mich weiterhin für Ihr Angebot interessieren sollte«, entgegnete sie stolz. »Ich werde es mir überlegen.« Gabrielle erhob sich.

Archambeaus Lachen ging in ein Husten über, er legte die Zigarre beiseite.

»Sagen Sie lieber sofort zu. Es ist eine Perle. Diese Chance bekommen Sie nicht wieder.«

»Würden Sie das auch einem Mann sagen?« Sie blickte von oben auf ihn herab. Archambeau erhob sich schwerfällig. »Oder würden Sie nicht sogar erwarten, dass er sich die Sache gründlich überlegt und alles gut durchrechnet?« Ehe er antworten konnte, sagte sie: »Guten Tag, Monsieur.«

In ihrer Wut ging sie ohne klares Ziel in Richtung Hafen. Die Summe, die er verlangte, konnte sie niemals Monat für Monat aufbringen. Und wie er sie behandelt hatte! Boy gegenüber hätte er es sich nicht erlaubt, derartig unverschämt zu sein. Sie würde ihm zu gern beweisen, wie fleißig und geschäftstüchtig sie war. Nur wie, wenn sie sich den Laden nicht leisten konnte? Achtlos ging sie an den Schiffen vorüber, die ihre Masten in den blauen Himmel reckten. Sie überquerte eine Brücke über einen Fluss und fand sich in Trouville-sur-Mer wieder. Die meisten Häuser ähnelten zwar denen von Deauville, statt eines hölzernen Fachwerks waren es jedoch andersfarbige Steinquader, die die Ziegelbauten strukturierten. Am Quai lagen Netze zum Trocknen, Fischer in derben Pullovern, aus Jersey, vermutete sie, stapelten Kisten und boten zum Kauf an, was sie in der Nacht zuvor gefangen hatten. Der eigentümliche Geruch von Langusten, Muscheln aller Art, Thunfisch und Seeteufel stieg ihr in die Nase. Gabrielle ignorierte ihn, sie prägte sich die geringelten Oberteile und dunklen Hosen ein, die die Männer am Saum mehrfach umgeschlagen hatten. Ihr Ärger war verraucht, im Geist zeichnete sie eine Frau mit einer solchen aufgekrempelten Hose im Farbton des Sandes, schwarzen flachen Schuhen und einem schwarz-beige geringelten Pullover. Plötzlich hatte sie es sehr eilig, zurück in ihr Hotel zu kommen.

Drei Tage später war Boy zurück. Er sagte nicht ein Wort über seine wichtigen Erledigungen, was Gabrielle störte. Sie wollte ihn danach fragen, diese Heimlichtuerei war ja albern, doch er kam ihr zuvor und fragte, ob sie die Zeit gut genutzt habe.

»Du hast mich um deine Hutpresse gebeten. Das heißt dann wohl, du folgst meinem Vorschlag und eröffnest hier eine Boutique?«

»Das würde ich gern, und ich habe auch schon ein passendes Objekt gefunden«, erzählte sie aufgeregt. »Leider ist es zu teuer.«

»Das sollte dich nicht abhalten. Ich kann die Miete für dich zahlen, wenigstens für den Anfang, bis du dir hier einen Kundenstamm aufgebaut hast.«

»Ich danke dir, dass du dazu bereit bist, aber ich kann nicht zusagen. Die Miete ist wirklich zu hoch.«

»Darüber würde ich mir gern selbst ein Urteil bilden. Zeigst du es mir?«

Sie spazierten die wenigen Schritte die Straße hoch.

»Hier ist es. Ich war noch nicht drin, aber Archambeau behauptet, es biete viel mehr Platz, als es von außen den Anschein hat.«

»Die Lage ist phantastisch«, sagte Boy sofort. »Wer Geld hat, wohnt im Normandy oder geht dort wenigstens essen. Und er verspielt ein Vermögen im Casino.« Er deutete auf den weißen stattlichen Bau auf der gegenüberliegenden Straßenseite. »Du findest keinen besseren Platz, um einen Teil dieser Vermögen vor den Roulettetischen zu retten und in deine Tasche umzuleiten. Du wirst noch mal mit Archambeau sprechen, es dir ansehen und nachverhandeln.« Boy nahm ihre Hände und sah ihr in die Augen. »Selbst wenn er dir nicht entgegenkommt, musst du den Laden mieten. Verzeih mir, es ist deine Entscheidung. Aber ihm gehört mehr als die halbe Stadt, du kommst kaum an ihm vorbei. Und du wirst von keinem anderen Vermieter etwas Vergleichbares bekommen.« Er blickte zu dem schmalen Eingang, der aus nicht mehr als einer Tür und einem kleinen Fenster daneben bestand. »Es könnte eine Goldgrube werden.« Ein Lächeln erschien auf seinen Lippen. »Ich sehe es vor mir. Eine weiße Markise, darauf dein Name in schwarzer Schrift: Coco Chanel.«

Sie zog unwillig die Stirn kraus.

»Mein Name ist Gabrielle.«

Er küsste sie und lachte fröhlich. »Das ist mir bekannt. Aber Coco Chanel fällt mehr auf, prägt sich besser ein und kann in jeder Sprache ausgesprochen werden. Auf der ganzen Welt.«

Auf der ganzen Welt! Ein Schauer ließ ihre Haut prickeln. Womöglich hatte er recht.

»Einige von Étiennes alten Freunden aus Moulins sollen sich hier niedergelassen haben, hörte ich. Vielleicht erinnern sie sich noch an deine Auftritte, die dir den Namen eingebracht haben. Das könnte helfen. Sie werden ihre Freundinnen oder angetrauten Ehefrauen zu dir zum Einkaufen schicken, um sich wenigstens für einen Moment wieder so frei und ein bisschen verrucht zu fühlen wie früher.«

Gabrielle war, als hätte ihr jemand einen kalten nassen Lappen ins Gesicht geschlagen.

»Ich finde, Gabrielle Chanel klingt eleganter«, stellte sie fest.

Sie hatte sich die Räume angesehen und zunächst für sechs Monate gemietet. Nun stand also wahrhaftig Gabrielle Chanel auf einem Schild direkt über der Tür und auf dem Volant der Markise, die sie eigens hatte anbringen lassen. Darüber hinaus hatte sie ein junges Mädchen als Verkäuferin eingestellt und Antoinette nach Deauville gerufen. Ihre Schwester und Adrienne teilten sich eine kleine Wohnung in der Rue Albert Fracasse nahe der Schule. Zu dritt fertigten sie im hinteren Teil des Ladens neue Hüte. War Boy mal wieder in Paris oder sonst wo, wo seine Geschäfte es verlangten, lud Gabrielle die beiden zu sich in die Suite ein, wo sie von früher sprachen, lachten und sich gebärdeten wie alberne Backfische. Manches Mal zeigten sie sich auch zu dritt an der Strandpromenade, vor dem Rathaus oder im Café de la Plage, auf den Köpfen die neuesten Modelle. Täglich strömten mehr Damen in die Boutique.

»Wenn es so weitergeht, sind meine Finger wieder zerstochen, und ich sitze die halbe Nacht über der Arbeit«, hatte Gabrielle einmal lachend zu Boy gesagt und sich glücklich und aus tiefster Seele zufrieden gefühlt.

Noch ehe der August zu Ende gegangen war, hatte sie den Mietvertrag verlängert. Nun war es Herbst, die Hitze des Sommers war angenehmen Temperaturen gewichen. Es wurde ein wenig ruhiger in Deauville, was nicht bedeutete, dass der Ort in den Winterschlaf ging, wie es in Vichy der Fall gewesen war. An einem milden Septembertag, als Antoinette und Adrienne gerade auf Präsentationstour gegangen waren, wie sie es inzwischen nannten, fiel Gabrielle ein Mann auf. Er stand drüben am Casino, den Rücken gegen den weißen Stein gelehnt, und zeichnete, wie es aussah. Er sah zu ihr herüber, sein Bleistift sauste über das Papier, dann blickte er wieder auf. Er malte doch nicht etwa ihre Hüte und stahl ihre Ideen? Gabrielle wusste nicht recht, was sie davon halten sollte, und wollte ihn ansprechen, da wechselte er die Straßenseite, baute sich nur ein paar Schritte entfernt von ihr auf, beobachtete sie unverhohlen und machte eine Skizze.

»Statt meine Ware zu kopieren, sollten Sie lieber eintreten und einen Hut kaufen«, forderte sie ihn kess auf und deutete auf die Auslage in ihrem kleinen Fenster. »Es findet sich bestimmt einer, der gut zu Ihrer Fliege passen würde.« Sie schmunzelte. Der Mann war nicht sonderlich groß, trug das mittelbraune Haar gescheitelt. Er hatte schmale Lippen, fiel ihr auf. Und er war ausgesprochen elegant gekleidet, mit Weste, Einstecktuch und eben mit einer großen schwarzen Fliege am Hals.

»Denken Sie nicht, meine Fliege würde sich in Gesellschaft eines Modells von einem traditionellen Hutmacher wohler fühlen?« Seine Augen blitzten herausfordernd und schienen Gabrielle zu durchdringen. »Dort würde sie immerhin eine vollständige Blumenwiese vorfinden oder einen Obstkorb.«

»Wenn es eine sehr altmodische Fliege ist, die Sie da tragen, muss ich Ihnen zustimmen. Dann ist sie bei einem traditionellen Hutmacher wahrhaftig besser aufgehoben.«

»Das ist sie keinesfalls, im Gegenteil sie ist äußerst fortschrittlich«, erklärte er ernst, als handelte es sich bei dem Kleidungsstück um ein Lebewesen. »Sie bevorzugt den schlichten Stil eines Avantgardisten wie Paul Poiret.«

»Dann ist sie bei mir gerade richtig«, behauptete Gabrielle selbstbewusst.

»Davon bin ich überzeugt. Zu bedauerlich, dass Sie keine Modelle für Herren anbieten.« Er deutete eine Verbeugung an. »Georges Goursat. Ich freue mich, Ihre Bekanntschaft zu machen, Mademoiselle Chanel. Keine Sorge, es liegt nicht in meinem Interesse, Ihre Kreationen zu kopieren. Zeichnen werde ich sie dennoch.« Er lächelte ein geheimnisvolles Lächeln. »Wir sehen uns wieder, jetzt rufen mich leider Pflichten, die ich nicht überhören darf.« Er verabschiedete sich formvollendet und spazierte in Richtung Terrasse de la Mer davon.

»Georges Goursat, sagst du?«, wollte Boy wissen, als sie ihm am Abend von der wunderlichen Begegnung erzählte. »Du kennst ihn. Besser gesagt, du kennst seine Arbeiten. Georges Goursat veröffentlicht seine Karikaturen unter dem Namen Sem. Erinnerst du dich an seine Alben?«

Natürlich konnte sie sich noch entsinnen. Karikaturen also. Im ersten Moment wusste sie nicht, ob sie beleidigt sein sollte, dass er ihre Hüte festhalten und auf seine Weise durch den Kakao ziehen wollte. Allerdings gelang es ihr nicht, dem Mann mit der Fliege gegenüber Ablehnung zu empfinden. Es passte zu ihm, ein guter Beobachter und scharfer Zeichner zu sein, fand sie.

Selbst im nahenden Winter liefen Gabrielles Geschäfte noch prächtig, ihr Name wurde stetig bekannter. Doch welche Bedeutung hatte der Erfolg, wenn Boy sie immer häufiger allein ließ? Sie waren gemeinsam in ein Häuschen an der Ecke Rue de Gontaut-Biron und Rue de Bac gezogen. Ihre Freude darüber war beinahe größer gewesen als die über ihren hübschen kleinen Laden. Ein gemeinsames Haus, das fühlte sich nach gemeinsamer Zukunft an, nach Familie und nach Monsieur und Madame Capel. Doch meist war Gabrielle allein dort. Die Nächte brachen früh herein, sie schaltete die Lampe über dem Sofa ein, auf dem sie so oft neben ihm gelegen hatte, den Kopf auf seinem Schoß. Wie sehr liebte sie es, wenn er in ein Buch vertieft war und verträumt die Finger durch ihr Haar streifen ließ. Oft genug war es ihr auch gelungen, ihn mit Zärtlichkeiten abzulenken, bis er sein Buch lächelnd zur Seite gelegt hatte. Die Erinnerungen feuerten den Schmerz an, den ihre Sehnsucht in ihrem Inneren entfachte Und dann war da noch der Zweifel. Waren es wirklich nur geschäftliche Gründe, die ihn von ihr fortbrachten? Mit Antoinette und Adrienne wollte sie nicht darüber reden. Die eine war vollkommen unerfahren in Beziehungsfragen, die andere hing hoffnungslos an einem Mann, auf den sie besser nicht bauen sollte. Sem dagegen war nicht nur klug, sondern selbst ein Mann. Mehr als einmal hatte er ihr Boys Sichtweise und sein Verhalten erklären können. Sie und Sem hatten sich angefreundet, sie mochte seinen Humor sehr und schätzte seine Ernsthaftigkeit. Er war frech und doch ein perfekter Kavalier. An einem ungemütlichen Tag im Januar saßen sie im Wohnzimmer ihres Hauses bei einer Tasse Tee, und Gabrielle schüttete ihm ihr Herz aus.

»England verschifft Kohle aus dem Königreich in die Kolonien im Norden Afrikas.« Sie gab einen Schuss Sahne in ihren Tee.

»Boy verdient gut daran, ihm gehören Bergwerke in Newcastle, wie du weißt.«

»Und er organisiert die Transporte«, erwiderte Sem. »Ziemlich schlau. Auch diese Einkünfte wandern in seine Tasche.« Er rührte den Zucker um, den er gerade in seine Tasse geschaufelt hatte, ließ sie dabei aber nicht aus den Augen.

»Boy investiert das Geld, er schafft immer mehr Schiffe an.«

»Mit denen er noch mehr Gewinn macht«, ergänzte Sem. »Das stört dich doch nicht etwa?«

»Das ist es nicht. Nur ist er so selten hier, bei mir. Ich verstehe ja, dass er vor Ort gebraucht wird. Aber irgendwie …« Sie seufzte und sah zum Fenster. Draußen neigte sich die alte Weide immer stärker von einer Seite zur anderen, ein Sturm zog auf. »Als wir im letzten Jahr zusammen herkamen und uns später sogar gemeinsam für dieses Haus entschieden haben, da dachte ich, …« Wieder brach sie ab.

»Du dachtest, du würdest doch noch Madame Capel werden«, beendete er den Satz für sie.

Gabrielle senkte beschämt den Blick. Er hatte die Wahrheit ausgesprochen, als sei sie ihr auf die Stirn geschrieben. Langsam nickte sie.

»Er wird mich nie zu seiner Ehefrau machen. Immer wieder habe ich Adrienne eingebläut, dass sie der Wahrheit ins Auge sehen muss, weil auch Hercule sie nie heiraten wird. Und was ist mit mir?« Sie lachte bitter. »Ich habe mich an jeden Strohhalm geklammert, sei er auch noch so dünn.« Gabrielle nippte an ihrem Tee. »Loszulassen fällt mir nicht leicht. Ich wollte immer auf der Bühne stehen, Hauptrollen spielen. So bitter es ist, ich musste einsehen, dass ich dafür nicht gemacht bin. Und nun muss ich auch Boy loslassen und mich mit einer Nebenrolle in seinem

Leben abfinden.« Sie zuckte mit den Achseln, versuchte ein Lächeln, als sei es halb so schlimm, und hoffte, dass Sem nicht durchschaute, dass es nichts Schlimmeres für sie gab.

»Du musst nichts loslassen«, widersprach er. »Im Gegenteil, du wirst eine Hauptrolle spielen. Nur vielleicht anders, als du es dir als junges Ding vorgestellt hast.« Er trank einen Schluck, dann sagte er feierlich: »Du wirst die Diva der Modewelt sein.« Sie wollte Einspruch erheben, doch er ließ ihr keine Chance. »Ich sehe es vor mir, und du weißt, dass ich niemandem Honig um den Bart schmiere. Nicht einmal dir, meine liebe Gabrielle.« Plötzlich trat ein äußerst unternehmungslustiger Ausdruck in sein Gesicht. »Ein bisschen kann ich sogar dazu beitragen.«

»Wie das?«

»Ich arbeite gerade an einem Album über Deauville. Ich werde eine Zeichnung machen, auf der du mit Hutschachteln zu sehen bist.« Gabrielle war wenig überzeugt. »Und ich werde dich zusammen mit Boy verewigen«, meinte er. »Boy Capel ist eine Berühmtheit, beliebt ist er noch dazu. Es schadet seinem Ruf nicht einmal, dass niemand weiß, wer sein Vater ist. Er könnte Jude gewesen sein. Und, kann es Capel etwas anhaben? Nein.« Seine Augen blitzten wieder. »Die Menschen lieben meine bösen kleinen Bilder. Du und Capel zusammen auf ein paar davon, glaube mir, meine Liebe, schon bist du eine Person von Interesse. Nicht deine Hüte, sondern du, Gabrielle. Das ist wichtig.«

Ein seltsames Kribbeln machte sich in ihr breit. Es stimmte ja, sie hatte schon mehrfach gehört, dass es in Paris Herren und Damen gab, die Sem geradezu angefleht hatten, sie zu karikieren. Wie hatte er gesagt? Eine Person von Interesse. Genau so war es. Wer nicht von Sem beachtet wurde, gehörte nicht wirklich dazu.

»Vielleicht ist das tatsächlich keine üble Idee«, sagte sie lächelnd. Sie würde nicht mehr am Rande stehen, sondern ein bedeutender Teil der Gesellschaft sein. Was ihr an Sems Plan am besten gefiel: Boy und sie auf einer Zeichnung könnte wie ein Omen sein, wie die für alle sichtbare Dokumentation einer Liebe. Womöglich war das Gabrielles letzte Chance, doch noch Madame Capel zu werden.

Deauville 1914

Ein Attentat in Sarajevo am 28. Juni des Jahres 1914 füllte die Zeitungen wieder mit Spekulationen über einen bevorstehenden Krieg. Dieses Mal blieb es nicht bei Debatten darüber, wie man zu reagieren habe, falls dieser oder jener Fall eintrat, wer dann Feind, wer Freund sei, dieses Mal geschah es. Nur einen Monat später erklärte Österreich-Ungarn Serbien den Krieg. Ein Land nach dem anderen machte mobil, Russland, das deutsche Kaiserreich, Italien und auch Frankreich waren innerhalb weniger Tage verstrickt. Es lag außerhalb von Gabrielles Vorstellungskraft, Truppen könnten niedertrampeln, was sie sich über Jahre aufgebaut hatte. Mit dieser Haltung war sie nicht allein. Die Herrschaften saßen auf dem Holzsteg vor den Umkleidehäuschen und genossen den Blick aufs Meer, aßen Austern und Hummer, tranken Cidre und Calvados. Niemand wollte etwas von der Gefahr wissen. Wie hätte man ihr auch ins Auge blicken sollen, ohne wahnsinnig zu werden? Nur Sem sagte stets, es werde böse enden.

Boy war in dieser Zeit in Deauville. Gabrielle konzentrierte sich vollständig auf seine Anwesenheit und auf ihre Arbeit. Eines

Morgens unternahmen sie schon kurz nach Sonnenaufgang einen Spaziergang über den Fluss nach Trouville-sur-Mer.

»Die Skizzen, die ich dir gezeigt habe, sind entstanden, nachdem ich das erste Mal hier war«, erklärte sie ihm. »Es ist schon lange mein Wunsch, nicht nur Hüte zu machen, sondern eine richtige Modeschöpferin zu sein, mit einer eigenen Kollektion.«

»Ich weiß, und ich halte das für den richtigen Weg.«

Sie gingen zum Pier, wo die britischen Gäste mit der Fähre aus Le Havre ankamen, und vorbei am Grand Hotel Roches Noires.

»Sieh nur, wie dieser kleine Fischerort seinem eleganten Nachbarn nacheifert«, meinte Boy schmunzelnd. »Dabei lebten in Trouville-sur-Mer bereits viele tüchtige Menschen, als Deauville noch nicht einmal existierte.«

Die Luxusherberge war Gabrielle bei ihrem ersten Besuch nicht einmal aufgefallen. Sie hatte nur Augen für die Fischer gehabt. Und so war es auch jetzt. Sie führte Boy zum Strand, wo ausgemusterte Boote ein einfaches Dach bekommen hatten, und den Männern als Aufbewahrungsort für ihr Arbeitsmaterial dienten. Alte Männer saßen auf Schemeln davor, hatten Netze am Leib der Schiffchen befestigt, die sie straff hielten und mit speziellen Nadeln Masche für Masche reparierten. Sie trugen die Pullover, die Gabrielle so mochte, aufgekrempelte Hosen und auf dem Kopf ein Barett oder eine gestrickte Mütze. Ein Stück weiter gab es ein paar Felsen. Dort tauchten Frauen die Wäsche der Hotels und hier und da ein Segel in große Zuber, schrubbten sie auf dem Stein und schlugen sie aus. Zu zweit wrangen sie die großen Stoffbahnen, bis ihnen der Schweiß so lief wie das Wasser aus der Wäsche. Gabrielle musste an den stickigen Raum bei Monsieur Kurzwaren denken, in dem sie und Adrienne mit dem schweren Eisen große Vorhänge hatten glätten müssen.

Tief in Gedanken versunken, beobachtete sie kleine Jungen von vielleicht zwölf oder dreizehn Jahren, die flink über den Strand sausten, Austernkörbe zu den Verkaufsständen schleppten, sich gegen die Winde stemmten, die die Boote aus dem Wasser holten und überall dort halfen, wo sie gebraucht wurden.

»Es ist nicht zu übersehen, woher du die Anregungen für deine Skizzen hast«, sagte Boy. »Von den Kleidern der Frauen sicher nicht.«

»Nein. Das heißt nicht, dass es keine Kleider geben wird. Aber Frauen werden auch in Hosen und Pullovern schick aussehen. Und sie werden sich bewegen können. Die langen Röcke sind doch nur im Weg«, stellte sie fest und deutete auf drei Frauen, die jetzt auch an der Winde schoben und zogen. Immer wieder mussten sie den Stoff anheben, der sich um ihre Beine wickelte. »Ich werde es La Mode à la garçonne nennen. Du weißt schon, nach dem Begriff, den Huysmans in seinen Romanen für Mädchen verwendet, die sich wie Jungen aufführen und dabei weiblich verführerisch bleiben.«

»Mädchen wie du.« Er sah sie an, seine Augen glühten. »Sehr passend.« Er küsste sie so plötzlich und so lange, dass es ihr den Atem raubte. Wenn in seinem Blick nur nicht dieser fremde Schmerz gelegen hätte.

Langsam gingen sie zurück, die Hände fest ineinander, als wollten sie sich nie wieder loslassen.

Als der Juli die Menschen unter großer Hitze ächzen ließ, kreierte Gabrielle ein leichtes Kleid, das am weiblichen Körper natürlich wirkte, statt ihn grotesk mit armdünner Taille und stark betontem Hinterteil zu überzeichnen. Angenehm zu tragen würde es außerdem sein. Sie besorgte sich Stoff und nähte im Hinterzimmer der Rue de Gontaut-Biron drei Exemplare, um zusammen mit Antoinette und Adrienne damit auf Präsentationstour gehen zu können. Eine Nadel zwischen den Lippen und ein Maßband in der Hand, hörte sie Sems Stimme vorn im Laden.

»Bonjour! Ist Madame Chanel zugegen?« Der Verkäuferin gegenüber, die Gabrielle beschäftigte, sprach er stets von Madame Chanel, obwohl alle Welt wusste, dass sie nicht verheiratet war. Gabrielle nahm eilig die Nadel aus dem Mund.

»Ich bin hinten. Leiste mir gern etwas Gesellschaft«, rief sie.

»Heute mal kein Hut, sondern ein Kleid«, stellte er fest, ehe er sie mit drei Küssen auf die Wangen begrüßte. »Sehr hübsch. Die Damen mit Geschmack und Hitzewallungen werden entzückt sein.«

»Das will ich hoffen.« Sie deutete auf einen Stuhl und wandte sich wieder dem Saum zu, den sie gerade absteckte. Er setzte sich und legte seine Mappe mitten auf den Stoff.

»Ich möchte dir etwas zeigen, das deine vollständige Aufmerksamkeit verlangt.« Damit zog er eine Zeichnung hervor und schob sie ihr herüber. Gabrielle lächelte amüsiert.

»Du meine Güte, was ist vorgefallen?«

»Siehst du das nicht? Dann bin ich ein schlechter Zeichner!«

»Du bist der Beste!«

»Will ich meinen.«

»Aber das ist zu unglaublich. Ich sehe Mädchen, die Kleider vorführen, Männer, denen beinahe die Augen aus dem Kopf springen, eine Dame mittendrin, eine Baronin, würde ich vermuten. Und einen vollkommen schockierten Paul Poiret sehe ich außerdem.«

»Dann weißt du ja, was passiert ist.« Er griente vielsagend.

»Ich habe die Geschichte natürlich nur gehört und war nicht dabei. Eine Baronin Rothschild wollte sich mal wieder ihr Garderobenzimmer neu bestücken lassen und hat ihr Gefolge zur Präsentation von Poirets neuster Kollektion mitgebracht. Abgelegte Liebhaber, die den Mannequins allzu sehr auf die Pelle gerückt sind. Die hübschen Damen haben dem armen Poiret die Hölle heiß gemacht, woraufhin er die Rothschild samt Entourage aus seinem Salon geworfen hat.«

Gabrielle lachte auf. »Unerhört!« Sie stellte sich vor, ehemalige Liebhaber würden ihre Finger nicht von Antoinette und Adrienne lassen. »Poiret hat richtig gehandelt, ich hätte sie auch fortgejagt«, verkündete sie.

»Dann solltest du sie vorwarnen, ehe du sie hereinbittest.« Sie sah ihn fragend an. »Madame Rothschild ist auf dem Weg nach Deauville. Ein Vögelchen soll ihr gesungen haben, dass dort eine junge Modeschöpferin Kleider in ganz eigenem Stil entwirft.« Er machte eine kurze Pause. »Es herrscht Krieg. Die Auswahl der Boutiquen wird kleiner.« Mit ernster Miene legte er die Zeichnung zurück in seine Mappe und erhob sich. »Mein Instinkt sagt mir, dass du in naher Zukunft beweisen kannst, ob du auch einer Rothschild die Tür weisen würdest.«

Sem behielt recht. Zwei Tage später stand die Baronin in Gabrielles Laden.

»Ich verspreche Ihnen, auch meine Freundinnen zu Ihnen zu schicken, meine Liebe. Wenn ich mit Ihrer Arbeit zufrieden bin«, setzte sie hinzu.

»Und ich verspreche Ihnen, dass Sie mehr als zufrieden sein werden, Madame«, entgegnete Gabrielle. »Wenn Sie meine Angestellten von einem Ereignis wie bei Poiret verschonen.«

Die Rothschild sah sie lange an, ehe sich ihre Lippen zu einem Lächeln verzogen.

»Gut, Kindchen, das lässt sich einrichten.« Damit rauschte sie hinaus.

Gabrielle arbeitete Tag und Nacht. Adrienne musste allein für neue Hüte sorgen, Antoinette kümmerte sich um Anproben, Termine und Auslieferungen. Gabrielle triumphierte! Es sprach sich in Windeseile herum, die Baronin Rothschild habe ihre komplette neue Garderobe bei einer Mademoiselle Chanel in Deauville bestellt. Plötzlich war Gabrielle eine Gefahr für den berühmten Paul Poiret. Was sie mit noch mehr Genugtuung erfüllte: Mit diesen Kleidern nähte sie an dem Gewand ihrer Unabhängigkeit. Sie wäre von Herzen gern Boys Ehefrau geworden, doch nicht einmal Sems Zeichnungen konnten in dieser Hinsicht etwas bewirken. Dann eben nicht. Dann gab es in ihrem Leben nichts Kostbareres mehr als vollkommene Freiheit und Unabhängigkeit! Sem würde auch in einem anderen Punkt recht behalten, sie würde die Diva der Modewelt werden. Gabrielle würde von niemandem mehr Geld brauchen, sie würde es selbst verdienen und dann alle Entscheidungen allein treffen. Sie allein würde sich in die Lage versetzen, ihre Geschwister und falls nötig auch Adrienne finanziell unter die Arme zu greifen. Kein Archambeau dieser Welt würde mehr zögern, ihr einen Laden zu vermieten. Die Männer würden sich darum reißen!

Gabrielle hatte begonnen zu glauben, dass Krieg nicht das Schlimmste war, was einem Volk und einem Menschen geschehen konnte, wie sie immer gedacht hatte. Im Gegenteil. Sie begriff, dass er sogar Gewinner hervorbringen konnte. Gabrielle gehörte dazu. Es war nicht so, dass sie um jeden Preis hätte profitieren wollen, doch gleichzeitig waren die Fronten, an denen gestorben wurde, alle weit weg. Wie sollte sie das Grauen in seinem Ausmaß begreifen, wenn um sie herum alles weiterging wie zuvor, wenn sie sogar ausgerechnet jetzt große Schritte nach vorn machte? Stunde um Stunde zeichnete, nähte, probierte sie voller Freude und Energie. Doch da waren auch die Nächte, in denen das Sterben und das unaussprechliche Leid zu ihr gelangten. Immer häufiger fand sie nur schwer in den Schlaf, immer öfter wachte sie schweißgebadet und mit rasendem Herzen auf.

Und dann erreichte der Krieg auch die Tage. Gabrielle konnte nicht länger ignorieren, wie viele Menschen Deauville schon verlassen hatten. Mitten in der Hauptsaison! Schließlich gingen auch Antoinette und Adrienne. Sie mussten Louise unterstützen und sich um Mamie Angelina und Papi Henri kümmern.

»Es wird schrecklich einsam ohne die beiden sein«, sagte sie zu Boy, als sie mit einem Kaffee auf dem Bürgersteig vor ihrem Laden saßen. »Wir bleiben allein übrig, wie ein altes Ehepaar, das seine Kinder gehen lassen muss.« Sie lächelte beklommen.

»Ich wünschte, es wäre so«, kam es leise zurück. Gabrielle sah ihn an. »Leider kann ich auch nicht bleiben. Du wirst allein die Stellung halten müssen.«

Die Tasse fiel ihr aus der Hand und zerschellte mit einem Klirren, das ihr laut vorkam wie ein Kanonenschlag. Sie kümmerte sich nicht um die Scherben.

»Du willst doch nicht jetzt nach Paris fahren, oder dich sonst wo um irgendwelche Geschäfte kümmern.« Es war ihr nicht möglich, die Panik zu unterdrücken, die ihre Stimme schrill werden ließ.

»Ich werde kämpfen, Gabrielle. Das ist es, was Männer in einer solchen Situation tun müssen.«

»Nein!«, schrie sie. »Das müssen nicht alle Männer tun. Dafür gibt es Soldaten, Offiziere, Generäle.« Sie musste würgen, weil ein Kloß sich in ihrem Hals höher schob. Gabrielle hatte das Gefühl zu ersticken. Sie schlug die Hände vor das Gesicht und weinte. Nicht einmal bei Julias Beerdigung waren ihr die Tränen derartig gelaufen, hatte sie es so vollkommen zugelassen. Sie spürte seine Arme, die sie behutsam an ihn zogen. Boy hüllte sie mit seiner Zuversicht, seiner Stärke ein.

»Ich komme zu dir zurück, Gabrielle. Warte in Deauville auf mich. Wirst du das tun?«

»Was ist, wenn er nicht zurückkommt?«, schrie es in ihrem Inneren. »Wie soll ich weiterleben, wenn ich ihn für immer verliere?«

Sie sagte nichts dergleichen.

»Ich werde hier sein«, flüsterte sie nur, drehte sich um und holte eine Kehrschaufel aus dem Laden.

Wenigstens Sem blieb in ihrer Nähe. Sie sahen sich jeden Tag, aßen zusammen zu Mittag, tranken Tee miteinander und zeigten sich gegenseitig ihre Skizzen. Die Boches, wie er die Deutschen nannte, hatten Frankreich am dritten August den Krieg erklärt und waren noch am selben Tag in Belgien einmarschiert. Sem war grau geworden seitdem, fand sie, und es waren nicht seine Haare, die diesen Eindruck in ihr erweckten.

»Hast du in der Zeitung gelesen, was Clemenceau sagt?«, fragte er gerade, während sie am Abend durch die leere Rue Le Marois in Richtung Hotel Royal spazierten. Automobile gab es nicht mehr, sie wurden für das Militär gebraucht. Plötzlich prägten wieder Kutschen mit Pferden davor das Straßenbild, die Gabrielle an Vichy erinnerten. Nur dass sie nicht bunt geschmückt waren.

Weil sie nicht antwortete, sprach er weiter: »Kein Kind unseres Landes, das nicht an der großen Schlacht teilnehmen und Ruhm ernten werde«, zitierte er und schüttelte den Kopf. »Ausgerechnet er, der den Krieg mit den Boches hat kommen sehen, ihn aber um jeden Preis hatte verhindern wollen. Die Boches folgen ihrem Kaiser Wilhelm und kämpfen an der Seite Österreich-Ungarns gegen Serbien. Und jetzt auch gegen uns. Es werden die Maden sein, die ernten.«

Immer häufiger nahmen ihre Gespräche einen düsteren Verlauf. Gabrielle mühte sich dann, das Thema zu wechseln. Es gelang ihr nicht oft. Und selbst wenn, kehrten die Kämpfe meist rasch wieder zurück in ihre Unterhaltung, weil nun immer öfter aus der Ferne Kanonenschüsse über den einsamen Strand hallten.

»Sie beschießen die Schlösser und Villen im Umland und besetzen sie«, erklärte er ihr. »Es sieht schlimm aus, Gabrielle. Die Boches haben das neutrale Belgien einfach überrannt, wie sie schon durch Luxemburg getrampelt sind. Sie kesseln unsere Soldaten ein!«

Als der August zu Ende ging, erschien Sem mit einem Koffer vor Gabrielles Tür.

»Ich gehe an die Front«, teilte er ihr ohne Umschweife mit.

»Nein, Sem, nicht du auch noch. Du bist kein Soldat!«

»Nein, ich bin ein Chronist mit der Feder. Ich werde zeichnen, was ich sehe. Es soll hinterher niemand sagen können, es sei nicht geschehen.«

Was hätte sie tun, womit argumentieren können, um ihn abzuhalten? Er war entschlossen, ihr blieb nichts, als ihn einmal an sich zu drücken, ihm Glück zu wünschen und ihm nachzublicken, wie er in elegantem Anzug, natürlich mit seiner Fliege um den Hals, davonging, als verreiste er einfach nur.

Gabrielle hielt die Stellung, wie sie es Boy versprochen hatte. Jemand musste schließlich da sein, um die Frauen anzuziehen. Immer mehr von ihnen kamen nun wieder nach Deauville. Es waren die Bewohnerinnen der Schlösser, die niedergebrannt worden waren. Das Seebad füllte sich mit Damen, die nichts mitgebracht hatten, nichts mehr besaßen und neue Kleider brauchten. Gabrielle war die Einzige, die ihnen welche machen konnte. Sie schneiderte ihnen unermüdlich die praktische schlichte Kluft, die sie im Juli entwickelt hatte, ein Blusenkleid mit einfachem langem Rock, das seiner Trägerin viel Bewegungsfreiheit ließ und in seiner Schlichtheit der Situation des Landes angemessen war. Im Stillen dankte sie den Nonnen von Aubazine, die ihr beigebracht hatten, Nützliches zu erschaffen, das lange hielt. Nie hätte sie sich ausmalen können, welche Bedeutung diese Lektion einmal für ihr Leben haben würde. Gabrielle vergrub sich in ihren Stoffballen, deren Umfang von Tag zu Tag abnahm. Woher sollte sie neues Material bekommen? Sie würde sich darum kümmern, wenn ihre Regale leer waren. Bis dahin arbeitete sie, sprach mit sich selbst und sang, um die düsteren Gedanken zu vertreiben.

»Das Hotel Royal wird jetzt als Lazarett genutzt«, erzählte ihr Madame Bobier, eine ihrer Kundinnen. Gabrielle wusste, dass sie schon zwei Söhne verloren hatte. »Meine Nachbarin und ich werden unsere Hilfe anbieten. So viele Verletzte!« Sie seufzte tief, ihre Augen schimmerten. »Wenigstens sind sie noch am Leben. Jemand muss sich um sie kümmern. Wollen Sie sich uns nicht anschließen?«

»Nein!« Die Vorstellung jagte Gabrielle eine Gänsehaut über den Körper. Allein der Gedanke an den Anblick, den Geruch … Sie schauderte. »Ich kann mein Geschäft nicht allein lassen.«

Madame Bobier nickte, nahm ihr Kleid und ging.

Am nächsten Tag war sie zurück. Mit ihrer Nachbarin. Die hielt Gabrielle ein Stoffknäuel hin.

»Ich will helfen«, sagte sie störrisch, »aber das hier ist eine Beleidigung.«

Gabrielle nahm es ihr ab und schüttelte es kräftig, damit es sich entfaltete. Zum Vorschein kam das Kleid eines Zimmermädchens mit weißer Schürze.

»Sie haben uns Uniformen von Hausdamen als Schwesterntrachten gegeben«, erklärte Madame Bobier, die sich nicht daran zu stören schien.

»Damit können wir uns doch nicht sehen lassen«, schimpfte ihre Nachbarin erbost.

»Glauben Sie wirklich, die Soldaten haben ein Auge dafür, wenn ihnen gerade ein Bein abgenommen wird?« Gabrielle funkelte sie böse an.

»Mademoiselle!« Die Nachbarin schnappte nach Luft.

»Verzeihung, wir sind im Moment alle ein wenig dünnhäutig.« Gabrielle brachte ein schwaches Lächeln zustande. »Sie haben schon recht, Frankreich ist verloren, wenn seine Frauen ihre Eleganz verlieren. Bringen Sie mir die Schwesternkleidung her, ich lasse mir etwas einfallen.«

»Danke, Mademoiselle Chanel.« Madame Bobier lächelte matt.

»Sie sind unsere Rettung«, verkündete die Nachbarin. »Wir sind gleich zurück und bringen Ihnen das Zeug.«

»Um wie viele Damen handelt es sich, die gerettet werden müssen?«, wollte Gabrielle wissen.

»Dreißig, vierzig Kleider sind es bestimmt, und es werden sicher noch viel mehr werden.«

Gabrielle hatte keine andere Wahl. So viel Arbeit konnte sie unmöglich allein schaffen. Sie telegrafierte Antoinette und Adrienne, dass sie in Deauville gebraucht wurden. Glücklicherweise dauerte es nicht lange, ehe die beiden anreisten. Gabrielle war sehr erleichtert, doch die Freude, die sie sonst empfunden hatte, wollte sich nicht einstellen. Die Leichtigkeit war dahin, sie plauderten, lachten, sangen nicht mehr zusammen. Und sie promenierten auch nicht, um die Damenwelt für ihre Kreationen zu interessieren. Alle drei gingen ihrer Arbeit nach. Antoinette jammerte wieder wie früher. Für sie war noch immer kein Verehrer in Sicht.

»Jetzt ziehen die hübschen Männer auch noch an die Front. Wer überhaupt zurückkehrt, ist ein Krüppel oder blind. Ich werde nie einen Mann finden!«

Adrienne war kaum eine Hilfe. Sie war fahrig, machte Fehler und schnitt von einem Kleid so viel ab, dass es nicht mehr zu gebrauchen war. Die Angst um ihren Hercule, der mobilisiert worden war, füllte sie vollständig aus.

Gabrielle hüllte sich in finsteres Schweigen und betete zum Himmel, dass sie mithilfe der beiden dennoch alle Aufträge würde erledigen können.

Anfang September beobachtete Gabrielle, wie Viehherden in die Stadt und bis auf die Rennbahn getrieben wurden. Fleischreserven für das Militär. Zwei Tage später war es ein neuer Tross von Flüchtlingen, der nach Deauville strömte. In Gabrielles Augen waren darunter vor allem Kundinnen. Sie kaufte Stoff, getragene Kleider und Tisch- und Bettwäsche der großen Hotels an, wo sie nur konnte. Auch damit würde sie nicht mehr weit kommen. Sie durfte nicht darüber nachdenken, wie es dann weitergehen sollte. Gerade machte sie sich daran, ein Gewand mit Schleppe aufzutrennen, aus dem sie mindestens zwei neue Blusenkleider würde nähen können, als es an der Tür klopfte.

»Mademoiselle Chanel, die Post«, rief Philipp. Er war ein Knirps von elf Jahren mit einem Lausbubengesicht und wilden Locken, der von einem Tag auf den anderen keine Lehrer mehr gehabt hatte. Weil es auch keinen Briefträger mehr gab, hatte er es übernommen, das zu verteilen, was es bis ins Postamt von Deauville schaffte.

»Danke, Philipp!« Sie nahm den Umschlag entgegen und schenkte ihm einen Keks.

»Vielen Dank, Mademoiselle!« Er strahlte über das ganze sommersprossige Gesicht und ließ das Plätzchen im Mund verschwinden. »Au revoir!«, rief er kauend und war im nächsten Augenblick verschwunden.

Sie musste lächeln. Madame Bobier hatte ihr das Gebäck gebracht. Es hatte derzeit mehr Wert als Geld. Gabrielle drehte das Kuvert um und erstarrte in der Bewegung. Das war Boys Handschrift. Sie riss den oberen Rand ab und fischte die Nachricht heraus.

»Liebe Gabrielle!
Es geht mir gut, sofern man davon in diesen Zeiten sprechen kann. Ich diene unter Sir John French. Ein guter Mann, ich habe es wirklich bestens getroffen.

Leider gibt es auch unerfreuliche Nachrichten. Die Deutschen haben Royallieu besetzt.«

»Diese verfluchten Boches!«, schimpfte sie und las weiter:

»Zigtausend Zivilisten heben Schützengräben rund um die Hauptstadt aus. Hoffen wir, damit gelingt es, Paris zu verteidigen. Und beten wir, dass der Wahnsinn bald ein Ende findet, und ich nach Hause kommen kann.«

Nach Hause. Sie wischte mit dem Handrücken ihre Wange trocken.

»Ja, Boy, bitte, komm zu mir nach Hause«, flüsterte sie.

Obwohl Gabrielle einen großen Bogen um das Royal machte, entging ihr nicht, dass immer mehr Verletzte ins dortige Lazarett gebracht wurden. Auch das Normandy öffnete seine Pforten. Nicht für zahlende Gäste, sondern um Flüchtlinge unterzubringen. Gabrielle ging stoisch ihrer Arbeit nach und redete sich jeden Morgen, wenn sie erwachte, und am Abend, wenn sie sich im Bett herumwälzte, ein, der Wahnsinn könne nicht mehr lange dauern. Die Verantwortlichen mussten zur Vernunft kommen, und alles würde wieder werden, wie es einmal gewesen war.

Der September war gerade eine Woche alt, als eine Kundin, eine Schwesternkluft für sich abholen wollte.

»Warten Sie bitte, ich bringe sie Ihnen«, sagte Antoinette. Adrienne war der Arbeit ferngeblieben, die Sorge um ihre Mutter, der es schlecht ging, machte sie krank. Gabrielle hängte die Kleider auf, die sie soeben gebügelt hatte, und unterdrückte ein Gähnen.

»Der Anblick der Verwundeten zerreißt einem das Herz!«, erzählte die Kundin. »Einige sind so schwer verletzt, dass wir kaum noch etwas für sie tun können.« Sie seufzte tief. Gabrielle hoffte inständig, sie würde ihren Mund halten, wenn sie nicht reagierte. Sie wollte einfach nicht mehr hören. Doch es blieb ihr nicht erspart, denn die Frau wollte sich offenbar von der Seele reden, was sie tagtäglich ertragen musste.

»Einige sind ausgemergelt, die meisten todmüde. Aber das Schlimmste sind ihre leeren Blicke. So was habe ich noch nicht gesehen. Was mag sich vor ihren Augen abgespielt haben?«

»Sie sollten sich nicht zu viele Gedanken machen«, meinte Gabrielle. »Sie tun, was Sie können.«

Die Frau ging nicht darauf ein.

»Momentan kommen viele Männer, die unter Sir John French gedient haben.« Antoinette war mit dem Kleid zurück. »Ihnen muss es besonders schlimm ergangen sein«, hörte Gabrielle gerade noch, ehe es schwarz und still um sie wurde.

»Gabsi? Bitte, Gabsi, du musst aufwachen!«

»Mademoiselle Chanel? Warten Sie, ich habe da etwas in der Tasche, das wird ihr helfen.«

Gabrielle hörte die Stimmen ihrer Schwester und der Kundin. Sie wollte sich nur noch ein paar Sekunden unter dem Schleier verbergen, den die Ohnmacht gnädig über sie ausgebreitet hatte, ehe sie sich wieder der grausamen Wirklichkeit stellen musste. Da stieg ihr ein scharfer Geruch in die Nase. Sie öffnete die Augen und drehte den Kopf zur Seite.

»Riechsalz«, sagte die Kundin zufrieden. »Das ist ein wahres Wundermittel.«

»Geht es dir besser?« Antoinette hockte neben der Bank, auf die sie Gabrielle bugsiert hatten, und auf der normalerweise Kundinnen auf ihre Anproben warteten.

»War wohl ein bisschen zu viel Arbeit in der letzten Zeit«, flüsterte sie und richtete sich auf. Sofort hatte sie wieder im Ohr, was die Kundin über das Regiment von Sir John French erzählt hatte, Boys Regiment. »Ich denke, ich sollte mich einmal gründlich ausschlafen.«

Sie würde nicht zugeben, dass es die Sorge um Boy gewesen

war, die ihr den Boden unter den Füßen weggerissen hatte. Sie würde nicht so klein und hilflos sein wie Adrienne.

Mitte September zogen die Hirten mit ihren Rindern wieder aus der Stadt. Ein gutes Zeichen, wie Gabrielle hörte. Die Schlacht um Paris sei erfolgreich ausgegangen, hieß es. Gabrielle atmete auf, nun würde es gewiss nicht mehr lange dauern, bis Boy und auch Sem wohlbehalten vor ihr standen. Und noch eine gute Nachricht schnappte sie auf: In Paris gebe es kaum noch Schneider.

»Die Nachfrage ist riesig, aber es ist niemand da, der sie befriedigen kann.«

Gabrielle musste nicht lange überlegen.

»Wir gehen zurück nach Paris in die Rue Cambon«, ließ sie Antoinette wissen.

»Und was ist mit dem Laden?« Ihre kleine Schwester machte eine hilflose Geste, mit der sie alles um sie herum zu umarmen schien.

»Wozu habe ich eine Verkäuferin eingestellt? Paris ist jetzt wichtiger. Das Mädchen wird hier schon zurechtkommen.« Sie würde ihrer Angestellten auf der Stelle Bescheid geben. Nein, zuerst würde sie Adrienne erklären, dass auch sie in Paris gebraucht wurde. Als hätte sie es geahnt, betrat Adrienne in der Sekunde das Geschäft, die Augen gerötet, die Wangen bleich. Gabrielle spürte Abwehr in sich aufsteigen. Sie wollte jetzt wirklich nichts über Hercule hören und darüber, dass er sie sicher heiraten würde, wenn er nur gesund von der Front zurückkäme.

»Du kommst wie gerufen«, sagte Gabrielle ein wenig zu laut, um Adrienne nicht erst zu Wort kommen zu lassen. »Wir drei gehen nach Paris. Wie gefällt dir das?«

»Ich kann nicht«, antwortete Adrienne heiser. Sie klang so todtraurig, dass Gabrielle erschrak. Adrienne hielt ein Kuvert in der Hand. »Maman ist gestorben.« Sie holte Luft. »Und kurz danach auch Papa.«

Paris 1915

Die Entscheidung, nach Paris zu gehen, war goldrichtig gewesen. Gabrielle und Antoinette schufteten wie besessen. Schon acht Mädchen schnitten zu, setzten einfache Nähte, bügelten die fertigen Stücke. Die Gerüchte hatten sich als wahr erwiesen, Schneider waren in der Hauptstadt Mangelware. Stoffe dagegen gab es. Noch. Manchmal konnte Gabrielle selbst nicht glauben, wie rasant sie sich von einer unbedeutenden Hutmacherin zur einzigen Modeschöpferin entwickelt hatte, die derzeit in der Stadt tätig war. Nur gut, dass sie nebenbei bereits Modelle gezeichnet und hergestellt hatte. Nur für sich, Antoinette und Adrienne zunächst, doch diese Vorarbeit half ihr nun gewaltig. Beinahe wöchentlich wuchs die Zahl der Anfragen. Ebenso häufig sah sie sich nach neuen Angestellten um. Töchter aus gutem Hause, deren Eltern in Moulins wahrscheinlich mit Leichtigkeit das Schulgeld bezahlt hätten, mussten plötzlich einen Beitrag zum Auskommen der Familie leisten, oder brauchten einen Ersatz für die Zerstreuungen, die bisher ihr Leben bestimmt hatten. Gabrielle lernte sie an. Auch heute würden wieder vier junge Damen bei ihr vorsprechen. Vorher wollte sie noch rasch auf den

Markt gehen. Dort gab es einen Händler, der eine große Auswahl an Knöpfen, Bändern und Garnen zu angemessenen Preisen feilbot. Es war März. Die Sonne hatte schon Kraft, wenn sie schien. An diesem Tag war es jedoch grau, schon seit dem Morgen fiel Regen, die Kälte kroch einem in die Glieder. Gabrielle verließ das Haus in der Rue Cambon Nummer 21 und prallte auf dem Gehsteig davor gegen einen Mann.

»Boy?« Sie konnte es kaum glauben, aber er stand wirklich vor ihr. »Du lebst!« Ihre Stimme versagte, sie warf sich in seine Arme.

»Gabrielle«, flüsterte er heiser. Es kam ihr vor, als stünden sie eine Ewigkeit eng aneinandergeschmiegt. Und sie hätte noch Stunden so stehen können, doch sie spürte, wie er zitterte.

»Gehen wir rein, ehe wir völlig durchnässt sind«, schlug sie leise vor und schob ihn sanft ein Stück von sich. Seine Wangen waren nass. Nicht nur vom Regen.

»Hast du etwas vergessen?«, rief Antoinette, als Gabrielle die Wohnungstür aufschloss. »Oder bist du zum Markt gerannt?«

Gabrielle ging zu ihr. »Boy ist da«, sagte sie und kämpfte um ihre Fassung.

»Dem Himmel sei Dank! Ist er gesund?« Antoinette schluckte.

»Sieht ganz so aus.« Jetzt konnte Gabrielle doch nicht an sich halten. Sie lächelte erleichtert und drückte ihre Schwester an sich. »Ich mache ihm einen Tee und etwas zu essen. Könntest du dir die Mädchen ansehen, die für uns arbeiten wollen?«

»Natürlich, ich kümmere mich um alles.«

»Danke, Antoinette.«

Gabrielle und Boy redeten, bis es Abend wurde. Er erzählte, was er gesehen und erlebt hatte. Manches Mal meinte sie, er würde etwas bewusst auslassen. Vielleicht, um sie zu schonen oder weil er die Erinnerung nicht ertragen hätte, wenn er sie in Worte hätte kleiden müssen.

»Dieser Krieg ist noch lange nicht vorbei«, erklärte er schließlich. »Und er ist so viel grausamer als je ein Krieg zuvor war.« Boy knetete seine Hände. Er hatte das Brot nicht angerührt, das sie auf die Schnelle zurechtgemacht hatte. Es trocknete unangetastet vor sich hin. »Sie greifen jetzt auch noch vom Himmel an. Mit Flugzeugen. Es gibt Panzer und den Einsatz von Gas, ein unsichtbarer gnadenloser Gegner.«

»Du darfst nicht an die Front zurückkehren«, sagte sie erstickt. »Ich kann dich hier verstecken. Ich werde nicht zulassen, dass sie dich töten.«

»Du musst mich nicht verstecken. Sie haben mich in die französisch-britische Kommission für die Versorgung mit Kohle berufen. Fürs Erste werde ich in Paris zu tun haben.«

»Du bleibst hier? Gott sei Dank!« Sie wischte hastig über ihre Augen.

Zum ersten Mal, seit Boy unerwartet vor ihr gestanden hatte, bekam seine Miene einen sanften Ausdruck. Er lächelte.

»Nein, ich bleibe nicht hier. Und du auch nicht. Wir verschwinden für eine Weile.«

»Nach Deauville?«

»Besser. Wir verreisen nach Biarritz.«

Sie hatte davon gehört, dass sich dort im Südwesten nahe der spanischen Grenze diejenigen trafen, die Geld hatten und sich aus den verschiedensten Gründen von der Front fernhalten konnten.

»O Boy, das ist wunderbar!«

Vor der Abfahrt hatte Gabrielle einiges zu erledigen. Sie musste Antoinette instruieren und dafür sorgen, dass alle Angestellten beschäftigt waren. Mitten in ihre Vorbereitungen hinein platzte Post ihres Bruders.

»Endlich mal erfreuliche Nachrichten«, sagte sie fröhlich und reichte Antoinette den Brief. »Lucien hat geheiratet.«

»Wirklich?« Antoinette kullerten sofort die Tränen. Gabrielle vermutete, es war nicht nur die Freude. Lucien war jünger als sie, Antoinette wäre auch längst an der Reihe, vor den Altar zu treten. Sie war noch nicht so weit wie Gabrielle, sich von diesem unnützen Traum zu verabschieden.

»Bestimmt wird er bald Kinder haben. Hoffentlich können sie in Frieden aufwachsen. Und hoffentlich lernen wir sie bald kennen.« Antoinette putzte sich die Nase und lachte Gabrielle an.

»Noch sind sie nicht einmal geboren«, erinnerte Gabrielle sie heiter. Ihre Schwester hatte recht, es war mehr als wahrscheinlich, dass Lucien eine Familie gründete. Dieses Mal würde Gabrielle nicht versagen. Sie würde endlich umsetzen, was sie sich immer vorgenommen hatte. Gabrielle beschloss, ab sofort regelmäßig Geld an ihre beiden Brüder zu überweisen.

Biarritz war wie eine andere Welt. Es waren nicht die Luxushotels und das Casino, diese Pracht kannte Gabrielle von Deauville. Auch die vielen wohlhabenden Gäste, darunter nicht wenige Adelige, waren es nicht. Selbst der König von Großbritannien und Irland hielt sich hier gern im Sommer auf. Was Biarritz so einzigartig machte, war das vollständige Ausblenden des Krieges. Die Fronten waren weit weg. Zu Tausenden bevölkerten feine Herrschaften das Städtchen, saßen gut gekleidet in den Cafés und Restaurants, logierten in teuren Herbergen, ließen sich bedienen und gaben dafür an einem einzigen Tag Summen aus, von denen Gabrielle früher einen Monat oder länger hatte über die Runden kommen müssen. Kein Lazarett, keine Verwundeten, keine lebenden Fleischvorräte. Und noch etwas war anders. Der Golf von Biskaya bildete hier eine Spitze, in der sich die ganze Kraft des Meeres zu sammeln schien. Die Wellen waren höher und brandeten gewaltiger an den Strand. Gabrielle war erstaunt, als sie das Spektakel das erste Mal zu Gesicht bekam. Obwohl es bestimmt empfehlenswert war, hier nur zu baden, wenn man schwimmen konnte, waren Strand und Meer voller Menschen! Die Damen trugen noch immer lange Kleider, einige zogen sich im Schutz kleiner Zelte um.

»Sieh dir das an!« Sie stand mit Boy oben auf den Felsen, von denen man einen weiten Blick über die schäumende See und den leuchtenden Sand hatte. »Sie scheinen viel aufgeschlossener zu sein als in Deauville. Wenn ich hier meine Bademode anbieten würde, fänden sich ganz bestimmt jede Menge Käufer.«

»Du denkst schon wieder an das Geschäft?« Er nahm ihre Hand und sah sie an.

»Du etwa nicht? Das wäre mal etwas Neues.« Sie senkte den Blick, ehe sie ihm direkt in die Augen schaute. »Sollte etwas in meinem Leben eine größere Bedeutung haben?« Gabrielle hielt kurz den Atem an. Es war eine von vielen Möglichkeiten, die sie ihm gab. Er hatte noch keine davon genutzt und tat es auch jetzt nicht.

»Nein, wahrscheinlich nicht.« Er ließ sie los und blickte in Richtung der mondänen Häuser, die einstige Residenz der Königin Eugénie war gut zu erkennen. »Weißt du noch, als wir Paris verlassen haben und nach Deauville gegangen sind? Ich sagte damals, es könnte für länger als nur für einen Sommer sein.«

»Und so ist es gekommen«, entgegnete sie ruhig. Ein Eisvogel stemmte sich gegen den Wind. Die Natur entwarf doch die schönsten Kleider, dachte sie.

»Vielleicht ist es Zeit für den nächsten Schritt«, fuhr Boy fort. »Ich bin sicher, das hier ist der richtige Platz.«

»Für mich oder für uns? Wirst du dieses Mal bleiben?«

Er wich ihrem Blick aus.

»Jetzt nutzen wir erst einmal die Ferien. Wer weiß schon, was in einem Monat ist?« Plötzlich erschien ein spitzbübisches Lächeln auf seinen Lippen, als führte er etwas im Schilde. »Wir werden die Zeit nutzen, aber wir werden sie auch genießen. Wir sollten beide nicht immer nur an das Geschäft denken, findest du nicht?«

»Ich bin nicht sicher.« Sie musste lachen. »Manchmal wüsste ich gern, was in deinem Kopf vorgeht, Arthur Capel.«

»Lieber nicht.« Er setzte eine zerknirschte Miene auf, nahm wieder ihre Hand und zog sie mit sich fort.

Sie tanzten Tango im Hôtel du Palais, genossen Gesangsdarbietungen und Varieté im Miramar. Es fühlte sich an, als existierten die Probleme nicht mehr, die in Wahrheit noch immer die ganze Welt in ihren Klauen hielten. Das nahe Spanien war neutral, von dort strömten Künstler und Kaufleute über die Grenze. Gabrielle hörte ihrer Sprache zu, die so anders klang als die französische. Sie beobachtete die Spanierinnen, die oft herbe aristokratische Gesichtszüge hatten und unendlich selbstbewusst wirkten. Wie großartig würde es aussehen, wenn diese schönen Frauen in Gabrielles Kreationen durch die Stadt laufen würden. Eine Hochstimmung erfasste sie, wie sie sie lange nicht mehr gespürt hatte. Auch Boy blühte regelrecht auf. Er störte sich nicht einmal daran, wenn sich seine Landsleute mit ihrer Herkunft oder ihrem Reichtum brüsteten. Gelassen hörte er ihnen zu oder warf Gabrielle so lange vielsagende Blicke zu, schnitt heimlich Grimassen, bis sie lachen musste. Sie lernten jeden Tag einflussreiche Persönlichkeiten kennen, darunter den Bürgermeister der Stadt. Dieses Mal überließ Gabrielle nichts dem Zufall. Sie fragte ihn bei ihrer zweiten Begegnung, ob vielleicht ein Ladengeschäft zu vermieten sei.

»Eines unserer schönsten«, entgegnete er sofort. »Die Villa Larralde steht seit geraumer Zeit leer. Sie gehörte einmal einem Dichter«, verriet er und griff nach seinem Rotwein. »Ein Landsmann von Ihnen, Monsieur Capel.« Er wandte sich wieder Gabrielle zu. »Es ist ein kleines Schloss und liegt im Herzen von Biarritz. Wer sich dort niederlässt, dem ist die zahlungskräftige Kundschaft garantiert. Ich stelle für Sie den Kontakt zum Vermieter her«, bot er an.

»Das wäre wunderbar.« Sie schenkte ihm ein Lächeln. Wirklich, Biarritz war eine andere Welt! Hier verstand der Bürgermeister sofort, dass auch eine Frau in der Lage sein konnte, Räumlichkeiten anzumieten und ein Geschäft zu betreiben.

Gabrielle hätte sich die Villa am liebsten noch am Abend angesehen, doch Boy hatte natürlich recht, im Dunkeln war dieser Ausflug wenig sinnvoll. Am nächsten Morgen war sie nicht zu halten. Sie eilte in die Rue Gardères, am Übergang zur Avenue Édouard VII erhob sich das Objekt wie ein Fels.

»Gegenüber liegt das Casino«, bemerkte Boy. »Genau wie in Deauville. Das ist schon mal ein eindeutiger Pluspunkt. Und es macht zweifellos etwas her. Kein Wunder, dass der Bürgermeister von einem Schloss gesprochen hat.«

Gabrielle fehlten die Worte. Die Lage war erstklassig, der Bau selbst katapultierte sie in die Vergangenheit. Mit seinem Turm und den gewaltigen Steinquadern erinnerte er sie an das Schlösschen in Brive-la-Gaillarde, von dem sie als Kind so begeistert gewesen war. Sie hatte nie erfahren, wer darin gelebt hatte. In diesem hier würde sie residieren. Und sie würde nicht nur Hüte anbieten, sondern eine richtige eigene Kollektion mit Kleidern, Röcken, Blusen, Jacken und mit Sportbekleidung selbstverständlich. Jeder in Biarritz trieb Sport. Es gab drei Stockwerke und großzügige Schaufenster, alles sehr modern. Ganz unten war natürlich die Verkaufsfläche, darüber gab es eine komfortabel ausgestattete Wohnung, in der Gabrielle leben würde. In den weiteren Räumen der zweiten und dritten Etage konnten bestimmt fünfzig Näherinnen Platz finden, schätzte sie. Wieder war Boy es, der ihr das Geld vorstreckte, das sie für die Kaution und die ersten Monate benötigte.

»Ich zahle es dir mit Zinsen zurück«, versprach sie ihm und sich selbst.

»Davon bin ich überzeugt.«

Nachdem alles unter Dach und Fach war, gratulierte ihr der Makler zu ihrer Entscheidung.

»Sie werden also ein Modehaus eröffnen. Vom Hôtel du Palais und dem Miramar kommt alles, was Rang, Namen und dies hier hat,« er rieb Daumen und Mittelfinger, »zum Grande Plage und zum Casino. Zeigen Sie mir die Dame, die nicht wenigstens mal kurz schauen wird, was eine junge Modeschöpferin aus Paris zu bieten hat.« Sie wollten sich bereits verabschieden, da sagte er: »Monsieur Rodier kennen Sie sicher?«

»Nicht, dass ich wüsste.« Gabrielle zuckte mit den Achseln.

»Dann müssen Sie ihn kennenlernen. Er ist gerade in der Stadt. Jacques Rodier hat das Unternehmen seines Vaters übernommen. Sie stellen feinste Strickware her.«

»Das klingt interessant. Ich würde mich freuen, seine Bekanntschaft zu machen.«

»Ich arrangiere das, verlassen Sie sich auf mich.«

Dieses Mal ließ Gabrielle *Coco Chanel* auf ihre Markisen drucken. Boy hatte nicht mehr davon angefangen, aber sie wusste, dass er diesen Namen für ihr Geschäft für den besten hielt. Indem sie seiner Meinung folgte, wollte sie ihm ihre Liebe beweisen. Sie wusste, dass er diese Geste verstand. Er war an ihrer Seite, als sie Fabrikant Rodier kennenlernte, die Räume einrichtete und Frauen aus der Region einstellte.

»Zuerst lasse ich Badebekleidung produzieren«, verkündete sie atemlos, als sie am Abend im Hôtel du Palais aßen. Sie hatten einen Tisch in dem vorspringenden Halbrund des Restaurants, das direkt auf den Strand hinausging. Vor dem Haus waren Fackeln aufgestellt, so dass das Beige der breiten Sandfläche hier und da zu ihnen heraufschimmerte. Das Meer lag im Dunkeln, es verriet sich nur durch das An- und Abschwellen des Rauschens und durch kleine Schaumkronen, die ab und zu bis zum Lichtschein einer Fackel gedrückt wurden.

»Weißt du, was ich tun werde? Ich werde einen Wettbewerb veranstalten. Auf dem Strand vor dem Miramar. Wer trägt den schönsten Badeanzug?«

»Solltest du dafür nicht erst ein paar Modelle fertig haben?« Boy sah sie liebevoll an, die einzelnen Elemente der Kronleuchter ließen Reflexe über sein Gesicht tanzen.

»Im Grunde sind sie das. Auf dem Papier und in meinem Kopf. Ich werde Jacques Rodier fragen, vielleicht ist sein Feinstrick genau das richtige Material für die Umsetzung.«

Sie machte sich sofort daran, alles in die Wege zu leiten, sprach mit dem Patron des Miramar, der zunächst amüsiert lächelte, dann aber ganz offensichtlich erkannte, wie viel Schlagzeilen die Veranstaltung versprach. Rodier war weniger zugänglich. Sie solle ihn in Paris aufsuchen, er sei im Grunde auch schon auf dem Sprung, sein Aufenthalt in Biarritz sei so gut wie beendet. Gabrielle ließ sich davon nicht beeindrucken. Ihr erstes Modehaus! Es war die Chance ihres Lebens und gleichermaßen die größte Herausforderung. Sie wusste, dass sie um keinen Preis versagen durfte. Von Sonnenaufgang bis weit nach Sonnenuntergang optimierte sie ihr Blusenkleid. Mieder spielten keine Rolle mehr, auch Rüschen würde es bei Chanel nicht geben. Dafür bekam das Modell einen V-Ausschnitt, der das Schlüsselbein der Trägerin aufblitzen ließ. Wie gewagt! Dazu ein schmaler Arm und eine Schärpe um die Hüfte, die locker fiel und die gleiche Farbe hatte wie das Kleid. Wohl durchdachte Linien und weiche Materialien. Gabrielle wollte den Frauen eine ebenso sportliche wie weibliche Silhouette schenken. Die Knöchel waren frei! In kürzester Zeit setzten dreißig junge Damen um, was Gabrielle entworfen hatte. Schnell waren es vierzig, dann fünfzig. Die Räume der drei Stockwerke füllten sich. Mit Näherinnen und mit Ware. Gabrielle hatte keinen Zweifel daran, in Biarritz zu bleiben, bis sich alles wieder beruhigt hatte, und sie zurück nach Paris gehen konnten. Nie wäre sie auf den Gedanken gekommen, Boy könnte es anders sehen. Er war anhänglich wie nie zuvor, als hätte er im Regiment begriffen, wie wertvoll ihm die Zeit mit Gabrielle war. Sie hatte sogar den Eindruck, er hatte Angst, sie zu verlieren. Dieses Gefühl hüllte sie ein wie ein warmes Bad. Sie begann doch wieder Hoffnung zu schöpfen. Umso härter traf sie eines Morgens die kalte Dusche.

»Ich muss weg. Zu meiner großen Freude sehe ich, dass du bestens allein zurechtkommst. Das ist gut.«

»Sicher komme ich zurecht, aber ich bin über Unterstützung nicht unglücklich«, gab sie zurück. »Kannst du wirklich nicht bleiben? Wann wirst du zurück sein?« Sie konnte an seiner Miene ablesen, dass er diese Fragen nicht hören wollte, und ärgerte sich, sie ihm gestellt zu haben. In der nächsten Sekunde war sie wütend auf ihn. Was glaubte er denn, dass sie nur die Geschäftsfrau war, die kalkulierte, plante und ihrem Verstand folgte? Sie war doch auch eine Frau, die ein Herz hatte. Am liebsten hätte sie ihn angeschrien, doch sie schwieg wie er.

Nach einer Weile sagte er: »Es war von vornherein klar, dass unsere Ferien nicht ewig dauern können.«

»Ferien? Ich bin gerade dabei, etwas aufzubauen, das größer ist als alles, was ich bisher gemacht habe. Das nennst du Ferien?«

»Entschuldige. Für mich waren es welche, und sie waren wunderschön, Gabrielle.« Warum sah er plötzlich so traurig aus? »Ich gehe nach Hause.«

»Nach Paris? Willst du damit nicht warten, bis …«

»Ich gehe nach England«, stellte er richtig. »Meine Position erfordert es, die Gesellschaft erwartet, dass ich mich an bestimmte Konventionen halte. Dem kann ich mich nicht länger verschließen, Gabrielle.« Er atmete tief ein. »In England wartet eine sehr sinnvolle Verbindung auf mich.« Gabrielle ließ die Luft aus ihren Lungen entweichen.

»Nun, da kann ich wohl nicht mithalten. Das einzig Sinnvolle an unserer Verbindung sind die Zinsen, die ich dir in Aussicht stellen kann«, presste sie scharf hervor.

»Bitte nicht, Gabrielle, sei nicht zynisch. Zyniker sind keine Schöpfer. Aber du bist eine Schöpferin. Das ist alles, was zählt.«

Er hatte die Stadt noch in der selben Nacht verlassen. Gabrielle stürzte sich umso mehr in ihre Arbeit. Sie verbot sich jeden Gedanken an Boy, der sie nur lähmte und abwechselnd in Wutanfälle und Verzweiflung stürzte. Gabrielle erkannte, dass die Nähe zum neutralen Spanien mehr Vorteile für sie hatte, als ihr im ersten Moment bewusst gewesen war. Dort gab es nämlich nicht nur Menschen mit Geld und ein Königshaus, das ausgesprochen offen für die neueste Mode war, es gab auch Material in großen Mengen und jeder Qualität! Gabrielle setzte auf Altbewährtes. Wenn Boy sie hier sitzen ließ, würde sie eben wieder Schwesterchen Antoinette und Adrienne zu sich holen. Antoinette setzte sich sofort in Bewegung und traf nur drei Tage später nach einer beschwerlichen Reise, wie sie betonte, mit der Südbahn am Stadtbahnhof ein. Von Adrienne kam nicht einmal eine Antwort. Gabrielle quartierte ihre Schwester in ihrer Wohnung ein.

»Pack deine Sachen aus, wenn ich zurück bin, zeige ich dir alles.«

»Wohin gehst du?«

»Ich will nur rasch versuchen, Adrienne zu erreichen. Im Casino gibt es ein Fernsprechgerät.« Unmöglich, dass das Telegramm nicht angekommen war. Wahrscheinlich war Adrienne wieder einmal damit beschäftigt, um das Anwesen von Hercules Eltern zu schleichen und sich auszumalen, wie sie einmal die Herrin des Gutes sein würde. So eine Verschwendung!

Gabrielle hatte Glück, sie bekam ihre Freundin an den Apparat.

»Adrienne, hier ist Gabrielle. Ich habe dir eine Nachricht geschickt. Ich brauche dich in Biarritz.«

»Tut mir leid, ich kann nicht kommen«, tönte es leise knisternd durch die Leitung.

»Was meinst du damit?«

»Es gibt vielleicht eine Möglichkeit für mich, Hercule an der Front zu besuchen.«

»Dann pass auf, dass du nicht erschossen wirst«, entfuhr es Gabrielle. Hatte sie es doch geahnt! Sie bebte vor Zorn.

»Ich könnte später nach Paris oder nach Biarritz kommen«, schlug Adrienne zaghaft vor.

Gabrielle fuhr ihr über den Mund: »Wenn es dann mal nicht zu spät ist.«

»Warum bist du so …?«

»Ich muss Schluss machen. Du weißt, wie das mit diesen Apparaten ist. Wird Zeit, dass ich mir ein eigenes Fernsprechgerät installieren lasse. Also dann, Adrienne, viel Glück! Adieu.«

Sie rauschte aus dem Casino und blieb stehen. Das schlechte Gewissen kroch an ihr hoch wie die Kälte an einem nassen Wintertag. Adrienne war ihre Freundin. Warum hatte sie ihr kein Verständnis entgegengebracht? Sie hätte wenigstens so tun können. Nein, das brachte sie nun wirklich nicht fertig. Wie konnte Adrienne ihr absagen, nur um weiter um den Mann zu bangen, der sie seit Jahren hinhielt? Gabrielle nahm die Straße in Richtung alter Fischerhafen, vorbei an der Kirche Sainte-Eugénie. Sie musste sich bewegen, sonst würde sie noch platzen. Ihr Blick wanderte über die Felsen, die im Meer lagen wie achtlos hineingeworfen und an denen sich die Wellen brachen. Sie musste daran denken, wie sie mit Boy oberhalb der Stadt gestanden und über den Atlantik geschaut hatte. Da war noch alles gut gewesen, sie hatten gemeinsame Pläne gemacht.

»Du belügst dich ja selbst«, flüsterte sie. »Da wusste er doch schon längst, dass er nach England gehen und …« Sie schluckte. Sie konnte es einfach nicht aussprechen. Aber sie musste sich eingestehen, dass sie so wütend auf Adrienne war, weil deren Beziehung zu Hercule bereits so lange hielt. Man hörte nie von ihm, dass er eine andere hatte. Seine Eltern hatten sich sogar damit arrangiert, dass er sich nicht für eine standesgemäße Ehe entscheiden konnte. Hieß das nicht, Hercule wartete wahrhaftig nur auf ihr Ableben, um Adrienne dann zu seiner Frau zu machen? Boy stand nicht unter der Fuchtel eines mächtigen Vaters, er musste keine Rücksicht auf sein Erbe nehmen. Boy konnte schon jetzt tun und lassen, was er wollte. Und trotzdem machte er Gabrielle nicht zu seiner Frau, sondern eine andere, wenn sie ihn richtig interpretiert hatte. Sie biss die Zähne aufeinander, bis es schmerzte. Sie würde sich bei Adrienne entschuldigen müssen. Was konnte sie dafür, dass Gabrielle es in der Liebe noch schlechter getroffen hatte als sie selbst?

Die Monate segelten an Gabrielle vorbei wie Schwalben über die Wellen vor den Klippen. Die Zahl ihrer Mitarbeiterinnen und Mitarbeiter hatte die Grenze von einhundert überschritten. Gabrielle verlegte sie, wie die Generäle ihre Truppen. Kam eine große Bestellung aus Spanien herein, stockte sie ihre Belegschaft in Biarritz auf, tat sich in Paris etwas, befehligte sie ihre Angestellten in die Hauptstadt. Die Mädchen, die in Biarritz dicht gedrängt um die Nähtische hockten, stammten zum Teil vom Lande überall in der baskischen Region. Ihre Eltern beklagten sich. Es sei gefährlich, ihre Töchter ins ferne Paris zu schicken. Gabrielle ließ keinen Einwand gelten.

»Die Menschen müssen überall angezogen sein. Und Frankreichs Wirtschaft muss florieren. Wie sonst soll das Militär über die nötigen Mittel verfügen und siegen? Wenn Sie wahre Patrioten sind, lassen Sie Ihre Tochter gehen!«

Dieser Argumentation konnte sich keine Mutter und kein Vater entziehen. Zumal Gabrielle gut zahlte.

Der Sommer verabschiedete sich langsam, mit dem September kam der Herbst in Sicht. Gabrielle blickte vom Wohnzimmer über ihrem Laden hinaus auf den Atlantik, der vom ersten Sturm wild in die Bucht geschleudert wurde. Boy fehlte ihr so sehr, dass es körperlich schmerzte. Er war nicht nach Biarritz zurückgekehrt. Und er würde es nicht tun. Sie schluckte hart. Die Sehnsucht fühlte sich an wie Folter. Zum ersten Mal verstand sie Adrienne, die hin und wieder um das Gut von Hercules Eltern schleichen musste, um ihm nah zu sein. Es gab für Gabrielle nur einen Weg, um Boy wenigstens hin und wieder treffen zu können. Entschlossen ging sie runter in den zweiten Stock. Sie entdeckte Antoinette im Kreis einiger Näherinnen. Sie plauderten und lachten während der Arbeit. Als sie Gabrielle sahen, verstummten sie. Antoinette legte gerade einen Hut in die Schachtel, den ersten, den sie ganz allein, aber natürlich nach Gabrielles Anweisungen gemacht hatte.

»Der sieht mir ein bisschen groß aus.« Gabrielle runzelte die Stirn.

»Ich habe zweimal gemessen!«

»Schön. Komm bitte, ich möchte etwas mit dir besprechen.« Ihre Schwester folgte ihr in ihr Büro. »Setz dich!« Gabrielle blieb stehen, ihrer Schwester den Rücken zugedreht. »Ich denke, ich werde auf lange Sicht zurück nach Paris gehen«, begann sie.

»Wie schön! Das möchte ich auch«, hörte sie ihre Schwester sagen. Gabrielle fuhr herum.

»Nein! Für dich habe ich Biarritz vorgesehen. Ich will weiterhin von hier aus die Kunden in Spanien beliefern. Du wirst die Produktion überwachen.«

»Aber das kann ich nicht.«

»Warum nicht? Ich gebe dir alle Vollmachten, die du brauchst. Du hast eine große Wohnung für dich allein und verdienst gutes Geld.«

»Das schon, nur werde ich mich allein fühlen, wenn du fort bist. Außerdem bin ich keine Geschäftsfrau wie du. Was ist, wenn ich Fehler mache?«

»Machst du nicht. Die Entscheidungen treffe weiterhin ich. Und für die Beratung der Kundinnen hast du gut bezahlte fähige Verkäuferinnen vor Ort, die aus den besten Modehäusern zu uns gekommen sind.« Sie schnaufte. Warum musste sie Antoinette das überhaupt erklären? Ihre Schwester war lange genug dabei, hatte mitbekommen, wie die großen Häuser in ganz Frankreich geschlossen hatten und deren Mitarbeiterinnen mit wehenden Fahnen zu Chanel gerannt waren. »Du begrüßt die Kundschaft und führst aus, was ich dir sage. Das wirst du doch wohl schaffen.« Antoinette zuckte zurück, ihre Augen weiteten sich und füllten sich mit Tränen. Sofort tat es Gabrielle leid. Sie durfte nicht so ungeduldig sein. »Bitte entschuldige, ich wollte dich nicht beleidigen.«

»Schon gut«, kam es leise zurück.

»Überleg doch, Antoinette, du wirst nicht jünger«, sagte Gabrielle sanft. »Es wird höchste Zeit, einen Ehemann für dich zu finden. Was glaubst du, wo das besser möglich ist als in Biarritz?« Es klopfte an der Tür, und Jacqueline, eine der besten Verkäuferinnen, steckte den Kopf herein.

»Eine Kundin. Madame Debrosse ist da, sie will ihren Hut abholen.«

»Wir kommen. Also, kann ich auf dich zählen?« Gabrielle lächelte ihre Schwester aufmunternd an. Die nickte. Gemeinsam holten sie die Schachtel und liefen die Treppe hinab ins Erdgeschoss.

»Bonjour Madame Debrosse. Hier ist das Prachtstück. Meine Schwester hat alles nach Ihren Wünschen angefertigt.« Gabrielle klang stolz und freute sich, dass Antoinettes Miene sich aufhellte.

»Wenn Sie ihn aufprobieren möchten?« Antoinette holte das marinefarbene Modell aus dem Karton und setzte es der Debrosse auf den Kopf. Dort blieb es nur eine Sekunde, ehe es bis auf ihre Nase hinabrutschte. Der Hut war viel zu groß, hatte Gabrielle sich also nicht getäuscht. Sie sah Antoinette vorwurfsvoll an. Die wirkte mit einem Schlag völlig verängstigt. Gabrielle fürchtete, sie würde im nächsten Moment in Tränen ausbrechen. Das konnte sie nun wirklich nicht brauchen. Zwei Kundinnen, die die amüsante Anprobe beobachtet hatten, kicherten hinter vorgehaltener Hand. Madame Debrosse stand regungslos da, die Krempe vor den Augen, ihre Nasenspitze lugte gerade noch hervor. Gabrielle wollte um Verzeihung bitten und Madame aus der Lage befreien. Da zogen sich die Lippen der Debrosse zu einem breiten Grinsen auseinander.

»Bei Regen eine durchaus nützliche Passform«, sagte sie.

Eine Sekunde war es vollkommen still, dann platzte Madame Debrosse vor Lachen, Gabrielle konnte nicht anders, sie fiel in das Gelächter ein. Antoinette brauchte einen Moment länger, ehe auch sie erleichtert prustete.

Als Gabrielle an diesem Abend im Bett lag, brachte die Erinnerung sie sofort wieder zum Schmunzeln. Nur kurz, dann schnürte ein Gedanke ihr die Kehle zu.

»Meine Schwester hat Angst vor mir«, flüsterte sie in die Dunkelheit. »Was ist nur mit mir geschehen?«

Ende 1915 war es so weit. Gabrielle hatte in der Rue Cambon weitere Räume angemietet, ein Fernsprechgerät installieren lassen und Näherinnen eingestellt. Sie machte Paris zu ihrem Hauptquartier. Dort gingen nun sämtliche Aufträge ein. Noch immer bestellte vor allem die feine Gesellschaft Spaniens, sogar der spanische Hof kaufte regelmäßig bei Coco Chanel. Damit sie jedes Stück für die Königin selbst kontrollieren konnte, beschäftigte sie eine komplette Abteilung in Paris ausschließlich für das Nachbarland. Die Einnahmen sprudelten. Und ihre Rechnung ging auf. Im Januar 1916 klopfte Boy an ihre Tür. Sie fielen einander in die Arme, küssten sich, liebten sich am hellichten Tag in ihrer Wohnung, untermalt vom Surren unzähliger Nähmaschinen. Wie oft hatte sie sich diesen Moment, dieses Wiedersehen vorgestellt? Wo war das alles übertönende Glücksgefühl, mit dem sie fest gerechnet hatte?

»Ich bin nicht lange in Paris«, sagte er, als er zuerst sein Hemd, dann die Hose anzog. »Der Krieg verschlingt Unmengen Kohle.« Ein schiefes Grinsen, er schlüpfte in die Schuhe. »Kohle ist nun einmal mein Geschäft, darum bin ich dauernd unterwegs.«

»Das ist bei mir nicht anders«, gab sie kühl zurück. »Ich beziehe Stoff aus Spanien, produziere für verschiedene Länder. Dreihundert Angestellte sind von mir abhängig. Zeit ist Luxusware geworden.«

»Du kannst sehr stolz auf dich sein.« Er sah sie an. In seinen Augen lag diese Einsamkeit, die sie in der ersten Sekunde zu ihm hingezogen hatte. Boy stand am Rand der Gesellschaft. Wie sie. Nein, sie stand dort nicht mehr.

»Das bin ich. Meine Träume haben sich erfüllt. Ich hoffe, das kannst du auch von dir behaupten.«

Es blieb nicht bei dieser einen Begegnung. Weil Gabrielle jedoch deutlich spürte, dass er ihr etwas verschwieg, etwas, das mit ihr und ihrer Beziehung zu tun hatte, ging sie mehr und mehr auf Distanz. Er trug keinen Ring am Finger. Noch nicht. Aber etwas sagte ihr, es gab schon einen Termin beim Juwelier. Also zog sie sich zurück und musste feststellen, dass er sie gewähren ließ.

»Besuch für Sie«, kündigte Paulette an einem eisigen Februartag an. Paulette war ein dralles, meist gut gelauntes Mädchen aus der Bretagne, das sich um Gabrielles Terminkalender kümmerte und darauf achtete, dass nichts in Vergessenheit geriet. Gabrielles zweites Gedächtnis, wie sie gern sagte.

»Ist es Monsieur Capel? Sag ihm, es ist gerade ungünstig.«

»Nein, der Herr hat sich als Monsieur Goursat vorgestellt.«

Gabrielle sprang hinter ihrem Schreibtisch auf.

»Georges Goursat?«

»Ja, Madame.«

»Herein mit ihm.« Gabrielle folgte ihr zur Tür, um ihren alten Freund so schnell wie möglich in die Arme zu nehmen. »Sem! Das ist eine Freude! Du hast dich kein bisschen verändert.«

»Lügnerin!«

»Aber es ist wahr! Na ja, vielleicht sind ein paar Falten neu, aber sonst?« Noch immer die gleiche elegante Erscheinung, kein einziges graues Haar, die Augen hatten noch immer dieses Funkeln, das ihn stets wach und unternehmungslustig aussehen ließ.

»Du hast recht, meine Liebe. Sogar meine Fliege ist noch die alte.«

»Gehen wir etwas essen. Das Angelina hat geöffnet.« Sie sagte Paulette, dass sie die nächsten Stunden nicht im Haus sein werde, hakte sich bei ihm unter und ging mit ihm in die Rue de Rivoli.

»Es ist absurd. In den Schützengräben sterben die Männer, und in Paris kann man in ein Restaurant gehen.« Sem starrte auf das weiße Leinen, das an die Stelle von Damast getreten war.

»Es ist niemandem geholfen, wenn wir darauf verzichten. Die Wirtschaft muss funktionieren«, erklärte sie überzeugt. »Sonst ist der Tod der Soldaten umsonst.«

»Du solltest nicht über etwas sprechen, von dem du nichts verstehst.« Er meinte es nicht böse, das konnte sie spüren. »Niemand, der es nicht mit eigenen Augen gesehen hat, kann sich das Grauen ausmalen.« Er legte seine Mappe auf den Tisch. »Ich habe es gesehen.« Sem holte einen Stapel grauer Bleistiftzeichnungen hervor und zeigte ihr eine nach der anderen. Männer mit Helmen und Gewehren, mal nur einer, mal eine Gruppe. Ein knieender Soldat vor einem offenen Grab, Tod, Verzweiflung. Schwer zu ertragen.

»Du wirst ein Album herausbringen?«

»Mehr als das. Ich habe so viele Artikel an *Le Journal* geschickt, wie ich nur konnte. Trotzdem sind längst nicht alle erschienen. Vielleicht bringe ich eine Sammlung als Buch heraus.« Er schob die Blätter mit einer einzigen Handbewegung zusammen und verstaute sie wieder in seiner Mappe. »Du bist auch nicht untätig gewesen.« Er wollte nicht mehr über das reden, was er erlebt hatte.

»Kann man wohl sagen. Ich leite jetzt ein Modehaus«, erzählte sie stolz.

»Das ist kein Modehaus, das ist ein Imperium. Ich habe es dir vorhergesagt.« Er ließ die Augenbrauen kurz in die Höhe schnellen, sah allerdings sofort wieder nachdenklich aus. »Erstaunlich, dass der Krieg für manche ein großes Glück bedeutet.« Sem nahm einen Schluck Wasser.

»Glück? In erster Linie waren Mut, Fleiß und Ehrgeiz nötig«, verteidigte sie sich.

»Gewiss, und ich respektiere das. Aber eben auch Glück. Deine Boutique war die einzige in Deauville, es gab niemanden sonst, der die Schwesterntrachten hätte in Form bringen können. Ich nehme an, Monsieur Capel hat dir unter die Arme gegriffen, damit du in Biarritz einen Bekleidungspalast eröffnen konntest. Mitten im Krieg. Und nun bist du auch noch deinen letzten Konkurrenten los.« Sie zog fragend die Augenbrauen hoch. »Paul Poiret. Er hat schon vor dir Neues in der Mode gewagt und Frauen vom Korsett befreit. Du hättest dich immer gegen ihn behaupten müssen.«

»Sein orientalischer Firlefanz hat sich nicht durchgesetzt.« Sie winkte ungeduldig nach einem Kellner.

»Du weißt, dass das nicht stimmt. Er hat als Erster Hosenröcke für Frauen entworfen. Sehr fortschrittlich.«

»Das habe ich vor ihm getan«, behauptete sie und fing einen Blick von ihm ein, der alles sagte. »Vielleicht war es etwa die gleiche Zeit. Aber ich habe mir bei ihm bestimmt nichts abgeguckt.«

Der Kellner kam und nannte ihnen das Tagesgericht. Sie bestellten zwei Portionen.

»Was hast du damit gemeint, ich sei meinen letzten Konkurrenten los?«

»Poiret hat seinem Geschäft in Paris den Rücken gekehrt. Hast du das tatsächlich nicht mitbekommen? Er sorgt jetzt dafür, dass die Mäntel und Uniformen der Soldaten mit weniger Stoff auskommen. Das spart Material und Arbeitszeit.«

»Ich habe gehört, er wurde eingezogen und muss für das Militär arbeiten.« Sie zuckte mit den Achseln. »Völlig selbstlos macht er diese Arbeit also sicher nicht.«

»Er bringt ein Opfer, wie die meisten in dieser schweren Zeit.« Sem sah auf seine Hände, die leicht zitterten. »Dafür hat er meinen höchsten Respekt. Er kämpft auf seine Weise für unser Vaterland, freiwillig oder nicht.«

»Jeder kämpft nur für sich. Ich dachte, gerade du wüsstest das.«

»Das sehe ich anders, Gabrielle. Du solltest versuchen, es auch aus einem anderen Blickwinkel zu betrachten, sonst wirst du eines Tages einsam sterben.«

Das Gespräch mit ihrem alten Freund hing Gabrielle lange nach. Er hatte es zwar nicht ausgesprochen, doch der Vorwurf, sie bringe kein Opfer, sondern profitierte lediglich von der Not, hatte deutlich im Raum gestanden. Noch etwas machte ihr zu schaffen. Es stimmte ja, dass sie ohne Boys Unterstützung niemals die Gelegenheiten hätte ergreifen können, die das Fundament ihres Erfolgs bildeten.

»Schluss damit«, sagte sie zu sich, als der März eine Ahnung von Neuanfang über die Stadt legte. Schon einmal hatte sie beschlossen, niemanden mehr um Geld zu bitten, sondern es aus eigener Kraft zu schaffen. Jetzt war der Zeitpunkt gekommen. Sie verdiente gut. Nie mehr würde sie ein Geschäft mieten oder Stoff kaufen, wenn sie die Finanzierung nicht aus eigener Kraft bewältigen konnte. »Das verspreche ich mir hoch und heilig!«

Als Boy kurz darauf mal wieder einen Abstecher nach Paris machte, legte sie ihm ein Schreiben vor, in dem er ihr die Rückzahlung sämtlicher Kredite bestätigen sollte.

»Deine Entscheidung«, sagte er. »Von mir aus kannst du dir damit ruhig noch Zeit lassen.« Er legte eine Hand in ihren Nacken und wollte sie an sich ziehen. Sie wich ihm aus, holte einen

Scheck aus der Schublade und setzte sich. »Fünf Prozent Zinsen sind angemessen, denke ich. In Ordnung?«

»Natürlich.« Er beobachtete sie, sie konnte seinen Blick auf sich spüren, als sie die Summe eintrug und ihre Unterschrift daruntersetzte. Fünf Prozent auf einen derartig hohen Betrag! Sie hatte gehofft, er werde einen Gegenvorschlag machen, der niedriger war. Aber sie würde auf keinen Fall verhandeln. Boy nahm den Scheck und quittierte ihn auf dem Dokument, das sie ihm vorgelegt hatte.

»Sehen wir uns heute Abend?«

»Ich fürchte, das werde ich nicht schaffen«, antwortete sie und versuchte den Schmerz zu ignorieren, der in ihr wütete.

»Vielleicht morgen? Danach muss ich zurück nach England.«

»Dann wird es dieses Mal wohl nichts.« Sie brachte ein Lächeln zustande. »Melde dich doch, wenn du wieder mal in der Stadt bist.« Sie gab ihm einen Kuss auf die Wange und wandte sich rasch ab. Wenn sie ihn nur eine Sekunde länger ansah, würde sie ihren Stolz über Bord werfen. Gabrielle hörte ihn zur Tür gehen.

»Ich glaubte, Dir mit der Hutpresse und den Mietzahlungen ein Geschenk gemacht zu haben, das dich mit Freude erfüllt. Jetzt begreife ich, dass ich dir die Freiheit geschenkt habe. Sie steht dir gut, Gabrielle.«

Der Frühling erinnerte sie an die großen Modesalons, die Damen aus aller Welt in Frankreichs Hauptstadt gezogen hatten, ehe die Menschen damit begonnen hatten, sich gegenseitig totzuschießen. Eine neue Kollektion musste her, eine zweite im Herbst. Gabrielle würde diesen Rhythmus annehmen müssen, ging ihr durch den Kopf, als sie den Boulevard Haussmann entlangeilte.

Männerkleidung feminin zu interpretieren, war ein Coup gewesen. Darauf konnte sie sich leider nicht ewig ausruhen. Während sie im Geist durchging, welche Ideen sie zuletzt gehabt hatte, und welche davon das größte Aufsehen erregen würde, fiel ihr Blick auf ein Mädchen, das sich seine Strickjacke fest um den Leib zog. Gabrielle blieb mitten auf dem Gehsteig stehen, ein Herr, der dicht hinter ihr gewesen sein musste, prallte beinahe gegen sie. Im letzten Moment wich er ihr aus, sah sie ärgerlich an, als er an ihr vorüberhastete. Es kümmerte sie nicht, sie betrachtete sofort wieder das Kind. Seine Jacke hatte viel zu große Maschen, da waren mehr Löcher als wärmende Wolle. Gabrielle fühlte sich, als würde sie sich selbst sehen, wie sie als kleines Mädchen in Brive-la-Gaillarde für ihre Mutter Seife hatte besorgen sollen und einen Abstecher auf den Friedhof gemacht hatte. Strickware, blitzte es in ihr auf, das konnte etwas Neues sein, wenn man sie elegant und modern anbot. Eine glänzende Idee, sie würde bei Fabrikant Rodier vorstellig werden. Eigentlich hatte sie sich vorgenommen, keine Geschäfte mit ihm zu machen, nachdem er sie in Biarritz derartig ungehörig abserviert hatte. Nur hatte sie neulich erst gehört, es stehe mit seinem Unternehmen nicht zum Besten. Dieses Mal würde er sie nicht abweisen, und sie konnte möglicherweise seinen Preis drücken. Gabrielle eilte weiter, blieb noch einmal stehen. Sie würde dem Mädchen eine Münze geben. Sie öffnete ihre Handtasche und drehte sich gleichzeitig um. Das kleine Mädchen mit der löchrigen Strickjacke war fort.

Gabrielle machte sich umgehend auf den Weg in den Boulevard Victor Hugo, wo Rodier seinen Sitz hatte.

»Ich wünsche Jacques Rodier zu sprechen«, verlangte sie. Ein zartes Geschöpf am Empfang wagte offenbar nicht, nach einem Termin zu fragen.

»Sofort, Madame«, stotterte sie, verschwand und war gleich darauf zurück. »Kommen Sie bitte.« Sie führte Gabrielle in ein schlichtes Arbeitszimmer. »Monsieur Rodier ist sofort bei Ihnen«, versprach sie und ging. Gabrielle sah sich um. Es hatte wahrhaftig den Anschein, als schwimme der Fabrikant nicht gerade im Geld. Das Mobiliar wirkte einfach, der gesamte Raum sah aus, als habe sich darin früher höchstens Putzzeug befunden.

»Mademoiselle Chanel.« Er trat ein und setzte eine geschäftlich-höfliche Miene auf. »Wie nett, dass Sie meiner Einladung gefolgt sind, mich in Paris zu besuchen. Was kann ich für Sie tun?«

»Ich plane für meine neue Kollektion ein Kleid, das in keinem Schrank einer Frau fehlen darf, die etwas für Stil und Tragekomfort übrighat«, erklärte sie ihm. »Mir schwebt gestricktes Material vor, das fließend fällt.« Seine Augen leuchteten auf.

»Ich glaube, ich habe genau das, wonach Sie suchen. Mögen Sie beige?«

Sofort sah sie die weiten Strände von Deauville und Biarritz vor sich.

»Allerdings, ja.«

»Kommen Sie bitte, Madame!« Er ging voraus und führte sie in eine Lagerhalle. In hohen Regalen lagen Ballen eines sandfarbenen Stoffes aus feinen und auffällig gleichmäßigen Maschen. »Man nennt es Jersey, nach der Kanalinsel, auf der es ursprünglich hergestellt wurde. Inzwischen fertigt man es nicht mehr aus Wolle, sondern aus Baumwolle. Mit speziellen Strickmaschinen«, betonte er stolz, nahm eine Rolle aus dem Fach und warf sie schwungvoll auf einen Tisch, so dass sich ein Stück auswickelte. »Sehen Sie es sich an, fühlen Sie!«, forderte er sie auf. »Ich habe es für junge sportliche Kunden, vor allem Männer, herstellen lassen. In England ist dieses Material sehr beliebt, insbesondere für Wäsche.« Gabrielle betrachtete es gründlich, strich mit der Hand darüber. Es fühlte sich ein bisschen hart an und würde seine Trägerin nicht gerade umschmeicheln, wie sie gehofft hatte. »Wie gesagt, es wird von Maschinen gestrickt, dieses gleichmäßige Rippenmuster kriegen Sie sonst niemals hin. Sie treffen damit eine gute Wahl«, versicherte er ihr. »Baumwolle ist im Sommer herrlich kühl auf der Haut.«

»Das ist wahr.« Es war längst nicht perfekt, einiges sprach dafür, sich nach einem anderen Material umzusehen, aber irgendetwas faszinierte sie daran.

»Ich komme Ihnen preislich entgegen«, bot er ein wenig zu eifrig an. »Als kleine Entschuldigung, weil ich in Biarritz keine Zeit für Sie hatte.«

Er wurde das Zeug nicht los, das lag auf der Hand.

»Wie viel verlangen Sie dafür?« Er nannte ihr eine Summe pro Meter. Sie zögerte, sicher, dass sie den Jersey auch für weniger bekommen würde.

»Das ist günstig«, versicherte er ihr. »Wenn Sie einen ganzen Ballen nehmen, kann ich Ihnen natürlich noch einmal zehn Prozent Rabatt einräumen.«

Sie nickte langsam. »Schön. Ich nehme alles.«

Rodier starrte sie an. »Was meinen Sie damit?«

»Was werde ich wohl meinen? Ich nehme alle Ballen, die Sie haben.«

Gabrielle hatte nicht gefragt, wie viel er insgesamt auf Lager hatte. Der Betrag, den sie trotz sämtlicher Nachlässe und Rabatte zu zahlen hatte, raubte ihr den Atem. Sein überraschter

Gesichtsausdruck war allerdings jeden Sous wert gewesen. Sie konnte sich ein zufriedenes Grinsen nicht verkneifen, sobald sie daran dachte. Gabrielle nähte sich ein Mantelkleid aus dem Jersey, arbeitete es auf Taille und setzte einen schlichten Blusenkragen darauf, auf Accessoires verzichtete sie. Die Verarbeitung war ein Problem. Schon beim Zuschnitt bemerkte sie, dass das Material ihr nichts verzieh. Passte sie nicht auf, öffneten sich die Maschen schneller, als sie gucken konnte, und es entstand ein hässliches Loch. Wie gut, dass sie ihr Handwerk beherrschte.

»Das wäre doch gelacht«, murmelte sie. Schließlich war das Muster fertig, sie schlüpfte hinein. »Das ist es! Alle werden anziehen wollen, was ich trage, das war schon immer so.«

Sie präsentierte sich ihren Näherinnen gleich am nächsten Morgen in ihrem neuen Werk.

»Das wird unser Verkaufsschlager, meine Damen!« Sie drehte sich einmal um die eigene Achse. »Paulette kopiert noch das Schnittmuster. Sie werden nichts anderes mehr nähen, nur dieses Kleid in allen gängigen Größen. Sonderanfertigungen sind eine Ausnahme, aber sonst nur dieses eine Modell!«

Gabrielle war mehr als zufrieden. Farbe und Form passten zu allem. Sie hatte ein Basismodell entworfen, mit dem jede Frau gut angezogen war. Nun machte sie sich daran, ein Etuikleid zu zeichnen, das es in Schwarz und in Weiß geben sollte. Das Mantelkleid konnte man, wie der Name schon sagte, natürlich offen über anderer Kleidung tragen. Auch eine sandfarbene Hose und ein geringelter Pullover würde sich darunter hervorragend machen. Gabrielle ging nicht mehr aus dem Haus, sie zeichnete, verbesserte, variierte. Irgendwann klopfte es an ihrer Tür. Gabrielle hätte nicht auf Anhieb sagen können, welchen Wochentag sie hatten, und wie lange es her war, dass sie den Jerseystoff für ihre neueste Entwicklung an die Näherinnen hatte ausgeben lassen.

»Ja?«

Paulette trat ein. Ihr sonst so fröhliches Gesicht war ernst. Das verhieß nichts Gutes.

»Verzeihung, Madame, aber es gibt Probleme mit dem Mantelkleid. Große Probleme«, schob sie hinterher.

»Dann werden wir sie lösen.«

»Wir haben jede Menge Ausschuss. Die Näherinnen schimpfen, sie sagen, der Jersey sei schlecht zu verarbeiten.«

»Es erfordert Geschick, ich weiß«, entgegnete sie gereizt.

»Der Stoff franst aus, sagen sie. Geht eine Naht auf, was wohl häufig geschieht, ist damit zu rechnen, dass sich ein großes Loch bildet.«

»Dann müssen sie dafür sorgen, dass die Nähte halten.«

»Das versuchen sie ja, es ist nur …«

»Ich sehe es mir selbst an.« Gabrielle ließ Paulette einfach stehen und marschierte in den ersten Produktionsraum.

Es war zum Verrücktwerden. Gabrielle hatte ihren Angestellten exakte Anweisungen gegeben, wie sie mit dem Material umzugehen hatten, das in Mengen darauf wartete, verarbeitet zu werden. Sie war sich sicher, dass die meisten ihr Bestes gaben. Sobald ihnen allerdings niemand auf die Finger sah, fingen sie an, sich zu unterhalten. Dadurch sank ihre Konzentration, und nach kurzer Zeit würden ihnen wieder Schnitzer unterlaufen, die bei dem feinen Strick schlimme Folgen hätten. Ausschuss war weggeworfenes Geld, das konnte sie sich nicht leisten. Niemand konnte sich das in diesen Zeiten leisten. Ihr Mantelkleid musste ein Erfolg werden, der Druck, der auf ihr lastete, raubte ihr den Schlaf und versetzte sie in eine unangenehme Spannung. Um das Interesse an ihrem neuen Produkt anzukurbeln, trug sie es täglich und lief damit durch halb Paris. Nicht zum ersten Mal sandte sie ein Dankgebet zum Himmel, dass die Stadt bisher so gut hatte beschützt werden können. Oper, Rathaus und die großen Warenhäuser standen noch, ebenso wie die Kirchen Sacré-Cœur und Notre-Dame. Wäre es anders, gäbe es niemanden, der sie in ihrer Kreation sehen und auf die Idee kommen könnte, sich genau dieses Kleid zu kaufen. Am Abend legte sie die wunden Füße hoch und beugte sich über ihre Buchhaltung. Durch die Rückzahlung an Boy hatte sie keine Reserven mehr. Die Ausgaben bei Rodier waren viel zu hoch gewesen, damit hatte sie alles auf eine Karte gesetzt. Sie durfte nicht einmal daran denken, dass die Mieten in Deauville und Biarritz Monat für Monat weiter bezahlt werden mussten. Sie ließ eine komplette Abteilung für Spanien produzieren, damit sie ihre beiden Läden nicht verlor. Dummerweise blieb kaum etwas übrig, mit dem sie neue Stoffe, edle Seide, kühles Leinen erwerben konnte, um der spanischen Kundschaft auf lange Sicht hochwertige Stücke anbieten zu können. Gabrielle musste ihre neue Schöpfung in großer Menge unter das Volk bringen, sonst war sie verloren.

Ihre einsamen Präsentationstouren hatten geringen Erfolg. Die Jersey-Kleider verkauften sich stockend.

»Es ist ein Anfang«, murmelte sie, als sie den Näherinnen über die Schultern schaute. »Es wird sich herumsprechen.« Dieses Mal ging ihre Rechnung nicht auf. Die wenigen Kundinnen kamen schon nach einigen Wochen wieder und beschwerten sich. Aus gutem Grund: Der maschinell gestrickte Stoff neigte zum Ausbeulen. Weder als Kleid noch als Mantel war er noch tragbar. Und überhaupt. Eine Dame brachte es auf den Punkt.

»Als es neu war, hat es mir gefallen. Aber sehen Sie es sich jetzt an. Es hängt wie ein Sack an mir. Als könnte ich mir nichts Anständiges mehr leisten. An diesem Kleid haftet zu sehr der Mangel des Krieges. Wer will den schon spazieren führen?«

Gabrielle steckte nicht nur in der Klemme, sie war erledigt. Was hatte Sem ihr prophezeit? Sie werde die Diva der Modewelt werden. Von wegen! Er hatte sich gründlich geirrt. Wie gern wäre sie jetzt mit Boy am Meer. Tränen schossen ihr in die Augen. Gabrielle verließ das Haus in der Rue Cambon, überquerte die Rue de Rivoli, hastete durch den Garten der Tuileries, als sei sie auf der Flucht. Am Ufer der Seine blieb sie stehen und lehnte sich erschöpft an die steinerne Mauer. Auf der anderen Seite des Flusses erhob sich die Gare d'Orléans. Ihr kam in den Sinn, wie verlockend sie es bei ihrer ersten Fahrt mit Adrienne nach Varennes gefunden hatte, in einen Zug nach Paris steigen zu können. Jetzt wollte sie am liebsten mit der nächsten Bahn die Stadt verlassen. Egal, wohin.

»Das war's«, sagte sie leise. »Du musst wieder einmal einen Traum loslassen. Die Chanels sind eben doch Verlierer und zur ewigen Nebenrolle verdammt«, fügte sie bitter hinzu. Wie hatte sie nur auf die Idee kommen können, bei ihr wäre es anders? Étienne kaufte sich längst die Zuneigung einer anderen. Boy konzentrierte sich auf seinen Kohlehandel und nutzte seinen wachsenden politischen Einfluss, um seine Überzeugungen in die Welt zu tragen. Antoinette erledigte die Arbeiten, die Gabrielle ihr übertrug, und haderte mit ihrem Schicksal. Sie hatte sogar Angst vor ihrer Schwester! Kein Wunder. Gabrielle hatte sie schlimmer behandelt, als sie einst von Madame Kurzwaren behandelt worden war. Sie blickte einer Möwe nach, die über das Wasser segelte und sich nun auf dem Tau niederließ, das ein

Boot hielt. Frery war überzeugt gewesen, dass Gabrielle frei sein wollte. Er hatte recht. Nur hatte sie selbst nicht verstanden, was Freiheit bedeutete. Ihre Arbeit hatte ihr Fesseln angelegt und sie von ihren liebsten Menschen entfernt. Adrienne. Sie litt, weil ihr einziger Halt im Leben stabil war wie eine Birke im Sturm. Statt ihr eine Freundin zu sein, hatte sich Gabrielle nur als ihre Arbeitgeberin gebärdet. Seit dem Telefonat, bei dem sie sich so scheußlich verhalten hatte, hatten sie kein Wort mehr miteinander gesprochen. Sie seufzte. Dabei hatte sie doch nur stark sein und alles richtig machen wollen.

»Ich bin nicht stark«, flüsterte sie und starrte auf die Seine. »Ich bin doch auch nur ein schwaches Mädchen, das geliebt werden will.« Die Sonne malte Bilder aus hellen Reflexen auf das Wasser, die sich ständig veränderten, mal eine Fläche bildeten, dann wieder auseinandertrieben. Plötzlich erkannte Gabrielle das Gesicht ihrer Mutter, die sie anlächelte. Der Schreck fuhr ihr durch die Glieder, sie zwinkerte, schaute genau hin. Nichts. Nur weiße und gelbe Sprenkel auf dem blaugrauen Fluss. Das Gesicht war fort, doch Gabrielle hatte die Stimme ihrer Mutter im Ohr.

»Dein Name steht für Stärke und Kraft, Gabrielle!«

Sie drückte das Kreuz durch, atmete tief ein. »Du bist nicht schwach, mein Kind. Du darfst den Glauben an dich nur nicht verlieren.«

»Du hast recht, Maman, ich denke ja nicht daran, aufzugeben«, sagte sie energisch, wischte sich über die Wangen und ging zielstrebig zurück in die Rue Cambon.

Es wäre doch gelacht. Was hatte Monsieur Archambeau in Deauville gesagt? Sie verstand etwas von Reklame. Allerdings, das tat sie. Und in diesem Moment war ihr klar, dass diese Eigenschaft mindestens so wichtig war wie die Qualität ihrer Kollektion. Kaum hatte sie das Haus in der Rue Cambon betreten, rief sie nach Paulette.

»Ich will Plakate und Anzeigen in allen Zeitungen. Ganz Frankreich soll erfahren, dass Chanel seinen Beitrag in diesen schweren Zeiten leisten will.« Paulette sah sie mit großen Augen an, beugte sich aber sofort wieder über ihren Block und schrieb auf, was Gabrielle ihr diktierte. »Die einfache Krankenschwester im Lazarett, die Verkäuferin, die Arbeiterin, alle Frauen sollen sich das neue Chanel-Jersey-Modell leisten können. Die Männer kämpfen an der Front, aber diese tapferen Frauen kämpfen auf ihre Weise für ihr Vaterland. Chanel erweist ihnen die Ehre, indem sie sie elegant, modern und erschwinglich kleidet. Frankreich ist verloren, wenn seine Frauen ihre Eleganz verlieren«, beendete sie das Diktat.

Paulette huschte davon, um Gabrielles Botschaft zu verbreiten. Sie selbst suchte die Näherinnen auf, die sich mit dem sandfarbenen Strick quälten.

»Pause, meine Damen. Lassen Sie die Nadeln und die Maschinen ruhen und hören Sie mir zu! Wir vereinfachen den Schnitt. Zum einen machen wir das Kleid kürzer, das spart Stoff. Ich will, dass nicht nur die Knöchel immer gut zu sehen sind, sondern ein Stück der Wade dazu. Das Kleid wird gerade noch das Knie bedecken, das reicht.« Die Mädchen tuschelten. »Französische Frauen haben Mut, das wollen sie zeigen«, erklärte sie. Sie wusste, die angestrebte Länge war skandalös, alle Welt würde darüber reden. Genau das wollte sie! »Ansonsten bleibt das Modell schlicht, praktisch und bequem. Die Taille lassen wir ab sofort weg, dann sind weniger Abnäher nötig. Die verkraftet das Material einfach nicht.« Das Aufatmen war nicht zu überhören. »Die Arbeit wird einfacher, die Passform wird länger halten, weil es weniger Stellen gibt, die ausbeulen können. In einer Stunde haben Sie die neuen Muster auf dem Tisch. Bis dahin ruhen Sie sich aus. Paulette wird dafür sorgen, dass Sie Kaffee und Gebäck bekommen.« Sie wandte sich ab, dann fiel ihr etwas ein. »Geben Sie sich Mühe, meine Damen«, forderte sie sie auf und zwinkerte. »Jede von Ihnen bekommt ein Exemplar. Kostenfrei.«

Die nächsten Tage rauschten an Gabrielle vorbei wie ein Zug durch die Landschaft. Sie hörte das Surren der Nähmaschinen, das Knallen von Stoffbahnen, die ausgerollt wurden, das Knirschen der Scheren und Zischen der Bügeleisen. Paulette brachte ihr regelmäßig die Post und die Zeitungen, in denen über das Mantelkleid der patriotischen Französinnen berichtet wurde. Gabrielle war ein hohes Risiko eingegangen. Sie wusste, dass sie endgültig aus dem Spiel war, wenn diese Kampagne nicht funktionierte. Dann war sie ruiniert, aber sie würde sich wenigstens sagen können, dass sie alles in ihrer Macht Stehende getan hatte. Eine seltsame Ruhe erfüllte sie. Schon zum zweiten Mal an diesem Tag wurde die allerdings vom Läuten des Telefons unterbrochen. Gabrielle nahm den Anruf entgegen. Es war Jacqueline aus ihrem Geschäft in Biarritz.

»Wann bekommen wir die Jersey-Kleider, Madame? Jeden Tag fragen Damen danach, wir haben schon mindestens zwanzig Vorbestellungen, eher mehr.«

»Wir liefern, so schnell wir können«, versprach Gabrielle. Kaum hatte sie aufgelegt, balancierte Paulette einen Stapel Briefe herein und legte sie auf Gabrielles Schreibtisch ab.

»Du meine Güte, so viel hatten wir lange nicht. Danke, Paulette.« Gabrielle öffnete zuerst den mit dem königlich-spanischen Siegel. Ihre Augen huschten von einer Zeile zur anderen, sie legte die Hand an ihre Lippen, lachte. »Nicht zu glauben!« Kein Irrtum, Königin Victoria Eugénie erklärte, sie habe aufgrund eines persönlichen Schicksals eine besonders große Zuneigung zu Krankenschwestern. Wenn es möglich sei, würde sie die tüchtigen Frauen, die ihren Dienst in Hospitälern versahen, mit Chanels ebenso praktischem wie ansprechendem Kleid ausstatten. Das war noch nicht alles, weitere Bestellungen waren eingetroffen. Blusenkleider, Bademode und vor allem das beigefarbene Jersey-Modell waren mit einem Schlag gefragt. Ein guter Anfang! Sie würde sich sofort daranmachen, alles in die Bücher einzutragen. Schon wieder klopfte es.

»Sag nicht, es kommt noch mehr Post, Paulette!«, rief sie.

»Ich bin's«, hörte sie da leise eine Stimme, die sie augenblicklich ins Herz traf.

»Adrienne!« Gabrielle stand auf. »Was tust du hier?«

»Keine Sorge, ich werde dich nicht mit Hercule langweilen.«

»Du hast mich nicht gelangweilt«, widersprach sie sofort und suchte nach Worten. »Ich wollte nur nicht mit ansehen, wie du …«

»Ist schon gut!« Adrienne räusperte sich. »Du bist einen völlig anderen Weg gegangen als ich. Deiner war der erfolgreichere.« Sie lächelte schwach. »Dazu wollte ich dir unbedingt gratulieren.«

»Ich fürchte, ich verstehe nicht ganz.«

»Nun ja, während ich noch immer darauf warte, den Mann heiraten zu dürfen, den ich über alles liebe, hast du ein Unternehmen aufgebaut und es bis an die Spitze geschafft. Ich freue mich ehrlich für dich.«

»Bis zur Spitze ist es noch ein weiter Weg. Steinig ist er obendrein. Und einsam«, gestand sie leise. »Es tut mir schrecklich leid, dass ich so … so herzlos am Telefon war. Ich glaube, ich war einfach neidisch.«

»Wie bitte?« Adrienne stand unschlüssig im Raum, die Hände hinter dem Rücken.

»Aber ja.« Gabrielle kam um ihren Schreibtisch herum und baute sich vor ihr auf. »Boy muss keine Rücksicht auf ein Erbe nehmen, das ihm verloren gehen könnte, trotzdem ist ihm nicht eingefallen, mich zu seiner Frau zu nehmen. Hercule wird dich heiraten, wenn er erst geerbt hat. Daran gibt es keinen Zweifel.«

Adriennes Augen füllten sich mit Tränen.

»Bitte verzeih mir, dass ich nicht verstanden habe, wie sehr du wegen Boy leidest.«

»Wie könntest du? Ich habe dir keine Chance dazu gegeben. Ich bin so froh, dass du gekommen bist«, flüsterte Gabrielle erstickt und nahm sie in den Arm. Etwas fiel hinter Adrienne zu Boden. »Ach je, entschuldige«, brachte Gabrielle hervor. »Ich hoffe, es ist nichts kaputtgegangen.«

»Sicher nicht.« Adrienne lachte, bückte sich und hob eine Zeitschrift auf. »Ich bin eigentlich nur gekommen, um dir das zu geben«, sagte sie, während sie zu einer bestimmten Stelle blätterte. »Mit meiner herzlichsten Gratulation.« Sie strahlte wie bei ihrer ersten Begegnung vor dem Büro des Schuldirektors und reichte ihr das aufgeschlagene Heft.

Es war eine Ausgabe von *Harper's Bazaar.* Auf der linken Seite eines von Gabrielles Kleidern aus der Biarritz-Kollektion. Darunter stand: »Cocos charmantes Blusenkleid« Gabrielle las den Artikel: »Dieser Modeschöpferin ist der Spitzenplatz in der Modewelt sicher. Wir prophezeien Coco Chanel, dass sie mit ihren Ideen die Sonne im Mode-Universum sein wird, um die alle anderen Couturiers kreisen.«

Sie hatte es wahrhaftig geschafft.

Anhang

Wie immer zum guten Schluss ein paar Worte zur historischen Richtigkeit und zu meinem Umgang damit.

Die Schreibweise des Klosters Aubazine ist auch als Obasine zu finden. Ich habe mich für die heutige französische Variante entschieden, die auch dem namensgebenden heiligen Stephan von Aubazine zuzuordnen ist.

Zu den Geburtsjahren von Gabrielle Chanels Geschwistern gibt es widersprüchliche Angaben, daher habe ich es mit den Jahreszahlen nicht so genau genommen. Möglicherweise war Gabrielle ein Jahr früher oder später in Vichy. Wer weiß das schon? Und was spielt es für eine Rolle, ob der Golfplatz des Sporting Club erst 1908 eingeweiht wurde? Es kommt nicht darauf an, denn Gabrielle Chanel hat es mit der Wahrheit auch nie genau genommen. Aber gegeben hat es diese wunderschön gelegene Golfanlage, und es gibt sie noch immer. Und die wichtigen Stationen ihres Lebens beruhen natürlich auf Tatsachen. Ich nehme es nämlich durchaus genau mit der Wahrheit.

Ein Schneider soll Gabrielle übrigens ihre erste Hose genäht haben, sie selbst war es wohl nicht. Was zählt: Sie hat zu einer

Zeit nach einer Hose verlangt, in der das für Frauen noch komplett unüblich und auch ungehörig war.

Als sie ihr erstes offizielles Geschäft in Paris eröffnet hat, holte sich Gabrielle Chanel Hilfe von einer professionellen Schneiderin. Die Dame möge es mir verzeihen, dass sie in meinem Roman unerwähnt bleibt.

Auch möchte ich darauf hinweisen, dass Louise »Madeleine« Chéruit noch vor Gabrielle Chanel ein Modehaus geführt hat. Das gilt auch für Jeanne Paquin, deren Ehemann zwar offiziell die Geschäfte leitete, die jedoch inhaltlich verantwortlich war. Sie war sogar zeitweise die Präsidentin eines Berufsverbandes der gehobenen Modeschöpfer und ist sicher einen eigenen Roman wert. Hier wird sie nur namentlich erwähnt.

Sehr gern habe ich den Karikaturisten Georges Goursat in meinen Roman eingebaut, der seine Bilder mit Sem signiert hat. Was ich über ihn erzähle, stimmt größtenteils. Er war gleichzeitig mit Gabrielle in Deauville. Sehen Sie sich seine Karikaturen von ihr und Boy an, wenn Sie die Gelegenheit haben. Bei meinen Lesungen könnte das durchaus der Fall sein ;-) Es sind tatsächlich böse kleine Bilder, doch er hat Gabrielle geschätzt und war sogar ihr Freund.

Seit vielen Jahren und damit seit noch mehr Büchern fordere ich pro Titel eine Idee von meinem Mann ein. Da er mich oft auf Recherchen begleitet, ist es für mich immer sehr spannend, was er aus den vielen Informationen, die er mitkriegt, so macht. Manchmal ist es nur ein Detail, das ich vielleicht nicht aufgegriffen hätte, ein anderes Mal ist es der Anstoß zu einem kompletten Kapitel. In diesem Buch finden Sie eine Szene, in der ein Hut etwas zu groß geraten ist. Erst wollte ich seine Idee nicht verwenden, denn das Manuskript war schon beinahe fertig, und ich konnte mit einer solchen Szene auf den letzten Metern nicht recht etwas anfangen. Dann dachte ich mir aber, dass ich daran sehr schön zeigen kann, wie Gabrielle Chanel sich aufgrund der harten Schule, durch die sie gegangen ist, menschlich verändert hat. Sie werden also auf diesen Einfall meines Mannes stoßen. Ich hoffe, Sie haben Spaß daran.

Dankeschön!

Ein Roman ist niemals die Leistung einer einzelnen Person. Grund genug, denen zu danken, die mich bei diesem Werk mit Rat und Tat oder seelisch moralisch unterstützt haben. Mein herzlicher Dank geht dieses Mal zuerst an meinen Mann, der nicht nur eine kleine Idee beigesteuert, sondern mich durch halb Frankreich gefahren hat. Danke auch für bummelig 30 Kilometer zu Fuß durch Paris! ;-)

Ein großer Dank geht an Martine, Service Patrimoine, Moulins, die sich vor Ort sehr viel Zeit für mich genommen und mir anschließend noch jede Menge Material geschickt hat. Danke, Vanessa Puravet von moulins-tourisme, für die Unterstützung bei der Buchung. Ein herzlicher Dank geht auch an Lionel Duhault, Archiviste municipal in Deauville. Er hat mir einige nette Anekdoten erzählt und mich mit Stadtplänen von Deauville aus der Zeit versorgt, in der Chanel sich dort aufhielt. Nicht zu vergessen Monika Fritsch von Atout France, der Tourismus-Agentur Frankreichs, die mir Kontakte in die jeweiligen Regionen hergestellt hat.

Merci beaucoup!

Zuletzt und von ganzem Herzen ein Dankeschön an meinen unvergleichlichen Agenten Dirk R. Meynecke, an den Aufbau Verlag und an Sie, liebe Leser und Leserinnen!

Quellen

Papleux, Sandrine: *Coco Chanel Regina Haute Couture*, 50Minutes.com

Charles-Roux, Edmonde: *Coco Chanel – ein Leben*, Fischer Taschenbuch Verlag, Frankfurt am Main

Morand, Paul: *Die Kunst, Chanel zu sein – Coco Chanel erzählt ihr Leben*, Schirmer/Mosel, München